U0544113

沈祖棻于1956年的留影

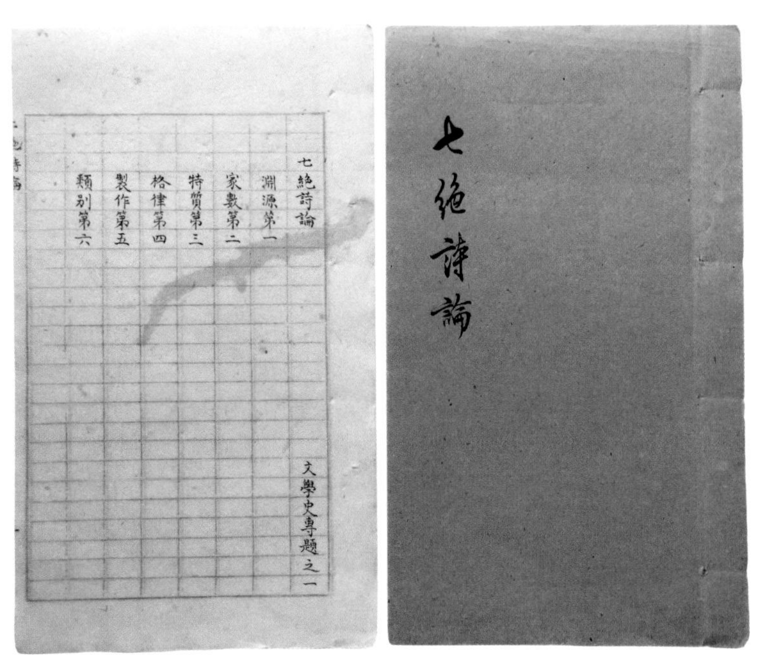

《七绝诗论》稿本封面及目次

七絕詩論

文學史專題之一

淵源第一

吾國詩歌大別為古近二體而近體之中又有律絕之分五言或七言四句之短詩皆謂之絕句茲所論者為七言絕句之一體五言絕句姑不述及惟探求七絕之淵源間有涉及五言者亦附論之因絕句之體五言先於七言故七絕之淵源亦有受五絕之影響者也絕句之淵源古今論者約有數說茲先加駢列然後綜合討論之

(一)絕句起源於樂府說——此說可以趙翼(甌北)為代表陔餘叢考卷二十三云「楊伯謙云五言絕句唐初變六朝子夜體也七言絕句初唐尚少中唐漸甚然梁簡文夜望單雁一首已是七絕云云今按南史宋晉熙王昶奔魏在道慷慨為斷句詩曰白雲滿鄣來黃塵半天起關山四面絕故鄉幾千里（詩見南史卷十四）梁元帝降魏在幽逼時製詩四絕其一曰南風且絕唱西陵最可悲今日還蒿里終非封禪時（詩見南史卷八）曰斷句

《七绝诗论》首页

唐人七絕詩淺釋

沈祖棻

送沈子歸江東　　王　維

楊柳渡頭行客稀。罟師盪槳向臨沂。唯有相思似春色。江南江北送君歸。

渡頭，送別之所。臨沂，客去之地。楊柳，則暗點節候。行客離稀，而沈子仍歸，是有不得不行之故也。臨流遠望，唯見一片春色，徧於江北江南，遂覺胸頭相思之無盡，恰似眼前春色之無邊。身固不得同行，然此情還隨，則正如春色之無不在耳。以春色比相思，眞覺此情充塞天地，可謂善於喻意，工於言情。尤妙在即景寓情，自然相合，非有意刻畫也。

重送裴郎中貶吉州　　劉長卿

猿啼客散暮江頭。人自傷心水自流。同作逐臣君更遠。青山萬里一孤舟。

首言此時此地，其情其景，皆足令人黯然魂銷，故承之以人自傷心。然江水無情，仍自東流，蓋以無情之水反襯有情之人也。彼此作逐臣同，故傷心亦同；而裴地更遠，則傷心當更甚。收句補足君更遠三字，爲想像中淒苦之境。至此蓋不暇自哀而僅爲更遠之逐臣哀矣。

山房春事（二首之一）　　岑　參

梁園日暮亂飛鴉。極目蕭條三兩家。庭樹不知人去盡。春來還發舊時花。

日暮亂鴉，本寫蕭條之景色，接寫春日發花，於蕭條中見絢爛，乃益覺蕭條矣。曰不知，曰舊時，見人事之變遷。春花如舊，人情非昔，對此將何以堪耶？明是人之有情，對景懷舊；偏說樹之無知，當春發花。極含蓄，極感慨。

江南逢李龜年　　杜　甫

岐王宅裏尋常見。崔九堂前幾度聞。正是江南好風景。落花時節又逢君。

宅裏堂前記地，尋常見、幾度聞記時，言昔日相逢之盛、相見之頻也。正是以下，折入而今重見之淒涼。今之與昔，蓋亂離飄泊與歌舞昇平之異也。然寫淒涼之境，卻曰江南好景，曰落花時節，斯益見此時此地相遇之不堪。與古詩十九首以「東風搖百草」接「四顧何茫茫」略同。而江南明非故國，飄泊原類落花，則又逢之頃，自難爲懷，意在言外矣。又字實於平淡中見沈重，不可忽。

春　思（二首之一）　　賈　至

草色青青柳色黃。桃花歷亂李花香。東風不爲吹愁去。春日偏能惹恨長。

青黃，目所見之色；歷亂，目所見之形；香，鼻所嗅之味。寫春日景色之絢爛，而從視覺、嗅覺、色采、形狀、氣味各方面言之。用思雖極精細，遣辭卻殊流麗。後半轉到春思。東風不能遣愁，春日但敎添恨，則前半所詠春景之美，均爲春恨之根。景愈佳，恨愈深矣。反跌極有力，而不甚著迹，此盛唐之妙。

隋宮燕　　李　益

燕語如傷舊國春。宮花欲落旋成塵。自從一閉風光後。幾度飛來不見人。

此懷古之辭，而託燕以寄慨者也。宮花成塵，舊國春空，而曰燕語如傷。風光一閉，禁苑無人，而曰飛來不見。燕猶如此，況於人乎？是更深一層說法。劉夢得「楊柳枝」云：「煬帝行宮汴水濱，數株殘柳不勝春。晚來風起花如雪，飛入宮牆不見人。」可參證也。

雜　興（五首之一）　　權德輿

1948年《国文月刊》刊出《唐人七绝诗浅释》

䜣。「南史文学传」：南史卷七十二，列傳第六十二，檀超傳附吳邁遠傳。

又有吳邁遠者，好為篇章，宋明帝聞而召之，及見，曰：「此人連、絕之外，无所復有。」

这是最早以連（联）句、绝句連類而言的。再如「梁簡文帝紀」（南史卷八，梁本紀下第八）中載有：

有隨（王）偉入者，誦其联珠三首、詩四篇、絕句五篇，文並悽愴云。

这里是将一般的詩和绝句分开記載的。「梁元帝紀」（南史卷八，梁本紀下第八）也說：……魏師至，凡二十八日，徵兵四方，未至，而城見剋，在幽逼，求酒飲之，製詩四絕。其一曰：「南風且絕唱，西陵最可悲。今日還蒿里，終非封禪時。」其二曰：「人世逢百六，天道異貞恒。何言異螻蟻，一旦損鵾鵬。」其三曰：「松風侵曉哀，霜霧當夜來。寂寥千載後，誰畏軒轅臺。」其四曰：「夜長無歲月，安知秋與春。原陵五樹杏，空得動耕人。」

这里更明白地表示了绝句为詩之一体。可見绝句一名当时已經成立。但何以見得它是由联句而来，同时又是和联句相对的呢？原来，当时的詩人们认为：有两人以上同作一詩，一人先作四句，其他的人每人續作四句，如此蟬联而下，成为一篇，就是連句或联句；如果一人先作了四句，无人續作，或續而不成，那么，这仅存的四句就被称为断句或绝句了。如「宋書謝晦传」（宋書卷四十四，列傳第四；南史卷十九，列傳第九同。謝晦，宋文帝時，以謀反據上游，欲割朝廷，後為檀道濟所破，與兄子世基欲北走魏，在安陸見執，伏誅。）說：

世基，絢之子也，有才气，臨刑，为連句詩曰：「偉哉橫海鱗，壯矣垂天翼，一旦失風水，翻为螻蟻食。」晦續之曰：「功遂侔昔人，保退无智力；既涉太行險，斯路信難陟。」

謝世基这首詩有謝晦續作，所以就称为連句（联句）。又「南史宋文帝諸子列传」（南史卷十四，列傳第四）說：

晋熙王昶……知事不捷，乃夜開門奔魏。棄母、妻，惟攜妾一人，作丈夫服，騎馬自隨。在道慷慨为断句曰：「白雲滿鄣來，（要塞處別築城為鄣）黃塵半天起，南山四面絕，故鄉几千里。」

刘昶这首詩无人續作，所以就称为断句（绝句）。稍后，梁簡文帝就有「夜望浮圖上相輪（塔上飾物）绝句」和「詠籠鐙绝句」，已經將绝句作为一种詩体，写入题中了。

五言绝句的出現，虽然后于五言四句的歌谣，但在外形上，这两种来源不同的詩是完全一样

初（侯）景納帝女溧陽公主，公主有美色，景惑之，妨於政事，王偉每以為言，景以告主，主出惡言，偉知之，懼見讒，乃謀廢帝。……廢後，王偉乃與彭儁、王脩纂進觴於帝，帝知將見殺，乃盡酣……既醉而寢，偉乃出，儁進土囊，王脩纂坐上，乃崩。……帝自幽縶之後，無復紙，乃書壁及板鄣，為文數百篇。崩後，王偉觀之，惡其辭切，即使刮去。有隨偉入者……

晋熙王昶，字休道，文帝第九子也。廢帝即位，為徐州刺史，加都督……江夏王義恭誅，代昶。表求入朝，遣典籤蘧法生銜使，帝謂法生：義陽與太宰謀反，我政欲討之，今知求還，甚善。又問法生：義陽謀反，何不啓？法生懼，走還彭城。帝因北討，法生至，昶即起兵，統內諸郡，並不受命。昶知事不捷，……（明帝即位……以金千兩購昶于魏，不獲。）

武汉大学《唐人七绝诗》课程讲义油印本

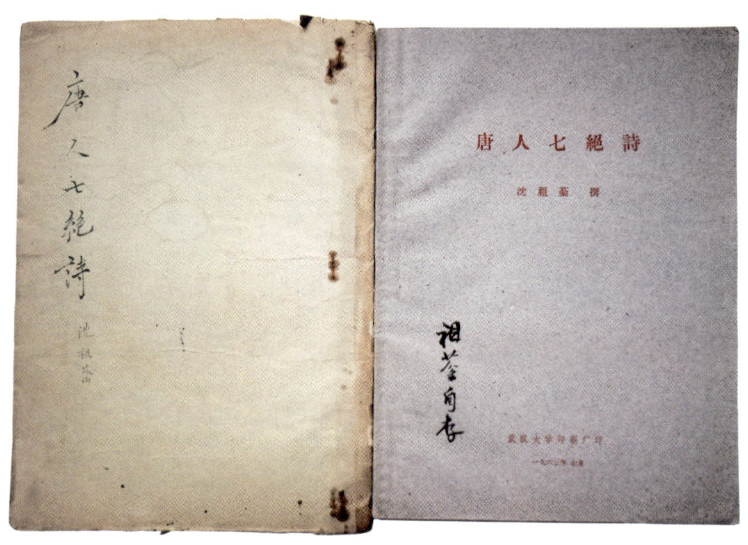

左为1957年左右油印竖行本《唐人七绝诗》课程讲义，右为1963年武汉大学印刷厂排印本

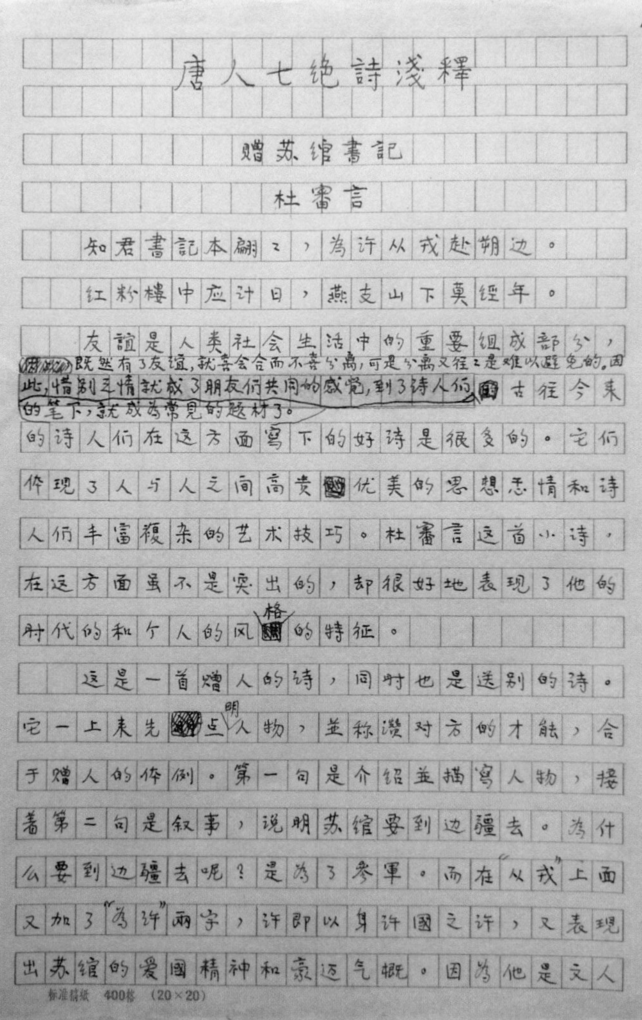

1

唐人七绝詩淺釋

赠苏绾書記

杜審言

知君書記本翩翩，為許从戎赴朔边。

红粉樓中应计日，燕支山下莫經年。

友誼是人类社会生活中的重要組成部分，既然有了友誼，就喜会合而不喜分离，可是分离又往往是难以避免的。因此，惜别之情就成了朋友们共同的感觉，到了诗人们的笔下，就成為常見的题材了。古往今来的诗人们在这方面写下的好诗是很多的。它们体现了人与人之间高贵优美的思想感情和诗人们丰富複杂的艺术技巧。杜審言这首小诗，在这方面虽不是突出的，却很好地表现了他的时代的和个人的风格的特征。

这是一首赠人的诗，同时也是送别的诗。它一上来先点明人物，並称讚对方的才能，合于赠人的体例。第一句是介绍並描写人物，接着第二句是叙事，说明苏绾要到边疆去。為什么要到边疆去呢？是為了参軍。而在“从戎”上面又加了“為许”两字，许即以身许國之许，又表現出苏绾的爱國精神和豪迈气概。因為他是文人

标准稿纸 400格 （20×20）

稿纸本《唐人七绝诗浅释》首页

岑参《送贾侍御使江外》

这也是送别朋友之作。贾侍御之去，是因为出使，承恩出使，此行是得意的，所以首写新骑骢马，以见得意之状。次句乃想像贾侍御出使所经过的路程。金陵，今南京。海门，指自京江口（今镇江）以下一带江水入海之处。三四两句前句写分别后相见之难，两地远隔，荆南，今湖北西部，湖南西北部，及四川东部之地。治荆州，今湖北江陵县治。渭水之北，指长安。后句接言以后相见既难，别莫惜今天未别之时，多喝点酒，即使酒痕泼着衣襟，也不要管它吧。这诗三四两句和前诗意思一样，但次序恰恰颠倒。第四句就是前诗的"今日送君须尽醉"，第三句就是前诗的"明朝相忆路漫漫"。又都是"劝君更尽一杯酒，西出阳关无故人"之意。但都不及王维诗语浅情深，自然真挚，写出了人人心中之所想说的话，所以独为人们所喜爱，广泛而悠久地传诵不衰。

高适《别董大》

上面我们讲过，中国古代交通不便，邮信阻隔，人们乡土观念重，因此重视离别，当朋友分离，总是留恋惜别，而这首诗却以开阔的胸襟，豪迈的气概来对付离别，劝慰朋友。前两句写景，后两句写情。因为全诗的思想感情是豪迈开阔的，所以前两句也是选择了雄浑阔大的景色境界来写，达到了情景交融的效果。大漠的风沙直上云天，因此云也似乎变成黄色的了。十里写空间的阔大，风沙黄云的苍茫无边。在这黄沙蔽天之中，时已将暮，白日也只剩下一点暗淡的余光了。寒冷的北风吹着雁群，下起纷纷的大雪来了。在这荒寒而又壮阔的环境中，送别朋友，却不作凄凉的话别，不作儿女之态，而以大丈夫的开阔豪迈的气概来劝慰友朋，使人觉得天地广阔，前路光明。既给予朋友一种安慰，让他带着轻快豪迈的心情上路，同时也体现了诗人的开阔豪迈的胸襟气魄。这和作者的时代、生活、个性以及诗的风格都有关系。这与孟郊《赠崔纯亮》（送别诗）的"出门即有碍，谁谓天地宽"是完全不同的。从这也可以看出送别朋友的诗也是各种各样，丰富多采的。

并不是偶然的。

贾至送李侍郎赴常州

首句写眼前景色，并点明时令气候，是指天时而言。次句叙想李侍郎别後的行程，是指地理而言。而朋友行旅之艰苦，自己对朋友的关切，行旨留恋，依依惜别之情均在言外。三四句正面写惜别之意，今天在送君的酒席上，朋友还在一起，应当尽此一醉，不要等明天分别之後，长路漫漫，纵然相忆，也不能再在一起了。以今日明朝对照，见今日相聚之促，明朝相忆之长，照应今日之应当醉，离别之苦。今日句即劝君更进一杯酒意，明朝句即西出阳关无故人意也。

王维送沈子归江东

这也是一首送别的诗。首句从头点明送别之地。杨柳渡头，阑含下面春色，并暗点别情。行客稀少，而所送之人仍不得不行，更觉可伤。罢师荡桨，则所送之人，终於走了。（临圻或作临沂，在今江苏江宁县东北三十里。）三四句写朋友已去之後，临流远望，唯见一片春色，遍於江南江北，遂觉心中相思的无穷无尽，恰像眼前春色的无边无际，自己既不能和朋友同去，但是此相思之情远远相随，正像春色的无所不在。以春色比相思，真觉此情充满天地，可以说是意於言情，工於喻意。尤妙在情与景合，即景寓情，自然相合，不是有意刻划。不但写出深挚的友谊，惜别的情愫，而且将这种飘渺、微妙的抽象感情，使它形象化，变为可见可触，更容易感染读者。

鱼玄机江陵愁望有寄

首句写眼前景色，并点时令。次句写江桥掩映之间，而暮帆迟迟未来，写出愁望之情。三四句写相思之情，以江流的永不停止，比喻相思的永无止歇，将无穷无尽的相思之情，无休无止的相思之苦，完全形象地表达出来。上诗以春色的遍於大江南北为比，是从

练习簿本《唐人七绝诗分析》

沈祖棻全集

唐人七絕詩淺釋

沈祖棻 著

张春晓 主编

·桂林·

TANGREN QIJUESHI QIANSHI
唐人七绝诗浅释

书名题签：周小英

图书在版编目（CIP）数据

唐人七绝诗浅释 / 沈祖棻著. --桂林：广西师范大学出版社，2023.8
（沈祖棻全集 / 张春晓主编）
ISBN 978-7-5598-5991-4

Ⅰ. ①唐… Ⅱ. ①沈… Ⅲ. ①唐诗－七言绝句－诗歌欣赏 Ⅳ. ①I207.227.42

中国国家版本馆 CIP 数据核字（2023）第 068501 号

广西师范大学出版社出版发行
（广西桂林市五里店路 9 号 邮政编码：541004
网址：http://www.bbtpress.com）
出版人：黄轩庄
全国新华书店经销
中华商务联合印刷(广东)有限公司印刷
（深圳市龙岗区平湖镇春湖工业区 10 栋 邮政编码：518111）
开本：880 mm × 1 240 mm 1/32
印张：14.5 插页：4 字数：340 千
2023 年 8 月第 1 版 2023 年 8 月第 1 次印刷
定价：88.00 元

编辑说明

一、本卷以 1981 年上海古籍出版社《唐人七绝诗浅释》为底本，参校 2000 年河北教育出版社本、2008 年中华书局本。引文部分对校诸通行本。

二、个别字词各本字形、词形不一，为便于阅读，一般选用依从当前通行规范者。少量异体字、繁体字仍予保留。个别用字仍保留时代风貌。

三、各本标点规范略有出入，一般选用依从当前通行规范者。诗中所引乐曲名、赋名统一不加书名号，释文处予以保留。

四、在原附录《旧释二十三首》之外，新增附录《七绝诗论》，以 2019 年中华书局《沈祖棻诗学词学手稿二种》为底本整理排印。此手稿非作者定稿，仅录出供读者参考。

五、《七绝诗论》将原手稿繁体字简化处理，明显衍字、讹字径改，缺字以［ ］补入。手稿原有标点（如引号、括号）尽量保留，在此基础上按通行规范适当增加标点。原有夹注、眉批放入正文相应位置，夹注为楷体小字，眉批为宋体小字，眉批前标注【眉批】。

六、《七绝诗论》引文或与通行版本不同，一般不予改动，明显省略处以［……］标示，据诸通行本改动处注出原手稿文字，以备查考。偶有与《唐人七绝诗浅释》正文、附录《旧释二十三首》所引略异者，各依其本，不做统一。

七、插页期刊图片由上海图书馆提供。

引言

一

汉语古典诗歌和祖国整个的古典文学一样，具有悠久的历史和优良的传统。早在先秦时代，就有《诗经》、《楚辞》这样伟大的作品，屈原这样伟大的诗人出现。在其后漫长的岁月里，又陆续出现了许许多多杰出的诗人和诗篇。古典诗歌不但在数量上是惊人的，在质量上也是非常高的。许多优秀的和伟大的诗人，在不同的历史时代反映了人民的生活和要求；和内容相适应，他们并不断地向人民学习，创造了多种多样的形式。所有这些流传下来的内容丰富、形式优美的诗歌，都是我们的宝贵的遗产。它们是无穷无尽的宝藏，值得我们努力地发掘。

汉语古典诗歌有三个方面值得我们注意。第一，它的内容主要是抒情的。汉语诗歌，从最早的《诗经》起，就绝大多数是抒情的。叙事作品如《生民》、《公刘》、《绵》等，只占少数。汉代乐府中有一些叙事诗，如《孤儿行》、《妇病行》、《陌上桑》、《羽林郎》、《焦仲卿妻》等。除了《焦仲卿妻》一首，故事有头有尾，并且在诗中创造了一些有个性的人物形象外，其馀的都比较简短。《陌上桑》、《羽林郎》写的都只是故事中精彩的片段。《孤儿行》、《妇病行》的情节虽很动人，但人物形象不够鲜明。被我们今天认为是叙事诗的这些作品，其抒情的成分也是比较浓厚的。魏晋南北朝的民歌和诗人创作几乎绝大多数都是抒情的，只有少数著名的制作如《木兰诗》是例外。以后著名的叙事诗如白居易的《长恨歌》、《琵琶行》等，也不以创造人物为主，倒是以发抒作家对人物、事件的感受为主，其数量也不多。

第二，它的篇幅一般比较短小。如上所述，古代长篇叙事诗是很少的，而一般抒情诗的形式也同样都是比较短小，即使是我们上面已经提到的《诗经》中间那些叙述祖先们创造国家的功绩和奋斗的历史的作品，篇幅也很有限。被大家认为少有的长诗如《焦仲卿妻》也不过三百五十三句，一千七百六十五字。后来的文人创作，以唐诗为例，如李白的《经乱离后，天恩流夜郎，忆旧游书怀，赠江夏韦太守良宰》、杜甫的《北征》、韩愈的《南山》、卢仝的《月蚀》、郑嵎的《津阳门诗》、韦庄的《秦妇吟》等，都算是很长的诗了。有些民歌，如吴歌、西曲，短小到只有二十个字，甚至十三个字，仍然是一首完整的诗，它们并没有因为篇幅的限制而减低质量。

第三，它具有或宽或严的格律。汉语古典诗歌是最讲究格律的，尽管格律的尺度有宽严的不同。在古代，我们有许多富有诗意的抒情散文，却没有散文诗、自由诗，可以证明格律在古典诗歌中的普遍性和必要性。在它们中间，格律严的，需要讲究声律对偶，甚至按谱填词，分别四声阴阳，如律诗、词、曲；格律宽的，也至少全篇要有韵脚，句中的字要平仄间用，如骚赋、古诗。

五七言诗是古典诗歌中流行时间最久，杰出诗人最多，作品最丰富的一个领域，而以唐代为其登峰造极时期。它一般地又可分为古诗、律诗、绝句诗三类，但无论哪一种体裁的作品，绝大多数都体现了上述的一些值得注意之点。

诗是最精粹的语言。它用经过反复挑选过的最合适的语言来表达其最美好、丰富和微妙的思想感情。而七言绝句则可算是最精粹的诗体之一，因为它以最经济的手段来表现最完整的意境或感情见长。当然五言绝句字数更少，但七绝虽然每句只比它多两个字，却显得委婉曲折，摇曳生姿，声辞俱美，情韵无穷，因而别有其动人之处。

七绝这种以短小的篇幅来表达丰富深刻内容的特征规定了：它在创作中，必须比篇幅较长的诗歌更严格地选择其所要表达的内容，摄取其中具有典型意义，能够从个别中体现一般的片段来加以表现。因而它所写的就往往是生活中精彩的场景，强烈的感受，灵魂底层的悸动，事物矛盾的高潮，或者一个风景优美的角落，一个人物突出的镜头。在多数七绝诗的杰作中，这种富有特色的艺术魅力乃是一种带有普遍性的存在。

具有上述特色的七言绝句诗，和其他许多古典诗歌体制一样，来源是很古的；同时，在发展中，它与诗中联句的风气、律化的现象都有关系。因此，我们在讲到七言绝句的来源时也要涉及它们。

如众所周知，文学形式大都是为人民所创造，然后由作家加工，逐渐变得完美的，七言绝句也是这样。它起源于民间歌谣。七言绝句在形式上最显著的标志，就是全篇以七言四句组成。这种形式的歌谣出现得很早，甚至可以追溯到周朝春秋末期产生的史籍《逸周书》中的《周祝》篇。它是以歌谣体写成的含有教训意味的作品。在形式上，或者是全章以三言和七言六句组成，句法是三、三、七、三、三、七，或者是全章以七言四句组成。后者可以说是七言绝句的始祖。如：

凡彼济者必不怠，观彼圣人必趣时。
石有玉而伤其山，万民之患故在言。

汉以来这种歌谣也仍然流行，如《汉书·东方朔传》载有他的射覆辞：

臣以为龙又无角，谓之为蛇又有足，
跂跂脉脉善缘壁，是非守宫即蜥蜴。

射覆是一种民间游戏，东方朔能够当场脱口而出地作成这样的七言韵文，可见这种腔调是他素所熟悉的亦即当时社会上流行的歌谣样式。到了曹魏有《行者歌》：

青槐夹道多尘埃，龙楼凤阙望崔巍。
清风细雨杂香来，土上出金火照台。

在东晋也有《豫州歌》：

幸哉遗黎免俘虏，三辰既朗遇慈父。
玄酒忘劳甘瓠脯，何以咏思歌且舞。

这些歌谣都是七言四句组成，所不同于后来的七言绝句的，是二句一换韵或四句全押韵。

南北朝以来，七言四句的歌谣及文人拟作渐渐多起来，并且在用韵的方面有了进一步的发展。在民间歌谣方面，如隋代的《长白山歌》：

长白山头百战场，十十五五把长枪。
不畏官军千万众，只怕荣公第六郎。

在文人创作方面，如北齐魏收的《挟瑟歌》：

春风宛转入曲房，兼送小苑百花香。
白马金鞍去未返，红妆玉箸下成行。

梁简文帝的《夜望单飞雁》：

天霜河北夜星稀，一雁声嘶何处归。
早知半路应相失，不如从来本独飞。

这都已经是四句三韵，第一、第二、第四句押韵，第三句不押韵，就和后来最普通的七言绝句的押韵方式完全一致。再如北周庾信的《代人伤往》：

青田松上一黄鹤，相思树下两鸳鸯。
无事教渠更相失，不及从来莫作双。

则是四句二韵，第一、第二两句用对偶，第一句不押韵。这也是后来常见的七言绝句形式，不过全章和每句之间平仄还没有全部协调，也就是还没有严格地律化罢了。到了隋代，古诗律化已经相当普遍，律化了的绝句也随之出现。如无名氏的《别诗》：

杨柳青青著地垂，杨花漫漫搅天飞。
柳条折尽花飞尽，借问行人归不归。

则和唐以来一般的七言绝句完全没有什么差别了。

根据现有的文学史知识来说，古代七言诗的起源并不迟于五言诗。但可能由于五言歌谣被采入乐府比七言歌谣早得多，因而它得以凭借音乐的力量，广为流布，先行发达。所以在汉魏六朝时期五言诗是非常有势力的，五言古诗在这时期成熟了，诗人们写出了不少的杰作；不但是五言古诗，就是五言四句的入乐歌谣，从晋以后，也愈来愈多。晋宋之际，吴歌、西曲的数量是丰富的，它们的基本形式是五言四句。当时文人所作五言四句的小诗也颇为盛行。但这时期的七言诗，特别是七言四句的诗则是很少的。可见五言四句和七言四句的民间歌谣起源虽都很早，但在唐以前，七言四句的诗歌，却不占重要地位。这和唐以来的情形大不相同。不仅如此，我们现在所用的七言绝句这一名称，也是从五言绝句那里借来的。因为六朝时代只有某些五言四句的诗方被称为绝句，而七言四句的诗却并没有这种名称。

绝句得名由于联句。最早的联句可以追溯到汉武帝与其臣僚共作的《柏梁台诗》，其方式是每人各作七言一句，每句押韵，合成一篇古诗，但此诗或系伪托。晋代贾充和他的妻子李夫人联句，则是每人各作五言二句。到了东晋末年，陶渊明与愔之、循之的联句，才发展为每人各作五言四句。南北朝时，联句非常盛行，并且每人各作五言四句，已成为定型。著名诗人如鲍照、谢朓、何逊、范云、庾肩吾等都有很多联句，盛极一时。与联句相对，当时才出现了绝句这一名称。《南史·文学传·檀超传》：

> 又有吴迈远者，好为篇章，宋明帝闻而召之，及见，曰："此人连、绝之外，无所复有。"

这是最早以连（联）句、绝句连类而言的。再如《南史·梁简文帝纪》中载有：

> 有随（王）伟入者，诵其连珠三首、诗四篇、绝句五篇，文并凄怆云。

这里是将一般的诗和绝句分开记载的。《南史·梁元帝纪》也说：

> 在幽逼，求酒饮之，制诗四绝。

这里更明白地表示了绝句为诗之一体。可见绝句一名当时已经成立。但何以见得它是由联句而来，同时又是和联句相对的呢？原来，当时的诗人们认为：有两人以上同作一诗，一人先作四句，其他的人每人续作四句，如此蝉联而下，成为一篇，就是连句或联句；如果一人先作了四句，无人续作，或续而不成，那么，这仅存的四句就被称为断句或绝句了。如《宋书·谢晦传》说：

> 世基，绚之子也，有才气，临刑，为连句诗曰："伟哉横海鳞，壮矣垂天翼。一旦失风水，翻为蝼蚁食。"晦续之曰："功遂侔昔人，保退无智力。既涉太行险，斯路信难陟。"

谢世基这首诗有谢晦续作，所以就称为连句（联句）。又《南史·宋文帝诸子列传》说：

> 晋熙王昶……知事不捷，乃夜开门奔魏。……在道慷慨为断句曰："白云满鄣来，黄尘半天起。关山四面绝，故乡几千里。"

刘昶这首诗无人续作，所以就称为断句（绝句）。稍后，梁简文帝就有《夜望浮图上相轮绝句》和《咏灯笼绝句》，已经将绝句作为一种诗体，写入题中了。

五言绝句的出现，虽然后于五言四句的歌谣，但在外形上，这两种来源不同的诗是完全一样的。它们的区别只是一是能唱的，本系歌谣；一是不能唱的，来自联句。但这种区别后来也渐渐地混同起来。例如梁徐陵编的《玉台新咏》，就将可能产生于汉代的五言四句的歌谣四首题为《古绝句》，但在汉代，我们知道，每人作五言四句的联句风气还没有出现。

还应该指出，在唐以前，这种联句方式只限于五言诗，也只有部分五言四句的诗才有绝句的名称，七言四句的并不在内。将七言四句的诗也称为绝句，是唐代才有的。例如杜甫集中的诗题有五言的《绝句二首》、《杜陵绝句》，又有七言的《三绝句》、《戏为六绝句》等。

无论五言绝句或七言绝句，在唐以后还保留了一部分不合于声律的作品，这多半是古代歌谣的遗留。由于在唐以后的绝句诗，特别是七言绝句，多数已经律化，所以这种没有律化的七言绝句往往反而被视为例外。事实上，它们正是七绝比较原始的形式。

我们知道，齐梁以来，诗歌在声律上起了很大的变化，这种变化的基本内容是从每句、每联一直到全篇，都使其规律化。其过程是从古诗发展为新变体，最后发展为律诗。律诗在形式上，一般包括有六条规律：第一，每首必须以八句五言句或七言句组成，不能增减。每句的字数要一样，不能多少。只有排律可以在八句以上，用双数增加。第二，每首除了首尾各两句外，中间四句必须是对偶，即两句成为一联，词汇、语法都要大体相称。第三，每句中某字必须用平声或仄声，某字可以平仄不拘，都有一定。第四，除了第一句可以押韵也可以不押韵外，第三、五、七句不能押韵，第二、四、六、八句必须押韵。第五，所押的韵脚，必须全部平声，而且每首要一韵到底，不可中途变换。第六，在音节上，每四句构成一个单元，每八句体现一次相间相重。普通的五律、七律都是用两个音节单元构成，排律则用三个以上的音节单元构成。试列七言律诗的平仄谱正格，即平起式，以杜甫的《客至》为例，如下：

㊣平㊀仄平平仄　　　舍南舍北皆春水，

(仄)仄平平仄仄平　　但见群鸥日日来。
(仄)仄(平)平平仄仄　　花径不曾缘客扫，
(平)平(仄)仄仄平平　　蓬门今始为君开。
(平)平(仄)仄平平仄　　盘飧市远无兼味，
(仄)仄平平仄仄平　　尊酒家贫只旧醅。
(仄)仄(平)平平仄仄　　肯与邻翁相对饮，
(平)平(仄)仄仄平平　　隔篱呼取尽余杯。

可以很清楚地看出，这首诗是完全合于上述六条规律的。为了便于显示两个音节单元的相间相重，这里选用的是第一句不押韵的一种。还有第一句押韵的一种，就是将这句的第五字和第七字的平仄掉换一下，这一种更为常见。另外，还有偏格，即仄起式，是将平起式的第三、四两句和第一、二两句，第七、八两句和第五、六两句的位置互相掉换而构成的。仄起式也分第一句押韵和不押韵的两种。此外也还有各种变调。这里不一一列举了。

在律诗出现的同时，绝句已由于受了新变体的影响，日趋律化；而律诗成熟以后，又进一步地影响了绝句诗，这就使得大多数的绝句按照律诗的声调向律化方面发展。律诗一般以八句为一篇，计两个音节单元，绝句则以四句为一篇，它的句数本来是律诗的一半，当它律化以后，音节上恰恰是一个单元。律化了的绝句，一般地也要遵守上述律诗的诸规律，除了不一定要用对偶的句子和不能体现音节上的相重。因此，唐朝人就称绝句为小律诗，或将律诗和绝句合称为今体诗（后人又称为近体诗），以别于古体诗；或在分体编集时以绝句附入律诗（如元、白两氏《长庆集》及李汉编《韩昌黎集》就都是如此）。元、明人还有误以为绝句是截律诗之半而成的（如徐师曾《文体明辨》等）。这些都是由于绝句律化以后而形成的现象或解释。

总起来说，绝句的构成就是这样：它起源于歌谣，得名于由联句而来的绝句，大多数经过律化以后，形成现在我们所常见到的这种形式，少数则保留了未律化的古老形式。

二

现在试将七言绝句这种形式的一般规律进一步举例加以说明（七言绝句的形式到了唐代已经完备，所以我们举的例全部是唐人的作品）。

前面已接触到七言绝句在形式上的一些很显著的标志，例如它必须以七言四句组成；在四句中，或第一、二、四三句押韵，或只第二、四两句押韵（七言四句的古歌谣，大都是句句押韵：或一韵到底，或两句一转韵的。这些，后来一般都不把它们算在七言绝句之内）等等。此外，还有两个方面的规律需要提出的，就是和声与造句。和声以平仄为基础，造句则有奇偶的区别。它们都是有比较固定的规律可循的。

和声的问题也就是诗歌的节奏的问题。我们知道，诗歌起源于伴随着集体劳动而发出的有节奏的呼喊或咏叹，所以它的节奏可以说是与生俱来的。节奏对于诗歌所必须具有的反复回旋，一唱三叹的抒情基调，是不可缺少的。同时，汉语古典诗歌一向和音乐有着极密切的关系，从《诗经》起，诸如汉魏六朝乐府、唐代绝句、宋词、元曲，一直到明清时调小曲，都是入乐的，因此，它们就特别注意语言的节奏。即使当某一种诗体后来渐渐地脱离音乐，成为独立的文学样式而存在时，也仍然基于上述节奏对于诗歌的必要性，而保存了它原有的节奏上的特点，而且往往更其注意这种特点。由于汉语的独特性，古典诗歌的节奏基本上是利用字音的平仄相间相重来体现的（当然，除此以外，还有其他的因素，例如双声、叠韵、叠字、四声、阴阳等，但平仄是节奏中最主要的和最普遍的因素），所以古典诗歌的节奏问题，首先便是如何将字、句、篇中平仄声巧妙地排列组合，变得和谐动听的问题。正是首先因为平仄声相间相重的规律化，才使得它在诵读时显得抑扬顿挫，富有和谐之美。许多有名的诗歌广泛而久远地流传人口，这方面也起了很大的作用。

造句的奇偶问题，也是从汉语的独特性而来的。汉语并不是单音语，但当它有一部分和口语分了家，成为书面的语言以后，其中的多数就形成一字一音、一音一义。这就使得诗人写诗时，在声音之外，还可以在词汇、语法方面加以种种不同的排列组合，构成诗句中奇偶的变化。本来，诗歌中的对偶和声律是两回事，如以两句诗组成对句，虽然在节奏上无需互相协调，但在词汇、语法上却需要对称；如某两句诗并非对句，则虽然在节奏上可以互相协调，但在词汇、语法方面，却又不必对称。但是，当平仄与奇偶两种因素结合起来，声音、词汇、语法的排列组合都规律化以后，既注意和谐又注重对仗的骈文、律诗就产生了。由于律诗的影响，绝句中也出现了非常工整的偶句，虽然它不是非要有对仗不可。绝句以在造句方面的奇偶兼备，运用自由，而显出了它的灵活性。

根据七绝的平仄的变化，可以将它分为三类，即古体、拗体和律体。它们发展的次序，是先古体，次拗体，最后是律体；但根据数量的多少来说，则最多是律体，其次是拗体，最少是古体。我们为叙述的清楚和方便，先讲律体，次及拗体、古体。

第一类，律体绝句。它在句数上等于律诗的一半，音节上是一个单元，但只有相间而无相重。它的平仄和押韵，也是按照前面讲过的律诗那些规律安排的。细分起来，有下列四种：

（一）正格即平起式之一，第一句押韵的：

㊥平㊀仄仄平平	纱窗日落渐黄昏，
㊀仄平平仄仄平	金屋无人见泪痕。
㊀仄㊥平平仄仄	寂寞空庭春欲晚，
㊥平㊀仄仄平平	梨花满地不开门。

——刘方平《春怨》

（二）正格即平起式之二，第一句不押韵的：

㊥平㊀仄平平仄	斯人清唱何人和？
㊀仄平平仄仄平	草径苔芜不可寻。
㊀仄㊥平平仄仄	一夕小敷山下梦，
㊥平㊀仄仄平平	水如环珮月如襟。

——杜牧《沈下贤》

（三）偏格即仄起式之一，第一句押韵的：

㊀仄平平仄仄平	万里辞家事鼓鼙，
㊥平㊀仄仄平平	金陵驿路楚云西。

(平)平(仄)仄平平仄　　　江春不肯留行客，
(仄)仄平平仄仄平　　　草色青青送马蹄。

——刘长卿《送李判官之润州行营》

（四）偏格即仄起式之二，第一句不押韵的：

(仄)仄(平)平平仄仄　　　渡水傍山寻绝壁，
(平)平(仄)仄仄平平　　　白云飞处洞门开。
(平)平(仄)仄平平仄　　　仙人来往行无迹，
(仄)仄平平仄仄平　　　石径春风长绿苔。

——刘商《题潘师房》

我们看了上面四个例子，可以知道：它们的和声与半首七律完全相同，押韵的方式也是一样。第一首等于七律平仄谱正格即平起式第一句押韵的一种的前半首，第二首则等于它的后半首；第三首等于七律平仄谱偏格即仄起式第一句押韵的一种的前半首，第四首则等于它的后半首。

第二类，拗体绝句。这是由古体到律体的过渡形态，和新变体性质相同。它大致可以分为两种：一种是以部分未律化的句子和部分已律化的句子结合成篇，另一种是全诗句子虽然都已律化，但前两句和后两句的组合不符合于一般七律以四句不同平仄的诗句组成一个音节单元的规定。它或是以七律的第一、二句和第五、六句，或是以第三、四句和第七、八句相重组成。其四句即两联之间的关系，不是平起仄接，仄起平接，而是平起平接，仄起仄接。换言之，它不是以四句即两联为一个音节单元而相间，乃是以二句即一联为一个音节单元而相间的。第一种由于它的句子没有完全律化，第二种由于它相间相重的距离太短，自然不及律体那么和谐，诵读起来，有些拗口，因此就称为拗体了。

今先将其中的一种举例说明如下：

仄平仄仄平平平　　两人对酌山花开，
仄平仄平仄仄平　　一杯一杯复一杯。
(仄)仄(平)平平仄仄　　我醉欲眠卿且去，
(平)平(仄)仄仄平平　　明朝有意抱琴来。
——李白《山中与幽人对酌》

平平仄平平仄平　　横江馆前津吏迎，
(平)平(仄)仄仄平平　　向余东指海云生。
(平)平(仄)仄平平仄　　郎今欲渡缘何事？
(仄)仄平平仄仄平　　如此风波不可行。
——李白《横江词》

第一首是前两句平仄与律体不合；后两句则都已律化，与律体七绝平起式第三、四句完全相同。第二首则是第一句的平仄与律体不合，其馀三句都已律化，与律体七绝仄起式第二、三、四句完全相同。

其次，我们再将另一种举例加以说明。它又可以细分为四种：

（一）平起平接，第一句押韵的：

平⃝平仄⃝仄仄平平　　黄沙碛里客行迷，
仄⃝仄平平仄仄平　　四望云天直下低。
平⃝平仄⃝仄平平仄　　为言地尽天还尽，
仄⃝仄平平仄仄平　　行到安西更向西。

——岑参《过碛》

（二）平起平接，第一句不押韵的：

平⃝平仄⃝仄平平仄　　传闻烛下调红粉，
仄⃝仄平平仄仄平　　明镜台前别作春。
平⃝平仄⃝仄平平仄　　不须满面浑妆却，
仄⃝仄平平仄仄平　　留著双眉待画人。

——徐璧《催妆》

（三）仄起仄接，第一句押韵的：

仄⃝仄平平仄仄平　　荷叶罗裙一色裁，
平⃝平仄⃝仄仄平平　　芙蓉向脸两边开。
仄⃝仄平⃝平平仄仄　　乱入池中看不见，
平⃝平仄⃝仄仄平平　　闻歌始觉有人来。

——王昌龄《采莲曲》

（四）仄起仄接，第一句不押韵的：

仄⃝仄平⃝平平仄仄　　九月徐州新战后，

(平)平(仄)仄仄平平　　悲风杀气满山河。
(仄)仄(平)平平仄仄　　惟有流沟山下寺，
(平)平(仄)仄仄平平　　门前依旧白云多。
——白居易《乱后过流沟寺》

从上面四个例子可以看出，第一首是以七律平仄谱正格即平起式第一句押韵的一种的第一、二句和第五、六句组成。第二首是以同上式第一句不押韵的一种的第一、二句和第五、六句组成。第三首是以七律平仄谱偏格即仄起式第一句押韵的一种的第一、二句和第五、六句组成。第四首是以同上式第一句不押韵的一种的第一、二句和第五、六句组成。其实，这种拗体的音节，除了第一句因为押韵与否第五、七字的平仄有变动外，也就是将半首律体绝句的音节重复一次。

关于拗体绝句，还有一点必须注意的，就是拗体没有完全拗的，也没有全篇音节十分和谐的。如一篇中完全没有律句，就成了古体了；而全篇中的每一句及句与句之间的音节完全像律诗那样和谐，则又变成律体了。

第三类，古体绝句。这一种绝句是无法列成平仄谱的，因其句中音节的排列组合，有很大的自由。但它也并非全无一般的规律可循，如：全诗用韵，不能平仄通押；若押平韵，则不押韵的句子末字必须是仄声，若押仄韵，则不押韵的句子末字必须是平声。每句每联的平仄虽无严格规定，但每句之中，平仄仍须相间相重，不能在一句之中，全用平声或仄声字；每联之中，位置相同的字，平仄也仍须有所错综，不能两句完全一样。今举数例如下：

（一）用平韵，第一句押韵的：

问余何意栖碧山，笑而不答心自闲。
桃花流水杳然去，别有天地非人间。
——李白《山中答俗人问》

（二）用平韵，第一句不押韵的：

春山杜鹃来几日，夜啼南家复北家。
野人听此坐惆怅，恐畏踏落东园花。
——陈陶《子规思》

（三）用仄韵，第一句押韵的：

洞房昨夜春风起，遥忆美人湘江水。
枕上片时春梦中，行尽江南数千里。
——岑参《春梦》

（四）用仄韵，第一句不押韵的：

踏青会散欲归时，金车久立频催上。
收裙整髻故迟留，两点深心各惆怅。
——韩偓《踏青》

这些例子说明：所谓古体七言绝句，事实上就是一种最短的七言古诗。它在和声与造句等方面，和律体、拗体都相去较远。

以上是七言绝句和声的一般规律。关于其句法的奇偶，是比较简单的。它可以全篇都用奇句构成，或者反过来，全篇都由偶句构成，也有用一半奇句一半偶句构成的。其例如下：

（一）四句不对，第一句押韵的：

潇湘何事等闲回，水碧沙明两岸苔。
二十五弦弹夜月，不胜清怨却飞来。

——钱起《归雁》

（二）四句不对，第一句不押韵的：

邯郸驿里逢冬至，抱膝灯前影伴身。
想得家中夜深坐，还应说着远行人。

——白居易《邯郸至除夜思家》

（三）四句全对，第一句押韵的：

柳絮飞时别洛阳，梅花发后在三湘。
世情已逐浮云散，离恨空随江水长。

——贾至《巴陵夜别王八员外》

（四）四句全对，第一句不押韵的：

辛勤几出黄花戍，迢递初随细柳营。

塞晚每愁残月苦，边愁更逐断蓬惊。

——王涯《塞下曲》

（五）后二句对，第一句押韵的：

谁道君王行路难？六龙西幸万人欢。
地转锦江成渭水，天回玉垒作长安。

——李白《上皇西巡南京歌》

（六）后二句对，第一句不押韵的：

不是爱花即欲死，只恐花尽老相催。
繁枝容易纷纷落，嫩蕊商量细细开。

——杜甫《江畔独步寻花》

（七）前二句对，第一句押韵的：

水边垂柳赤阑桥，洞里仙人碧玉箫。
近得麻姑书信否？浔阳向上不通潮。

——顾况《叶道士山房》

（八）前二句对，第一句不押韵的：

蓝桥春雪君归日，秦岭秋风我去时。
每到驿亭先下马，循墙绕柱觅君诗。

——白居易《蓝桥驿见元九诗》

上面举的第（一）、（二）两例的句法就是一般七律的第一、二、七、八句的句法。第（三）、（四）两例的句法就是一般七律的第三、四、五、六句的句法。不过第（三）例因为押韵的关系，将第一句的第五字和第七字的平仄互相掉换了一下，所以这两个字和第二句的平仄是不相对称的，但词汇、语法则仍然对称。第（五）、（六）两例的句法完全和一般七律的前半首相同。第（七）、（八）两例的句法则完全和一般七律的后半首相同。但第（七）例也是因为押韵的缘故，其第一句的五、七两字的声音有所改变。可见七言绝句不只是在和声方面受了七言律诗的影响，而且在造句方面也受了它一定的影响。

以上，简略地叙述了七绝诗在形式方面的两种规律。我们研究七言绝句，最主要的当然是要注意它的思想内容，然而思想内容必须要通过与之密切结合的艺术形式才能表现出来，所以简单地介绍一下它的形式，也是必要的。在艺术形式中，有许多是属于每一诗人个人的东西，例如他所使用的语言及由语言而形成的独特的风格，所反映的诗人精神面貌等等。但也有的是属于诗人们所共同占有的东西，例如和声平仄与句法奇偶的基本规律，这是大家都要遵循的。我们在这里只将后者作了一般的说明，至于每个诗人在写七绝诗时所创造的艺术形式上的特点，在这里就无法详论了。

三

根据上述，可知七言绝句成形于南北朝，至唐而极盛。唐以后由宋到清，也并不缺乏杰作。在唐以后漫长的历史年代中，七言绝句的数量当然比唐代多，但在质量上却未能超过。所以唐代七言绝句，在中国诗歌史上，是具有代表性的。在谈到唐代七言绝句作家以前，对于唐代七言绝句在整个唐代诗中的地位加以简略地叙述，也是必要的。

大概地说，汉魏六朝是五言古诗独盛的时代。唐代是五七言古今体诗，即古诗与律诗、绝句并盛的时代。但由于律诗、绝句是唐代新成熟的诗体，还加上下面还要谈到的其他原因，例如唐代考试用五言律诗、乐府歌词多用七言绝句等，所以唐代律诗、绝句的数量，就远远地超过了古诗的数量。施子愉先生曾就《全唐诗》中存诗一卷以上的诗人的作品加以统计，制成下表（见所撰《唐代科举制度与五言诗的关系》，载《东方杂志》第四十卷第八号）：

数目 时期 体裁	初唐	盛唐	中唐	晚唐
五言古诗	663	1795	2447	561
七言古诗	58	521	1006	193
五言律诗	823	1651	3233	3864
七言律诗	72	300	1848	3683
五言排律	188	329	807	610
七言排律		8	36	26
五言绝句	172	279	1015	674
七言绝句	77	472	2930	3591

从这个表中可以看出：唐诗中最多的是五言律诗、七言绝句、七言律诗三种。五言律诗共计九千五百七十一首，如果再加上五言排律就有一万一千五百零五首。七言绝句共计七千零七十首。七言律诗共计五千九百零三首。可见唐诗中律诗、绝句占多数，而七言绝句则占第二位。

由于这个统计数字的根据只是存诗一卷以上的作品，合计只有三万三千九百三十二首，实际上仅当《全唐诗》的总数四万八千九百馀首的百分之六十九左右，所以它不是十分精密的。但是第一，正因为这个统计是以存诗一卷以上的诸家的作品为根据的，所以有代表性的作家绝大多数都在内，可以说明唐代多数诗人最喜爱用什么样的形式来进行创作。第二，那些存诗在一卷以下的诗人们的作品，其形式也多数是律诗、绝句。所以，如果以四万八千九百馀首来进行统计，大概律诗和绝句的百分比还要高些。即使是现在这样，七言绝句已占约百分之二十一了。自然，数字只能说明一部分问题，唐人七绝诗的价值根本上还是在于许多诗人运用了这一样式，以优美的思想感情和高度的艺术技巧从多方面来真实地反映了社会生活。

前面讲过，五言律诗、七言律诗、七言绝句在当时说来是新形式（而且它们不像五七言排律那样呆板），为诗人和读者所爱好，所以数量占得多。这是它们发达的共同原因。分开来说，则五言律诗（包括五言排律）之所以发达，是和进士科举有关的，因为当时考试规定要作五律（通常都是五言六韵，间有四韵和八韵的）；而五律的发达，又必然在一定程度上刺激了七律的发达。至于七绝何以在当时也特别发达，则可以从两个方面加以说明：第一，七言绝句在唐代是最流行的乐府歌辞。这一点，王士祯《唐人万首绝句选序》中说得很清楚：

> 考之开元、天宝以来，宫掖所传，梨园弟子所歌，旗亭所唱，边将所进，率当时名士所为绝句尔。故王之涣“黄河远上”、王昌龄“昭阳日影”之句，至今艳称之。而右丞“渭城朝雨”，流传尤众，好事者至谱为《阳关三叠》。他如刘禹锡、张祜诸篇，尤难指数。由是言之，唐三百年以绝句擅场，即唐三百年之乐府也。

最有名的传说旗亭画壁故事，便是一个很好的例证。唐薛用弱《集异记》曾有这样的记载：

> 开元中，诗人王昌龄、高适、王涣之（当作之涣，下同。——引用者）齐名，……一日，……三诗人共诣旗亭，贳酒小饮。……俄有妙妓四辈，寻续而至，……旋则奏乐，皆当时之名部也。昌龄等私相约曰：“我辈各擅诗名，每不自定其甲乙，今者可以密观诸伶所讴，若诗入歌词之多者，则为优矣。”俄而一伶拊节而唱曰：“寒雨连江夜入吴，平明送客楚山孤。洛阳亲友如相问，一片冰心在玉壶。”昌龄则引手画壁曰：“一绝句。”寻又一伶讴之曰：“开箧泪沾臆，见君前日书。夜台何寂寞，犹是子云居。”适则引手画壁曰：“一绝句。”寻又一伶讴曰：“奉帚平明金殿开，强将团

> 扇共徘徊。玉颜不及寒鸦色，犹带昭阳日影来。”昌龄则又引手画曰：“二绝句。”涣之自以得名已久，……因指诸妓之中最佳者曰：“待此子所唱，如非我诗，吾即终身不敢与子争衡矣。脱是吾诗，子等当须拜床下，奉吾为师。”因欢笑而俟之。须臾次至双鬟发声，则曰：“黄河远上白云间，一片孤城万仞山。羌笛何须怨杨柳，春风不度玉门关。”涣之即撇歈二子曰：“田舍奴，我岂妄哉！”因大谐笑。……

不管这个故事本身的真实性如何（胡应麟《庄岳委谈》曾举数证说明它的诬妄），但总可以证明唐代乐部妙妓所唱，多是当时有名诗人的绝句这种风气，以及绝句入乐的普遍性。除此之外，类似的记载也很多。再则，七绝之为歌词，还可以由初期的词来证明。如〔杨柳枝〕、〔竹枝〕、〔浪淘沙〕等，在形式上都和七言绝句完全一样，所以这些作品有时被收入诗集，有时又被收入词集。再如〔字字双〕、〔八拍蛮〕、〔阿那曲〕等，则类似未律化的歌谣体古绝句，〔采莲子〕除每句之后另加“年少”及“举棹”的和声外，也和七言绝句相同。由此不仅可以看出七绝诗发展为词的演变之迹，而且也可以看出它由于入乐的关系，所以流布迅速而广远。

第二，由汉魏六朝到唐代，文学的整个趋势是向骈偶、声律发展的。古诗在格律方面有较大的自由，但其文字的建筑之美和语言的声音之美，则不免有所欠缺。由古诗发展成为律诗，固然弥补了那种缺陷，但必须遵守上述那六条相当严格的规律，又不免过于束缚。七绝恰恰在两者之间。未律化的绝句，固然简单到只要四句两韵就行，已律化的绝句，文字也可以不要对仗，所以它既有古体的自由，也有律体的和谐之美，同时，比起五绝来，又有回旋动荡、多所变化的优点。这就不仅构成了它入乐时盛行的条件，也构成了它脱离音乐以后依然盛行的条件。

由此可见，七言绝句在唐代特别发达，在后代还一样盛行，是有其客观原因的。

四

向来谈到唐诗，都分初、盛、中、晚四个时期。这一古老的分法，有它相当合理之处。关于初、盛、中、晚的分法，一般是以高祖武德元年（618）到玄宗先天元年（712），约九十馀年，为初唐。玄宗开元元年（713）到代宗永泰元年（765），约五十馀年，为盛唐。由代宗大历元年（766）到敬宗宝历二年（826），整六十年，为中唐。文宗大和元年（827）到昭宣帝天祐元年（904），约七十馀年，为晚唐。从前引施先生所制的表中可以看出，七言绝句和五言律诗、七言律诗一样，在四唐中数量是一直上升的，而其中初唐七言绝句占全部七言绝句总数百分之一强，盛唐占百分之七弱，中唐占百分之四十一强，晚唐占百分之五十一弱。这当然不能说明七言绝句的质量愈来愈高，但可以证明它的数量愈来愈多，这一诗体愈来愈为诗人们所乐于使用。

以下我们略述四唐七绝诗发展的轮廓。在每一个时期中，它们是各有其不同于另一时期的情况的。

在初唐时代，整个诗风沿袭齐梁，律诗开始成熟，绝句律化也在这时期开始完成。当时的诗人似乎还没有十分注意这种有远大前程的体裁，所以产生的数量不很多，也没有专以七言绝句擅长的作家。但这并不等于说：初唐的七言绝句没有它的特色。概括地说，它的这一时期的特色就在于它处在一个成长期中，在形式上，它尚未完全律化，诗人们既不十分注意声律严整，对偶工致；在构思上，也没有力求用意深刻，出语惊人。他们在用这一诗体写作的时候，往往随情涉笔，并不刻意经营，而自具浑朴自然之美。这种特色，到盛唐以后，反而由于它的成熟而减少了，好像一个成年人不能再回到他的童年一样。

管世铭《读雪山房唐诗抄》七绝凡例说："初唐七绝，味在酸咸之外。'人情已厌南中苦，鸿雁那从北地来？''独怜京国人南窜，不似湘江水北流。''即今河畔冰开日，正是长安花落时。'读之，初似常语，久而自知其妙。"这是很有见地的话。他所引的王勃《蜀中九日》、杜审言《渡湘江》、张敬忠《边词》，的确是并不着力，而意境自然，风格超妙。他如杜审言的《赠苏书记》、贺知章的《回乡偶书》，都是传诵人口的；而王翰的《凉州词》，则被王世贞《艺苑卮言》推为唐人七绝的压卷作品之一。可见七言绝句在初唐时期，虽然"风调未谐"（王士禛《唐人万首绝句选》凡例语），而别具韵味；虽然作者不多，而颇有名篇。这一时期的作品，是唐人七绝诗的良好的开端，为后来的许多专家杰作的出现准备了优越的条件。不但在推动七言绝句的发展方面有它的功绩，应该加以重视，即就本身而论，也仍然是有它的价值的。

自玄宗开元以来，进入了盛唐时代。由于近百年来人民的努力，国家强盛了，经济富厚了，给唐诗也带来了一个繁荣时代。这时的诗歌如日中天，百花齐放，作家辈出。七言绝句也在初唐的基础上走上了新的道路。

在许多作家中，我们首先要谈到的是王昌龄。王昌龄在当时有“诗夫子”之号，如果以他的全部诗歌创作来说，是名不副实的，但专就七言绝句来说，则当之无愧。他在中国诗歌史上是出现得最早的以七言绝句名家的诗人之一。

在王昌龄的七绝诗中，反映宫廷妇女生活的作品是极值得重视的一个方面。他非常深刻地了解和同情她们的痛苦，代她们发泄了苦闷的心声。如《长信秋词》中“金井梧桐”一首写她们长夜的寂寞，“奉帚平明”一首写她们失意的悲哀，“真成薄命”一首写她们虽曾一度受宠，随即又被抛弃的不幸命运。对于这些不幸的妇女们，诗人是饱含着同情的眼泪来描写她们的。王昌龄是首先以七绝诗成功地揭露了当时宫廷妇女的悲怨生活的作家，后来以宫词著名的王建、王涯，就是在这一方面的继承者。沈德潜《唐诗别裁》评王昌龄七言绝句说：“深情幽怨，意旨微茫，令人测之无端，玩之无尽，谓之唐人《骚》语可。”固然在他的许多赠别言情之作中，也具有这种特色，但在其宫怨诗中，这种特色更为突出。

盛唐是唐帝国对外战争以及国内各民族之间的战争都比较频繁的时代，士兵对保卫祖国的忠诚和对侵略战争的反感，人民的和平生活和战争的矛盾，在王昌龄的诗中的反映也是丰富的。其中有的写出征士兵的乡愁和家中妻子的离恨，如《从军行》中的“烽火城西”、“琵琶起舞”等篇；有的写士兵爱国的热情和战斗的英勇，如《从军行》中的“青海长云”、“大漠风尘”等篇；有的写对于当时将帅的指责，如《出塞》中的“秦时明月”等篇。他从各方面体现了从军士兵们的矛盾而复杂的感情，绘制了当时战争生活的丰富图景。

王昌龄的七绝诗善于用含蓄的手法来反映深刻的思想感情，特别耐人寻味。例如“奉帚平明”一首，并不明写宫廷妇女怨恨自己不如别人，而只从侧面抒发美丽的容颜还不及丑陋的寒鸦那么幸运的感慨，具有“含蕴无穷”（沈德潜《唐诗别裁》评语）之妙。“秦时明月”一首主旨在指斥当时将领庸碌，不能卫国，致使士兵长年征战，却只从对于古代名将的赞美和向往立言，也同样显得意味深永。就艺术形式方面而言，以组诗的形式来扩大七绝诗的容量，使它以短诗而具有长诗的长处，王昌龄也是最早的试验者并在这方面取得了卓越成就的诗人之一。

李白是祖国诗坛上最伟大的天才之一。他不屑拘于声偶，所以其集中古体诗多，今体诗少，律诗尤其少。他自己并说过带有复古意味的“寄兴深微，五言不如四言，七言又其靡也”的话（见孟棨《本事诗》）。但在创作实践中，他的律、绝诗的成就仍然是很高的，就绝句说，王世贞甚至认为：“太白五七言绝句，实唐三百年一人。”他曾以七言绝句组诗来抒写重大的政治感情，如《上皇西巡南京歌》、《永王东巡歌》等。在这些诗中，他把写古诗的手段用来写小诗，形成一种特殊面貌。但是其成就最高的还是一些赠别、怀古、游览之作。

李白性格豪放，有凌越世俗的精神，但对于丰富多彩的人间生活，他仍然是非常热爱的。如他的《送孟浩然之广陵》写对朋友别时的留恋和别后的怅惘，《闻王昌龄左迁龙标，遥有此寄》则对不幸的友人倾吐了深切的关怀和同情，都是极其感动人的。他笑傲王侯，蔑视权贵，所以和普通人民容易发生真诚亲切的友谊，这从《赠汪伦》等诗中可以看出来。这位诗人对于历史上的盛衰兴亡，也有很强烈的感慨。如《越中怀古》、《苏台览古》等篇，都就昔日的繁华和今日的凄凉作了鲜明的对比，以鹧鸪、杨柳、江月这些古今常见的景物，来衬托人事的变化无常，通过对万古常新的大自然的描写，来暗示统治者富贵荣华的不可恃，具有一定的积极意义。李白对于祖国壮丽的山河，极为爱好，同时，他阔大的胸襟和豪迈的气概是和这些景物融洽无间的。因此，他描绘自然景物的诗篇也非常出色。如《下江陵》写白帝的高峻、江流的湍急、航行的轻快、两岸风景的幽美，都确切鲜明，使人如亲历其境，而且诗人俊爽英伟的形象也融入景物，体现在诗中了。这样的例子是很多的。

李白七绝诗的风格特征，如胡应麟《诗薮》所说："读之真有挥斥八极、凌厉九霄意。"也如《唐诗别裁》所说："只眼前景，口头语，而有弦外音，使人神远。"这些评语并不夸张。在不少的七绝诗杰作中，李白那种天马行空般的精神面貌和行云流水般的艺术手段是密切地结合在一起的。他的无意求工而自然入妙的作品，对于美感不同的读者，往往具有同样的魅力。

王昌龄、李白是两位同时齐名的七言绝句大师，如卢世㴶《紫房馀论》所说："天生太白、少伯以主绝句之席，勿论有唐三百年，两人为政，亘古今来，无复有骖乘者矣。"王世贞、胡应麟也有类似的看法。批评家们对于这两位诗人的七绝诗虽都极其推崇，也有将他们加以比较，企图区分优劣的。另外一些人则正确地指出，王、李之间，只有异同，难分优劣："大概李写景入神，王言情造极。王宫词、乐府，李不能为；李览胜、纪行，王不能作。"（胡应麟《诗薮》）"李俊爽，王含蓄，两人辞、调、意俱不同，各有至处。"（叶燮《原诗》）我们认为：这种意见是比较客观的、可信的。

王维在盛唐诗人中，地位仅次于李、杜。他的诗无体不备，也无体不工。由于他的世界观和生活实践的限制，其成就虽不能和李、杜并论，但仍不失为诗坛重镇。他描写自然景物的五言绝句一向最为人们所称道，这里姑且不论。七绝方面，他最好的作品多数是反映诗人少年时代青春的活力和对于生活的热爱的。他抒写了自己的壮怀和豪气，表现出他对于治政的抱负和追求功名事业的雄心，如组诗《少年行》；而在另一些篇章中，则流露了对于亲属友朋的深情厚意，如《九月九日忆山东兄弟》、《送元二使安西》等。兼有爽朗、缠绵之长，乃是我们读了王维七绝诗以后的主要印象。

这位诗人对当时和后世的影响都相当大，甚至于形成了一个流派。但他的追随者、继承者和欣赏者中的多数，似乎都忽略了他创作中积极的面对现实的一面，而有意无意地扩大了他思想感情中消极因素的影响。我们今天对王维，是有必要加以全面的再认识的。

被称为诗圣的杜甫，古诗、律诗，世有定论。但对其七言绝句，批评家们却不无分歧的意见，如管世铭认为："少陵绝句，《逢李龟年》一首而外，皆不能工。正不必曲为之说。"而李重华《贞一斋诗说》则说："杜老七绝，欲与诸家分道扬镳，故尔别开异径。独其情怀，最得诗人雅趣。"我们认为：杜甫七绝如《江南逢李龟年》、《赠花卿》等篇，声调情韵，和王、李诸家的区别是不大的，可见他并不是没有能力写出那样的作品来，但由于追求艺术上的独创性，确实在这方面有意和另外一些诗人立异，而其成绩也很可观。如在题材方面，他创造了《戏为六绝句》这种论诗的体裁。在篇章结构方面，他运用古人写杂诗的方法创作了《漫兴》、《解闷》等组诗。在格律方面，不但时时突破当时已经固定的律化绝句的音节，采用当时民歌的声调；而且有的时候，还爱押仄韵，故意仿效唐以前的古歌谣。这对于宋代著名的江西派诗人黄庭坚等很有影响，李重华能够看出杜甫在七绝诗方面有意“别开异径”，是有见解的，但认为这种作品为“最得诗人雅趣”，则未免有些过分了。

除了上面所述及的诸大家外，在这一时期中，王之涣、岑参、高适、贾至等人，也曾写出过一些精彩的七言绝句。其中个别的作品，如王之涣的《凉州词》，甚至是非常突出的名篇。

中唐以来，七绝诗的作者更多了，技巧也更能为多数人所普遍掌握了。即使不大著名的诗人，也往往有一些动人的七绝诗传世。我们在这里仍只选择几位有代表性的作家来加以介绍。

首先，可以谈到李益。他在当时是以七言绝句负盛名的，许多作品曾被画为屏障，谱为歌辞。为了得到他的新作，乐工们甚至不惜以贿赂求取。由于早年功名失意，他曾北游河朔，依靠藩镇。历时十年的军中生活，使他创作了不少的以边塞、军旅生活为题材的七绝诗。如写士兵思乡的《夜上受降城闻笛》、写行军艰苦的《从军北征》、写边塞荒寒的《听晓角》、写中原扰攘的《上汝州郡楼》等，都是精警夺目的杰作。这是李益七言绝句中最有成就的一部分，它们成功地透露了中唐以来唐帝国日渐衰微的局势和作家个人的身世之感。管世铭说：“李庶子出手即有羽歌激楚之音，非古之伤心人不能至此。”这个评语很正确地指出了：李益的七绝中的悲壮声情，是特别感动读者的。

刘禹锡可以说是唐代除王昌龄以外，以最大力量来从事七绝诗写作的诗人。管世铭说他是“无体不备，蔚为大家，绝句中之山海”。李重华也认为他是王昌龄、李白以后最有成就的七言绝句作家，并非过誉。他在这方面的努力，首先值得提出的是，在这一诗体从民间上升到文人手中数百年以后，再开始主动地向民歌学习。他集中的《竹枝词》、《堤上行》、《踏歌词》、《浪淘沙》、《杨柳枝》等，就是其学习的成果。他不仅仿效这种民间形式和情调来写爱情，而且有时还用来写一些风土人情和劳动生活。它们都在一定程度上反映了普通劳动人民的生活、感情，对于后来《花间集》中一些五代词人写风土的词，也具有启发作用。

刘禹锡继承了李白、杜甫写七绝组诗的传统，而发展得比他们更加完整和广泛，如《金陵五题》就是一例。他对于杜甫的七言绝句中已经出现的议论、讽刺等表现手法，也有所发展。如《与歌者米嘉荣》、《自朗州至京，戏赠看花诸君子》、《再游玄都观》等都是。这种手法又影响了晚唐的杜牧、李商隐以及宋代的王安石、苏轼。刘禹锡卷入了当时的党争，宦途失意，长期贬官，这类的诗正是他自己政治生活的写照。所以陆时雍《诗镜总论》说他“深于哀怨”，“婉而多讽”，他的诗风简炼沉着，七言绝句也是如此。

元稹、白居易的七言绝句也是值得称道的。他们的诗以浅显通俗见长，在七言绝句方面，也保存了这一特点。对于当时政治社会的重大问题，他们写得很多，但却几乎全是用五七言古诗来写的。尽管如此，这两位诗人以七绝诗描写的对于家庭朋友生离死别的悲感和其他日常生活，仍然非常真挚恳切，一往情深。如元稹的《六年春遣怀》、《闻乐天授江州司马》、《得乐天书》，白居易的《邯郸至除夜思家》、《同李十一醉忆元九》、《舟中读元九诗》等篇，都写出了自肺腑中流出的深厚感情。白居易的七言绝句，特别流畅宛转，比元稹的成就更高一些。

这时，七绝诗中还有一种值得注意的现象，就是大型组诗的出现。王建的《宫词》一百首，从许多不同的角度描写了帝王宫廷生活。当然，由于作者的生活时代和出身阶级的局限性，有些不免是歌颂了这种腐朽生活的，但是同时也深刻地透露了宫廷生活的黑暗面，特别是宫廷妇女内心的苦闷，使读者对于那些锦衣玉食的女奴隶，产生了极大的同情，从而对于使她们陷于不幸的封建制度，感到愤慨。从王建《宫词》以后，继之而起的，有晚唐诗人曹唐的《小游仙诗》九十八首、罗虬的《比红儿诗》一百首、胡曾的《咏史诗》一百五十首等。这些作品，成就不高，但却扩大了七绝这种小诗的容量，值得注意。

此外，韦应物、张仲素、张祜、韩翃等，也各有一些脍炙人口的七言绝句。

杜牧和李商隐是晚唐时代的重要诗人，也是这一时期的七绝诗大家。杜牧生在藩镇割据的晚唐，颇有用世之志，立朝刚直，敢于论列时政，指陈得失，同时，还是个儿女情长的人。崔道融在《读杜紫薇集》一诗中写道："紫薇才调复知兵，长觉风雷笔下生。还有枉抛心力处，多于五柳赋闲情。"很幽默地刻画了他这位前辈的精神面貌。七绝一体，是他的专长，横放近于李白，讽刺近于刘禹锡。如《过华清宫》、《过勤政楼》、《将赴吴兴，登乐游原》等篇都能于小中见大，词浅意深。他如写情的《赠别》、写景的《江南春》，也是难得的佳作。

李商隐的七言绝句具有"寄托深而措辞婉"（叶燮《原

诗》），以及“以议论驱驾而神韵不乏”（施补华《岘佣说诗》）的特点。这位诗人喜欢用典故，并且很会用典故，他的七绝诗也往往利用典故来展示他的感情，因而是比较难懂的。他另外有些作品，用意虽深婉，而语言却明白，就更为我们所爱好了。如悼念亡妻的《嫦娥》、讥讽统治者不懂用人的《贾生》，构思就很曲折（它们还不是李商隐七绝诗中最难懂的），而《夜雨寄北》、《离亭赋得折杨柳》，却又曲折又浅显，更使人荡气回肠。

在晚唐诗人中，温庭筠、韩偓、郑谷、韦庄的七绝也是有名的。在白居易等的影响之下，这时还出现了一些通俗诗人，如罗隐、杜荀鹤、胡曾等。他们有些七绝诗句，在长期流传中，都变成了古代社会上通行的成语，如罗隐的“采得百花成蜜后，不知辛苦为谁甜”（《蜂》），“今朝有酒今朝醉，明日愁来明日愁”（《自遣》），杜荀鹤的“逢人不说人间事，便是人间无事人”（《赠质上人》）就是。胡曾的《咏史诗》，为后来讲史所常引用，《三国演义》中就引过他三首，可见其通俗性和为各阶层人民所熟悉的情况。这些现象，说明了通俗诗在社会上流行之广，也说明了七言绝句是当时最流行的诗体。

宋荦说：“诗至唐人七绝，尽善尽美。自帝王、公卿、名流、方外以及妇人女子，佳作累累。取而讽之，往往令人情移，回环含咀，不能自已。此真《风》、《骚》之遗响也。”（《漫堂说诗》）这一段话，很扼要地指出了唐人七绝诗的成就，及其作者的广泛性。对唐代许多七绝作家一一加以论述，在这里是不可能的，因此，宋荦这一总的赞语，就无妨引来作为我们的简单介绍的结束。

五

在这本小书里，我挑选了若干篇唐人七绝诗，就它们的思想内容和艺术形式两个方面，作了一些极其粗浅的分析，以绍介于广大读者。

在唐人的和唐以后作家的作品中，常常有许多在题材、主题、语言风格、写作技巧等各方面相近或相反的，如果取而合读，不仅可以增加兴趣，而且对于培养我们的欣赏与写作的能力，也有帮助。所以，我就把入选的诗篇分成正文和附录两类。挑出了若干首作为正文，按时代先后排列，而把另外一些在某一个或几个方面可以与正文进行比较的作为附录，在分析时，先正后附，连类而及。正文当然全是唐诗，附录绝大多数也是唐诗，偶尔涉及一些著名的唐以后作品（如果没有恰当的可供比较的作品，则不加附录）。这原是前人诗话中常用的老办法。不过，他们都是兴之所至，随手记下自己的一些看法，不免零碎，此书则是有意识地广泛使用这个办法而已。至于这个办法是否可取，还有待于读者们的指教。

目次

赠苏书记

杜审言

知君书记本翩翩，为许从戎赴朔边？
红粉楼中应计日，燕支山下莫经年！

这是一首送别的诗。和亲友分离的时候，写诗送别，是古代文士的一种生活习惯。诗中两用“书记”一词，含义不同。诗题的书记是一种职称，唐制，元帅及节度使都有掌书记一人，主管文书工作，书记即其简称。诗句的书记，是指写作文书。汉末阮瑀为曹操担任这种工作，才思敏捷。曹丕在《与吴质书》曾称赞说：“元瑜（瑀字）书记翩翩，致足乐也。”即以鸟飞得轻快来比喻阮的才思，诗句就是用的这句成语。

诗以赞美对方的才能起笔。这位姓苏的也许还有许多其他值得赞美的方面，而这里只突出“书记本翩翩”这一点，是诗的主题所规定的，因为他这时正要到北边去担任某一个节度使的文书工作。朔边即北边。从戎即参军。节度使府是军事机关，所以去做书记也可以称为从戎。

但是，诗的第二句并不是顺着承接下来的，而是以一个问句代替了平叙。为许，即为什么。你为什么要到北边去参军呢？粗看起来，这一问来得有点突然，又没有回答，简直弄不清是怎么一回事。细加玩索，才发现原来第一句就是回答。因为苏某才思敏捷，早有声名，所以才被那位节度使请了去担任书记的。这样写，就使得“书记本翩翩”的赞美之词更其有分量了。袁枚《续诗品·取径》叫人作诗要“揉直使曲”，又其《随园诗话》云：

“凡作人贵直，而作诗文贵曲。孔子曰：‘情欲信，词欲巧。’孟子曰：‘智譬则巧，圣譬则力。’巧即曲之谓也。崔念陵诗云：‘有磨皆好事，无曲不文星。’洵知言哉！”这种写法，也就是所谓“揉直使曲”，它显然增强了诗篇的艺术效果。这，是读诗时会经常遇到的。

第三、四句言情，是送别的主旨。诗人只是希望他的朋友在朔边不要耽搁太久，早点回来。这表明了送别时的留恋和盼望的心情。但他不从行者方面着笔，而从居者方面着笔；又不从自己着笔，而从行者最亲近的人——他的妻子着笔。红粉是代词，即以女子的化妆品代女子。从楼中红粉一天一天地计算着分离的日子，以见其盼望的迫切，归结到他应当早点回来，非常近情。燕支山在今甘肃省山丹县东，是汉、唐时代国内各民族杂居的地方，也是苏书记要去任职的所在。汉大将霍去病大破匈奴，曾乘胜追击，越过燕支山千馀里。燕支山一带，土地肥沃，水草茂盛，人民的生活较好，相传其地多生美女，所以匈奴在失去此山以后，有“失我燕支山，使我妇女无颜色”的民谣。燕支即红兰花。古人采其汁加入脂油，用作女子的化妆品，所以一般也写作燕脂或胭脂。这里是说，希望苏书记想到自己的每天都在怀念他的妻子，在取得胜利，完成任务以后，早点回家，不要为他乡美女所迷，乐而忘返。用燕支山代表朔边，正好和红粉楼字面相对，由家中红粉想到塞上燕支，既很自然，情调也极和谐。经年，只不过是过一个年，也不能算是很久，但和计日对照，就觉得非常之长，因此，“莫经年”的嘱咐，就是千该万该，合情合理的了。正因为前两句写了他慷慨从戎的英雄气概，所以后两句就用儿女柔情来劝他早归。这，也是一个巧妙的对衬，显得非常真诚，又非常风趣。

这后两句不从正面写，而从对面写，也是袁枚所谓“诗文贵曲”的地方，它比直接描写苏某离家，依依不舍更委婉，更深厚，因而更有说服力。诗中凡是用这样一种表现手段的，往往格外动人。如杜甫《月夜》：“今夜鄜州月，闺中只独看。遥怜小儿女，未解忆长安。香雾云鬟湿，清辉玉臂寒。何时倚虚幌，双照泪痕干。”这首诗是诗人天宝十五载（756）在被叛乱的安禄山部队占领的长安城中怀念在鄜州的妻子儿女而作。首联写妻子在月夜怀念自己，次联以儿女尚小，不知念己作陪。三联写妻子在月光之中的形象，尾联以希望团聚作结。杜甫曾经在自己的作品中多次提到他祖父在诗歌上的成就，并表示要继承祖父的文学事业。这首诗，就是学习杜审言《赠苏书记》从对面着笔的手段的，而青出于蓝，刻画得更其细致，表现得更为丰富。

此诗虽用对照的方法，并用对偶的句式，但并不刻意求其工整。如燕支是山名，而红粉则并非楼名。“燕支山”是三字一意，“下”是一字一意，而“红粉”二字是一意，“楼中”二字又是一意。两句字面相对，而意思和语法上并非的对。所以显得自然流动，并不着力。

自然流动而不着力，是初唐七绝的一种艺术风格。如张敬忠《边词》：

五原春色旧来迟，二月垂杨未挂丝。
即今河畔冰开日，正是长安花落时。

即与杜诗写法相同。首句写五原（今内蒙古自治区五原县）春迟，次句写二月垂杨还没舒叶，荒寒之境如在目前。第三、四句以五原冰开与长安花落同时对照，而诗人怀念京城之意自见。再如杜审言另一首《渡湘江》：

迟日园林悲昔游，今春花鸟作边愁。
独怜京国人南窜，不似湘江水北流。

还有王勃《蜀中九日》：

九月九日望乡台，他席他乡送客杯。
人情已厌南中苦，鸿雁那从北地来！

前一首以今与昔、园林与边地对照，归结到“京国人南窜”之可悲，“湘江水北流”之可羡，愈加显示出作者因罪远贬峰州之苦恼。后一首以他乡送客的情怀，写出佳节思乡的感慨，以北来鸿雁反衬南中人情，极写客中送客的忧伤情绪。两篇都以不太严格的对句，表达了自然流丽的风姿，王勃一首更其明显。这也就是沈德潜《唐诗别裁》中所说的“似对不对，初唐标格”。

山行留客

张旭

山光物态弄春晖，莫为轻阴便拟归。

纵使晴明无雨色，入云深处亦沾衣。

在春光明媚的时候，风景幽美的山中，和朋友一起游玩，是值得高兴的事。但天色忽然有点阴暗，客人怕下雨，急着要回去了。这对兴致勃勃的主人说来，可真有些扫兴。在这种情形之下，对客人殷勤地加以挽留，是很自然的行动。于是，他就写了这首诗。

要劝说客人打消回去的主意，就必须有充分的理由来解除他的顾虑。这一般都是用议论的方式来进行的。但诗歌是形象思维的产物，形象性是它区别于其他如叙事说理等文字的特点。作为抒情诗，它还得在形象中抒发作者的感情。因此，这一任务似乎是不适宜由诗歌，特别是七绝诗来担负的。但诗人却在这首诗里巧妙地完成了他自己规定的任务。

诗的起句概括了在春天的阳光下，大自然的美好景色。山光，指沐浴在阳光中青山的光彩；物态，指一切树木花草、飞禽走兽等等的形态。四个字包罗很广，可以使读者用自己的想象去填充。而续以“弄春晖”，这一“弄”字非常精彩，它将一切山光物态在春天的阳光之下所特别呈现出来的活泼的生机、生动的风姿都鲜明地描绘出来了。在张旭以后，如于良史《春山夜月》：“弄花香满衣”，宋张先《天仙子》：“云破月来花弄影”，都以用此字为人推重。这个“弄”字，当然含得有嬉弄、抚弄、玩弄之意在内，但又非这些意思所能包括，很难译成现代语言。大体说来，它是指一种自我的或及物的柔和、亲切、愉快的动态，通过这种动态，体现了人与人之间、物与物之间或人与物之间融洽无间的关系。这一句既描绘了眼前景色之可爱，又为次句劝说伏下一笔，作为客人不应中途回去，而应继续游赏的充足理由。

第二句进入劝说。为什么看到天色稍微有点阴沉就要回去呢？无非是怕下雨，怕沾湿了衣服。但既在春天，又是轻阴，暴风雨是不会有的。即使真下起雨来，也不过是细雨而已，因此，这种顾虑未免多馀。

第三、四句紧接着申述上面的意思。纵然天气晴明，毫无雨意，但继续攀登，山势愈来愈高，云气也就愈来愈厚。浓厚的云气，也同样会沾湿衣服，这和细雨又有什么分别呢？这就是说，只要是攀登高山，就必然会进入云烟深处，也就必然会沾湿衣服，天晴也好，天阴也好，反正一样。既然如此，你又何必怕轻阴成雨，而放弃游赏，忙着回头呢？这两句是在说理，但却用具体的自然景色及其变化来表达，就具有鲜明的形象性。

这第三句的“纵使”和第四句的“亦”是互相呼应的。“纵使”两字，承上宕开一笔，将上文意思作一转折，然后引出下文。画家绘画时，先用墨双钩轮廓，以便渲染，称为钩勒，文学批评借用了造型艺术的这一名词，称这一类的词为钩勒字。有了钩勒字，才会使读者对于诗人所要表达的意境感觉更为清晰。在七绝诗中，这种钩勒字是时常可以遇到的。

我们还可以一读司空曙的《江村即事》：

钓罢归来不系船，江村月落正堪眠。
纵然一夜风吹去，只在芦花浅水边。

这首诗是写江村当前情事。诗中的主人公可能是诗人自己，即所写乃是他生活的一个片段；也可能是江村某一渔人或隐士，即所写乃是诗人所见的客观情景。当然，即使写的不是诗人自己的事情，其中当然也注入了他的想象和体会。

起句写夜钓归后，懒系渔船，而让它随便漂浮。次句承上，点明地点、时间、人的心情和行动。泊船的所在是江村，时候是深夜。月已落，人已疲，真该睡了。第三、四句写“不系船”的原因。全诗通过“不系船”这样一件小事，刻画了江村风景的宁静幽美、社会生活的单纯以及主人公心情的闲适和舒坦。

此诗结构，也和上面一首诗相似。第二句承第一句申明懒于系船的原因，第三、四句承第二句，宕开一笔，将意思推进一层，不要说船不一定会被风吹去，即使吹去了，也不过“只在芦花浅水边”，又有什么关系呢？这“纵然”也与“只在”相呼应。

再如宋王安石的《北陂杏花》：

一陂春水绕花身，花影妖娆各占春。
纵被东风吹作雪，绝胜南陌碾成尘。

起句点明临水杏花。次句以岸上之花、水中之影都美艳动人，来刻画杏花临水的特征。第三、四句仍是对于临水这一特征的刻画，而别出一意，是说由于临水，即使花瓣飘落，也在水中，胜似栽在路旁，花瓣都落在路上，人踏马践，化为尘土。也以“纵被”与“绝胜”相呼应。

大凡用“纵使”、“纵然”、“纵被”这类的钩勒字，都是将上文之意推进或翻进一层，从而使全诗含意富于曲折变化。但钩勒虽然是为了对比，却并不一定要前后呼应，如这几首诗所使用的，一般是举一方而他方自见，这从后面的许多诗中可以看出来。

回乡偶书（二首之一）

贺知章

少小离家老大回，乡音无改鬓毛衰。
儿童相见不相识，笑问客从何处来？

在古代封建社会里，一般读书人或为功名所牵绊，或为生活所逼迫，往往不得不离乡背井，在外作客。加上交通不便，就更少回乡的机会。经年累月，寄旅异地，甚至在很年轻的时候离家，到很老才回去。因此，怀乡就成为许多人一种亲切而深沉的感情，回乡则是他们心中强烈的愿望。当这种愿望实现的时候，喜悦的心情就显得非常突出了。在久客不归的漫长岁月中，和自己本身发生了变化一样，故乡的人事也必然有着很多变化。这些，又不可避免地会引起还乡人的一些感慨。贺知章这首诗所以长远传诵人口，正因为它生动自然地表达了这种生活真实和思想感情。

诗篇一开始就点明了是回乡之作，而且不是一般的回乡，而是在少小的时候离开，一直到老了才回来。这就给这次回乡加上了不平常的意义。作客如此之久，一旦踏上家乡的土地，自然倍觉亲切；而在一切接触到的事物之中，最觉亲切的，乃是自己多年在外还没有忘记而又很少听别人说的乡音。此句所说“乡音无改”虽指自己，以和“鬓毛衰”对衬，但却是回乡之初，所听到的都是乡音而引起的感触。正如清叶燮《客发苕溪》中所写的：

客心如水水如愁，容易归帆趁疾流。

忽讶船窗送吴语，故山月已挂船头。

这种情景，是久客初归的人所常常感到的。听到乡音，遇到熟人，就很自然地讲起家乡话来。在自己的感觉和别人的反应中，意识到自己尽管离乡多年而乡音无改，当然值得欢慰，而另外一方面也不能不想到，改变了的东西总是有的，首先就是无情的岁月，催老了客子的容颜。诗的后两句，正是根据这点，选择了一件小小的但具体的事实，将衰老之感加以深化。

人们每每称许李益《喜见外弟又言别》中“问姓惊初见，称名忆旧容”一联为善于言久别乍逢之情；这首诗后两句也与李诗有异曲同工之妙。由于“少小离家老大回”的关系，家里没有见过面的孩子们竟将自己当成了远方的来客，有礼貌而又透着高兴地加以问讯。诗人在微微地感到惊讶之后，也许不觉有些好笑，但立刻又会认为这也很自然，从而发生许多感慨。这些感情上的微妙的起伏，是隐蔽的，诗句也只是捕捉住了这个有趣的镜头，拍了下来，并没有作更多的抒发，但我们仔细加以体会，仍然可以察觉他久客伤老之情。《回乡偶书》一共两首。第二首云：

离别家乡岁月多，近来人事半消磨。
惟有门前镜湖水，春风不改旧时波。

如果将两首合起来看，用意就比较明显了。然而正因为第二首写得过于“直致”，缺乏含蓄和机趣，因而就不如第一首之为人推重。

诗人从小离家，到八十多岁才回到故乡会稽（今浙江省绍兴市）。他一生在仕途上都很顺利，告老还乡时，玄宗皇帝亲自作诗送行，将镜湖一曲赐给他居住，太子和百官也都为他饯别，可以算得是“衣锦荣归”。因而此诗虽对人事变迁不无感慨，却绝非李频在《渡汉江》中所写的“近乡情更怯，不敢问来人”那种心情。其值得称说的地方则是他虽然“富贵而归故乡”，但并没有庸俗地将那些为世俗所欣羡的情态写入诗中。他所反映的只是一个久客回乡的普通人的真情实感。这正是史籍上记载了的贺知章旷达豪迈、不慕荣利的具体表现。基于这种性格，他在诗中就以诙谐的语气着重地表现了那富有情趣的一刹那，从而冲淡了他内心里的迟暮之悲。这首诗的语言非常朴素，但却巧妙地表达了许多人所具有而往往不能恰如其分地加以表达的心情，给读者留下了深刻的印象。

宋苏轼《子由将赴南都，与余会宿于逍遥堂，作两绝句，读之殆不可为怀，因和其诗以自解。余观子由自少旷达，天资近道，又得至人养生长年之诀，而余亦窃闻其一二，以为今者宦游相别之日浅，而异时退休相从之日长，既以自解，且以慰子由》二首之一云：

别期渐近不堪闻，风雨萧萧已断魂。
犹胜相逢不相识，形容变尽语音存。

这首安慰相逢又别的爱弟的诗，一览可知，是反用了贺诗之意，貌为旷达，实极悲凉，反映他们兄弟在政治道路上经历了艰难险阻之后的抑郁情绪。而其另一首《纵笔》，却又与贺诗同一机杼：

寂寂东坡一病翁，白头萧散满霜风。
儿童误喜朱颜在，一笑那知是酒红。

这首诗是诗人被放逐到南方以后的作品，它也是以幽默的笔调，淡淡地写出了自己的宦途失意，老病侵寻之感。前两句微露感慨，后两句则选择了一件富有情趣的生活小事加以点染，在不知不觉之中摆脱了由于前面的感慨而可能进一步产生的沉重气氛，和《回乡偶书》第一首的手法十分接近。

这两位“异代不同时”的诗人，由于其所具有的开朗胸襟、豪迈气概与乐观精神有共同之处，因而不约而同地写出了这两篇意境和机杼颇为近似的作品。这种例子说明了：我们在探索作家们的传承关系时，性格这一因素不应当放在考虑范围之外。

凉州词

王翰

葡萄美酒夜光杯，欲饮琵琶马上催。
醉卧沙场君莫笑，古来征战几人回？

这是一首边塞诗。边塞是唐人诗中习见的题材。任何一个多民族国家在形成的过程中，都有过国内各民族之间的斗争和融合。中国从古以来，就是一个多民族国家。在唐代，各民族之间在政治、经济、文化各方面的交流是极为频繁的。汉族和其他兄弟民族的人民，和睦共处，习以为常。但由于各族统治阶级的贪婪和野心，汉族和少数民族之间也多次发生过战争。在各族人民居住地区的并不很严格的分界线之间，为了保卫和平生活，就往往各自设置戍守工事，屯驻防卫力量。唐诗中所谓边塞，绝大部分都是指这种地方而言（当然，在唐时，也有过中国和外国之间的战争，也称国境线上的防御工事为边塞。这两种边塞，同名而异实，在今天，仔细地加以区别，是完全必要的）。

唐人的边塞诗，绝大多数涉及民族战争。这是很自然的。这种属于中国内部民族矛盾的战争，就其性质来说，可以区分为两类。一种是属于侵略的不义战争，一种是属于防卫的正义战争。帝王们的黩武开边，将军们的贪功启衅，掳掠人民，觊觎财富，都是不义的战争；而反对民族压迫，保卫人民生活，抵抗侵略，讨伐骚扰，则是正义的战争。但由于政治、军事局势的复杂多变，防卫也可能由于胜利而转化为侵略，或者相反，侵略也可能由于失败而转化为防卫。另外，即使战争的性质是正义的，但如广大人民保卫民族主权的热情和他们对于统治阶级的憎恨的矛盾，慷慨从戎与久戍思乡的矛盾，将领逸乐与士卒辛苦的矛盾等等，情况是非常复杂的，所以诗篇中所反映的内容也很复杂。唐代的边塞诗数量很大，有许多是无法考察其确切历史背景的，我们就只能从诗人的感情来加以体会，看它们所写的战争是在歌颂或在暴露。当然，由于这些诗人都是封建社会的士大夫，我们不能认为他们所反对的战争就一定是不义的，所赞美的战争就一定是正义的，但一般地说，广大人民所受到的战争对于生活的影响，无论是直接的还是间接的，还是在不同程度上也影响了他们的创作。他们接受了人民的生活形象所给与的教育之后，也往往能够在一定程度上反映出人民的真实思想感情。因此，我们在唐人边塞诗中，感受到人民对于当时国内民族矛盾所导致的战争在感情上的脉搏，察觉人民对某些战争的态度，并从而判断其性质的是非，还是可能的。

唐人七绝很多是乐府歌词，凉州词，也是其中之一。它是按凉州的地方乐调歌唱的。《新唐书·乐志》说："天宝间乐调，皆以边地为名，若凉州、伊州、甘州之类。"凉州即今甘肃省河西、陇右一带，州治在今武威县。

此诗以边塞战场生活为题材，但诗人对于他所要表达的观点，却不是从正面描写而是从侧面衬托显示出来的。它一上来不写战争，却写饮酒。饮的是葡萄酿制的美酒，盛酒的是光能照夜的白玉琢成的宝杯。葡萄酒是当时西域的特产，而传说中的夜光杯，据《十洲记》所载，也是西胡献给周穆王的，所以都是本地风光，与边塞情调切合（这里的葡萄美酒是实，夜光杯则是虚，它不过用来指制作精美的酒杯而已。大凡诗歌中所用的词和字，常常有基于艺术的要求而加以夸饰的地方，为的是增加声音、颜色之美。这，也就是《文心雕龙》所谓“因情敷采”，读时不可以词害意，信以为真）。

次句写正要开怀畅饮的时候，马上的乐队已经弹起琵琶，催人出发了。先写美酒宝杯，使人觉得非痛饮不可，次写琵琶催发，又使人感到欲尽醉而不能。由平静舒适的环境中一下子转入紧张激昂的气氛里，文情极抑扬顿挫，变幻莫测（有的注家认为，这个“催”字仅指催饮，而非催人速饮，饮后出发。但如只是催饮，何必奏琵琶于马上呢？乐师们尽可以坐着或站着表演。正因为饮后立即就要出征，所以乐队才在马上奏曲，饮时则侑酒，出发则送行）。

第三、四两句是征人设想之词。虽然出发在即，我却依然痛饮，不辞醉卧沙场，也许会引起你们见笑吧？但是，从古以来，有几个人是在战争之后活着回去的呢？那么，在未死之前，我为什么不痛快一下呢？这，又有什么可笑的呢？

这种感情是很沉痛的，但却用豪迈的语言表达出来，显得这位军人的胸襟似乎很是旷达。凡是忧伤的感情，如果用悲哀的语言来表达，还不一定能使人感受到它的分量，而用与之正好相反的豪迈旷达的口气说出来，就往往使人觉得非常沉重深刻。在生活中，一个人气愤极了，反而会发笑；悲哀极了，反而会唱歌。如柳宗元所说的：“嬉笑之怒，甚于裂眦；长歌之哀，过于痛哭。”此诗所写心情，正是如此。所以，诗人对于所写战争的看法，也就通过其所写的将士们反对开边黩武这种比较隐蔽的心理状态而曲折地透露了出来。

由于民族战争的复杂性，唐人边塞诗中所反映的思想感情也是多种多样的。我们可以再举几首来看一看。如王涯的《从军词》：

旄头夜落捷书飞，来奏金门着赐衣。
白马将军频破敌，黄龙戍卒几时归？

旄头，星名，即二十八宿中的昴宿。古代占星学认为旄头是胡星，故旄头落意思指进犯的胡人被消灭。敌人消灭，捷报飞传，将军立功，皇帝赐物，这在统治阶级来说，是很满意了。可是，戍守边塞的普通战士几时才能回去呢？（黄龙城，唐时边塞之一，故地在今辽宁省朝阳县。）诗人以客观的描写和含蓄的疑问表现了和前诗一样的主题。虽然也写出了久戍的征夫一时没有回去的希望，但语调却比较缓和。

再如陈陶的《陇西行》：

誓扫匈奴不顾身，五千貂锦丧胡尘。
可怜无定河边骨，犹是春闺梦里人。

这是一首传诵得非常广泛和长远的诗，甚至有作家据以构成小说、戏剧。统治阶级往往利用人民对民族和祖国的热爱，来进行满足自己的私欲的不义战争。诗篇的起句便把捉住了这一点。次句写牺牲的惨重。貂冠锦衣，非一般士兵所能穿戴。冠貂衣锦的人都死了五千之多，战斗之激烈，伤亡之众多，就可想而知了。第三、四两句则更进一步通过具体的形象对比，写出战争所加于人民的痛苦。

作者没有用议论来谴责他所厌恶的统治阶级诱使人民去进行“誓扫匈奴”的战争，而只用“无定河边骨”和“春闺梦里人”作一强烈的对比（无定河是由今内蒙古自治区流入陕西省北部的一条河流），让读者在自己的脑海里构成一幅幅生动的图景，从而自然得出应有的结论。我们不妨试用几个电影镜头来证明它的可见性：在一间冷静的闺房里。案头燃着一枝蜡烛。烛，残了，烛泪堆在盘上。烛旁供着一瓶桃花。花，谢了，花瓣落在案上。一个少妇斜倚在床上，半掩着帷帐，先是对着残烛、残花凝思，后来，渐渐地入睡了。一个年轻英俊、全副戎装的战士走了进来。她先是疑惑、惊诧，待到认清楚了，就不胜欣喜地迎了上去。但战士的形象却渐渐地淡了。接着，在她眼中出现的是河边杳无人迹的广漠的战场和一堆堆的白骨。观众看到这里，能不同情这位少妇和她丈夫的遭遇吗？在可怜的无定河边骨与同样可怜的春闺梦里人这两个具体形象之间，诗人用“犹是”两字把它们串联了起来，显示了彼此之间的关系，也深化了所要表达的主题，有画龙点睛之妙。王世贞《艺苑卮言》评此诗，认为后两句“用意工妙”，而可惜其前两句“筋骨毕露”。沈德潜《唐诗别裁》评云：“作苦语无过此者。然使王之涣、王昌龄为之，更有馀蕴。此时代使然，作者亦不知其然而然也。”王氏之评，指出此诗缺点在于前两句过于直率；沈氏之评，则指出这也正是晚唐和盛唐风格的区别所在，都值得我们体会。

写家人不知出征亲人的存亡，思念之情，形于梦寐，在古人作品中也有过。如李华《吊古战场文》中有云：“其存其殁，家莫闻知。人或有言，相信相疑。悁悁心目，梦寐见之。”也写得情致宛转，意思沉痛。但与此诗比较，则不独不如其精炼，而且李文在梦见征夫之前，已对其存殁将信将疑，而陈诗则深信其仍然活着，毫不疑其已经死去，意更深挚，情更悲惨。

以上这几首诗，从不同的角度谴责了不义战争所加于人民的痛苦，倾诉了人民反对这类战争的心情。但是，人民并不是无原则地反对战争的。对于反抗侵略、保卫民族的正义战争他们是踊跃参加，义无反顾的。所以在唐人的边塞诗中，也有许多歌颂参军作战的诗篇。如戴叔伦的《塞上曲》：

汉家旌帜满阴山，不遣胡儿匹马还。
愿得此身长报国，何须生入玉门关？

首句写军容之盛大，次句写斗志之昂扬，反映了广大将士的决心：如果敌人敢来进犯，就要把他们彻底、干净地加以消灭。语言十分豪壮，激动人心。

后两句以东汉时代一位著名人物班超来和诗中所歌颂的忠勇将士作比较。班超发愤要为统一祖国的事业作出贡献，投笔从戎，在西域工作数十年，深得各族人民的敬爱，立下了丰功伟绩。他晚年因为年老思乡，曾经上书朝廷，希望“生入玉门关”。当然，这也是人情之常，并无损于这位历史人物的形象。但此诗反用其意，显示了将士们为了崇高的事业，而不惜“鞠躬尽瘁，死而后已”，甚至连“生入玉门关”都可以无须，这种忘我的精神就更加突出了。

又如李益的《暮过回乐烽》：

烽火高飞百尺台，黄昏遥自碛南来。

昔时征战回应乐，今日从军乐未回。

起句写百尺高台，已经升起烽火，是暮过时所见情景。由此可知当时军情紧急，戒备森严。在这种局势之下，部队迅速调动，支援前线，是很自然的事。所以诗人次句就接着写自己随着一支增援队伍老远从沙漠南边赶了过来。“黄昏”点时间，并应题“暮过”。按照原来事件的顺序，本是先自碛南来，然后暮过，而诗中却加以颠倒，用意在于突出情况的急迫，烘托战争的紧张气氛，以反衬下面两句。

然而，非常奇妙的是，诗人在第三、四两句中却把那些急迫和紧张都放在一边不管了，而另起炉灶，以今昔对比，极其有力地写出战士们愿意为正义战争而献身的精神状态。回乐，唐县名，故城在今宁夏回族自治区灵武县内。县名回乐，当然不一定就是“回去就快乐”的意思，但诗人却就这两个字可能具有的含义生发，指出从前打仗，以回为乐，今天从军，乐在未回。两句以轻灵的笔调、愉快的心情，有效地传达出了将士们的豪情壮志、乐观精神，这就暗示出，即使敌人如何强大，军情如何紧迫，也不足忧虑了。所以这首诗的前两句和后两句，粗粗一看，似乎是各说各的，并无关联，细加赏析，方知其似断实连之妙。

一个真正的诗人总是和广大人民的思想感情相通连的。他们创作成就的大小，在很大的程度取决于其所反映人民的愿望、利益的广度和深度。人民反对不义的战争而赞成正义的战争，在唐人边塞诗中，有许多是作了真实的反映的，从上面几首中也可以看出来。

凉州词（二首录一）

王之涣

黄河远上白云间，一片孤城万仞山。

羌笛何须怨杨柳？春风不度玉门关！

这首诗是写出塞远征的士兵们的思想感情的。他们从原驻地出发，渡过黄河，到了凉州，再出玉门关（在今甘肃省敦煌县西南）去保卫边境或攻击敌人。愈向西走，就距离渡过的黄河愈远，回头望去，如在天际，所以说“远上白云间”，这也就是李白《将进酒》中“黄河之水天上来”的意思。次句孤城，即是玉门关。这两句上写祖国山川之雄伟气势，下写远征士兵的荒凉境遇，都是为后两句刻画人物的心理状态作准备。

在这种环境之中，忽然听到了羌笛的声音，而羌笛所吹，又是《折杨柳》一曲，就更不能不引起征夫们的怀乡之感了。《折杨柳》歌辞有云：“上马不捉鞭，反折杨柳枝。蹀座吹长笛，愁杀行客儿。”第三句即由此化出。但诗人却没有停止在这里，而是代征夫们进一步设想：羌笛又何必吹出这种“愁杀行客儿”的乐曲呢？折柳赠别，是当时风俗，所以看到杨柳，就想到离别，而由于不愿离别，所以连杨柳也怨恨起来，以致在笛声中透露了这种感情。可是，如果想到再往前走，出了玉门关，气候就更冷了，虽有春风，而不能吹到关外，也许连杨柳也难以发青，那就连折柳赠别也不可能，吹笛怨别也就更属徒然了。这两句诗将折柳赠别的风俗以及羌笛吹奏《折杨柳》这一伤离的乐曲两事合而为一，以描写征夫虽然已经长途跋涉，远达玉门，可是玉门以外，却还有也许是更漫长的道路在等待他时，内心不怎么乐意，可是又不便公然说出的心理，不但委婉细致，而且含意深刻，情感强烈。全诗的风格悲壮苍凉，也与所反映的情调合色，所以自来评价很高。

杨慎《升庵诗话》说："此诗言恩泽不及于边塞，所谓君门远于万里也。"则认为它还含有比兴，以春风不度玉门暗喻恩泽不及边塞将士。根据古人所谓"诗无达诂"或"作者何必然，读者何必不然"的说法，以及文艺作品中的形象往往大于思想的道理，也未尝不可以这样理解，虽然我们并不能断定作者是否确有此意。

这首诗的开头四字，或作"黄沙直上"。这异文出现较早，今天很难据底本以断其是非，而只能据义理以判其优劣。认为应作"黄沙直上"的人，理由是黄河离凉州很远，凉州离玉门也很远，不应写入一幅图景之中；而且"黄沙"一词，更能实写边塞荒寒之景。认为应作"黄河远上"的人，则认为此四字更能表现当地山川壮阔雄伟的气象，而且古人写诗，但求情景融合，构成诗情画意的境界，至于地理方面的方位或距离等问题，有时并不顾及实际情形，因此，不必"刻舟求剑"。照我们看来，后一说是可取的，"黄河远上"是较富于美感的。古人诗中，像这种事例并不少。如王士禛《带经堂诗话》云："香炉峰在东林寺东南，下即白乐天草堂故址，峰不甚高，而江文通《从冠军建平王登香炉峰》诗云：'日落长沙渚，层阴万里生。'长沙去庐山二千馀里，香炉何缘见之？孟浩然《下赣石》诗：'暝帆何处泊，遥指落星湾。'落星在南康府，去赣亦千馀里，顺流乘风，即非一日可达。古人诗只取兴会超妙，不似后人章句，但作记里鼓也。世谓王右丞画雪中芭蕉，其诗亦然，如：‘九江枫树几回青，一片扬州五湖白。’下连用兰陵镇、富春郭、石头城诸地名，皆辽远不相属。大抵古人诗画，只取兴会神到，若刻舟求之，失其指矣。”可见前人诗中，多有将辽远不相连属的地名写在一起的，而唐代的边塞诗中，尤为习见。王士禛的论证，对我们解决这个问题，很有帮助，不独可借以定这首诗异文的优劣而已。

诗人们常常由于欣赏音乐，而从音乐形象中获得自己的诗情。王之涣听了《折杨柳》，激发了心灵，写出了《凉州词》这样优美动人的小诗，而和他同时的高适也有着同样的创作经验。其《塞上听吹笛》云：

雪净胡天牧马还，月明羌笛戍楼间。
借问梅花何处落？风吹一夜满关山！

此诗是因听羌笛吹奏《梅花落》这一曲调而写的，与前诗情景极为相近。它写的是塞上风光和战士生活。在胡人的聚居区，积雪已经化净，草原上又可以去牧马了。战士们牧马回来，天色已晚，天空洒下了月光。这时，不知道是谁，忽然在戍楼（碉堡或城上供瞭望敌情的楼）中吹起羌笛来了，吹的曲子是《梅花落》。正如听到《折杨柳》就想起杨柳一样，听到《梅花落》，自然就想起梅花，故乡的梅花。曲名《梅花落》，这梅花落在哪里呢？用一问句隐约地表达了听曲时的感触，并以突出下句。胡天是没有梅花的，但在此时此地，想象中的梅花之落，应当是一夜之间，被北风吹下，散满关山吧。听到的是四处飘扬的笛声，而仿佛看到一夜之间，吹满关山的花片，这种现实的听觉与想象的视觉的通感和交织，就使得诗中所要表现的边塞特定环境中壮丽苍凉的景色更为突出，与久戍思乡的情调非常吻合。这一句以想象回答问询，是虚构的，但它又是来自当时当地的现实生活，所以很有情味。这种在诗中用自问自答以突出所要表现的情景，唤起读者特别注意，也是诗人们常用的表现手段之一。

再如李益的《渡破讷沙》：

眼见风来沙旋移，经年不省草生时。
莫言塞北无春到，纵有春来何处知？

这首诗是作者经过一个寸草不生的沙漠时所感。前两句写其地沙丘经常移动（旋，随即之意），从来不知道什么时候长过草；后两句写草既不生，春来了也无从知道，所以也不必管“塞北无春到”了。也是翻进一层，与王诗所写由于“春风不度玉门关”，所以“羌笛”无须“怨杨柳”，用意正同。

高、李两诗虽然与王诗有类似之处，但我们细加比较，就可以看出，就整体论，它们都不及王诗之气象雄伟，辞意深婉，形象鲜明，因此也就不能如王诗之激动人心，流传万口。我们比较各家作品，不仅要看它们的异同，也要看它们的高下。这样，才能全面地提高自己的鉴赏力。

送魏二

王昌龄

醉别江楼橘柚香，江风引雨入船凉。
忆君遥在潇湘上，愁听清猿梦里长。

这首诗是作者贬为龙标（今湖南省黔阳县）尉时所作。首句“醉别”叙事，“江楼”记地，“橘柚香”写景兼点时令，表达了客中送客的环境与心情。自己贬官远方，又和友人分别，情绪当然不好，但写得很含蓄，只使人感到在橘柚飘香的秋天，江楼对饮，尽醉为欢，却要分别，不免可惜而已。前引沈德潜说，盛唐人绝句“有馀蕴”，即给读者留下更多的想象馀地，就是指的这类地方。

次句写离开江楼，送魏上船的情景。江风吹雨，雨入船中，使人感到阵阵的凉意。下一“引”字，显得非常生动。而贬谪中的失意与分离时的惜别这两种感情，又与潇潇风雨，秋寒袭人这种黯淡的景色相配合。由江楼饯别而登船送人，层次分明。

上两句写送别，对惜别则只是从环境描写中作了一些暗示，而将它留在下两句中来写。但又不说自己为离别感到惋惜，而只写朋友和自己分别之后所遇到的景物和所具有的心情。他想到的是魏二和自己分手以后，在遥远的潇湘之上（潇水在零陵县与湘水会合，流入洞庭湖，合称潇湘），愁听猿猴清幽的啼声，就连梦中也无法屏斥。这里显然是用一个虚拟的情景来展示朋友行旅中的孤寂和在这种孤寂环境中的愁苦心情，但更主要的则是同时展示了自己对朋友的同情和留恋。

这种用虚拟的办法来抒写心情，也是诗人所常用的艺术手段之一。它借助于想象，能够扩大意境，深化主题。如作者的另一首诗《卢溪别人》：

武陵溪口驻扁舟，溪水随君向北流。
行道荆门上三峡，莫将孤月对猿愁。

这首诗也是诗人贬官湖南时作。卢溪即今泸溪县，武陵即今常德县，所谓武陵溪口，当即沅水经武陵入洞庭湖的浦口。荆门，山名，在今湖北省宜都县的西北。这位旅客从卢溪出发，沿沅水坐船向东北走，达到武陵以后，再转而北向，经荆门山进入三峡。这首诗也是虚拟，它和上一首不同之处是全体四句都属想象之词。分别之地是在卢溪，而诗却从行人已经走了很长一段路程才到达的武陵溪口，即某一个中途站写起。为什么呢？因为在到达溪口之前，船总还在沅水之上走着，而从此以后，就更遥远了。说旅人向北走，是叙事，而说“溪水随君”，则是抒情。溪水能随君，而我却不能，则惆怅之意自见。以下，更进一步想象由荆门进入三峡之景。峡中多猿，啼声哀怨，古歌谣有“巴东三峡巫峡长，猿啼三声泪沾裳”之语，所以预先对友人加以劝慰，要他不要在月光之下，听猿声而引起愁心。月本一个，无所谓孤，所谓孤月，实是人之所感而已。还在卢溪，已先想到朋友进入三峡之景之情，则关切之意自见。

但通首都作虚拟之词的作品少见，诗人们习惯的办法还是前实后虚，也就是虚实相间。如王维《送韦评事》：

欲逐将军取右贤，沙场走马向居延。
遥知汉使萧关外，愁见孤城落日边。

这首诗是送友人出塞从军之作，起句写韦评事追随着某一位将军出征，意图攻取敌人（右贤王是汉代时期匈奴的王号之一）。次句写其向目的地出发（居延，汉县名，在今内蒙古自治区巴彦淖尔盟境内）。第三、四两句也是虚拟韦某出萧关（故址在今甘肃省平凉县境）之后的情景。一方面，显示了朋友心中立功与怀乡的矛盾，另一方面则表达了作者自己对朋友的关切和同情。

再如李益《写情》：

水纹珍簟思悠悠，千里佳期一夕休。
从此无心爱良夜，任他明月下西楼。

第一句言虽有极为精美的卧席，而仍愁思悠悠，难以入睡。第二句言其所以致此，是因为佳期已经完结。“佳期”而言“千里”，是形容远道相期，此期不易。“休”而言“一夕”，是形容变化突兀，无从预知。佳期之难得如彼，完结之容易如此，因而诗人就不能不感到强烈的苦痛了。第三、四句由此设想，从此以后，也不会更有佳期，即使好天良夜，月照西楼，有同今夕，但也无心玩赏了。美景良辰，似都为佳期欢会而设，佳期既已作罢，则这一切都无意义可言，所以上用“从此”，下用“任他”，以加重语气，用坚决的口吻来叙述虚拟的情境。读者虽然无从知道诗中本事，但对作者的感情，却仍然非常容易受到感染，因为这种失意之事，虽非人人所能有，而这种失意之情，则是大家都能够体会的。

用虚拟的情景来深化主题，可以用“忆”、“知”，或“遥忆”、“遥知”这一类的钩勒字，如此处所举的《送魏二》、《送韦评事》，也可以不用钩勒字，而径直表达虚拟的境界，如《卢溪别人》和《写情》。这也就是俞平伯先生所谓的“文无定法”和“文成法立”。

长信秋词（五首之三）

王昌龄

奉帚平明金殿开，且将团扇共徘徊。
玉颜不及寒鸦色，犹带昭阳日影来。

这是一首反映宫廷妇女不幸命运的作品，即所谓宫怨诗。在中国封建社会中，统治阶级为了荒淫享乐，总是在正式配偶以外，还有许多姬妾的。尤其是最高统治者——皇帝，所霸占的妇女多极了。他们每隔几年，或者趁着一时高兴，就要挑选大量年轻貌美的女子入宫，其中有民间姑娘，有大家闺秀，也有贵族千金。她们多数是被迫的，当然也有少数贵族官僚家庭中的父母，甚至少女本人，为了希望享受富贵荣华和增高家庭权势而争取入宫的。她们一旦进入深宫，就一辈子过着幽囚的生活，既难以及时婚配，又不能与家人团聚。而皇帝的淫威、后妃的妒忌、同辈的倾轧，都使得每一个人随时有得罪和被害的危险。因此，绝大多数的宫女，都在对自由的渴望中消磨了自己的青春和生命，而少数的，则虽然经过激烈的竞争，获得了恩宠，但这种恩宠也是非常靠不住的，因而也在“得宠忧移失宠愁”（李商隐《宫词》）的情况下同样度过了痛苦忧伤的一生。

唐代诗人以充满了同情心的笔墨，从各种不同的角度描写了她们可悲的生活。由于世界观和阶级立场的局限，这些作品当然不能指出问题的本质在于封建制度本身，同时，在“温柔敦厚”的文艺观点制约之下，其所作的抨击还不够有力；但诗人们的人道主义精神和现实主义艺术手段，仍然使得读者能够透过凤阙龙楼、锦衣玉食的帷幕，看清了这些女子的奴隶地位、囚徒生活与玩物身份，听到了她们从心灵深处发出的凄惨的声音，从而在客观上唤起了人们对于这种制度的不满。如果以这些作品和梁陈宫体诗作一比较，就不难发现，它们之间相距是多么远了。

这一组诗共有五篇，题为《长信秋词》，是因为它是拟托汉代班婕妤在长信宫中某一个秋天的情事而写作的。班婕妤是西汉成帝的一位姬妾（婕妤是宫中的一种职称），她美而能文，最初很是得宠。后来成帝又爱上了赵飞燕、合德两姊妹。班婕妤恐怕见害，就主动请求到长信宫去侍奉太后，以了馀生。古乐府歌辞中有《怨歌行》一篇，其辞是："新裂齐纨素，皎洁如霜雪。裁为合欢扇，团团似明月。出入君怀袖，动摇微风发。常恐秋节至，凉飙夺炎热。弃捐箧笥中，恩情中道绝。"此诗相传是班婕妤所作，以秋扇之见弃，比君恩之中断。王昌龄这篇诗写宫廷妇女的苦闷生活和幽怨心情，即就《怨歌行》的寓意而加以渲染。以汉事喻唐事，是唐代诗人的习惯，这组诗也是借长信故事反映唐代宫廷妇女的生活，它所反映的是当时的社会现实，而不是前朝的历史故事，这是读时应当先弄清楚的。

诗中前两句写天色方晓，金殿已开，就拿起扫帚，从事打扫，这是每天刻板的工作和生活；打扫之馀，别无他事，就手执团扇，且共徘徊，这是一时的偷闲和沉思。徘徊，写心情之不定；团扇，喻失宠之可悲。说"且将"则更见出孤寂无聊，唯有袖中此扇，命运相同，可以徘徊与共而已。

后两句进一步用一个巧妙的比喻来发挥这位宫女的怨情，仍承用班婕妤故事。昭阳，汉殿，即赵飞燕姊妹所居。时当秋日，故鸦称寒鸦。古代以日喻帝王，故日影即指君恩。寒鸦能从昭阳殿上飞过，所以它们身上还带有昭阳日影，而自己深居长信，君王从不一顾，则虽有洁白如玉的容颜，倒反而不及浑身乌黑的老鸦了。她怨恨的是，自己不但不如同类的人，而且不如异类的物——小小的、丑陋的乌鸦。按照一般情况，“拟人必于其伦”，也就是以美的比美的，丑的比丑的，可是玉颜之白与鸦羽之黑，极不相类；不但不类，而且相反，拿来作比，就使读者增强了感受。因为如果都是玉颜，则虽略有高下，未必相差很远，那么，她的怨苦，她的不甘心，就不会如此深刻了，而上用“不及”，下用“犹带”，以委婉含蓄的方式表达了其实是非常深沉的怨愤。凡此种种，都使得这首诗成为宫怨诗的典型作品。

孟迟的《长信宫》和这首诗极其相似：

君恩已尽欲何归？犹有残香在舞衣。
自恨身轻不如燕，春来还绕御帘飞。

首句是说由得宠而失宠。“欲何归”，点出前途茫茫之感。次句对物伤情，检点旧日舞衣，馀香尚存，但已无缘再着，凭借它去取得君王的宠爱了。后两句以一个比喻说明，身在冷宫，不能再见君王之面，还不如轻盈的燕子，每到春来，总可以绕着御帘飞翔。不以得宠的宫嫔作比，而以无知的燕子对照，以显示怨情之深，构思也很巧，很切。

但若与上面一首比较，就可以找出它们之间的异同和差距来。两诗都用深入一层的写法，不说己不如人，而叹人不如物，这是相同的。但燕子轻盈美丽，与美人相近，而寒鸦则丑陋粗俗，与玉颜相反，因而王诗的比喻，显得更为深刻和富于创造性，这是一。其次，明说自恨不如燕子之能飞绕御帘，含意一览无馀；而写寒鸦犹带日影，既是实写景色，又以日影暗喻君恩，多一层曲折，含意就更为丰富。前者是比喻本身的因袭和创造的问题，后者是比喻的含意深浅或厚薄的问题。所以孟迟这篇诗，虽也不失为佳作，但与王诗一比，就不免相形见绌了。

宫怨是王昌龄绝句中习见的主题。他写的这类作品，既多且好，我们可以再读几首，看他是怎样从不同的角度来反映这个问题的。如《西宫秋怨》：

芙蓉不及美人妆，水殿风来珠翠香。
却恨含情掩秋扇，空悬明月待君王。

这首诗是写希望得到宠幸而终于失望的心情。以花比美人，自有文学以来就是如此。但王昌龄在这里却添进去了一点新的东西。他不说“美人如花”或“芙蓉（即荷花）如面”，而是说芙蓉虽美，犹不及美人妆成之后，可见其明艳惊人。进一步，妆成之美人纵比芙蓉还美，总该不如芙蓉之香吧；而次句却偏说，当水殿风来，飘散的不是荷花之香，而是珠翠之香，即美人之香（珠翠本来无香，这里只是用来作为穿戴着珠翠的美人的代词）。这两句极写只有芙蓉不及美人之处，而没有美人不及芙蓉之处，以反跌下文。

后两句写其人之美如此，却仍然得不到君王的顾盼。用“却恨”两字钩勒，转入另一情景。秋扇联系芙蓉，暗点时令，掩秋扇，用班婕妤诗，以见怨情。明月高悬，殿宇寥寂，含情不语，秋扇将捐，虽然仍在等待君王，但也不过是空待而已。我们读完了全篇，才恍然大悟，原来，前两句之所以要写美人之极美，正是为了后两句要写美人之极怨。

组诗《长信秋词》是从五个不同的角度来写宫怨的。我们已读过“奉帚平明”即其中最著名的第三首，现在不妨再读两首。其一云：

金井梧桐秋叶黄，珠帘不卷夜来霜。
熏笼玉枕无颜色，卧听南宫清漏长。

这首写无宠的宫嫔在秋夜中的寂寞和悲哀，这是她们当中多数人的带有普遍性的生活情况。起句梧桐秋叶，点明时令，着一“黄”字，见秋色已深，与次句“霜”字相应。珠帘、金井（以飞金彩木作栏的井），写出华贵，是宫廷景物。“珠帘不卷”，见门户之深静，“夜来霜”，见气候之寒冷，暗逗下文夜长不寐，愁闷无聊。后两句承次句而加以引申。“熏笼玉枕”，言服用之温暖贵重。但是，过着这种高级物质生活的人，却颜色憔悴，不能成眠，但闻南宫（指未央宫）漏声，终夜聒耳（漏是古代的一种计时器，其中盛水，滴出有声）。这是为什么呢？诗人只客观地描写了这一现象，而答案则让读者自己去作。又其四云：

真成薄命久寻思，梦见君王觉后疑。
火照西宫知夜饮，分明复道奉恩时。

这首诗写的是一个曾经得宠旋又失宠的宫嫔的心情。由于她不但不理解造成自己悲剧的根本原因是封建制度，就连帝王们玩弄女性，喜新厌旧这种丑恶本质也不能认清，所以对于生活上的这种急剧的变化，寻思很久之后，只好归之于自己的命运太坏。虽已失宠，而旧事难忘，梦中见到君王，醒后还在疑真疑幻。正在疑惑不定之际，忽然看到辉煌灯火，照耀西宫，才意识到君王正在西宫夜饮，即承恩的已经是别人而不是自己了。可是，当时自己在复道之中（宫中楼阁相连，上下都有通道，称为复道），承受恩宠的情景，难道不是历历分明，如在目前吗？心情如何，不言而喻。此诗写自己之失宠，却用他人的得宠来反衬；写自己现在的处境，却从他人现在的处境以及自己过去的处境来对比，构思是曲折的，因而也使得诗意更为深厚。

中唐的王建也很注意妇女问题，在他的创作中，反映宫廷和民间妇女问题的作品不少。他写过《宫词》一百首，在很广阔的范围内描写了宫廷生活，有歌颂帝王富贵荣华的糟粕，也有揭露宫廷生活黑暗面的精华。其中也有部分是属于宫怨性质的，如下面这一首：

往来旧院不堪修，教近宣徽别起楼。
闻有美人新进入，六宫未见一时愁。

这首诗是写宫嫔们怕人夺宠的心理的。它用大家听到一两件新闻后所引起的反应，从侧面表达了这个主题。她们听说，宣徽院房屋太破旧，没法修理了，要在靠近它的地方，另外盖一座新楼；又听说，有一位美人要进宫来。于是，一连串的问题来了：这位美人究竟美到什么程度呢？盖新楼，是不是给她住的呢？她进入以后，对于原来的人，有什么影响呢？这一切，都还不知道，于是六宫的人（当然首先是那些现在得宠的人）顿时都发起愁来了。这首诗明白如话，毫无曲折深奥之处，但却将她们不幸的命运、可怜的境遇成功地显示了出来。

诗人在艺术手段的采用上有他的自由，我们看王昌龄的宫怨诗，总觉得他用意比较含蓄，而上引王建这一首就比较直致了。而他的另外一首《宫人斜》中竟出现了宫怨诗中所极为稀罕的谴责：

未央墙西青草路，宫人斜里红妆墓。
一边载出一边来，更衣不减寻常数。

未央，汉宫名。斜，墓地。更衣，换衣服，也指上厕所。这是说，在未央宫西边青草萋萋的路边，也就是那些曾经是深宫里的红粉佳人的长眠之地。死的，不断地向外运；活的，不断地朝里送。一边出，一边进，侍奉皇帝的人总还是像平常那么多，一个也不会少。这首诗的语气非常严峻，只摆事实，不说道理，而封建社会人吃人的生活真实却很清楚地展现在我们面前。在当时的历史条件下，皇帝被认为天然尊长，是神圣不可侵犯的，因此，这种谴责也就是很值得肯定的大胆行为了。

一般的宫怨诗，由于受传统的“温柔敦厚”的观点的支配，往往用意含蓄，“怨而不怒”。当然，从艺术效果看，含蓄也并不坏，它往往能使作品变得更深刻，更耐人寻味。但就政治标准说，则它所显示的不免带有一种软弱的或妥协的倾向。含蓄与刻露，不是截然对立的好与坏，要视诗的具体思想内容而加以运用，予以评价。宫怨诗，虽说怨别人的得宠，怨自己的薄命，到头来还是怨皇帝的无情，所以用笔含蓄的特别多。如刘皂在《长门怨》中所表示的愤激，既怨且怒的感情，也是非常少见的。事实上，它倒可能是代表了许多失宠者想说而不敢说的话。

宫殿沉沉月欲分，昭阳更漏不堪闻。
珊瑚枕上千行泪，不是思君是恨君！

长门宫是汉武帝的陈皇后失宠后居住的地方，后人曾托名司马相如，作《长门赋》一篇，以描写这位被遗弃了的皇后的境遇和心情，所以习惯上以长门代表冷宫，与长信一样。此诗也是泛咏失宠宫嫔的。

首句写宫殿寂寞，月亮已升到中天，要倾斜了，是景。次句写长夜无眠，遥听昭阳更漏。昭阳是“欢娱嫌夜短”，长门是“寂寞恨更长”，对比之下，非常难堪，是情。后两句承次句来，流泪之多，是悲伤之极，但笔锋一转，却得出了与传统观念完全背道而驰的结论，公然说出，她心中已不存在所谓“忠爱缠绵”的爱了，有的，只是恨而已。末句，“不是思君”四字一顿，“是恨君”三字，喷薄而出，非常激烈有力。

此诗虽然还没有洞察这个问题的本质在于制度，但已经将自己的不幸和君王联系起来，并且知道了恨，可以恨，应该恨，这就是一种进步了。

以上作品，都是诗人代宫嫔们设想的，或对这一客观存在的事实的某个方面加以讽谕的。现在，我们还可以听一听宫女们自己的呼声。

天宝宫人《杏叶诗》云：

一叶题诗出禁城，谁人酬和独含情？
自嗟不及波中叶，荡漾乘春取次行！

宫禁警卫森严，宫女深居内苑，不但人出来不可能，连带个信出来也是不可能的。但御沟的水可以穿过宫廷，流向外边。于是唐代宫人们就往往在树叶上题诗，让它顺流漂出，使人们看到，可以了解并同情她们。据记载，玄宗、德宗、宣宗、僖宗时代都发生过这样的事，可见这种御沟流叶的办法，已经成为深宫少女所采用的一种反抗形式。

这首诗首句叙事，次句是说，虽然题了诗，但又有谁注意到这片杏叶，发现其上有诗，并且进而对自己酬和呢？（一个人作了诗，另一人针对其诗意也作一首，称为酬和。）终究不过是孤独地空怀一片痴情而已。第三、四两句以有情之人，比无知之物。叶虽无知，但在沟中尚可随着春波，随便漂动，而人呢？

这里也是以人和物对比，与王昌龄、孟迟两诗手法相同，但它不是嗟叹不如寒鸦、春燕，希图接近君王，获得恩宠，而是嗟叹不能身同杏叶，随着流水，漂出禁城，这就深刻地反映了幽闭在深宫内苑的奴隶、囚徒对于自由和光明的渴望，也就表达了（虽然是间接地）她们对于封建黑暗面的憎恨。这首诗代表了绝大多数宫廷妇女的愿望，唱出了她们的心声，是很可贵的。

“奉帚平明”一诗，将两种很不相干的事物联系在一起作比，从而表现了更深的感情。孟迟一篇，也是如此。这种写法，多用“不及”、“不如”钩勒，所比则或正或反，试再举属于其他题材的两个例子。戎昱《云安阻雨》云：

日长巴峡雨濛濛，又说归舟路未通。
游人不及西江水，先得东流到渚宫。

这首诗是作者由四川回返家乡荆南（今湖北省江陵县），在云安（今四川省云阳县）因天雨江涨，不能行船而作。诗中西江，指长江上游。渚宫，春秋时代楚王的别宫，故址即在荆南。首句言旅途多雨，使人愁闷，次句言因江涨不能行船，以致耽误了归期，出一“又”字，则行旅之无聊，归心之迫切，都在其中。第三、四句写不能早归之恨，而以比喻出之，言有意早归之人，反不及无心东流之水，以衬托出游子情怀。这就比直接说明盼望早早回家动人得多了。

再如李白所写的很有名的《赠汪伦》：

李白乘舟将欲行，忽闻岸上踏歌声。
桃花潭水深千尺，不及汪伦送我情。

此诗是李白游览安徽泾县桃花潭后临行赠友之作。相传他在桃花潭一带游览时，村人汪伦经常用美酒款待。前两句写自己已经上船，而汪伦忽然踏歌来送（一边唱，一边用脚顿地打拍子，叫做踏歌）。先是听到踏歌声，后来才知道踏歌的是汪伦，而汪伦之踏歌而来，又是专门为了给自己送行的。这在人来说，是意外之事；就诗而言，则是意外之笔。“忽闻”两字，是其关键。在这种情况之下，诗人就写出极其朴素、诚挚而又深刻的后两句来了。它写的是眼前之景，意中之情，但正如《唐诗别裁》所说的："若说汪伦之情，比于潭水千尺，便是凡语。妙境只在一转换间。"这也就是说，这两句之所以好，全在于用"不及"两字从反面钩勒，才能把两人的友情充分地表达出来。其馀各篇，也可类推。

此诗用两件很不相干的事物作比，与"奉帚平明"一首相同。不过王诗是用鸦色之丑与玉颜之美对照，李诗则是用潭水之深度与友情之深度类比，故一相反，一相同，又各具匠心，不相沿袭。

闺怨

王昌龄

闺中少妇不知愁，春日凝妆上翠楼。
忽见陌头杨柳色，悔教夫婿觅封侯。

唐人写了许多宫怨诗，反映宫廷妇女的怨情。此外，他们还写了许多反映社会各阶层妇女怨情的诗篇，称为闺怨诗。闺怨诗的主要内容是反映少妇和丈夫的离恨。在封建社会中，妇女是不担任家务以外的社会工作的，而上层妇女，则连家务也不担任。她们的生活范围狭窄，感情空虚，因此把家庭的团聚之乐看得非常重要，而对由于各种原因，如丈夫猎取功名，担任官吏，征戍边塞，从事贸易等等而导致的离别，都感到非常悲哀。

这首诗是王昌龄的名篇之一。它的成就在于极为细致而生动地刻画出了一位“闺中少妇”心理状态。诗本来是写她的愁，然而出人意外，却从“不知愁”写起。在春光明媚的日子里，丈夫远征异地，她却浓妆艳抹，登楼赏景，这就是“不知愁”的具体形象了。第一句反起，第二句顺承第一句，对照下文，才更觉其变幻。当她在翠楼闲望，兴致勃勃之际，忽见郊外杨柳又发了青，才想起夫婿从军，不归已久，折柳送别，忽又经年。当初自己教他去求取功名富贵，却不料反而因此辜负了彼此的青春和家庭的幸福，不禁后悔起来了。前后两段，写出两种完全不同的心情。“春日”点景，通连前后，是她凝妆上楼所由，也是她见柳而悔的根。“忽见”两字是大转折，“悔教”两字是现在的心思，但别时情绪，平日希望等等矛盾的心理状态，自然也都包含在内。

再举几首题材相同而艺术手段各异的例子。白居易《闺妇》云：

斜凭绣床愁不动，红绡带缓绿鬟低。
辽阳春尽无消息，夜合花前日又西。

起句写无心刺绣，虽然靠着绣绷，却不拿针。次句写衣带变长了，头垂得低低的。人之懒散、消瘦、愁闷，都用极其经济的手段生动地显示了出来。为什么会这样呢？因为春天又过去了，可是，辽阳那边，还是什么消息也没有。“春尽”，是一年又空过了（古人往往以一季代表一年，如三春、三秋，均指三年）；“日又西”，则是一天又空过了。说“夜合花前”，不但是因为夜合花这种植物的花朝开暮合，夜合表示一天已晚，与“日又西”关合；而且是因为此花又名合欢、合昏，是男女爱情的象征（杜甫《佳人》：“合昏尚知时，鸳鸯不独宿。”）。花木犹且如此，何况于人？用一“又”字，可见相思之苦，相忆之深，昨天盼今天，今天又盼明天，不知道已经经过了多少日，多少次。在今天以前，已经有过无数次的希望和失望，而今天依旧是无望了。这首诗写的久别之怨，乃是年深日久积压起来的，与王诗写的忽然感触之悔不同，而各极其妙。又此诗纯粹是一幅图画，虽然诗中只写这位闺妇的形象，而不及其他，但我们读了以后仍然可以对她的精神世界有充分的理解。这是其值得注意的另一点。

张仲素《秋闺思》：

碧窗斜月蔼深晖，愁听寒螀泪湿衣。
梦里分明见关塞，不知何路向金微。

如题所示，这首诗写的是一位伤离念远的少妇在某个秋夜的内心活动（题中“思”字是名词，读去声）。一梦醒来，已是深夜，月亮西斜，深深的光辉射进碧色的窗户，洒满了闺房（深是浅或淡的反义词，指月光的明亮）。好不容易才朦胧地睡着了一会儿，又被梦里的悲欢惊醒。对着满房的月色，再也无法继续睡下去了。这时，不知趣的寒螀却又在一个劲儿地啼叫着，终于牵惹了她更多更深的情绪，哭了起来。这前两句，是当时情景。而其所以致此，则是一梦引起的。丈夫从军漠北，久久不归，只听到说他在金微山（即金山，又称阿尔泰山，它的一部分在今新疆维吾尔自治区。唐代曾于其地设置都督府）。这么陌生，这么辽远的地方，她是连想也想不出来是个什么样子的，更不用说知道去到那里的路线了。然而，因为相念之切，在梦中又分明到了那个地方，会见了久别的亲人，醒来以后，才发觉原来还是一场空，路也不知道，去也不能去。这后两句，是补叙。只有这么安排，才更引人入胜。如果顺着事情发生的先后，先写她入梦，后写她伤情，就成为平铺直叙，了无馀味了。

和这首诗可以比观的有张潮的《江南行》：

茨菰叶烂别西湾，莲子花开人未还。
妾梦不离江上水，人传郎在凤凰山。

此诗前两句写去年秋冬之际在西湾分手，一直到今年夏秋之间，人还没有回来，以“茨菰叶烂”，“莲子花开”，点明故乡风物之美，夫妇别离之久。后两句写人既不还，思念倍切，所以常常形于梦寐。但他是从水路而去，所以她的梦也总是离不开“江上水”。可是，忽然听到传说，他又到凤凰山去了。那么，岂不是连梦里也没有会见他吗？前一首是说对丈夫征戍之地，不知方向，不明路线，只有梦中能到，这一首则说由于丈夫行踪不定，就连梦中曾到之地，也非幻中之真，而是幻中之幻，用意就更深一层。而且它全篇不直写凄凉之景，愁苦之情，却用美丽的词藻、宛转的风调来表现深沉的哀怨，艺术风格也很独特。张潮不是一位很著名的作家，但这首小诗，却不失为成就很高的作品。

上举各诗，除了张潮的一首可能是写商人妇的离恨之外，王昌龄、白居易、张仲素的三篇都是写出征将士的妻子们的别情。出征，或是为了保卫边塞，或是为了猎取富贵，或两者兼而有之。但在一位天真纯洁的少妇（即使她是属于上层阶级）心中，丈夫所要博取的功名富贵，并不比爱情更为重要，是不值得牺牲了青春的欢乐去追求的。把真诚的爱情看得比统治阶级用来作钓饵的功名富贵更有价值，对于个人幸福来说更为重要，这是祖国古典文学中所常加以反映的民主性传统的一个侧面，到《红楼梦》中贾宝玉、林黛玉这两个典型人物的出场而登峰造极。唐人闺怨诗中也往往体现了爱情与功名富贵之间的矛盾。如果说，王、白、张等人所肯定的主要矛盾面还不够清楚，那么，耿沣的《古意》就写得非常明白了：

虽言千骑上头居，一世生离恨有馀。
叶下绮窗银烛冷，含啼自草锦中书。

起句说丈夫已任高官（汉乐府《陌上桑》：“东方千馀骑，夫婿居上头。”此用其语），次句说由于职位高，所以常居异地，以至于一辈子都难得相见，因此产生了无穷无尽的离恨。第三、四两句，“绮窗银烛”，起居之华贵；“叶下”点秋，“烛冷”点夜。虽有绮窗银烛，而秋夜凄凉，独坐无聊，只有一边哭着一边为那个“一世生离”的人写信，劝他早归而已。那么，“千骑上头居”带给自己的是幸福，还是灾难呢？（“锦中书”，借用前秦苏蕙在锦上织回文诗寄给丈夫窦滔的典故。）题为《古意》，也说明，这是一个自来就存在的老问题了。

从军行（七首录四）

王昌龄

烽火城西百尺楼，黄昏独坐海风秋。
更吹羌笛关山月，无那金闺万里愁。

《从军行》是乐府歌辞的旧题，用以描写军旅战争之事。王昌龄这组诗一共七首，从不同的角度反映了当时边塞上的军事生活，这里选了四首。

这一首写的是将士们在战斗的空隙中怀念妻子的心情。前两句是写其人黄昏时候，独坐戍楼，地势既高，湖风扑面（海，这里指内陆湖泊），感到秋意袭人。在紧张的战斗中，是不可能有闲暇的心思想家的，而他现在却既未投入战斗，又未派任值勤，而是黄昏独坐，凭高眺远，这样，亲人的形象就自然而然地浮上心来，于是，也就自然地拿起羌笛，吹奏起以伤离为主题的乐曲《关山月》来了。他在这里想念她，难道她不是在那里想念他吗？然而，彼此相去万里，“相思不相见”，也只是无可奈何罢了（无那，无奈。金闺，妇女住房的美称）。

此诗先写独坐思家，次写吹笛寄怨，再写家人念己，步步逼进，层层深入，以表夫妇相忆之情。如王表《成德乐》，虽题材与此完全不同，而在表现手段上却有其近似之处。

赵女乘春上画楼，一声歌发满城秋。
无端更唱关山曲，不是征人亦泪流。

这首诗是赞美一位姑娘的声乐艺术的（赵女，赵地出生的姑娘。赵，古国名，故地在今山西、河北、河南三省境。《古诗》称“燕赵多佳人，美者颜如玉”。故赵女亦即美女）。头两句形容其歌喉之感人。分明是在春天歌唱，因其悲切动人，竟使人觉得如在秋天，而且是一声之歌，竟使满城皆有秋意。“春”与“秋”，“一声”与“满城”，都是强烈的对比，而其人艺术之高明，自可想见。然而，还不止于此。她唱了另外一些歌以后，又忽然唱起以征戍为主题的如《关山月》一类的曲子来了。这一突然出现的节目，就连没有那种生活经验的人听了以后，都激动得流出泪来了，那么，有过那种生活经验的人呢？她是在画楼上唱歌，地非边塞，而唱关山之曲，所以称为“无端”。“画楼”与“关山”，是继“春”与“秋”、“一声”与“满城”之后的又一对比。此外，还有听众中征人与非征人的对比。全诗通过各项对比，逐层深入，从而将她惊人的艺术成就充分地反映了出来。

琵琶起舞换新声，总是关山旧别情。
撩乱边愁弹不尽，高高秋月下长城。

这首诗仍是写边愁，但场面已彻底改换，由黄昏独坐，高楼凝望而变为军中作乐，通夜尽欢。琵琶不断地弹着，而且随时奏出新曲，伴随着琵琶，人们翩翩起舞。但乐曲虽新，主题仍旧，无非《关山》离别之情。这就使人觉得“新声”尽管美妙动听，“旧情”仍是沉重难遣了。边愁撩乱，弹的人，弹不尽；听的人，也听不尽；然而依旧弹下去，听下去，从月亮东升于长城之上，又西落于长城之下，夜色愈深，边愁愈重，自在言外。末句以景结情，既含蓄，又深刻。

这种以景结情，而情自在景内的表现方法，也是诗人们所常用的。如元稹《西归绝句》十二首中有一首写道：

五年江上损容颜，今日春风到武关。
两纸京书临水读，小桃花树满商山。

诗人以宪宗元和五年（810）被贬为江陵府（今湖北省江陵县）士曹参军，九年自江陵从事唐州（今河南省唐河县），十年春由唐州还长安。《西归绝句》中的这一首即写经过今陕西省商县途中之事（武关、商山，均在商县东）。起句言贬谪江陵之忧，次句言返回长安之乐。途中又收到长安来书，心情就更其舒畅了。不言人之心情如何，但说商山春色，桃花满树，则愉快已自流露。

再如武元衡的《宿青阳驿》：

空山摇落三秋暮，萤过疏帘月露团。
寂寞孤灯愁不寐，萧萧风竹夜窗寒。

此诗大段写景，只以“愁不寐”三字点出人之情绪，而所写之景，全为情用。从诗人主观感受出发，所闻所见，无不冷落凄清。同是旅途中的诗篇，但元乐而武哀，其差别并不在于春秋季节之差异，而在于作者心境的不同。从艺术表现上说，此诗虽然也是以景结情，与上两首相同，但前两句也是写景，与上两首以前两句叙事者，又略有出入。

青海长云暗雪山，孤城遥望玉门关。
黄沙百战穿金甲，不破楼兰终不还。

这首诗写保卫边境，击溃敌人的热情和决心。首句写青海上空，长云满布，雪山虽白，也因之暗淡无光。次句写在远望中的玉门关，只是一座孤城而已。两句是景。第三句写战争之激烈，第四句写将士之忠勇。两句是情。诗的重点是最后一句，但只有先写环境之艰苦，战斗之激烈，才显得出将士忠勇之可贵。

和王之涣的《凉州词》一样，这首诗中的地名也是和战场的实际情况不符合的。青海湖在今青海省西宁市西，玉门关故址在今甘肃省敦煌县西。楼兰即西汉时西域的鄯善国，在今新疆维吾尔自治区鄯善县东南。彼此都远不相及。诗人将它们组合在一篇诗里，无非形容战区之广漠而已。唐时已无楼兰，诗中也只是以汉事喻唐事，用楼兰来泛称在西北地区进行骚扰的敌人。

唐人七绝中像这种声情壮烈、慷慨激昂的诗篇还不少，如张仲素《塞下曲》：

朔风飘飘开雁门，平沙历乱卷蓬根。
功名耻计擒生数，直斩楼兰报国恩。

诗写战士们由雁门关（在今山西省代县西北）出发作战时的心情。前两句，言关外环境之艰苦，突出写北风之强劲，袭击雁门，力卷黄沙，连草根都拔掉了，以概其馀。后两句直抒心事，作战的目的是为了精忠报国，消灭敌人，所以反而以计算活捉俘虏（禽生）的数目取得小小的功劳荣誉为可耻了。

再如令狐楚的《少年行》：

弓背霞明剑照霜，秋风走马出咸阳。
未收天子河湟地，不拟回头望故乡。

中唐以来，黄河与湟水流经的今甘肃省河西、陇右地区，已被吐蕃侵占，所以中晚唐诗中咏及边事，每言河湟。这首诗也是如此。起句写兵器精良，弓剑在霞霜照射之下，闪耀着光彩。次句见少年之意气风发，兼点时令。后两句是这位青年勇士的誓言，充分表达了他们为保卫国家，反抗侵略的决心。

大漠风尘日色昏，红旗半卷出辕门。
前军夜战洮河北，已报生擒吐谷浑。

这首诗写战争中迅速地、意外地取得全面胜利的喜悦。前两句写增援前方的部队，冒着恶劣的气候出发。沙漠辽阔，风起之时，尘沙飞扬，漫天遍野，所以日色虽极明亮，也变成昏暗的了。起句写边塞的典型环境，非常鲜明确切。次句写部队开出军营大门，而红旗仍然“半卷”，与上句“风”字相应。后两句写增援部队正向前方挺进，而捷报传来，战争已经胜利地结束了。这个“已”字，含义很为丰富。前军的英勇，致胜的迅速，闻捷的喜悦，都透过它而生动地渲染了出来（洮河，在今甘肃省东南部。吐谷浑，鲜卑族的一种，住在洮河流域，曾于其地建国）。

将胜利的喜悦写得很出色的，还有王建的《赠李仆射愬》：

和雪翻营一夜行，神旗冻定马无声。
遥看火号连营赤，知是先锋已上城。

和上一首诗是泛写边塞战争不同，这首诗是为歌颂元和十二年（817）李愬雪夜袭蔡州（今河南省汝南县）擒吴元济而写的。唐代在安史之乱以后，地方军阀拥兵自强，不服从中央政令，形成藩镇割据。李愬在宰相裴度指挥之下，削平吴元济割据的淮西镇，是有利于人民和国家的。诗的前两句写不顾气候恶劣，在雪夜进行突袭。后两句写突袭成功，登城举火，通知后续部队，已经胜利了。和雪夜行，见军情之紧急。翻营（犹言空营），见兵力之集中。神旗（军旗的美称）冻定，见温度之低。马无声，见纪律之严。这十四个字无一虚设，然后才见出胜利是势所必至，理有固然。这样称美别人，就很具体，而非泛泛着笔。

王昌龄除这组《从军行》之外，还有一些边塞诗，所描写当时征戍将士的生活和感情，都比较丰富复杂。大体说来，他们过着艰苦而寂寞的生活，有时也会怀念家乡和亲人，但祖国和人民所交付的任务，对于他们来说，终究是更其重要的，所以，还是出色地完成了。在诗人的笔下，出现的是一些普普通通、有血有肉、为读者所能了解因而也感到亲近的人。这正是他成功的地方。

出塞（二首录一）

王昌龄

秦时明月汉时关，万里长征人未还。

但使卢城飞将在，不教胡马度阴山。

《出塞》也是乐府旧题。作者关心边事，同情士兵长期征战之苦，认为将领无能，不能击溃和威慑进犯的敌人，是边防上很重要的一个问题，因此写下了这首诗。他并没有正面对那些无能的人加以斥责，而只是赞叹和向往于古代威震匈奴，使敌人不敢冒昧挑衅的一位英雄人物——“汉之飞将军”李广，认为如果李广今天还在，那么，敌人自然就会敛迹，士兵们也就不至于长征不返了。以昔讽今，其意显然。

首句点地，写景。筑城备胡，起于秦汉。“秦时明月”与“汉时关”，互文见义，犹言今天的关塞以及照临在此关塞上的明月，都还是秦汉时代的故物。在当时的月光笼罩下的关城，就有许多战士戍守，千年以后，还是同样的情形。在这漫长的时代里，该经历过多少次的战争啊！而秦月、汉关，不正是其历史的见证人吗？

雄伟的关城是边塞的要害，也是士兵们战斗和生活的地方。明月则是在那种荒凉的环境中很吸引人的景色。在苍苍茫茫的沙漠或原野中，多情的明月曾经伴随着战士们度过许多个寂寞的夜晚，又引起过许多次思乡的情绪。所以关城、明月，既是士兵们眼前的景物，而这眼前景物，又和他们的生活、心情密切相关。另外，这一图景，又不仅是属于现在的，而且还是属于过去的，因为千年以前，此景此情，早已存在了。正由于此，士兵们（同时也是诗人）才能够将眼前景物和历史背景有机地结合起来，对景生情，抚今追昔。

次句写情，紧接首句。由于长征万里，久久不归，对着古代的关塞，当时的明月，自然不能不想起自己的遭遇和民族的遭遇，并由此而想到一千年以来已经属于过去的民族和人民的遭遇来。古代已经如此，现在还是依然。有此一句明写怨情，则上句所写景物中含蕴的丰富内容才得以充分显示。

后两句转出正意。虽然从古到今，总有边患，总要防御，但在汉代，却有卢城飞将李广那样的英雄人物（卢城，各本多误作龙城，只有宋刊本王安石《唐百家诗选》不误。李广为右北平太守，匈奴号曰“飞将军”，避之不敢入塞。右北平，唐为北平郡，治卢龙县，《唐书》有卢龙府，有卢龙军，故称之为“卢城飞将”。龙城，在今蒙古人民共和国塔米尔河畔，是匈奴大会祭天之所，与李广无关），足以慑伏敌人，使之不敢进犯，因此设想，假使李广在今天还活着的话，那就决不会让胡马度过阴山（在今内蒙古自治区境内），边境平安无事，征人也就可以回家了。这里是用一种想象中的美妙来反衬现实中的缺陷。但这种想象，只不过是善良的愿望，事实上是不存在的。那么，今天的前方将领是一些什么脚色，也就可想而知了。诗中上用“但使”，下用“不教”，前后呼应，以假设之辞，表赞赏之意，充满了对于古代英雄人物的景慕之情，则对现今将领之不满，自然无须明说。这种从侧面衬托、非常含蓄的讽刺，用传统文学批评的话来说，可谓“微而显”，“婉而成章”，达到了“言之者无罪，闻之者足以戒”的效果。后来刘禹锡、李商隐的七言绝句，也颇以长于讽刺得名，但用笔比较明显，用意不免刻薄，反而缺乏回味。

这种以想象的境界来反映一种愿望的表现方法，也出现于其他许多诗人的作品中。如李白《永王东巡歌》中的第二首：

三川北虏乱如麻，四海南奔似永嘉。
但用东山谢安石，为君谈笑静胡沙。

天宝十四载（755），安禄山叛变，玄宗逃往四川，曾命令他的第十六个儿子永王璘总揽南方军政大权，驻节江陵。玄宗的长子亨在灵武代玄宗即帝位后，弟兄之间矛盾激化。李璘图谋自立，出兵东下，占取江淮地区，不久兵败被杀。他经过庐山，曾邀请李白出任幕僚。这组诗，就是诗人写来献给他的。李璘出兵，意在争帝，但仍以平定叛乱为名，所以诗中也多及平叛之事。

前两句正写安禄山的叛乱。安禄山及其主要帮凶史思明都是胡人，部下也多北方民族。所以上言“北虏”，下言“胡沙”，而且以西晋政权被刘曜颠覆，东晋谢安击退苻坚等事为比。三川，秦郡名，即今河南省北部黄河两岸一带，当时已被安禄山攻占，所以说“乱如麻”。玄宗逃往成都，在长安之南。这也和永嘉五年（311）西晋都城洛阳被匈奴刘曜攻陷，中原人士纷纷向南方避难的情况相似，所以说“似永嘉”。这两句形容敌人之猖狂，局势之混乱，朝廷之昏庸，人民之流徙，以见需要有个能力极强的人出来挽回危局，刻不容缓。

后两句以假设之辞，写出自己的抱负和愿望。谢安，字安石，原来隐居东山，人们都希望他出山，担当国家重任，甚至发出“安石不出，如苍生何？”这种叹息。后来，他出任宰相，果然在淝水之战中，大败了进犯的氐族苻坚，使东晋转危为安。李白当时隐居庐山，被李璘请出，正与谢安情况相同，所以用来自比。以五胡中之刘曜、苻坚比安禄山，以永嘉之乱以后有淝水之胜，预期在平叛中将要获得胜利，意思也前后连贯。这里是说，如果能够像谢安那样被重用，我是一样可以从容不迫地在谈笑之间即毫不费事地为你把敌人平定下来的（胡沙，犹胡尘，指叛乱分子。君，泛指，并不是特指李璘或君王）。诗人克敌靖乱的抱负，指挥若定的形象，是通过想象而反映出来的。如果不用假设之辞，就难于表达这种在生活中还没有实现的事物。

此外，如李涉《邠州词献高尚书》：

将家难立是威声，不见多传卫霍名。
一自元和平蜀后，马头行处即长城。

高尚书，名崇文。他在宪宗元和元年（806）曾经平定西川刘辟的叛乱，后同平章事，充邠宁节度使、京西诸军都统。此诗当作于高在邠宁节度任内，故题为《邠州词》（邠州，今陕西省彬县）。

这首诗是赞美高崇文平叛之功的，但起二句欲扬先抑，泛论自古以来，将帅威名，难于树立，能像西汉卫青、霍去病那样流传后代的人，并不很多，这就为下文留下地步。第三、四句反承上文，竭力写高之英勇无敌，声威远播，自从消灭刘辟以后，踪迹所到，土地、人民就有了保障，如同北边之有长城。刘宋大将檀道济善于用兵，为北魏所畏伏，后遭谗被害，临死时叹息说：

“乃坏汝万里长城！”诗的末句，也是用檀道济暗比高崇文。因为有前两句的反衬，才觉得高之难能可贵。后两句为称颂之辞，也是虚拟而非实指，与王、李两诗，大体近似。

试再举一首与王诗用意相同而写法相反的来作比较。无名氏《胡笳曲》云：

月明星稀霜满野，毡车夜宿阴山下。
汉家自失李将军，单于公然来牧马。

起句写景兼点时令，次句叙事兼记地方。诗中的主人公在一个晚秋，仆仆道途，在阴山之下，停住毡车，对着苍茫的景物，不禁发出思古之幽情。于是想起了古代因为有李广这样的将军，所以“胡人不敢南下而牧马，士不敢弯弓而报怨”。而现在呢？他们在其君长率领之下，竟敢公然入侵了。既是吊古伤今，也是借古讽今。但《出塞》是以假设之辞，想象如果有李广这样的将军就会怎样，而《胡笳曲》则是写现实之境，确定因为无李广这样的将军所以才这样。一虚一实，一正一反。从歌颂李广，景仰英雄来说，王诗是从正面写，此诗是从反面写；而从反映现实情况来说，则此诗是从正面写，而王诗却是从反面写了。同为有所感叹，有所讽刺，但此诗浅而显，一览无馀；王诗婉而深，一唱三叹，相形之下，优劣自见。

上皇西巡南京歌（十首录一）

李白

谁道君王行路难？六龙西幸万人欢。
地转锦江成渭水，天回玉垒作长安。

优秀的文艺作品总是内容与形式的有机结合。作者在考虑处理某一题材，表现某个主题的时候，必然同时要考虑用什么形式表现它们最为恰当。七言绝句是一种比较短小的诗体，它以抒发情韵、风调见长。所以对于一些重大的政治题材和主题，需要以庄严隆重的风格来反映的，诗人们就往往用古诗或律诗，而不用绝句来写，这是很自然的。但这也不是绝对的。我们在这里举的几首诗，就是例外，当然，这些例外而又成功的作品，需要诗人具有突破惯例的勇气与付出精湛的艺术匠心，才能写得出来。

天宝十五载（756）六月，安禄山破潼关，玄宗仓皇逃往四川。八月，肃宗在灵武即位，尊玄宗为太上皇。至德二载（757）十二月，玄宗回长安，改蜀郡（成都）为南京。李白这一组诗，就是记载玄宗避乱入川而作。四川在全国之西，成都在长安之南，天子出京，谓之巡狩，故题曰《上皇西巡南京歌》。

诗以反问起头。《行路难》也是乐府旧题，言行旅之辛苦。但这里却问道：谁说君王行路有困难呢？叛军进逼，匆忙出奔，中间禁卫军又发生兵变，把杨贵妃牺牲了，才勉强平息这场严重事故，一路行来，可以说，是困难极了，然而诗人却将并不困难的理由，在次句中说了出来。马高七尺以上称为龙。天子的车用六匹马拉，故称车驾为六龙。车驾西来，“万人”欢庆，怎么会行路难呢？一问一答，就将诗人心目中的皇帝与臣民的关系勾画了出来。

后两句以一联工整的对偶将南京成都与首都长安联系起来。长安在渭水之滨。玉垒是成都附近的山，锦江则是流经成都的水。由于皇帝来临，天回地转，所以锦江也就成为渭水，玉垒好比长安。这也就是说，“天子以四海为家”，由于玄宗之来，成都也就是长安了。这一联写得精整而又庄严。

这首诗，和全组其他九首一样，显然是粉饰，是夸张，而不是当时政局的真实反映。分明是乱中逃难，却写得像平时出游，分明是战火纷飞，却写得像太平无事。这当然是给这位昏君涂脂抹粉，聊以遮羞。但诗人之所以这样写，却是有其客观原因的。一般地说，在封建社会中，皇帝被认为是天然尊长，他的过失，臣子有责任为他隐瞒，即所谓“为尊者讳”。在这方面，李白也不能摆脱儒家这种传统观念。其次，具体地就玄宗这个人来说，他在唐代诗人心中所引起的感情是复杂的。他早年确曾励精图治，形成开元之治，晚年又实在昏聩糊涂，终于导致天宝之乱。开元之治是唐帝国隆盛的顶点，在这以后，愈来愈糟。所以诗人们在回溯这一段历史时，总是不得不把开元盛世和他联系起来而对之有所怀念，同时，又不得不把天宝以来的情况和他联系起来而对之有所谴责，因此产生了一种混合着爱戴与怜悯，憎恨与遗憾的感情。唐人咏开元遗事的诗篇何以如此之多，白居易的《长恨歌》何以以谴责始，以同情终，都可以在这里获得解释。李白此诗，出现较早，对开元之治所留下的印象可能比天宝之乱的影响还深刻，因此他为之粉饰遮羞，也就不足怪了。

我们在这里作出的是解释，而不是评价；是说明李白为什么要这样写，而不是肯定李白这样写是对的。

如上面说过的，选录这首诗的用意，是在于证明在某些诗人的笔下，七言绝句也可以反映重大的政治事件，表现出与这类事件相称的风格。就这一方面来说，李白此诗是成功的。

我们再看杜甫的《承闻河北诸道节度入朝，欢喜口号绝句》十二首中的最后一首：

十二年来多战场，天威已息阵堂堂。
神灵汉代中兴主，功业汾阳异姓王。

这一组诗大约作于代宗大历二年（767）。自从天宝十四载安禄山叛乱，唐朝费尽力量，才将其平定。但还有许多馀党，虽然表示降服朝廷，实则割据地方，互相勾结，非朝廷力所能制。这一年，李忠臣、田神功、李抱玉等节度使相继入朝，诗人感到欣慰，所以口吟此诗。

前两句叙事，说从天宝十四载到大历二年（755—767），迭经战事，先是平定安史之乱，后来又与入侵的吐蕃、回纥交战。现在，局势总算是缓和了下来。第三句赞美代宗，以之与中兴汉室的光武帝刘秀相比。第四句赞美郭子仪，他是当时的宰相兼统帅，官封汾阳郡王。古代封王，一般只限于皇帝的家庭成员，异姓封王，则是由于特殊的功勋而获得的特殊恩典，所以诗中指出这一点。

这首诗也有粉饰的成分。当时军阀跋扈，朝廷只能委曲求全，但诗中却说天威虽息仍具堂堂之阵。代宗也只是个庸主，当时朝廷与地方军阀之间、国内各民族之间的战争都还很频繁，人民的日子很不好过，诗中却说他是神灵一般的中兴令主。但诗人认为河北降将入朝，是祖国可能由分裂而统一，由混乱而平治的一种征兆，因此以善良的愿望、忠诚的感情写下此诗，还是可以理解和肯定的。此诗气象阔大，语句厚重，也与内容相称。

我们已经读过王建献给在平淮西藩镇战役中立了奇功的李愬的那首诗，现在可以一读韩愈献给在同一战役中担任元帅的裴度的一首诗。《桃林夜贺晋公》云：

西来骑火照山红，夜宿桃林腊月中。
手把命圭兼相印，一时重叠赏元功。

元和十二年七月，宰相裴度为了彻底消灭淮西割据势力，奏请自赴行营。宪宗派他以淮西宣慰处置使的名义，担任都统（元帅）。十月，李愬夜袭蔡州成功，吴元济被活捉。十一月，裴度班师回朝；十二月，经过桃林塞（在今河南省灵宝县以东到潼关一带）。这时，朝廷的特使连夜赶来授勋，就在桃林举行了仪式。韩愈当时是行军司马，写了几首七绝，记载途中之事，这是其中的一首。

诗的起句写朝廷特使不分昼夜，从西边赶来。夜行而骑火照山，发出片片红光，则日行更快，可想而知。写授勋的使者行程如此迅速，是表示朝廷对这次胜利非常重视，对裴度的功劳给予了高度评价。次句写特使到了桃林，便遇到了回朝的元帅。桃林记地，腊月记时。夜宿兼赅西来的特使和东去的元帅这两支队伍。这种胜利的会师当然是令人欢欣鼓舞的。但诗人没有花费笔墨来写这一场景，这是为题中所云“夜贺晋公”，留下地步。

裴度在平定淮西以后，除了重行担任宰相以外，还加封金紫光禄大夫、弘文馆大学士，赐勋上柱国，封晋国公。但当离开京城，去到前线的时候，是要把宰相的职权交出来的，作为手续，当然也要把相印交出来（作者写于同时的另一首《次潼关上都统相公》云："暂辞堂印执兵权，尽管诸军破贼年。"可证），所以复任宰相，也得重行授印。命圭是由天子颁赐给诸侯的一种玉制礼器。朝见时，拿在手上。据《考工记》："命圭九寸谓之桓圭，公守之。"重任宰相，加封国公，所以授勋之时，既要给以相印，又要给以命圭。所授官职勋阶很多，但这两种最为主要，所以在第三句中特别提出，而其馀则概括于第四句"重叠"两字之中。元功，犹言第一功。元功赏赐，一时重叠，则元功以下，自然按其功劳大小，各有赏赐，不消说得了。

这首诗只写元帅受勋这一场景，而朝廷对于这次胜利的重视，对于元帅及他所率领的全军将士功劳的肯定，都反映了出来。作者一贯反对地方割据，主张有一个强有力的中央政权的政治感情，也间接地被反映了。同时，诗篇所显示的气氛也是既热烈而又庄严肃穆的。

像这类的作品，在七绝诗中不多。我们选录几首，是想借此说明：内容与形式，既有其互相制约的一面，也有其反制约即突破的一面。

送孟浩然之广陵

李白

故人西辞黄鹤楼，烟花三月下扬州。

孤帆远影碧空尽，惟见长江天际流。

这是李白在武昌黄鹤楼为送孟浩然去扬州（广陵，今江苏省扬州市）而写下的一首诗。前二句叙事。故人指孟，武昌在扬州之西，行人自长江顺流东下，所以说“西辞黄鹤楼”。三月，点明季节。烟花，极其概括而形象地写出了春天浓丽的景色。扬州，则是别去的故人所要到的地方。起句是将别，次句则是竟别。

故人当此阳春烟景，出游繁华的扬州，固然可喜可羡，但对自己来说，则留恋仍所不免。因此，后二句即写其挂帆而去之后，自己的依依难舍之情。再度登楼，凭高纵目，惟见一片孤帆，愈去愈远，渐渐地只留下一点影子，而最后，就连这一点模糊的远影也消失在碧空之中了。在眼中，剩下的只是浩荡的长江，一望无际，如在天边流动而已。极写水天空阔之状，以暗示自己空虚寂寞的心情。这两句本是写离情，但诗人用“有声画”，画出了一幅江干送别图，将别时景物，别后情怀，细致地、曲折地传出。此诗不但境界阔大，风格高远，而且文辞一气直下，也如“长江天际流”，和李白豪迈不羁的个性非常相近。此所谓文如其人，或风格即人。

送别的诗，着重写景，而将别情暗寓其中，则其欲达之情，有馀不尽，含蕴无穷，耐人寻味，反较直抒为有力。李白此诗，即是如此。他如冷朝阳的《送红线》，也采用了这种表现手段：

采菱歌怨木兰舟，送客魂消百尺楼。
还似洛妃乘雾去，碧天无际水空流。

据《唐诗纪事》，冷朝阳曾任潞州节度使薛嵩的幕僚。薛嵩有个丫鬟名叫红线（因为她“手纹隐起如红线”，因此取了这样一个名字），很会弹奏阮咸琴（即月琴，相传为晋人阮咸所造）。后来她离开了薛家，冷朝阳就写了这首诗送别（在袁郊的小说集《甘泽谣》里，却把这个人物加工，变成一位有异术的女侠了。后人所知道的红线，往往是袁郊所塑造的艺术形象，而不是她的本来面目）。

诗首写远行者所乘之舟，次写将别时所登之楼。舟称木兰，意在衬托其人之芬芳；楼夸百尺，意在显示其地可眺望。采菱歌是操舟之人所唱。送客登楼而魂消，行人解舟而歌怨，总是伤离惜别之情，而情中有景。

下面两句，却换了一种写法。以红线之离开，好比洛水女神乘雾而去，则其人风姿如神仙般的美丽，踪迹如神仙般的飘忽，均在其内，不必更赞以他词，而此去为人所惋惜，自然可知。末句全以景结，不更抒情。惟见碧天无际，河水空流，无尽空阔，无限苍茫，而其人已不见，则留恋怅惘，更是不言而喻了。

这首诗也是借景言情，但前两句中，“歌怨”、“魂消”，已生别绪，使全诗染上一层凄凉的情调，读之有黯然之感，不如李诗前两句之俊快可喜，全诗虽写离别，并不伤悲。由于赠别之诗，伤悲是题中应有之义，我们就更感到李白在此诗以及《赠汪伦》等篇中所表现的开朗豪放的性格之可贵了。

再看许浑的《谢亭送别》：

劳歌一曲解行舟，红叶青山水急流。
日暮酒醒人已远，满天风雨下西楼。

谢亭在今安徽省宣城县北，南齐谢朓任太守时所建。他曾在其地送别范云，后人因以其地为送别之处。

此诗起句写被送者离去之匆忙，舟行之迅速，劳歌唱罢（《事文类聚》：“劳劳亭，送客处也。于此歌以送远，故谓之劳歌。”劳劳亭故址在今南京市南，此借用），解缆即行。次句完全写景。两岸青山，满林红叶，一江碧水，相映成趣。着色鲜艳，如见画图。“水急流”，应上“解行舟”，启下“人已远”。这两句是被送的人出发时的情景，而从送行的人眼中看出。

第三句写送者。日已傍晚，原先在别筵中饮酒饯别的那一点醉意，现在全消了。由醉意之消才意识到行人之远，因此有突然的感觉，更使人惘然若失。第四句不接上写情，而只叙事写景。在酒已全醒，人已去远的时候，风雨西楼，更没有可以流连之处，只有默默地独自走了下来，这时，真是李后主词中所谓“别是一般滋味在心头”了。这里只写凄黯之景，而迷惘之情自在其中。作者对于离别的感伤，全诗中虽一字不提，却仍然强烈地感染了读者。

这首诗和李白送孟之作，题材、主题、结构、意境都非常相似，但风格情调不同。李诗开阔爽朗，许诗凄恻缠绵，因而给人们的感受也不一样。

以上都是借景抒情的送别之作，另外还有一些作品，写远离故乡或重游旧地的，写行者送给居者的，也往往用这种因景见情，因而使人读之，见景生情的方法。如李白的《早发白帝城》：

朝辞白帝彩云间，千里江陵一日还。
两岸猿声啼不住，轻舟已过万重山。

这首诗是作者在肃宗乾元二年（759）三月，因参加李璘幕府获罪，流放夜郎（今贵州省西部），行到夔州白帝城（在今四川省奉节县境内），遇赦得还而作的。诗人以愉快的心情、轻快的笔调，为白帝到江陵这一段旅程画了一幅速写。

起句写早发白帝城。城建筑在白帝山上，故用“彩云间”以形容其高峻。次句写暮到江陵县。江流浩荡，顺水行船，非常迅速，虽相距千里，而一日可到。因是遇赦东归，故用“还”字。郦道元《水经·江水注》云：“有时朝发白帝，暮宿江陵，其间千二百里，虽乘奔御风，不加疾也。”（盛弘之《荆州记》略同。）李白写此诗时，胸中显然有这一段文字。

后两句进一步描写了在这一段航程中水急船快的特征。舟行如飞，两岸风景，目不暇给，但闻猿啼不绝，不知不觉就已经驶过万岭千山了。猿啼既系峡中景物，又以闻猿见舟行之速，所以下文接说“轻舟”，说“已过”，说已过的是“万重山”，极写水急舟轻，一日千里。所写皆属景物，而诗人意外遇赦，心情舒畅，归心似箭之情也就自然透露了出来。《水经·江水注》又云："每至晴初霜旦，林寒涧肃，常有高猿长啸，属引凄异，空谷传响，哀啭久绝。故渔者歌曰：'巴东三峡巫峡长，猿啼三声泪沾裳。'"这首诗显然袭用了《水经注》的描写，但同时又按照诗人自己的生活切身感受加工改造了它。如郦道元写猿声，着重其悲。杜甫《秋兴》用这事，也说"听猿实下三声泪"，而此诗却略去了这一点，因为它与诗人当时的心情是不符合的。从这里，我们也可以看出在艺术创作中，素材的剪裁取舍，必须服从于主题的需要。

此诗将祖国雄伟壮丽的山河与诗人俊伟的形象、愉快的心情融于一炉，而且文势奔放，如飞电过隙，骏马注坡，与诗中所写景物心情相与一致，在唐人作品中是稀有的。

我们再看同一作者的《峨眉山月歌》：

峨眉山月半轮秋，影入平羌江水流。
夜发清溪向三峡，思君不见下渝州。

这首诗当是诗人早年离川出峡，途中所作。他游罢峨眉，沿着平羌江（今青衣江），由嘉州（州治在今乐山县），进入岷江，在犍为县的清溪驿乘船夜发，驶向渝州（今重庆市），准备由三峡东下（三峡，指四川湖北之间的三个峡。这一带，江峡很多，因而是哪三个峡，其说不一。一般指四川省奉节县东的瞿塘峡、巫山县东的巫峡和湖北省宜昌县西北的西陵峡）。在夜发清溪的时候，他写下了这篇诗，怀念住在附近的一位友人。

前两句是清溪舟中所见夜景。才从峨眉山下来不久，回忆名山，犹有馀恋。当在清溪即将夜发之际，峨眉山上高悬着半轮秋月；而平羌江中，又流动着投射的月影。仰观山上之月色，俯视江中之月影，不但觉得景色极为幽美，而且月光照夜，月影随波，依依有情，因此接以后两句。这时，怎么能够不怀念就住在附近可是又无缘相见的友人呢？对景怀人，已极可念，何况自己又还要下渝州，出三峡，相离愈远，相见也就愈难了。此日之相思，他日之相忆，只以“思君不见”四字略加点发，不更明说，深说，而全诗的景色行程，就从而都染上了一层浓厚的感情色彩，达到了景中见情、情景交融的境界。

前人讲究修词，认为作品中使用过多的名词或数字，容易给人以堆砌、累赘之感。杨炯好用人名作对，如“张平子之略谈，陆士衡之所记”、“潘安仁宜其陋矣，仲长统何足知之”之类，被讥为点鬼簿；骆宾王好用数字作对，如“秦地重关一百二，汉家离宫三十六”之类，被讥为算博士（见《全唐诗话》）。但此诗却连用了峨眉山、平羌江、清溪、三峡、渝州五个地名，而不显痕迹，是很不容易的。所以在王世贞《艺苑卮言》等书中，都指出了这一点，认为难能可贵。其所以能够达到这种效果，固然由于他没有采用对句，所以地点虽多，但不呆板，而更重要的则是作者笔力雄浑，全诗气势奔放，能够将这么多质实的名词写入诗句，而仍然举重若轻。

闻王昌龄左迁龙标，遥有此寄

李白

杨花落尽子规啼，闻道龙标过五溪。
我寄愁心与明月，随风直到夜郎西。

《新唐书·文艺传》载王昌龄左迁（古人尚右，故称贬官为左迁）龙标（今湖南省黔阳县）尉，是因为“不护细行”，也就是说，他的得罪贬官，并不是由于什么重大问题，而只是由于生活小节不够检点。在《芙蓉楼送辛渐》中，王昌龄也对他的好友说：“洛阳亲友如相问，一片冰心在玉壶。”即沿用鲍照《白头吟》中“清如玉壶冰”的比喻，来表明自己的纯洁无辜。李白在听到他不幸的遭遇以后，写了这一首充满同情和关切的诗篇，从远道寄给他，是完全可以理解的。

首句写景兼点时令，而于景物独取漂泊无定的杨花，叫着“不如归去”的子规，即含有飘零之感、离别之恨在内。切合当时情事，也就融情入景。因此句已于景中见情，所以次句便直叙其事。“闻道”，表示惊惜。“过五溪”，见迁谪之荒远，道路之艰难（五溪，雄溪、樠溪、酉溪、无溪、辰溪之总称，均在今湖南省西部）。不着悲痛之语，而悲痛之意自见。

后两句抒情。人隔两地，难以相从，而月照中天，千里可共，所以要将自己的愁心寄与明月，随风飘到龙标。这里的夜郎，并不是指位于今贵州省桐梓县的古夜郎国，而是指位于今湖南省沅陵县的夜郎县。沅陵正在黔阳的南方而略偏西。有人由于将夜郎的位置弄错了，所以定此诗为李白流夜郎时所作，那是不对的。

这两句诗所表现的意境，已见于前此的一些名作中。如谢庄《月赋》：“美人迈兮音尘缺，隔千里兮共明月。临风叹兮将焉歇，川路长兮不可越。”曹植《杂诗》：“愿为南流景，驰光见我君。”张若虚《春江花月夜》：“此时相望不相闻，愿逐月华流照君。”都与之相近。而细加分析，则两句之中，又有三层意思，一是说自己心中充满了愁思，无可告诉，无人理解，只有将这种愁心托之于明月；二是说惟有明月分照两地，自己和朋友都能看见她；三是说，因此，也只有依靠她才能将愁心寄与，别无他法。

通过诗人丰富的想象，本来无知无情的明月，竟变成了一个了解自己，富于同情的知心人，她能够而且愿意接受自己的要求，将自己对朋友的怀念和同情带到辽远的夜郎之西，交给那不幸的迁谪者。她，是多么的多情啊！

这种将自己的感情赋予客观事物，使之同样具有感情，也就是使之人格化，乃是形象思维所形成的巨大的特点之一和优点之一。当诗人们需要表现强烈或深厚的情感时，常常用这样一种手段来获得预期的效果。

我们可以再举两首诗来说明这一点。如戎昱《移家别湖上亭》：

好是春风湖上亭，柳条藤蔓系离情。
黄莺久住浑相识，欲别频啼四五声。

它写的是作者在迁居时离开在旧居附近的湖亭，对这座亭子及其周围景物依依不舍的心情。

首句点题。春风写时令，春风中的湖亭，当然比平日更为美好。说“好是”，可见其值得留连，即已隐言以下惜别之意。次句正写惜别。由于诗人主观上充满了惜别的心情，所以觉得摇荡于春风之中的柳条藤蔓，都有伤离之意。柳的条，藤的蔓，都是细长柔软能够牵缠他物的东西。不言人之情丝心绪，而言柳条、藤蔓，则已将柳、藤这两种无情的植物化为有情。不但与写人之情丝心绪相同，且更深化而富于魅力，言下有“树犹如此，人何以堪”的意思。

后两句突出黄莺。这是从柳条生出。古典诗歌中写莺及柳，写柳及莺，常见。因为久住，黄莺都已和自己熟习，分别之时，也不断啼叫，以表惜别。不说自己因为在此久住，所以别时有浓重的留恋之情，而说黄莺都难分难舍，那么，人之依恋就更可想而知了。

这首诗，孟棨《本事诗》说是戎昱为浙西郡妓作，并有一段悲欢离合的故事。但所记与诗意不完全相合。唐人小说常常根据诗篇，臆造本事，恐不足信。

此外，我们还可以读一读杨巨源的《和练秀才杨柳》：

水边杨柳曲尘丝，立马烦君折一枝。
惟有春风最相惜，殷勤更向手中吹。

前两句写折柳。水边，柳之地。曲尘，柳之色。曲尘是粉状酒曲，色微黄。初生柳叶色与之同，故以相比。立马，见出暂留。远行者看见水边初生嫩柳，请人代他折下一枝。折柳赠别，是唐代风俗。无人折赠，而麻烦道旁之人代折，暗示出踽踽独行的凄凉情境，为下文伏笔。

后两句写新柳已被折下，拿在手中，而春风吹来，使它仍旧摇动，如同还在树上一样，因此，使人感到：春风是最怜惜杨柳的，在它被折之后，还是照旧殷勤地吹拂着。说春风多情惜柳，也就见出春日远行，无人送别之非常难堪。化无情之春风为有情，更用"惟有"，用"殷勤"以突出之，都是为了着力表现自己此行之冷落，此心之沉重。只写眼前景物，而牢落之情，自在言外。题中说明是和人咏杨柳之作，则所写当非作诗时实事，而是回忆从前某次独行的情景。

李诗中的明月，戎诗中的柳条、藤蔓和黄莺，杨诗中的春风，在整个篇章里起着同样的作用。它们是作为人的代表而出现的，然而却巧妙地完成了比人做得更出色的任务；它们都是人格化了的有生命的个体。通过它们，强烈地表达出了在此情此景下，诗人的丰富情感。

春夜洛城闻笛

李白

谁家玉笛暗飞声？散入春风满洛城。
此夜曲中闻折柳，何人不起故园情！

这首诗大概是玄宗开元二十三年（735）在洛阳客居时所作，前半写闻，后半写感。

头两句，“谁家”、“暗飞声”，写出“闻”时的精神状态，先听到飞声，踪迹它的来处，却又不知何人所吹，从何而来，所以说是暗中飞出。“春风”点时，“洛城”点地。“散入春风”，应上“暗飞声”，照下“满洛城”。“满洛城”是夸张的写法，由己及人，充类至尽。由自己在城中某处听到暗暗地飘出的笛声，推而至于春风煦拂，遂使满城无处不闻。不但赞美了笛声之悠扬嘹亮，同时也为下文预留地步。两句缴足题面。

后两句，指出笛中所奏，是伤离的乐曲《折杨柳》。凡是客居洛城的人，听到了它，必然勾起乡愁。“何人不起”，也就是无人不起。用反诘，正是为了着重表明正意。本是自己闻笛而生故园之情，但由于诗人的这种感情太强烈了，就认为是旅人所共具，在诗中由个别的变成了一般的了。这种心理活动，在实际生活中常常会碰到。

作者还有一首《黄鹤楼闻笛》，可以和此诗比观：

一为迁客去长沙，西望长安不见家。
黄鹤楼中吹玉笛，江城五月落梅花。

这首诗是肃宗乾元二年（759）他获罪流放夜郎，经过武昌时所作。

起句写将去之地与必去之因。当时去贵州，一般都取道湖南，所以长沙是必由之路。但这一句不只是叙事，而且是用典。西汉文帝时代的贾谊由于敢于指责当时政治上的弊病，被当权大臣排挤，贬官长沙，一直为后人所同情。所以这句诗同时也暗寓有为自己参加李璘幕府一事进行辩解之意在内。

次句写去国之情。据现有资料，李白流夜郎时，他的妻子宗氏留在江西，并不在长安。所以这句诗写的实质上是眷恋朝廷之意，也就是所谓去国之情。一经获罪，回到京城的可能性就少了。西望从前活跃过的地方，不免有所感慨。但着笔很轻，不像其他诗人在这种遭遇时心情表现得十分沉重，这当然只能从作者豪迈不羁、蔑视权贵的个性获得解释。

后两句正写闻笛。此诗题亦作《与史郎中饮，听黄鹤楼上吹笛》，意思较为清楚。吹笛人在楼的上面，听笛人在楼的附近。听其所吹，乃是《梅花落》，因此也产生了和前述高适同样的联想。江城五月，当然没有梅花，但由于笛声广播江城，遂觉其地都有梅花落下，与前诗“散入春风满洛城”同意。在前面，我们解释高适诗“借问梅花何处落，风吹一夜满关山”两句时，曾说：听到的是四处飘扬的笛声，却仿佛看到了一夜之间吹满关山的花片，乃是现实中听觉与想象中视觉的通感和交织。此诗也正是如此。李白还有一首《观胡人吹笛》，其中说：“胡人吹玉笛，一半是秦声。十月吴山晓，梅花落敬亭。”亦可参证。

与《春夜洛城闻笛》比较，则两诗都写闻笛，写笛声远播，到处可闻，是其所同；而前者写一般的离乡之感，后者写迁客的去国之情，是其所异。在结构上，前一首先写所闻，后写所感，后一首则正相反，先写所感，后写所闻；但艺术效果都很好，这就是所谓“文无定法”。

我们还可以选两篇诗从另外一个角度来和这篇诗进行比较。如顾况《听角思归》：

故园黄叶满青苔，梦后城头晓角哀。
此夜断肠人不见，起行残月影徘徊。

故园的黄叶已落满长了青苔的路上，则叶无人扫，路无人走，其园荒废已久可知，自己离家已久更可知。由于有家难归，更为思念，因此只有形之梦寐。而梦醒之后，天色将明，这时，号角的声音响起来了。自己的心情是沉重的，所以听到晓角，自然就觉其音哀伤。但是，长夜漫漫，梦魂颠倒，梦醒之后，更觉断肠，又有谁看见，谁知道呢？继续入梦，势所不能，起看残月，还是孤身一人，也只能对影徘徊，即让影子给自己作伴而已。

此诗写角声，与李诗中之笛声正相反。李诗写己之闻笛生情而推及别人也会闻笛生情，此诗则由闻角而但觉己之生哀，与人无涉。人虽闻角，但不思归，也就不会断肠，更不会独看残月，顾影徘徊了。

再如王建的《十五夜望月》：

中庭地白树栖鸦，冷露无声湿桂花。
今夜月明人尽望，不知秋思在谁家？

庭院之中，满地都呈白色，足见月光之明亮，扣题“十五夜”。月明则鸦惊，不能安宿，所以曹操《短歌行》说：“月明星稀，乌鹊南飞。”周邦彦〔蝶恋花〕也有“月皎惊乌栖不定”之句。这里说“树栖鸦”，是已到夜深月斜时候了。由于夜深，所以露水打湿了桂花。“桂花”是秋景，“无声”，见秋露初生，还不很浓，故虽沾花而未下滴，体物极细。这个夜晚，赏月的人可多了，所以说“人尽望”。但是，在许多人当中，谁是满怀秋思的呢？（“思”字，在这里念去声，指对家乡、亲属或爱侣的怀念。如女子在家中怀念丈夫，可称室思，怀念丈夫的女子可称思妇。）这里的一句潜台词是：恐怕只有我了（谁家即谁。“家”字，在上面李白诗中及这里，都是语尾助词，无实义）。

此诗写十五望月，众人所同，而秋思满怀，唯独有我，与顾况闻角，所感相同。

李诗写自己闻笛生情，推而及于他人也闻笛生情。顾诗写他人虽听角，并不怀归；王诗写他人虽望月，并无秋思。即前者写的是人与人之间，由于境遇相同，感情可以彼此沟通；而后两者则是写的人与人之间，由于境遇不同，就难以对共同的景物获得同一的感受。这都是生活的真实，诗人们通过艺术的真实，将它们再现了出来。

客中作

李白

兰陵美酒郁金香，玉碗盛来琥珀光。

但使主人能醉客，不知何处是他乡。

农业是我国封建社会的经济基础，读书人多数出身地主阶级，乡土观念很重。同时，这些人为了“学而优则仕”，又必须离乡背井，博取功名。加之交通不便，旅途辛苦，因而在他们的创作中，写客恨乡思的作品占有一定的数量。在这样的作品中，总是对家乡充满了留恋和怀念，对客况充满了慨叹和悲伤。然而，李白这一首诗，却反其道而行之。

前二句极写酒之名贵。它是兰陵（今山东峄县）的特产，又是郁金香这种草药所泡制的，喝了有散发郁闷的功效。而这种散发着醉人香气的酒，还用玉碗盛着，酒的颜色在玉碗之中，呈现出琥珀一般美丽悦目的光彩。试想：当前有如此之美的酒，还能不痛饮吗？所以后二句接着说：只要做主人的能够使做客人的开怀畅饮，那么，客人就再也不会感到有什么故乡和他乡的分别了。

这是一首翻案的作品。我们平常所说的翻案文章，一般是指见解、感情和向来多数人的看法不同，因而具有一新耳目、引人入胜的效果的作品。它们的出现，多半是某些作家以其敏锐的洞察力体验生活，比另外许多人看得更深更新，因而就产生了与众不同的艺术效果。当然，这种洞察力是和作家的世界观与生活经验不可分割的。李白这首诗显然是他世界观中乐观主义精神和创作中积极浪漫主义精神的体现。

我们再看杜甫的《江畔独步寻花》组诗中的一首：

> 稠花乱蕊裹江滨，行步欹危实怕春。
> 诗酒尚堪驱使在，未须料理白头人。

这首诗大约作于肃宗上元二年（761），是诗人从甘肃携家，经历了千辛万苦，才到达成都，勉强定居下来时的作品。那时他刚刚五十岁，因为安史叛乱，使其身体精神都受到严重的摧残，变成一个路都走不稳的老头儿了。他不像李白那样富于浪漫精神，故诗中经常流露叹老伤病之感。但在某些篇章中，仍然显示着他少年时代的那种乐观和倔强，使读者感到振奋。

首句写锦江春光之盛，花木之繁。“花”而曰“稠”，“蕊”而曰“乱”；花发江滨，不曰满，不曰放，而曰“裹”，就将江边千红万紫、吐艳争妍的景象和成都春光之美好完全显示了出来，使读者如置身其中。这一“裹”字，下得新奇、生动、富于创造性，非常帖切，值得仔细玩味。次句一转，春光虽极美好，身体却很衰弱，独步江畔，本是赏春，结果反倒“怕春”了。这个“怕春”，事实上是爱春的深化；也是感叹自己年衰，步行艰难，有失春意的深化。不然，坐在家里不出大门就是了，有什么可怕的呢？后两句再转，说虽然“行步欹危”，但我还能写诗咏花，喝酒赏花。诗和酒还是供我驱使着的（在，助词，犹着），我还不须要别人来照管哩！这一转，所谓“怕春”，也就烟消云散，不复存在，而这位老诗人倔强的性格、乐观的精神就都十分清晰地呈现在读者的面前了。

刘禹锡的《秋词》从另外一个侧面体现了类似的情调：

自古逢秋悲寂寥，我言秋日胜春朝。
横空一鹤排云上，便引诗情到碧霄。

自从宋玉在《九辩》中写出了“悲哉，秋之为气也”这一有名的句子，悲秋便成为古典文学中传统的情调。我国地处北温带，四季分明，秋天是气候由热变冷、植物由盛变衰的季节，古代诗人又生活在那个容易感到悲哀的封建社会，所以他们每每感物兴怀，逢秋天而悲寂寞，是完全可以理解的。但是，刘禹锡对秋天却另有一种与众不同的感兴，如此诗所反映的。

首句写向来前人对于秋天的感想，次句写自己一人独特的看法，出语平淡。但三、四两句却突出一幅动人的图景，将天高气爽的景色与自己充满诗意的情怀融合在一起，极其形象地表达出来。秋色宜人，可以写的很多，诗中只突出其晴朗一点，而又具体地以鹤飞之冲霄，与诗情之旷远作为一实一虚的情景来写，则无论是物是人，逢秋不是悲，不是寂寞，都不在话下了。这种写法，既是以偏概全，也是以少胜多。

他人写客怀多感，李白却说“不知何处是他乡”。他人写老病堪伤，杜甫却说“未须料理白头人”。他人悲秋，刘禹锡却认为“秋日胜春朝”。这些诗篇中所共同具有的乐观精神，确能扩展读者的胸怀，不只是翻案的艺术手段足可取法而已。

越中览古

李白

越王勾践破吴归，战士还家尽锦衣。

宫女如花满春殿，只今惟有鹧鸪飞。

这首诗是所谓怀古之作，亦即诗人游览越中（唐越州，今浙江省绍兴县），有感于其地在古代历史上所发生过的著名事件而写下的。在春秋时代，吴越两国争霸南方，成为世仇。越王勾践于公元前494年，被吴王夫差打败，回到国内，卧薪尝胆，誓报此仇。公元前473年，他果然把吴国灭了。诗写的就是这件事。

诗歌不是历史小说，绝句又不同于长篇古诗，所以诗人只能选取这一历史事件中他感受得最深的某一部分来写。他选取的不是这场斗争的漫长过程中的某一片断，而是在吴败越胜，越王班师回国以后的两个镜头。首句点明题意，说明所怀古迹的具体内容。第二、三两句分写战士还家、勾践还宫的情况。消灭了敌人，雪了耻，战士都凯旋了，由于战事已经结束，大家都受到了赏赐，所以不穿铁甲，而穿锦衣。只“尽锦衣”三字，就将越王及其战士得意归来，充满了胜利者的喜悦和骄傲的神情烘托了出来。越王回国以后，踌躇满志，不但耀武扬威，而且荒淫逸乐起来，于是，花朵儿一般的美人，就占满了宫殿，拥簇着他，侍候着他。也只写这一点，就将越王将过去的卧薪尝胆的往事丢得干干净净表达得非常充分了。都城中到处是锦衣战士，宫殿上站满了如花宫女（“春殿”的春字，应上“如花”，并描摹美好的时光和景象，不一定是指春天），这是多么繁盛、美好、热闹、欢乐，然而结句突然一转，将上面所写的一切一笔勾消。过去曾经存在过的胜利、威武、富贵、荣华，现在还有什么呢？人们所能看到的，只是几只鹧鸪在王城故址上飞来飞去罢了。这一句写人事的变化，盛衰的无常，以慨叹出之。过去的统治阶级莫不希望他们的富贵荣华是子孙万世之业，而诗篇却如实地指出了这种希望的破灭，这就是它的积极意义。

诗篇将昔时的繁盛和今日的凄凉，通过具体的景物，作了鲜明的对比，使读者感受特别深切。一般地说，直接描写某种环境，是比较难于突出的，而通过对比，则获致的效果往往能够大大地加强。所以，通过热闹的场面来描写凄凉，就更觉凄凉之可叹。如此诗前面所写过去的繁华与后面所写现在的冷落，对照极为强烈，前面写得愈着力，后面转得也就愈有力。为了充分地表达主题思想，诗人对这篇诗的艺术结构也作出了不同于一般七绝的安排。一般的七绝，转折点都安排在第三句里，而它的前三句却一气直下，直到第四句才突然转到反面，就显得格外有力量，有神采。这种写法，不是笔力雄健的诗人，是难以挥洒自如的。

我们可以再举几首作品来加深对于这种写法的理解。韩愈《同张水部籍游曲江，寄白二十二舍人》云：

漠漠轻阴晚自开，青春白日映楼台。
曲江水满花千树，有底忙时不肯来？

这首诗抒写了作者春天在长安名胜曲江和张籍同游时的愉快，以及因此而产生的对于没有能够同来的白居易的深切惋惜和轻微埋怨。

它一上来描写了当天气候的变化。那是一个多云转晴天的日子。原来天空中是有一层淡淡的阴云的，但到了傍晚，就完全开朗了。天气一开朗，曲江池畔的楼台亭阁，万户千门，就即刻在斜阳照射之下，显示出来，而美好的春天也就更为动人了。“青春”两字，启第三句。由于这时正是春天，所以不但楼台是万户千门，花树也是千红万紫，加上曲江水满，碧波荡漾，这是多么迷人的季节、天气、风景。那么，以常情论，无论怎样忙，也应该抽空来游赏一番吧？有什么忙而不肯来呢？前三句极写良辰美景，则第四句所加于白居易的惋惜和埋怨就更有说服力。它使读者感到，如果我是韩愈，我也要埋怨白居易为什么不去玩，如果我是白居易，我一定也会去玩。诗人在这里，成为大家的代言人了。

再看元稹的《刘阮妻》：

芙蓉脂肉绿云鬟，罨画楼台青黛山。
千树桃花万年药，不知何事忆人间？

东汉时，刘晨、阮肇两人到浙江天台山采药，遇到两位仙女，双双结成夫妻。不久思家求归，回到人世，已经过去几百年了。这首诗即取材于这一仙女凡人的恋爱故事。

前三句极力描摹仙境之美好。它将虚无缥缈的仙境写得如此的真实、迷人，好像一幅工笔画，历历可见。首句写仙女之美丽，肌肤红润如荷花，头发深绿如云彩。次句写居处之美丽，山中的楼台是彩画的，楼外的山林是碧青的。第三句写，再加上满山遍野的桃花，长生不老的灵药。这不是一切都有了吗？在这样美好的地方，有这样美好的妻子，过着这样美好的生活，并且还可以长生不老，但是，刘晨、阮肇还是回来了，为什么呢？有了上面三句，反跌下文，使人觉得“忆人间”简直不可理解，不能没有第四句这一问了。

在我国古典诗歌中，无论咏史、游仙，多数是自抒怀抱。元稹此诗，表面上是咏叹古代一个仙凡恋爱的故事，事实上却是怀念旧日情人崔莺莺的。

众所熟知，元稹曾经写过一篇关于张生与崔莺莺恋爱的传奇小说《会真记》，后来被董解元和王实甫加以发展与再创造，成为古代文学中讲唱文学与戏剧的伟大著作。这篇小说带有很大成分的自传性质，也是学术界所公认的。真就是仙，会真就是遇仙。元稹将小说题为《会真记》，也就是将莺莺比为仙人，和莺莺恋爱比为遇仙。这首诗也是如此。他的另一篇长诗《梦游春七十韵》写道：“昔岁梦游春，梦游何所遇？梦入深洞中，果遂平生趣。清泠浅漫流，画舫兰篙渡。过尽万株桃，盘旋竹林路。……梦魂良易惊，灵境难久寓。……觉来八九年，不向花回顾。……我到看花时，但作怀仙句。”正可与此诗参看。所谓“怀仙句”，就是指《刘阮妻》一类的作品（当然并不一定就是本篇）。元稹在唐代特定的历史社会环境中，为了图谋功名利禄，虽然很爱莺莺，但终于由于她出身卑微而将她抛弃了，后来另外和一位宰相的外孙女、仆射的女儿韦丛结了婚，显见得他是一个庸俗的人，一个负心汉；但另外一方面，他又对莺莺不能忘情，很怀念，很留恋，对自己的薄幸，有时候也感到内咎。在这种矛盾心情的支配之下，他选择刘、阮入天台这个故事作为题材，发出了诗中那样深沉的感慨。最后一句中所体现的对于刘、阮的带点轻视的惋惜和埋怨，不正好说明了诗人自己的惭愧和悔恨吗?

尽管这首充满着惆怅之情的诗是将轻易抛弃的爱情比作失去的仙境来怀念，将贪恋世俗的功名利禄当成眷念人间现实生活来追悔，诗中竭力描写了仙境之美好，“忆人间”之不可理解，有自觉可悲可叹、可惭可惜种种复杂感情在内；但如果我们撇开诗人创作的动机，以及他在诗中的寄托，就诗论诗，则它在客观意义上，正好从反面说明了刘、阮的热爱人间，热爱现实生活。仙境纵然使人着迷，还是抵不上人间现实生活的魅力。形象大于思想，如果我们从这一角度体会，虽然并不合于诗人本旨，倒可以从其中找出另外一种积极意义来。

以上三首诗，在结构方面，都是用一连三句来极力描写一种美好的境界，到第四句才来一个有力的转折，以突出作意。

我们还可以将李白的另一首怀古诗《苏台览古》来和《越中览古》作一比较：

旧苑荒台杨柳新，菱歌清唱不胜春。
只今惟有西江月，曾照吴王宫里人。

苏台即姑苏台，是春秋时代吴王夫差游乐的地方，故址在今江苏省苏州市。此诗一上来就写吴苑的残破，苏台的荒凉，而人事的变化，兴废的无常，自在其中。后面紧接以杨柳在春天又发新芽，柳色青青，年年如旧，岁岁常新，以“新”与“旧”，不变的景物与变化的人事，作鲜明的对照，更加深了凭吊古迹的感慨。一句之中，以两种不同的事物来对比，写出古今盛衰之感，用意遣词，精炼而又自然。次句接写当前景色，青青新柳之外，还有一些女子在唱着菱歌，无限的春光之中，回荡着歌声的旋律（不胜本是负担不起或禁受不住的意思，这里引申作十分、无限解）。杨柳又换新叶，船娘闲唱菱歌，旧苑荒台，依然弥漫着无边春色，而昔日的帝王宫殿、美女笙歌，却一切都已化为乌有，所以后两句便点出，只有悬挂在从西方流来的大江上的那轮明月，是亘古不变的；只有她，才照见过吴宫的繁华，看见过像夫差、西施这样的当时人物，可以做历史的见证人罢了。

此两诗都是览古之作，主题相同，题材近似，但越中一首，着重在明写昔日之繁华，以四分之三的篇幅竭力渲染，而以结句写今日之荒凉抹杀之，转出主意。苏台一首则着重写今日之荒凉，以暗示昔日之繁华，以今古常新的自然景物来衬托变幻无常的人事，见出今昔盛衰之感，所以其表现手段又各自不同。从这里也可以看出诗人变化多端的艺术技巧。

此外，我们还可以将窦巩的《南游感兴》再和《越中览古》对照。

伤心欲问前朝事，惟见江流去不回。
日暮东风春草绿，鹧鸪飞上越王台。

南越王赵佗曾在今广州市北的越秀山上筑台。他在汉初，也是一位英雄人物，割据南越一带，“聊窃帝号以自娱”，和汉帝国分庭抗礼，后来汉文帝待以恩德，才称臣归顺中央。诗人游历广州，有感南越旧事，写下了这首诗。

诗一上来就写明诗人的吊古之情，他看到汉代遗留下来的古迹，有感于千年以来的成败兴亡，带着伤感的心情，要想寻问一下汉代赵佗的旧事，但时间毕竟太久，往事已无可追寻了，眼前所见，但有珠江之水，南流入海，一去不回（以水流比喻人事之消逝，即《论语》的“逝者如斯夫！不舍昼夜”之意，在文学作品中常见。在此诗以前，则如李白《梦游天姥吟留别》中的“古来万事东流水”，以后则如苏轼〔念奴娇〕中的“大江东去，浪淘尽、千古风流人物”）。除了滔滔江水之外，也只有一片青青的春草，披拂于傍晚的东风之中，几只飞鸣的鹧鸪，上下于残破的古台之上，昔日称霸一方的英雄人物，又在哪里呢？

这首诗的结构与《越中览古》相似而又相反。李诗首三句一气直下，写昔日之繁华，而以结句写今日之荒凉，形成鲜明的对比。此诗以起句虚点前朝，而后三句一气直下，以“惟见”两字钩勒，直注结尾，实写今日，以为对照。李诗是上三下一，各自一意；此诗是上一下三，先虚后实。构思都比较别致。

九月九日忆山东兄弟

王维

独在异乡为异客，每逢佳节倍思亲。
遥知兄弟登高处，遍插茱萸少一人。

农历九月九日，因月日都是九数，故名重九。根据古代阴阳五行学说，九是阳数，故又名重阳。这一天，是一个传统的节日，有登高、插茱萸、饮菊花酒、吃重阳糕等风俗习惯，相传起于东汉。据《续齐谐记》所载，那时有个桓景，从费长房学道。有一年，费对桓说，你家在九月九日那一天有灾祸，必须每人做一个彩袋，内盛茱萸，系在臂上，登上高处，饮菊花酒，就可以避免了。桓遵从了费的教导，晚上回家，看到家里养的鸡、犬、牛、羊都死光了。封建社会，人民不能掌握自己的命运，天灾人祸很多，谁不想设法避开呢？因此，就逐渐形成一种风俗了。后来，系在臂上的茱萸，改为插在头上。而九日登高，也以节日的形式出现，游乐之意多，避灾之意少了。

王维是太原祁（今山西省祁县）人，后来迁居于蒲（今山西省永济县）。蒲在华山以东，故诗题称留在家乡的兄弟为山东兄弟。据旧注，他作此诗时，才十七岁。诗人少年时代曾游历长安和洛阳，此诗当是他出游之时所作。

这是一首千百年来传诵人口的诗，次句变成了一句成语，广泛地被人引用，因为它表达了人人容易遇到的事实和人人容易产生的心情。

首句点明作客，说“在异乡”，而且是“独在异乡”，可见一人孤居独处，既无亲戚往来，又无家人同住，其孤寂比一般作客的人更甚，所以再接以“为异客”三字，加强气氛。这句分量沉重，但脱口而出，又十分自然，一点也不刻画做作。次句写思亲。说“每逢”，可见不止是今年的九日，也不止是九日，任何佳节，都会思亲。在古代汉语中，“亲”字单用的时候，往往偏指父母，此处也是如此。说“倍”，则可见虽是平常日子，也无时不思亲，而佳节来临，则加倍想念。只用“每逢”与“倍”这三个虚字，就不但写出了佳节思亲，而且将平日无时不思之情也有力地暗示了出来。由于用字之精确，就使意思转深，感情加厚。它以流畅的语调，传出了深挚的感情，写出了那个时代、那个社会人人心中所有，想说出来，但又未能恰当地加以表达的话，所以成为脍炙人口的名句。

三、四两句从对面写，是诗人想象中的情境。本来是自己佳节思亲，却偏不承次句说由念父母而思兄弟，而说在家乡的兄弟思念自己，已是翻进一层。而写兄弟的思念自己，又不明说，不直说，而是设想出一个动人的情景：今天是重阳佳节，在家中的兄弟必然会到山上去登高，也必然会每个人头上都插上茱萸，那么，他们在登高的地方，遍插茱萸的时候，就自然也必然会感到少了一个人，会极其结记“独在异乡为异客”的自己了。不明说直说兄弟之怀念自己，而从插茱萸这一风俗生发，先用“遍插”，后用“少一人”，而对方相忆之情自见，自己相忆之情也就更为突出和鲜明了。

九日登高、插茱萸的风俗，自来是诗人们爱用的诗料，但如何处理，各具匠心。《苕溪渔隐丛话》后集：“子美《九日蓝田崔氏庄》云：‘明年此会知谁健，醉把茱萸子细看。’王摩诘《九日忆山东兄弟》云：‘遥知兄弟登高处，遍插茱萸少一人。’朱放《九日与杨凝、崔淑期登江上山，有故不往》云：‘那得更将头上发，学他年少插茱萸。’此三人类各有所感而作，用事则一，命意不同。后人用此为九日诗，自当随事分别用之，方得为善用故事也。”胡仔这番议论，是告诉我们，使用素材，必须服从于主题的需要，这在今天还是有其参考价值的。

在前面，我们读过王昌龄的《送魏二》和王维的《送韦评事》等，都是写的想象中的情境。这首诗也是如此，但又有所不同。前面的各首，是从现在预计将来的情境，其区别和联系在时间。这一首以及我们还要讲到的下面三首，则是从此地遥想彼地的情境，其区别和联系在空间。而其每用“遥知”、“想”、“忆”等字钩勒，使其间的区别和联系获致清晰的呈现，则又是一致的。

韦应物《寒食寄京师诸弟》：

雨中禁火空斋冷，江上流莺独自听。
把酒看花想诸弟，杜陵寒食草青青。

寒食也是一个节日，在冬至后一百五日或一百六日，即清明前一二天。据传说，春秋时，晋文公重耳流亡在外多年，后来复国，分赏功臣，却把介之推忘了，致使他抱屈自焚而死。文公为了纪念他，在这一天禁止生火，大家都吃冷东西，所以称为寒食。韦应物是京兆长安（今陕西省长安县）人，宦游异乡，在这个传统节日里，怀念在家中的几位弟弟，因而写了这首诗寄给他们。

首句写景，写时，写地，而着重于写冷。春雨已自生寒，禁火则要寒食，更无暖意，又加上宦游独处，因此寒意更深。从景、时、地三个方面、三种情况来形容，就不仅表现了天气、节候、环境之冷，而更其重要的，则是通过它们，流露了作者心情上所感受到的冷。次句是对处境与心理的补充。春天已到江上，枝头已有莺声。莺啼圆润，有如流水，当然好听，但也只有空斋独赏，仍觉无聊。二句极写自己的冷落孤寂。

三、四两句把笔掉转来，写想象中诸弟在家乡的情况。杜陵原是汉宣帝陵墓所在，为长安附近游乐之所。春光正好，他们这时，必然连袂出游，在芳草如茵的杜陵，把酒看花吧。以想象中诸弟在家乡春游之乐，对照自己实际上空斋之冷，而作客情怀，思亲情绪，自然流露。

白居易《邯郸至除夜思家》：

邯郸驿里逢冬至，抱膝灯前影伴身。
想得家中夜深坐，还应说着远行人。

这首诗的题目极为醒豁地概括了它的内容。邯郸，今河北省邯郸市。除夜，又称除夕，一般指农历十二月末日的夜晚，但在唐朝，冬至的前夜也可称除夜，此诗题中除夜，即指冬至前夜而言。

首句叙事，次句写思家。这思家的感情，不是抽象地加以说明，而是形象地加以描绘的。邯郸是当时相当繁盛的都市。冬至是一年将尽的节日。在热闹非常的都市里，却无心出外游览，而只是在驿舍之中，对着孤灯，抱着膝盖，让影子陪伴自己。诗人的这一幅自画像，不正好告诉读者他是归心似箭吗？

后两句继续刻画自己的思家之情，但仍不直说，而只是猜想家人也会同样坐到夜深，同样怀念自己。家人不只一位，所以还能够“说着远行人”，而自己则独在旅途，以影伴身而已。那就更加使人难以为情了。

此诗机杼，全同王维一首，但九日登高，一年只有一次，而灯前忆远，则家家如是，时时所有，因而所写情境，更具有普遍性。它无论在内容上，语言上，都自然朴素，平易近人，体现了诗人一贯的风格。

罗邺《雁》：

暮天新雁起汀洲，红蓼花疏水国秋。
想得故园今夜月，几人相忆在江楼？

这首诗是触景生情，托物起兴，以抒发故乡之思的。前两句写眼前景物。雁是候鸟，春北去，秋南来，栖息于汀洲之上，而汀洲上又正开着稀疏的红蓼花。诗人在傍晚时分，看到新来的雁子从汀洲的红蓼花中飞起，感到一片水国秋光，于是联想到雁子还能一年一度，去而复返，而人却长在异乡，因此更加想念起故园来了。

后两句写思乡之情，也是从对面着笔。由他乡之水国，想到故园之江楼，想到在今夜月光之中，必定有人在江楼之上，对月怀远吧。不写己之触景生情而忆在故园之人，偏写其人之对景登楼而念在异乡之己，不但见己之思乡情切，而且展示了一幅想象中的江楼望月图，情致也更丰满。

此诗后半也是用从对面设想和着笔的方法以深化主题，但前半不写自己的情况，而专写景物，托物起兴，引起想象，因景及人，故和上面三篇又有同中之异。

送元二使安西

王维

渭城朝雨浥轻尘，客舍青青柳色新。

劝君更进一杯酒，西出阳关无故人！

这是一首极负盛名的送别之作。它曾被谱入乐曲，称为《渭城曲》或《阳关曲》（《阳关三叠》），在唐、宋时代广泛流传。安西指唐代的安西都护府，在今新疆维吾尔自治区库车县境。渭城在长安附近。阳关在今甘肃省敦煌县西南，为自中原赴西北必由之路。当时行人到西北去，都要经渭城，出阳关（或玉门关）。此诗所写，即诗人送别友人的情景。在唐代，西北地区与中原的经济、文化交流十分频繁，各民族之间也经常有政治上的交涉，军事上的冲突，因此，往来道途的人很多，而在当时，两地的生活水平、风俗习惯，存在着很大的差异。当亲友到这种辽远艰苦的地方去工作，人们自然会更多更深地表示自己的殷勤惜别之情，如这首诗所写的。

从诗中可以看出，元二并非离家作客，而是已经游宦长安，这一次，又奉使到更远的安西去。王维也是在游宦之中，并非居家，这一次，乃是客中送客。元二从长安出发，王维送到渭城，置酒饯别，诗即从渭城风物写起。

前两句布景。地是渭城，时是早上，细雨濛濛，沾湿了微细的尘土。天气不好，增加了旅途的困难，当然也就增加了别离的怅惋。客舍点明客中送客，并显示远送渭城，暂留复别的情况。古人送别，都要折柳为赠，所以柳色青青，见之不免触目惊心。

朝雨画出凄清之景，新柳勾起离别之情，只写景物，而别情已有丰富的暗示。

后两句抒情。使命在身，分手在即，虽然远送，势难再留，这时，也没有其他的办法，只能劝元二再饮一杯，再待一会而已。用一“更”字，则此前之殷勤劝酒，此刻之留恋不舍，此后之关切怀念，都体现了出来。所以，这一个字的容量是很大的。为什么如此地殷勤、留恋、关切呢？因为元二一出阳关，就再也没有像自己这样的知心朋友了，何况他还越走越远，要到安西呢？从此以后，举目无亲，还是在故人面前，多饮一杯吧。只这寥寥十四个字，就将好友之间的真挚情谊，抒写无馀。意赅言简，语浅情深，正是这首诗的成功之处。

当然，由于物质文明的进步，特别是由于在社会主义祖国中人民精神风貌的巨大变化，人与人之间的关系的巨大变化，这种“西出阳关无故人”的情况已一去不复返了。但作为封建社会的生活史料，古代诗人的感情记录和成功的艺术创作，它仍然是会永远存在的。

我们还可以举两首情景与此诗相同，而成就不无高下的作品来与王维此诗进行比较。贾至《送李侍郎赴常州》写道：

雪晴云散北风寒，楚水吴山道路难。
今日送君须尽醉，明朝相忆路漫漫。

首句写眼前景色，点明时令气候，属天时；次句预计李的别后行程，常州即今江苏省常州市，他当是沿江东下，所以说“楚水吴山”，属地理。这两句表明朋友旅途艰辛，自己对朋友的关切。

后两句正面抒发惜别之意，以“今日”、“明朝”对照，见今日相聚之促，之不易，明朝相忆之深，之难堪，愈觉非尽醉不足以散愁。“今日”句即王诗“劝君更进一杯酒”，“明朝”句即“西出阳关无故人”，一览可知。

再看岑参的《送贾侍御使江外》：

新骑骢马复承恩，使出金陵过海门。
荆南渭北难相见，莫惜衫襟着酒痕。

江外，泛指长江下游以南的东南地区。金陵，今江苏省南京市。海门，指镇江以下的江岸，长江东流入海，到此河床愈加宽广，故称海门。荆南，治所在今湖北省江陵县，但辖区颇广，包括今湖北西部、四川东部及湖南西北部，诗中用以泛指南方。渭北，指长安，城在渭水之北。骢马，是葱白色的马。

前两句写贾之出使。“新骑骢马”，是说贾氏新拜侍御官职（《后汉书·桓典传》：“拜侍御史，……常乘骢马，京师畏惮，为之语曰：‘行行且止，避骢马御史。’”）。新任侍御，又奉命出使，足见皇帝对他很信任，所以说“复承恩”。“出金陵过海门”，言道途之远，暗示其为国效劳，不辞辛苦，有赞美之意。

后两句写己之饯别。渭北是送行的所在；荆南是客去的方向。这里用荆南，并非实指，而是借南对北，如俗语所云天南地北。从此一别，岑留渭北，贾赴荆南，难以相见了，那么，何不尽欢而散呢？即使衫襟沾上酒痕，也别去管它吧。这两句和贾诗后两句同意，但次序正相反，第三句就是贾诗的“明朝相忆路漫漫”，第四句就是贾诗的“今日送君须尽醉”。

这两首诗写得也不算差，但和王维的那一首一比，就显然缺乏强大的感染力。为什么呢？李东阳《怀麓堂诗话》有一段话可供我们参考。他说：“作诗不可以意徇辞，而须以辞达意，可歌咏则可以传。王摩诘‘阳关无故人’之句，盛唐以前所未道。此辞一出，一时传诵不足，至为三叠歌之，后之咏别者，千言万语，殆不能出其意之外，必如是，方可谓之达耳。”李氏所谓“达”，就是深透，“前所未道”，就是新鲜。王维的那一首诗，正是感情深透，语意新鲜，超过贾至、岑参，所以才吸引了更多的读者，获得了更高的评价。

我们再看一首与上述各篇情调截然相反的作品，高适的《别董大》：

千里黄云白日曛，北风吹雁雪纷纷。
莫愁前路无知己，天下谁人不识君？

董大即唐玄宗时代著名的琴客董庭兰，曾以琴艺受知于宰相房琯。诗人崔珏写道：“七条弦上五音寒，此艺知音自古难。惟有河南房次律，始终怜得董庭兰。”撇开崔珏此诗另外的喻意不谈，在八世纪汉民族已经十分盛行胡乐的时代，能欣赏七弦琴这样的古乐的人是不多的。所以崔珏的诗也的确说出了当时乐坛的实际情况。但高适此作，却以开朗的胸襟、豪迈的语调，来对付离别，激励朋友。由于黄沙漫天，伸延千里，所以云也似乎变成黄色。在这时候，夜幕将降，白日也只剩下一点馀光，北风吹着雁群，大雪纷纷落下。在这荒寒而又壮阔的环境中，送别一位身怀绝艺却无人赏识的音乐家，在一般诗人的笔下，是难以发出什么豪言壮语来相劝慰的。但这位气质慷慨的诗坛老将，出人意外地写出了“莫愁”两句，顿觉天清地阔，前路光明。这也就是前人所说的“笔补造化天无功”（李贺《高轩过》）。在此以前，王勃在《送杜少府之任蜀州》中有“海内存知己，天涯若比邻”之句，此诗也与之同一意境，足以鼓舞人心。与此对照，孟郊在《赠崔纯亮》中说：“出门即有碍，谁谓天地宽。”只这两句就活画出其人的心胸狭窄，难怪元好问在《论诗绝句》中要讥笑他是“高天厚地一诗囚”了。从这些地方，我们可以看出世界观及在世界观影响下形成的性格，对于一位诗人来说，是多么的重要。

送沈子福归江东

王维

杨柳渡头行客稀，罟师荡桨向临圻。
惟有相思似春色，江南江北送君归。

这也是一首送别的诗。首句“渡头”点明送别之地，“杨柳”点明节候，暗示别情，并关合下文“春色”。行客已稀，反衬自己和朋友的依依不舍。次句说“罟师荡桨”，则所送之人终于还是走了（罟，鱼网。罟师，渔夫，这里借指船夫。临圻，据诗意，当是地名，今址不详，也可能是临沂之误。临沂，晋侨置县，在今江苏省江宁县东北三十里，与题“归江东”合。江东，泛指长江下游江南一带）。第三、四句写沈子福已走之后，自己临流极目，唯见一片春色，遍于江南江北，遂觉心中相思的无穷无尽，恰似眼前春色之无际无边。自己虽然无从和他同去，但此相思之意，始终相随，一如春色之无所不在。诗人奇妙的联想，将自然的春色与人类的思维两种毫不相干的事物取来作比，而景与情合，即景寓情，妙造自然，毫无刻画的痕迹，不但写出了彼此之间深厚的友谊，而且将惜别时的微妙的、难以捕捉的抽象感情，极其生动地表达出来，成为可见可触的形象，遂使人真觉相思之情，充塞天地，可谓工于用喻，善于言情。

唐人以奇妙的比喻写离情的好诗不少，在这里可以再举鱼玄机的《江陵愁望有寄》来和王诗比较：

枫叶千枝复万枝，江桥掩映暮帆迟。

忆君心似西江水，日夜东流无歇时。

这位女诗人原先是李亿的妾，后来在长安咸宜观出了家，成为女道士。在唐代的少数女诗人当中，她写爱情是比较大胆的，如“易求无价宝，难得有情郎”之类，的确道出了在男权社会中许多妇女的心声。这首诗是寄给她的一位情人的，首句写江陵秋景，次句写愁望之情。极目远眺，但见江桥掩映于枫林之中，日已垂暮，而乘船之人依然未到，所以后两句接写相思，以江流之永不停止，比相思之永无休歇。王诗以春色之遍于大江南北为比，是从空间极言其广，此诗以西江水之日夜东流为比，是从时间极言其长。各极其妙。

以春色、流水比离别相思之情，很巧，很有魅力，使人容易接受。但也还有另外一种写法，即用非常质朴的语言，直诉深沉的情感，也可以获致同样的效果。

雍陶《送蜀客》云：

剑南风景腊前春，山鸟江花得雨新。
莫怪送君行较远，自缘身是忆归人。

作者自己就是成都人，他游宦异乡，而送一位同乡回去，自然别有感慨，此诗就是在这种特定情况之下写的。前两句极赞家乡风土之好（剑南道是唐代行政区域之一，管辖剑阁以南、长江以北地区，治所在成都）。川西平原，气候温暖，土地肥饶，在腊月之前，就已春色盎然了。加上一雨之后，江边花发，山上鸟鸣，都感到一番新意，自得其乐，岂不令人怀念？由此愈见朋友能归之乐，自己难归之苦，为下文作势。后两句更无修饰，也不夸张，只是把自己为什么要多送朋友几程的理由说了出来。比起王、鱼两诗巧妙的比喻，它便显得有些笨拙了。但这艺术上的笨拙，却和感情上的厚重同在。宋代的诗论家提倡“宁拙毋巧，宁朴无华”，便是有鉴于某些诗人专门在巧妙华丽的形式上下工夫，却放松了内容上所必具的真情实感，补偏救弊，有其一定的道理。当然，我们并不是说王、鱼两诗只有妙喻而乏真情。这两首诗是无可訾议的。

王诗第三句“惟有相思似春色”，说“惟有”，则相思以外的其他感情、事物不似或不全似春色可知。像“惟有”这类的钩勒字，重在突出一面，而与之相对应的另一方面的情况自见。这是诗人为了成功地表达其所要强调的某一内容而常用的方法，试再举两例。

杜牧《怀吴中冯秀才》：

长洲苑外草萧萧，却计邮程岁月遥。
惟有别时今不忘，暮烟秋雨过枫桥。

这首诗不是写别友，而是写怀友，但又着重于怀念与友人相别的情景。起句写自己从前在吴中（今江苏省苏州市，亦即长洲）与冯秀才在一道游赏古迹的生活。苑，指吴王夫差的废苑，即李白诗中的苏台一带。“草萧萧”，点明同游季节，与下文“秋雨”关合。次句写相别以来，相距道途之远，时间之长，引起下文“不忘”。三、四句正写相忆，道远时长，当然有许多记忆已经不免模糊了，但有一个场面，是至今忘不了的，就是己之离开，冯的送别。傍晚时分，下着疏雨，走过枫桥（在今苏州城西九里），当时情景，还在眼前，虽然邮程、岁月，都已遥远，但这一幅图画，还深印脑中。只要突出这一点，题中之所谓“怀”也就完全表现出来了。别时的情景，至今不忘，则相聚的情景，又岂能全忘呢？从一见多，不言而喻。

吴融《杨花》：

不斗秾华不占红，自飞晴野雪濛濛。
百花长恨风吹落，惟有杨花独爱风。

这是一首咏物诗。它着重刻画了杨花（柳絮）随风飘荡的特征。首句写其不比桃李之繁茂，也没有其他花常有的红艳，是陪衬，以下写其随风而舞，所以独异群花，不怕风而爱风，也是用“惟有”两字钩勒，突出了它的特点。大凡咏物的诗，都要别有寄托，才能小中见大，具有社会意义。如果只是单纯的咏物，则往往不免陷于小巧，初看似乎新颖可赏，细玩则缺乏馀味，如此诗即是。

少年行（四首）

王维

新丰美酒斗十千，咸阳游侠多少年。
相逢意气为君饮，系马高楼垂柳边。

用同一体裁写下许多篇诗来表现一个总的主题，我们今天称为组诗，古人则叫做连章诗。它们的结构，有的比较严密，不但首尾有照应，而且篇章前后的安排，都有轨辙可寻。有的则比较松散，只是作者依据特定的题材，广泛地表现他所具有的独特感受和见地，然后汇集在一处而已。当然，这种区别也并不是绝对的。结构严密，也不能排成数学公式；松散，也不是混淆颠倒，杂乱无章。

王维《少年行》四首就是结构比较严密的。它们之间有次序，有联系，每首可以独立存在，合起来又是一个有组织的整体。他选择了当时游侠少年生活中的几个侧面，从不同的角度予以再现，从而将他们的昂扬意气、勇猛精神、对祖国的热爱、立功名的雄心，很完整地反映了出来。

这第一首是写一群侠少相逢聚饮。他们性格豪爽，不拘形迹，偶然会遇，只要意气相投，就立刻下马登楼，欢呼痛饮，杯酒之间，成为知己。本是写侠少聚饮，却将美酒放在首句来写，以见豪侠之人，自然应当饮名贵之酒，也就是俗话中“宝剑赠与烈士，红粉送与佳人”之意。次句写少年，而冠以“游侠”二字，则这群年轻人的身份和性格都清楚了。游侠是先秦、两汉时代的社会产物，司马迁作《史记》，特立《游侠列传》，歌颂了他们当中的一些杰出人物。这种人有司马迁所指出的“救人于厄，振人不赡”，“不既信，不背言”的长处，又有韩非子所指出的“以武犯禁”的短处。本诗所写，只是侠少行事和性格中积极的一方面。新丰，汉县，在今陕西省临潼县西北。咸阳，秦都，今陕西省咸阳市。这组诗是写唐代的游侠少年，因为唐代诗人习惯于借汉朝来写本朝，所以用的地名、典故都是汉朝的。

第一句写酒，第二句写人，第三句才把两者关合起来。此句写这些少年的相逢及相逢时的精神状态。“为君饮”三字，既渲染了互相献酬的欢乐，又照应了美酒之可口。这样，就将他们在相逢之顷，立刻成为朋友，饮酒谈心的少年豪气刻画出来了。据杜甫诗，唐代普通的酒一斗大概是三百钱，而此诗及李白诗中均有美酒一斗十千的记载，就是说，要比普通的酒贵三十多倍。而这些侠少在相逢之际，就将这种名贵的新丰特产痛饮起来，这也暗示了他们的家庭出身，不止是形容其飞扬的意气而已。结句点明少年们相逢的场所，“高楼”指酒楼，亦即“为君饮”的地方，“垂柳边”，既描写了高楼景物，又为“系马”生根。这句乃是倒叙，事实上是在“为君饮”之前，又是“意气”的补充描写。有了这一句，侠少们的形象就更为鲜明了。

出身仕汉羽林郎，初随骠骑战渔阳。
孰知不向边庭苦，纵死犹闻侠骨香。

第一首是少年们的群像，以下三首则是其中一人的单像。

这一首前两句写这位少年的出身和经历，是叙事。后两句写他的志愿，是抒情。羽林郎是汉代禁卫军的军官，他们大都来自汉阳、陇西、安定、北地、上郡、西河等六郡的良家（世家大族），通称六郡良家子。骠骑指西汉时代著名的将军霍去病，他曾任骠骑将军，反击匈奴的侵扰，卓著战功。渔阳，汉郡，故地当今北京市东北一带。他不但出身良家，初入仕途就担任过令人羡慕的羽林郎的官职，而且还跟过名将出征，具有实战经验。但现在，他却缺少到边疆去作战的机会。于是，他为了这个而难受起来了：谁能知道这种不能到边疆去的苦处呢？到边疆去作战，当然会有危险，甚至丧失生命，但是为了保卫祖国而牺牲，该是多么的光荣啊！即使最后剩下的只有一堆白骨，这骨头也带着侠气，发着香味，也就是说，为国献身，必然流芳千古（张华《游侠曲》：“生从命子游，死闻侠骨香。”这里沿用其语，但意义比张诗崇高多了）。一般诗人多写边塞从军之苦，而王维此诗独写不能到边塞从军之苦，从而突出为国献身的崇高愿望、昂扬斗志和牺牲精神，使我们在今天读了，还深受感动和鼓舞。

一身能擘两雕弧，虏骑千重只似无。
偏坐金鞍调白羽，纷纷射杀五单于。

这一首写这位少年的武艺和战功。起句写其射技超群。雕弧是刻了花纹的弓。能擘开两张弓，即能左右开弓。这在以弓箭为远距离攻击手段的古代，是一种很重要的武艺。次句写其不怕强敌，即后来小说中所常常描写的，冲进千军万马，如入无人之境。后两句承上而来。白羽，指箭。白羽、金鞍，与上雕弧同，都是为这位主人公的武器和服饰着色，以衬托其风姿的英俊。五单于，原来是汉宣帝时匈奴族内部争立的五个君长，这里借指敌人的几个首领。偏坐，应上两雕弧。他在战斗中，凭借着高超的武艺和骑术，英勇杀敌，偏左偏右地坐在马上，抽出箭来，射了出去，敌人的几位首领，便纷纷被消灭了。这位少年的武艺、勇敢、功劳和为国献身的精神，通过这篇诗的战斗描写，使读者获得完整的印象。

汉家君臣欢宴终，高议云台论战功。
天子临轩赐侯印，将军佩出明光宫。

这一首写这位少年胜利凯旋，评功受赏。第一句写皇帝赐宴，第二句写诸将评功。云台是东汉洛阳宫中的一座台。明帝时，曾把开国功臣邓禹等二十八人的像画在台上。论战功而在云台，暗示这次战胜强敌，功劳巨大，可以和开国功臣比美。第三、四句写受奖封侯。轩，这里指皇宫中有廊的平台之类。有些礼仪要皇帝在轩中举行，称为临轩仪。明光，汉宫名。这时，这位少年已经不是侠少，而是将军了，评功以后，又封侯爵，他佩带着侯印，走出明光，真算是踌躇满志，衣锦荣归了。

这组诗共四首，一写任侠，二写立志，三写建功，四写受奖。有头有尾，有条有理，勾画了这位少年的前半生。但第三、四两首，与其说是诗人用现实主义手法反映了这位少年已经达到的事实情况，还不如说是诗人用积极浪漫主义手法表现了他应该达到的发展情况。通过对某一个人的几个侧面的描写，诗人给当时的游侠少年的一生画出了一个轮廓，描写了他们的现状，又着重指出了他们成长发展的道路。在盛唐时代，西北各族与汉族之间的斗争渐趋频繁，反击侵扰，使各族人民得以和平共处，继续进行经济上和文化上的交流，是中央政府的当务之急。这就是诗中侠少的生活理想和成长道路的现实依据。诗中当然也渗杂了追求功名富贵的个人名利思想，但为国效劳的崇高愿望占着支配地位。

王维是唐代大诗人当中思想和风格变化非常剧烈的一位。他早年的积极浪漫主义和现实主义精神，到了晚年，几乎完全被消极的浪漫主义代替了。他在《酬张少府》中写道："晚年惟好静，万事不关心。自顾无长策，空知返旧林。"在《秋夜独坐》中写道："白发终难变，黄金不可成。欲知除老病，惟有学无生。"很难想象，这些诗的作者笔下也曾经出现过《少年行》中的游侠少年的形象。这，诗人本身当然要负一部分责任，但最根本的原因，还在于在封建制度之下，许多优秀人物被迫无所作为。王维是如此，其他的唐代大诗人如李白、杜甫、白居易等又何尝不也是在不同程度上由早年的积极转变为晚年的消极呢？

营州歌

高适

营州少年厌原野，狐裘蒙茸猎城下。
虏酒千钟不醉人，胡儿十岁能骑马。

营州（今内蒙古自治区朝阳县）是唐代的都护府之一。这首诗写的是这个胡、汉杂居地区青年人生活的一个片段。

前两句写这位少年，草原里生，草原里长，自来就对于家乡环境感到满足（厌，这里与餍通用，满足之意）。射猎，对于他们来说，既是生产，又是娱乐。身着狐裘，射猎城下，正好特征地显示了当地生活情况。蒙茸，是皮毛杂乱的样子。狐裘而以蒙茸形容之，一方面当然是用《诗经》成语（《邶风·旄丘》："狐裘蒙戎。"茸与戎通），另一方面也是描写其人之粗豪随便。这位营州少年，诗人并没有明说他是汉人还是胡人，但从下文看，他就是那些十岁就能骑马的胡儿之一。

本诗意在描写边塞风光而不在刻画人物形象，或者说，他意在通过人物形象，见出边塞风光，所以后两句仍就风光着笔。第三句写少数民族的人豪酒，虽然多喝，并不醉人（自然，事实上，那种酒所含酒精的度数不高）。第四句写少数民族的人，自小就通骑术，还在童年已能骑马。这样就显示了营州不同于内地的特色。

自来诗人写边塞，多及征戍之情，荒寒之境，而这首诗独以欣赏的眼光，注视着草原风光，将各族人民和平共处的生活的一个侧面，饶有兴致地反映出来，给读者以一种新鲜的感觉和美好的印象。这，在唐代非常繁富的边塞诗中是稀有的。

夜月

刘方平

更深月色半人家，北斗阑干南斗斜。

今夜偏知春气暖，虫声新透绿窗纱。

文学艺术的题材是千差万别的，很广阔的。我们既不能将重大的、主要的题材和非重大的、次要的题材等量齐观，也不应当将题材局限于狭窄的范围之内。文艺既然是生活的反映，那么，生活的范围有多么广阔，文艺作品的题材也就应当与之相适应。

诗人们有时正面描写政治社会上的重大事件，有时则通过一件小事，小中见大，显示了某种重大的意义。还有的就只写自己个人生活中的某些经历、观察、体会、感受，由于深刻地揭示了人们的优美健康的内心世界，也就丰富了读者的精神生活，从而具有美感价值，具有普遍意义。刘方平这首诗，写的只是诗人自己在一个月夜的感受，却引起了许多人的共鸣，为后世所传诵，正是上述情况的一个成功的例子。

诗的前两句写景，同时也就记时。古人一夜分五更，以漏声或鼓声报知，称为更漏或更鼓。“更深”，指三更以后。星月交辉，夜景明朗美丽，但月光已经西斜，不再高悬中天，所以只照到人家的一半，而北斗、南斗，也已横斜（阑干也是横斜之意），移动了它们傍晚开始出现的位置。从星月交辉到月斜星转，是要经过一段漫长的时间的，而看得如此分明，则人之不眠可知。

后两句记闻，同时也就抒感。更深人静，辗转难眠，忽然听到虫声从庭院而起，透进了绿窗纱，于是，感到春天的气候确实已很和暖，未免觉得节物变迁，有点触目惊心了。本是听虫声而惊春暖，却先出春暖，后出虫声，是有意倒叙，引起注意。“今夜”与“新”相应。说“今夜偏知”，是此前不曾注意；说“新透”，是此前没有听到。虫声扰人，节物感人，所闻如此，所感如此，则原来就不能入睡的人，更无法成眠了。至于为什么见月色而始即难以成眠，闻虫声而更无法入睡，是思念家乡？怀想情人？嗟叹身世？还是什么别的？诗人一概不提，写得极宛转含蓄，而惆怅之情，自在言词之外，读者也当然无妨根据自己的生活和感情，自由地去加以填充。

此诗前写因月光斗柄之倾斜移动而感到夜色之深，后写因虫声忽闻而感到春气之暖，都见出作者对环境观察的敏锐细致，反映的准确。在日常生活中，人们常常对一些事物的变迁，习而不察，但敏感的诗人，却能将它们捕捉起来，描写出来，就使读者觉得既平凡而又新鲜。

和这首诗很相近的，有白居易的《寒闺怨》：

寒月沉沉洞房静，真珠帘外梧桐影。
秋霜欲下手先知，灯底裁缝剪刀冷。

此诗前两句写景，后两句写情。其写情，也和前诗一样，是通过对事物的细致感受来表现的。

洞房，犹言深屋，在很多进房屋的后部，通常是富贵人家女眷所居。居室本已深邃，又被寒冷的月光照射着，所以更见幽静。帘子称之为真珠帘，无非形容其华贵，与上洞房相称，不可呆看。洞房、珠帘，都是通过描写环境以暗示其人的身份。“梧桐影”既与上文“寒月”相映，又暗逗下文“秋霜”，因无月则无影，而到了秋天，树中落叶最早的是梧桐，所谓“一叶落而知天下秋”。前两句把景写得如此之冷清，人写得如此之幽独，就暗示了题所谓寒闺之怨。

在这冷清清的月光下，静悄悄的房屋中，帘子里的人还没有睡，手上拿着剪刀，在裁缝衣服，忽然，她感到剪刀冰凉，连手也觉得冷起来了。这是怎么一回事呢？随即想起，是秋深了，要下霜了。秋霜欲下，玉手先知，也正和前诗写听虫声新透而感春暖同一手法。暮秋深夜，赶制寒衣，是这位闺中少妇要寄给远方的征夫的（唐代的府兵制度规定，兵士自备甲仗、粮食和衣装，存入官库，行军时领取备用。但征戍日久，衣服破损，就要由家中寄去补充更换，特别是需要御寒的冬衣。所以唐诗中常常有秋闺捣练、制衣和寄衣的描写。在白居易的时代，府兵制已破坏，但家人为征夫寄寒衣，仍然是需要的）。天寒岁暮，征夫不归，冬衣未成，秋霜欲下，想到亲人不但难归，而且还要受冻，岂能无怨？于是，剪刀上的寒冷，不但传到了她手上，而且也传到她心上了。丈夫在外的辛苦，自己在家的孤寂，合之欢乐，离之悲痛，酸甜苦辣，一齐涌上心来，是完全可以想得到的，然而诗人却只写到从手上的剪刀之冷而感到天气的变化为止，其馀一概不提，让读者自己去想象，去体会。虽似简单，实则丰富，这就是含蓄的妙处。

苏轼的《惠崇春江晚景》虽然是一首题画的诗，但其艺术手法和上面两首有共同之处。

竹外桃花三两枝，春江水暖鸭先知。
蒌蒿满地芦芽短，正是河豚欲上时。

惠崇是北宋初期一位能诗善画的和尚，很为王安石、苏轼等人所推重。这位和尚擅长描绘水禽。这幅春江晚景，如诗人在其作品中所再现的，所画是江干丛竹，丛竹之外，露出几枝桃花，而江上竹桃，又与江中绿波互相辉映。着色既极其明丽，布景又非常清幽。加上又有几只鸭子，在水中自由自在地游着，更见静中有动，呈现了一片大好春光。诗人在这里，以自己对于这幅图画的体会，来解释那位画家对于自然的体会；在惠崇的笔下，鸭子如此生动活泼地在水中嬉戏，该是由于到了春天，水的温度回升，而鸭子却首先感到了这一变化，所以这么洋洋自得吧。

以上，已经缴足题面。但诗人对这幅画的体会却不停止在这里，他的想象将他从赏玩画中所有而发展到描摹画中所无的境界中去了。在长江下游，蒌蒿是春初的新鲜蔬菜，河豚鱼更是其时的名贵食品，而做河豚鱼羹，都用新生芦苇的嫩芽作配料。他由桃柳之艳，春江之暖，而想到这也正是吃河豚的季节。鸭知水暖，是根据画中所有而描写的。河豚欲上，则是画中所无，想象得之。前两句是实，后两句是虚，但合在一处，以虚境来补充实境，并没有使读者产生画蛇添足、节外生枝之感。这是因为它们所写，虽然虚实有异，却都服从于表现春江晚景这一主题的缘故。

一般绝句的重点都在后半篇，每每用第三句转到关键的地方，用第四句点明主旨，第一、二两句只引起或衬托下面要说到的主要事物或意义。苏轼这首诗的结构比较特殊，它的上下两个半篇，各说一事，彼此无关，却由主题的一致性将它们联系在一处，成为一个有机体。它的第二句之所以特别为人传诵，则也是因为它体现了作者对于事物观察的敏锐、体会的细致和描写的准确与深刻，给人以新奇的感觉，与刘、白两诗写因虫声之发而知春气已暖，因剪刀之冷而觉秋霜欲下者，正复相同。

在上述三诗中，我们着重地解释了诗人对事物的细致敏锐的感受和反映。这在作品中，是属于所谓细节描写的。这种描写，无论它本身写得多么成功，但如果无助于刻画人物，阐明和丰富主题，就会失去其存在的意义。这三首诗中的细致敏锐的感受之所以动人，正因为它们对于刻画诗中人物和表达作品主题是不可少的。

三绝句

杜甫

前年渝州杀刺史，今年开州杀刺史。

群盗相随剧虎狼，食人更肯留妻子？

杜甫是一位伟大的诗人，他的成就是多方面的。在艺术形式上的创新精神也是他成就的一个方面。当时，流行在诗坛上的七言绝句大都是王昌龄、李白那样一种面貌、韵调和风格，他同样也能够写出与王、李流派近似的作品，但多数的作品，却自辟道路，与他家不同。

现存杜甫七绝，多半写于他入蜀以后，也就是他晚期的作品。这些作品，每每采用组诗形式，一题多篇；采用拗体或古体音节，避免调谐；采用口语俗词，求其朴实；而且还反映了一些比较重要的政治事件，并加以评论。所有这些，都使他的七言绝句独树一帜，虽然不能说是胜过他人，但的确是异于他人。这《三绝句》也可证明杜甫七绝所具有的这些特色。

代宗永泰元年（765）四月，剑南节度使严武去世，他的部下崔旰、郭英乂、杨子琳等互相残杀，蜀中大乱。同年九月，回纥、吐蕃、党项羌、吐谷浑等进扰陇右和关内一带，一直深入长安附近，大批难民，从陕西逃亡四川。而驻屯在陕西南部汉水流域的官军，却不去打敌人，而拦路淫掠，残害百姓。这就是这组诗的历史背景。

第一首写蜀中大乱。前两句记那两年中两地官兵哗变，杀害长官（开州，今四川省开县）。故意用相同的句法、重复的文字，以见祸乱之烈，年年如此，处处皆然。后两句是对当时叛变将领的斥责。诗人愤怒地称之为“群盗”，比之为“虎狼”，而且进一步指出，他们比虎狼还要厉害（剧，甚也），因为虎狼吃人，吃饱也就算了，但是这些强盗之残害人民，则是除了男人，连他的妻子儿女也不肯放过。甲随着乙，乙跟着甲，甲杀过来，乙抢过去，老百姓就简直无所逃于天地之间了。感情炽热，爱憎分明，我们今天读起来，还仿佛听到这位热爱人民的老诗人切齿痛恨的控诉。

二十一家同入蜀，惟残一人出骆谷。
自说二女啮臂时，回头却向秦云哭。

第二首是记录某一位难民的陈述。他们一家因为逃避党项羌、吐谷浑等的杀掠，和另外二十家结伴同行，奔赴四川。这二十一家，少说也有百来口人吧，但离开长安，进入骆谷道（在今陕西省周至县西南，洋县以北，是当时由陕西去四川的必由之路），沿途就因种种原因，大量失散和死亡，等到出了骆谷，就只剩下他一个人了（残，馀也）。可是洋县离四川还很有一段路程哩。这两句，是概括的叙述。下面转而具体地讲到自己的悲剧。由于兵荒马乱，连最亲爱的两个女儿也无法顾及，只好将她们抛弃了，啮臂而别，只身南逃（古人有咬对方的臂膊以表示极度亲密的感情的习惯。如男女相爱，也有啮臂之盟）。他提起这一惨痛的往事，在对人诉说时，又不禁回过头对着陕西那个方向哭了起来（秦云，指陕西的天空）。“自说”两字，连接上下文，并突出他记忆中最痛苦的一幕，也生发结句。这两句更其鲜明地再现了这位难民的动作和感情。

建安诗人王粲在他著名的《七哀诗》中写道："路有饥妇人，抱子弃草间。顾闻号泣声，挥涕独不还。'未知身死处，何能两相完。'"与此诗所写，异曲同工，都是对统治阶级之间所进行的不义战争最严峻的控诉，也是灾难深重的古代人民生活的真实记录。

殿前兵马虽骁雄，纵暴略与羌浑同。
闻道杀人汉水上，妇女多在官军中。

第三首写官军的残害百姓。殿前兵马，指皇帝的禁卫军，有的注家说："当时代宗任命宦官率禁卫军平乱。"但羌浑并没有进犯汉水流域，如系平乱，则应在长安附近或其北，而不应在其南方的汉水之上。但诗中既明言"殿前兵马"，又明言"杀人汉水上"，可见确系禁卫军驻屯汉上。史实不详，关于其驻屯的原因，只有存疑。

第一句写禁卫军之威武雄壮，第二句突转，写其放纵暴虐，不异羌、浑。"骁雄"是赞词，但加一"虽"字，再和下文"纵暴"一衔接，则一变而为贬词了，所以这两句是欲抑先扬，似扬实抑。第三句写其杀戮人民，第四句写其奸淫妇女。害怕羌、浑杀戮奸淫，正是老百姓向南逃避的原因，他们却没有料到，卫国的官军和进犯的敌人，乃是一流货色，才离虎口，又进狼窝，这个日子，可该怎么过呢？

这三首诗，从题材上看，第一首写地方军阀的罪恶，第二首写进犯敌人的罪恶，第三首写禁卫官军的罪恶；从手法上看，第一首着重正面的议论，第二首着重客观的描写，第三首着重辛辣的讽刺。合而观之，当时广大人民家破人亡、妻离子散的惨状，都非常清楚地呈现在读者面前，而唐帝国在安史之乱后，分崩离析、动荡不安的整个局势也自可想见。这一类的诗，在内容上有强烈的政治性，在艺术上有独特的创造性，真是不愧“诗史”的称号。元稹在《酬孝甫见赠》中赞叹道：“杜甫天才颇绝伦，每寻诗卷似情亲。怜渠直道当时语，不着心源傍古人。”就是仅以一般人认为并非杜甫的特长的七言绝句而论，这一首赞歌，他也是当之无愧的。

解闷（十二首录四）

杜甫

商胡离别下扬州，忆上西陵故驿楼。
为问淮南米贵贱，老夫乘兴欲东游。

这一组诗是杜甫永泰二年（766）在四川夔州（今奉节县）写的。这时，他漂泊西南，去住两难，心情苦闷。目前生活、往昔交游以及国家治乱，都一一涌上心来，因此写下了这十二首诗，以遣忧郁。它的内容很广泛，结构也不似王维的《少年行》或他自己的《三绝句》那么严密，但却很清晰地反映了他在这一时期的生活与精神面貌。在这里，我们选录四首，以见一斑。

这一首写旅居无聊，动了东游之兴。诗人旅居成都的时候，就常想沿江东下，回到故居洛阳，或重游少年时代漫游过的江南，但因生活困难，道路梗阻，无法实现，所以在诗中，经常记录着对洛阳田园、吴越往事的怀念。严武死后，他在成都没有依靠，住不下去了，只得作出川的打算，暂时流寓夔州。现在，看到别人东下，发生同感，是很自然的。

第一句写所见，写别人。诗人看到由于经商而经常在长江上下游来往的胡人，这次又离开夔州回到扬州去了。第二句写所思，写自己。由于见商胡之去蜀游吴，不禁想起自己的旧日游踪来。西陵，驿名，在今浙江省萧山县。白居易《答微之泊西陵驿见寄》云："烟波尽处一点白，应是西陵古驿台。"可见其地风景很美。诗人在公元731年到734年，即他二十岁到二十三岁的时候，曾漫游吴越，登过西陵驿楼。这时，他已经五十五岁了，但仍然忘不了那一次的登临，举此一端，而少年壮游欢快之情可见。既动游兴，便思启行，而第三句忽然作一顿挫，由于贫困，不能不打听一下淮南一带的米价（淮南，指唐淮南道，今湖北省长江以北、汉水以东及江苏、安徽两省长江以北、淮水以南一带都在其管辖区之内，治所在扬州），以定行止。第四句，才结出诗旨。在这后两句中，一方面可见杜甫的豪情逸兴，至老不衰，另一面又可见他生活艰难，正担承着封建社会中多数正直的人的共同命运。

不见高人王右丞，蓝田丘壑蔓寒藤。
最传秀句寰区满，未绝风流相国能。

这一首怀念已故的诗友王维，并对他的为人和作品加以评价。

前两句悼念死者。王维官至尚书右丞，有别墅名辋川，在陕西省蓝田县。他中年以后，便皈心佛教，隐居辋川。古人认为隐士“不仕王侯，高尚其志”，称为高人。所以诗中一上来就说，这位“高人”已经不可复见了，是叙事，也是评价。次句写人已去世（王维卒于公元761年），栖隐之地也日益荒凉，蓝田辋川别墅的山水，空馀寒藤缭绕，昔日吟诗诵经的声音，同游共赏的友朋，也都随着这位高人的死亡而消逝。这一句，因物及人，写得精炼而悲怆。刘禹锡为追悼其好友柳宗元而写的《伤愚溪》三首，全是用因物及人、忆物思人的方法，但是把场面铺开了，所以更显得动人，可以参看。后两句承上一转，虽然高人消逝，别墅荒凉，但他的好诗却为天下所传诵，名垂不朽，而且如他的弟弟宰相王缙那样（“能”，唐人口语，即那样。这个助词在近代吴歌中仍常用），也没有断绝他文采风流的传统，这还算是可以使人感到安慰的。这“未绝风流”，有两层意思，一是指王缙也能作诗，能够继承家学，二是指在宝应元年（762）王缙曾奉代宗的谕旨，将王维的作品数百篇编辑成集，呈献朝廷。

这首诗悼念亡友，充满了物在人亡的悲戚，而又因朋友的作品流传天下，并有一个能够继承其文采风流的好弟弟而引为欣慰，既见诗人之重友，也见其爱才。

先帝贵妃俱寂寞，荔枝还复入长安。
炎方每续朱樱献，玉座应悲白露团。

这组诗的最后四首，都是为唐玄宗、杨贵妃为了贪图享受，远道从四川征贡新鲜荔枝而发。这原是一项弊政，经过安史大乱，仍然没有废除。诗人在公元765年从成都东下，曾经经过出产荔枝的戎州（今宜宾市）和泸州（今泸州市），现在回忆当时旅程和十多年来的国家治乱，不禁感慨万千，所以也将这件事写在《解闷》里面。

这一首写人事虽异，弊政未除。当时出生四川，爱吃家乡荔枝的杨贵妃，和宠爱杨贵妃因而下旨征贡的唐玄宗都已经死了（寂寞，在这里是死亡的代词），可是这项珍奇的贡品却每年还照旧送到长安。在每年夏季从宫内的果园中摘下樱桃，荐享祖宗之后，接着，从四川贡的荔枝也就运来了（炎方，即南方，指四川）。这时，虽然也同样将它荐享在玄宗的御座之前，可是这寂寞凄凉的御座上面，却沾满秋天的白露。先帝有灵，也应当感到悲痛吧。

天宝时代，远道征贡荔枝，飞骑传递，人劳马疲，死亡相继，虽然先帝、贵妃都成过去，但更迭两朝，玄宗的儿子肃宗及孙子代宗却仍然保留着进贡旧例，以供自己的享受，岂不可叹？诗中第二句只用“还复”两字，点出弊政仍存，则朝廷经历巨大事变之后，一切多沿老谱，人民痛苦，没有减轻，都在其中。所谓“微而显，志而晦”，“言在此而意在彼”，这也是祖国古典文学中常用于讽刺的手法。

侧生野岸及江蒲，不熟丹宫满玉壶。
云壑布衣鲐背死，劳人害马翠眉须。

这一首感叹统治阶级只重女色，不重贤才，布衣之士还不及荔枝之引起他们注意。荔枝本来生长在南方江岸、田野之中（蒲，田亩，是僰族语言的译音。一本作浦，亦可通），并非成熟在红色的皇宫之内如樱桃那样，然而能盛在玉壶之内，却与樱桃相同。一般有品德学问的布衣之士，一直老得皮肤变成粗黑，有如河豚鱼背上的花纹，终于在高山深谷中默默地死去，也无人过问，然而像荔枝这样仅供口腹之欲的小小东西，却因为那个长了一双漂亮乌黑的眉毛的女人的需要，竟可以既劳累人，又糟蹋马，从千里之外，巴巴地运来。诗人写到这里，戛然而止，让读者从他举出来的两个事例的强烈对比中，自己去作出应有的结论。

此诗寓议论于描写和叙述之中，又是一种写法。但同样深刻地体现了杜甫的正义感、现实感和人道主义精神。

这种组织比较松散的组诗，实质上与“杂诗”相近，它们多半出自诗人的一时感兴，随口吟成，容量较大，题材多样，形式灵活，最适宜于从各方面反映自然流露的真情实感。自杜甫创体以后，其他诗人也有许多效法他的。在这里我们可以举宋代黄庭坚的《病起荆江亭即事》为例。

黄庭坚以宋徽宗建中靖国元年（1101）从四川东下，到舒州（今安徽省潜山县）去，四月间到沙市（今湖北省沙市市）后，生了一场病。这组诗是他病刚好时，游览荆江亭之作。“即事”，是将当前见闻之事写入诗中。这组诗一共十首，其中有描写江亭景物的，有议论当前政局的，有怀念朋友并对其人品文章加以评价的，随其所感，写在一处，所受杜甫《解闷》这类组诗的影响，非常明显。这里也选录四首。

翰墨场中老伏波，菩提坊里病维摩。
近人积水无鸥鹭，时有归牛浮鼻过。

这一首抒写自己的情怀，并描绘江亭风景。前两句抒写情怀，以两个著名的古人自比。翰墨场，即文坛。伏波，指东汉时代的名将伏波将军马援。他六十二岁的时候，还很威风地骑在马上，表示能够为国效劳。菩提坊，即僧院。维摩，是佛教中能言善辩的居士维摩诘。相传他生了病，如来要弟子去问候他，谁都不敢去，怕谈论起来，被他驳倒。这位五十七岁的老诗人自觉是文坛名将和无碍辩才，虽然既老且病，但还是可以做些工作。这时，正当徽宗初立，朝廷政局正在酝酿着新的变化，所以他有这种想法。

后两句描绘景物。积水近人，故鸥鹭不来；却时有归牛游过。牛游水时，一定将鼻孔浮出水面以通气，故称“浮鼻过”。他观察得细致，所以描写得真切。这种极其平凡的景物之所以能够引起他的兴趣，则又和他的既老且病、客居无聊的心情有关。所以前两句和后两句，似断而实连，很自然地融合在一起。

成王小心似文武，周召何妨略不同。
不须要出我门下，实用人材即至公。

这一首写对新旧党争的看法。自宋神宗用王安石为宰相，实行新法，以司马光为首的旧派便极力反对。神宗时代，新派得势，哲宗时代，先是旧派掌权，后来新派再度得势。这场统治阶级内部的党争，一直闹了三十多年。到了徽宗即位，就想加以调和，在新旧两派之间搞平衡，所以将年号定为建中靖国。黄庭坚和苏轼等旧派人物有很深的关系，并且因此贬官，但他并不是一个有成见的人。他很推崇王安石，也不完全否定新法，因此，他就很拥护建中靖国这种设想。

第一句以神宗比周文王，哲宗比周武王，而以徽宗比周成王，第二句以周初大臣周公旦、召公奭比当时当国的新旧两派大臣，希望他们消除歧见。据《尚书》所载，周武王死后，成王即位，年纪很小，周公代行成王的职权，曾经引起召公的不愉快，经过周公的恳切解释，两人终于团结起来，共辅成王，使国家摆脱困难，变得安定。作者将周比宋，显然是希望调和新旧两派矛盾，来挽救当时已变得内外交困的国家。《诗经·大明》：“维此文王，小心翼翼。”说“成王小心似文武”，外似歌颂，内实警告：这个国家已经面临危险的边缘，不小心不行了。

诗人在这里运用周初故实，正是针对当时两派对立，大半出于私见，互相排挤，不恤国事，所以后两句便正面提出了自己的看法，只要是人材，就应当使用，何必一定是出于我的门下呢？这表现了他在当时派系斗争中的公心，也是对一些人意气用事的指责。但徽宗的建中靖国政策，并没有收到实效。政权落到了假新派的奸臣蔡京等人手里，北宋终于在女真贵族侵略之下灭亡，而徽宗竟被俘北去。

这首诗所反映的政治感情还是很可贵的，缺点是形象性较差。诗和政论中间，并没有隔着一座万里长城。有的诗，本身就是政论，但，它却是用诗的语言，形象地对政治事件进行评价的。我们拿上面杜甫《解闷》中有关荔枝的两首来和此诗作一比较，就可以看出其中的异同和优劣。选黄诗而包括这一首在内，用意也在说明这一点。

文章韩杜无遗恨，草诏陆贽倾诸公。
玉堂端要直学士，须得儋州秃鬓翁。

这一首怀念和推重苏轼，希望朝廷还能够重用他。前两句赞赏苏轼的才学，又分两层。首句称其文学创作。从晚唐以来，人们都认为韩愈的散文、杜甫的诗歌，是最高的成就。这里是说苏轼文可比韩，诗可比杜，与韩、杜二人一样，极为完美，没有留下任何缺陷（古人言“文章”，兼赅各种样式）。次句称其应用文字。唐德宗时，军阀兴兵作乱，德宗出奔奉天（今陕西省乾县）。陆贽当时担任学士，每天代皇帝起草几百件诏书，其他学士望尘莫及。这里是说苏轼从前担任翰林学士，代朝廷起草诏书的时候，也为他人所倾倒敬佩，与陆贽相同。后两句转出题旨，说现在玉堂正需要真正的学士，那就得去找儋州的那一位老头儿。苏轼这时正从谪居的儋耳（今广东省海南岛儋县）内迁，所以诗人产生了这种希望（端，正也。直，无私，引申为真实的意思）。

此诗是上一首“实用人材即至公”的一个注脚。黄庭坚希望朝廷重用苏轼，虽说是出于友谊，但更主要的还是为国求贤。诗中体现了作者虽在贬谪之中，仍然没有忘记对时政和人才的关注。

闭门觅句陈无己，对客挥毫秦少游。
正字不知温饱未？西风吹泪古藤州。

这一首怀念陈师道，追悼秦观。这一年，陈师道刚刚得了秘书省正字这么一个吃不饱饿不死的穷官，而秦观却在内迁的归途中，在藤州（今广西壮族自治区藤县）去世了。前两句描写他这两个朋友在创作时进行构思的特点。据传说，陈师道是一位苦吟诗人，当他在外面游览，触动了诗兴以后，就急忙奔回家中，躺到床上，用被子把头蒙住。家人也将鸡狗赶开，将孩子寄放在邻家，以免吵了他。等他的诗作成了，才一切恢复原状。而秦观却是文思敏捷，可以一面陪客，一面作诗，立即用笔写了出来。但他们的成就却都是很高的。后两句抒发对于陈、秦命运的关怀。像正字这么一个穷官，能使陈师道免于饥寒吗？而想起在西风之中客死藤州的秦观，自己的眼泪就更无从抑制了。

此诗感情深厚，对不爱惜人才的统治者的谴责，见于言外。就《病起荆江亭即事》来说，是学杜甫《解闷》一类的组诗，而单就这一篇来说，则是学杜甫的《存殁口号》。杜甫有两首题为《存殁口号》的七绝，第一首怀念活着的席谦，追悼死了的毕曜；第二首怀念活着的曹霸，追悼死了的郑虔。第二首哀感动人，寓意深刻，尤其精彩。其诗云：

郑公粉绘随长夜，曹霸丹青已白头。
天下何曾有山水？人间不解重骅骝。

郑虔是杜甫的好友，多才多艺的巨匠。他的诗、书、画造诣都很高，曾被玄宗誉为三绝，尤工于山水画。曹霸也是当时著名的画家，擅长人像和动物，画马更是他的特长。这首诗首句悲郑虔之亡（粉绘，以白粉作画。随长夜，指死亡，人死葬在墓中，永远看不到光明，故云。因此墓穴也称为夜台），次句叹曹霸之老（丹青，作画用的红色和黑色的颜料，用来代称绘画）。郑虔山水，画得可以乱真，所以第三句说，自从他死后，世界上再也没有山水了。艺术反映自然界和社会生活，但经过精心的加工创造，就往往比实际生活更高，更美，更具有典型性。杜甫认为自郑虔之死而天下更无山水（不是无山水画），认明他直觉地懂得了这个道理。骅骝是古代神话中周穆王所有的八匹骏马之一。穆王曾用八骏驾车，周游天下。第四句说人间连真正的骏马都不知道贵重，哪里还会知道贵重曹霸画的马和画家本人呢？杜甫在另一篇赠送曹霸的长诗《丹青引》中的最后四句写道："穷途反遭俗眼白，世上未有如公贫。但看古来盛名下，终日坎壈缠其身。”可以作为末句的注释。一般注家都把诗中“山水”、“骅骝”解释为图画，与上“粉绘”、“丹青”相应，说自可通，但对诗中深旨，似乎未能全部阐发。我们读了这一首，再回过头重看“闭门觅句”之作，其传承关系就很清楚了。

绝句四首（录一）

杜甫

两个黄鹂鸣翠柳，一行白鹭上青天。
窗含西岭千秋雪，门泊东吴万里船。

常用偶句，也是杜甫绝句的艺术特色之一。有的前两句散行，后两句对偶，或者反过来，先偶后散，还有通篇用两联对偶写成，如《解闷》中的“侧生两岸”一首，《存殁口号》二首及这《绝句四首》都是。

用偶句写绝句诗，一般说来，由于十分整齐，容易失之板滞，不如散句之流动宛转，跌宕多姿，能以风神取胜。但对技巧熟练、工力深厚的作者说来，还是能够运用自如，从偶句中体现散句的长处，不至于相形见绌。杜甫是最杰出的律诗大师，精于对偶，所以能够将这种形式极其成功地运用到绝句中来。初唐诗风，沿袭齐、梁，在绝句中也常见偶句，但当时的律诗和律化的绝句这些形式都还在完成过程中，没有达到成熟的阶段，因而在用字遣词和谐声协律方面，并不很谨严工整。诗人们所写绝句，也以通首散行的为多。到了杜甫，才有意与诸家立异，别开生面，继承初唐，以其所长，加以发展，为后人留下了许多篇以对偶见长的绝句。

杜甫在肃宗上元元年（760），经过长途跋涉，由甘肃到达成都，辛苦地经营了草堂，定居下来。到了宝应元年（762），又因徐知道作乱，弃家流亡梓州（今四川省三台县）等地。广德二年（764），听到严武重返四川，担任成都尹兼剑南节度使，他觉得有个依靠了，才又回到草堂。这时，他心情比较愉快，就将所见所感，随意收入诗篇。《绝句四首》，就是其中的一部分。这是其中的第三首。

首句写黄鹂之和鸣自得（黄鹂即黄莺），次句写白鹭之一举冲霄。草堂位于锦江之滨，堂畔有柳，堂外绕江，所以黄鹂鸣于柳中，白鹭飞于江上。以翠绿的杨柳衬托娇黄的鹂鸟，以碧青的天空衬托雪白的鹭鸶，着色已极鲜明艳丽，而在这色彩强烈的对比中，首句还添上了调谐的音响，次句又加入了飞翔的动作。真是前人所说的诗为有声之画。诗人欣赏了景物的美丽，又分享了它们的和谐与闲适，在这两句中，表达得非常充分。

第三句写窗中所见之雪岭，第四句写门前所泊之江船。从草堂的西窗望出去，正对岷山。岷山积雪，终古不化，所以说是“千秋雪”，而用一“含”字，好像雪岭就在窗中。这一句，或许是受到谢朓《郡内高斋闲坐，答吕法曹》“窗中列远岫”的启发，但比较起来，显然青胜于蓝。草堂门外江边，停泊着船只。这些船，可以从成都直航东吴（长江下游江苏、浙江一带），行程极远，所以说是“万里船”。窗含岭雪，从小见大，以千秋见时间的漫长。门泊吴船，从近到远，以万里见空间的遥远。杜甫重返草堂，虽比流亡梓州等地的时候，生活远为安定，心情也比较舒畅，所以对周围一切景物都感到亲切有味，但少年时代的回忆，始终吸引着他去重作吴越之游。因此既觉岭雪之可亲，相看不厌；又觉吴船之在目，颇想东游。两句只写景，而情即在景中。

此诗从表面看来，确如杨慎《升庵诗话》所说，是一句一景，“不相连属”，但它们却统一于诗人自己的形象中，构成一个有机的整体。前两句写诗人的心境与景物融成一片，与物俱适，后两句是诗人触景生情，自抒客怀，有如《文心雕龙·神思篇》所谓“思接千载”，“视通万里”。对偶工整而情调自然，语言朴素而形象鲜明，实在是一首好作品。但胡应麟《诗薮》却讥讽它是“断锦裂缯”，这种论调，只能证明他自己对这首诗并不理解而已。

这种以两联工整的对句组成的七言绝句，在杜甫以后，其他诗人也有写得很精彩的。这里，我们试举柳中庸的《征人怨》为例。

岁岁金河复玉关，朝朝马策与刀环。
三春白雪归青冢，万里黄河绕黑山。

金河，即伊克土尔根河。唐时，在其地置县。玉关，即玉门关。青冢，王昭君的墓。相传塞外草白，只有昭君墓草独青，故名。黑山，即杀虎山。以上四个地名，除玉关外，都属于唐代的单于都护府，在今内蒙古自治区呼和浩特市的南边。这首诗写的是一位隶属于这个都护府的出征军人的怀归之感。

第一句写其年年长途跋涉，来往边城。第二句写其天天跃马横刀，从事征战（马策，马鞭。刀环，刀头上的环子，此处即指刀）。第三句写塞北气候之寒冷，虽然已到暮春三月，而青冢仍然积着白雪。第四句写塞北山河之雄壮，黄河西来，绕过黑山，又复南流（这后两句既可理解为是写自然风景，同时也可理解为承上两句，写人的行动，即在春天还下着雪的时候，人才返回青冢；伴随着万里黄河，人又从远道绕到黑山。其形象是非常富于暗示性的）。这首诗以两组对句构成，也是各自一景，而通过这些似有联系似无联系的画面，塑造出一位征人的形象。而诗人所要表达的征人之“怨”，则只用“岁岁”、“朝朝”、“复”、“与”等字轻轻点出。机杼与杜诗全同，而其属对精工，着色鲜艳，也可相匹敌。

江南逢李龟年

杜甫

岐王宅里寻常见，崔九堂前几度闻。
正是江南好风景，落花时节又逢君。

这首诗作于代宗大历五年（770），是今传杜诗中最后一首七绝，也是他最好的作品之一。大历三年，诗人离开四川到了湖北，漂泊江湖，走投无路，于四年进入湖南，次年在潭州遇到了李龟年（潭州，今长沙市。古人也称江、湘一带为江南，所以题为《江南逢李龟年》）。李龟年是玄宗时代著名的歌手，安史之乱后，流落江南，每逢良辰胜景，给人唱几支歌，听众都为之感动得流泪。杜甫在少年时代，就和李龟年相熟。四十多年以后，穷途相见，家国兴亡之感，身世沦落之悲，纷集胸中，发为此诗，所以特别沉痛。

前两句写过去。“宅里”、“堂前”，记初逢之地。“寻常见”、“几度闻”，见听歌之频。岐王，是玄宗之弟李范。崔九，指殿中监崔涤。他们两个人都死于开元十四年（726）。那年，杜甫刚十五岁，住在东都洛阳。崔涤有宅在遵化里，而李范有宅在尚善坊。这位早熟的诗人在十四五岁的时候，已经在文坛崭露头角，为当时名辈所推重。他晚年在夔州，曾经在《壮游》中记述其事：“往昔十四五，出游翰墨场。斯文崔（尚）魏（启心）徒，以我似班（固）扬（雄）。……脱略小时辈，结交皆老苍。”正由于此，他才能以少年出入岐王宅里、崔九堂前，而和当时已负盛名的李龟年相识，常常听到他的歌唱。

后两句写现在。李龟年当日声名极盛，恩遇极隆，自己也是早露锋芒，满怀抱负，希望致君泽民，做出一番事业。不料晚岁相逢，彼此都是飘零异地，回想开元时代歌舞升平的盛况，对照安史乱后国家的残破，社会的凋零，人民的痛苦，李龟年和自己的流离失所，真是感慨万端，无从说起了。但诗人写今日凄凉情境，却只说“江南好风景”，说“落花时节”，以见在美好的春光中，彼此相遇，更其难堪。江南，指明并非东都；落花，象征人的漂泊。出一“又”字，便将今昔对比、感昔伤今之情，完全烘托了出来。

黄生《杜诗说》云：“此诗与《剑器行》同意。今昔盛衰之感，言外黯然欲绝。见风韵于行间，寓感慨于字里，即使龙标（王昌龄）、供奉（李白）操笔，亦无以过。乃知公于此体，非不能为正声，直不屑耳。”这一意见，既说明了本诗的成就，又指出了杜甫七绝之有意独树一帜，都是对的。

刘禹锡也写过几首因为听歌而生今昔盛衰之感的七言绝句，现在选录《听旧宫人穆氏唱歌》以资比较。

曾随织女渡天河，记得云间第一歌。
休唱贞元供奉曲，当时朝士已无多。

这首诗具有丰富的历史背景，须要先加说明，才能比较深入地理解它。

德宗于贞元二十一年（805）去世，顺宗即位，改元永贞，但这位新皇帝却已因中风不能理事。这时，在宰相韦执谊主持之下，发动了一个政治革新运动。韦执谊重用王伾、王叔文等人，对政治进行了大规模的和急剧的改革，如免除杂税及欠租，禁宫市，放宫女，削减宦官权力，惩办贪官酷吏，并召还一些以小罪被贬而又有才德名望的官吏等等，很得人心。著名的思想家、文学家柳宗元、刘禹锡，还有韩泰等另外六人，都参加了这场政治斗争，出谋献策，从事改革。但顺宗只做了八个月的皇帝，便因病传位给宪宗。宦官俱文珍等人，一向仇视这一革新运动。他们由于拥立宪宗而取得了权力之后，首先贬谪了王伾、王叔文以及刘、柳等人，接着又赶走了韦执谊，于是，这一场富有进步意义的革新运动就夭折了。柳、刘等八人，都被贬谪到南方的荒远各州，降为司马，因此被称为八司马。十年以后，他们才被提升。刘禹锡因在召还长安后作了一篇玄都观看桃花的诗，讽刺当局，再度被贬。又过了十四年，他才被再度召还，先后在长安及洛阳任职。这首诗即作于飘零宦海、久历风波之后，反映了他追念往日的政治活动，伤叹自己到老无成的感情。这不只是个人的遭遇问题，而更主要的是国家的治乱问题。所以，渗透于此诗中的感情，主要是政治性的。

前两句写昔写盛。天河、云间，喻帝王宫禁。织女相传是天帝的孙女，诗中以喻郡主（唐时，太子的女儿称郡主）。这位旧宫人，或许原系某郡主的侍女，在郡主出嫁之后，还曾跟着她多次出入宫禁，所以记得宫中一些最扣人心弦的歌曲。而这些歌曲，则是当时唱来供奉德宗的。诗句并不直接赞赏穆氏唱得如何美妙动听，而只说所唱之歌，来之不易，只有多次随郡主入宫，才有机会学到，而所学到的，又是“第一歌”，不是一般的，则其好听自然可知。这和杜诗说李龟年的歌，只有在崔九堂前、岐王宅里才能听到，则其人之身价，其歌之名贵，无须再加形容，在艺术处理上，完全相同。

后两句写今写衰。从德宗以后，已经换了顺宗、宪宗、穆宗、敬宗、文宗（或者还要加上武宗）等好几位皇帝，朝廷政局，变化很大。当时参加那一场短命的政治革新运动的贞元朝士，还活着的，已经“无多”了。现在，听到这位旧宫人唱着当时用来供奉德宗皇帝的美妙的歌，回想起在贞元二十一年那一场充满着美妙的希望但旋即幻灭的政治斗争，加上故交零落，自己衰老，真是感慨万端，所以，无论她唱得怎么好，也只有祈求她不要唱了。一般人听到美妙的歌声，总希望歌手继续唱下去，而诗人却要她“休唱”。由此就可以察觉到，他的心情激动到什么程度了。杜诗用一“又”字，点出今昔盛衰，此诗则用“休唱”、“无多”来作钩勒，也很相近。

题材与主题关系密切，但又是各自独立的。所以同一题材，可以表现不同的主题。同时，同一主题，也可以用不同的题材来表现。刘禹锡晚年以太子宾客分司东都，遇见了他在以前那场政治斗争中的老友韩泰。后来韩泰要到吴兴（今浙江省湖州市）去做刺史。于是他以《洛中送韩七中丞之吴兴口号》为题，写了五首诗送别。其中一首写道：

昔年意气结群英，几度朝回一字行。
海北江南零落尽，两人相见洛阳城。

不难看出，这首诗也是以昔日之盛与今日之衰对比，与上两首全同。前两句写从前相聚，一群志同道合、意气风发的朋友，结合在一起，为革新朝政而斗争。大家排成一字，走出朝廷，心情舒畅。后两句写今日相见，只剩两人，多数朋友都已在各地去世了（海北江南，指长江以南、南海以北地区，即八司马被贬谪的荒远州郡），意绪悲凉。其表现世运之治乱，年华之盛衰，为三诗所同，而前两首通过听旧歌人的表演来体现，后一首则通过老朋友的离合来表现。前两首寓有比兴，后一首则用赋体，又各自不同。这些异同之处，值得玩索。

生活是文艺创作的唯一源泉。作品的高下，首先和基本上取决于作家体验生活的深度和广度。只有感受得深广，才有可能反映得精彩。杜甫和刘禹锡这几首诗之所以出色，主要是由于他们所要表现的情景，是和自己的生活血肉相连的，他们的感慨，是从内心深处迸发出来的；其次才是他们所具有的精湛的艺术技巧。

为了说明这一点，可以再举温庭筠的《赠弹筝人》来和这两首听歌的作品对照。

天宝年中事玉皇，曾将新曲教宁王。
钿蝉金凤皆零落，一曲伊州泪万行。

此诗写昔盛今衰，也同于以上各首。这位器乐家曾在天宝年间为玄宗奏技，又教过玄宗的哥哥宁王李宪度新曲。这可不简单，因为这两兄弟都是精通音乐的。得到他们的爱重，其艺术造诣之高超也就不用说了。而现在，她却妆饰零落（钿蝉，用金制成的蝉形首饰。金凤，金制凤形发钗），容颜憔悴，在弹一曲《伊州》时，感怀身世，自然不觉痛哭了起来。温庭筠出生于天宝乱后五十多年，与诗所写弹筝人的时代不相及，所以此诗所咏天宝遗事，乃是依托之词，不能摭实。

应当承认，这首诗写得也并不坏，但拿它来和上面几首一比，就总觉得其中差了那么一点东西。差什么呢？很可能是作者感受生活的深度和广度。诗人写了一位身世飘零、有迟暮之感的女音乐家，的确写出来了，然而也就止于这一点。我们无法从这首诗获得更深刻、更广泛、更激动人心的东西，如在杜甫、刘禹锡那两首中所具备的。因此，它就显得比较单薄和肤浅。

春梦

岑参

洞房昨夜春风起，遥忆美人湘江水。
枕上片时春梦中，行尽江南数千里。

俗语说：日有所思，夜有所梦。我们思骨肉，念朋友，怀家乡，忆旧游，往往形于梦寐。这么一件人人都会在日常生活中遇到的小事，经过诗人们的艺术处理，就会成为动人的形象，能够更深刻和真挚地表达出内心所蕴藏的感情，使读者感到亲切和喜爱。岑参这首诗，还有附录的几首，都是写梦而很成功的作品。

这首诗的前两句写梦前之思。在深邃的洞房中，昨夜吹进了春风，可见春天已经悄悄地来到。春回大地，风入洞房，该是春色已满人间了吧，可是深居内室的人，感到有些意外，仿佛春天是一下子出现了似的。季节的更换容易引起感情的波动，尤其当寒冷萧索的冬天转到晴和美丽的春天的时候。面对这美好的季节，怎么能不怀念在远方的美人呢？在古代汉语中，“美人”这个词，含义比现代汉语宽泛。它既指男人，又指女人，既指容色美丽的人，又指品德美好的人。在本诗中，大概是指离别的爱侣，但是男是女，就无从坐实了。因为诗人既可以写自己之梦（那，这位美人就是女性），也可以代某一女子写梦（那，这位美人就是男性了）。这是无须深究的。总之，是在春风吹拂之中，想到在湘江之滨的美人，相距既远，相会自难，所以更加思念了。

后两句写思后之梦。由于白天的怀想，所以夜眠洞房，因忆成梦。在枕上虽只片刻功夫，而在梦中却已走完去到江南（即美人所在的湘江之滨）的数千里路程了。用“片时”，正是为了和“数千里”互相对衬。这两句既写出了梦中的迷离惝恍，也暗示出平日的密意深情。换句话说，是用时间的速度和空间的广度，来显示感情的强度和深度（宋晏幾道《蝶恋花》云：“梦入江南烟水路，行尽江南，不与离人遇。”即从此诗化出）。在醒时多年无法做到的事，在梦中片时就实现了，虽嫌迷离，终觉美好。谁没有这种生活经验呢？诗人在这里给予了动人的再现。

让我们再来读两首因思家而成梦，以梦回故乡来突出思家之情的作品。戎昱《旅次寄湖南张郎中》云：

寒江近户慢流声，竹影当窗乱月明。
归梦不知湖水阔，夜来还到洛阳城。

寒冷的江水在屋边慢慢地流，发出轻轻的声响，这是旅次所闻。天上悬着一轮明月，窗外生着一丛竹子，月光将竹影照映到窗上，而竹影又在月光中乱晃，这是旅次所见。跋涉长途，中路暂歇，江声聒耳，月光耀眼，孤寂无聊，自然容易引起乡思，而旅次深夜思乡，又自然容易引起归梦。道里遥远，又隔江湖，真的回去可不容易，但做起梦来，就很简单。它根本不知（也就是不管）湖水是多么宽广，一下子就到洛阳城了。写梦中情景，历历分明，无限乡思，自然流露。

但这首诗有一个不容易解决的问题。作者戎昱是荆南人，平生游宦，没有到过洛阳，诗中情事，与之不合。唐汝询《删订〈唐诗解〉》载吴昌祺云：“戎生于楚，幕于楚（指其曾在荆南节度使卫伯玉幕府中当从事），宦于楚（指他曾任辰州、虔州刺史。辰州故治在今湖南省沅陵县，虔州故治在今江西省赣州市，两州皆古楚境），俱与洛阳无与。归梦乃代张言之，言当江声竹影之际，意君必有乡梦也。”此虽可备一说，但从诗意看，所写情景不似代人设想之词。或者系他人作品误入戎昱名下，现在只有存疑待考。

武元衡《春兴》云：

杨柳阴阴细雨晴，残花落尽见流莺。
春风一夜吹乡梦，又逐春风到洛城。

春兴，指在春天有所触发的兴致。杨柳的颜色显得深暗，正是细雨初晴的时候。树上的残花已经落尽，在枝头啼叫的黄莺也可以望得见了。这，正是暮春时节。因春感兴，勾起乡思，于是，春风在一夜之间，吹动了归乡之梦，而这归梦，又跟着春风，竟然回到了洛阳。梦是一种精神状态，无迹可寻，而在诗人笔下，却化虚为实，春风吹梦，梦逐春风，不但将有形的春风形象化，而且还将无形的梦形象化，就更生动而深切地表现了诗的主题。出一“又”字，可见还乡之梦，远非始自今日。梦之又梦，则思念之切，自在言外了。

武元衡是缑氏人。缑氏故城在今河南省偃师县南，距洛阳不远。作者从广义上指洛阳为故乡，是可以的。

以上两诗借梦中之情，以表思归之意，是一种写法，而司空图的《华下》，则借梦后之境来表达同一主题，又是一种写法。

故国春归未有涯，小栏高槛别人家。

五更惆怅回孤枕，犹自残灯照落花。

华下，指西岳华山之下的华州，即今陕西省华县。司空图是河中虞乡（今山西省虞县）人，有先人的别业，在位于今山西省永济县东南中条山的王官谷。乾宁三年到光化元年（896—898），昭宗被军阀李茂贞逼迫，曾离开长安，在华州暂住，而司空图这一段时间里则在朝廷中担任兵部侍郎，不久，托足疾辞职。这首诗，是他在华州的怀归之作。

首句写梦中之境。故国，即故乡。梦中回到故乡，看到春天已经回来，春光洒遍大地，无际无边。出“未有涯”三字，则姹紫嫣红，莺啼燕语，皆在其内。次句写梦后之境。一梦醒来，眼前所见，是小栏高槛，环境幽美，也很不差，可惜不是自己家里。出“别人家”三字，即王粲《登楼赋》“虽信美而非吾土兮，曾何足以少留”之意。后两句续写客况。五更已到，天色将晓，乡梦醒时，仍是孤零零地一个人睡着，房内是残灯，屋外是落花，一个美好的春天又算过去了，怎么能不使人惆怅呢？此诗大部分写景，前两句对比，后两句顺承次句，而用“惆怅”两字点出情怀，显示题旨。

枫桥夜泊

张继

月落乌啼霜满天，江枫渔火对愁眠。

姑苏城外寒山寺，夜半钟声到客船。

姑苏是苏州的别名，枫桥在今苏州城西九里，寒山寺则在其西十里。诗人在江南作客，有一次路过苏州，停船枫桥，经历了一个不眠之夜，写下了这首传诵人口的七绝。

岁晚秋深，客舟长夜，在寂静冷落的环境中，羁旅之感，油然而生，于是，愁思萦绕，难以入睡。不知不觉之间，月亮已经西斜，栖鸦又在啼叫，霜正降，天更冷，才感到已是将近天明了。这是整夜无眠之后，忽然遇到的景色，给诗人留下特别深刻的印象。因此，他首先将所见的“月落”，所闻的“乌啼”，所感觉的“霜满天”写了出来。然后，才追叙其在天明以前的情景。他睡在船中，从船舱里望出去，正好对着江边的枫树和渔舟中的火光（古人说江，专指长江。但后来则以江为水流的通称。这里所说的江，系指流经苏州城外的河），躺着发愁，一夜都没有合上眼睛，因此，才能很细致地体察到首句所写景物。

夜泊枫桥之下，河面空阔而沉静。在它上面，荡漾着月光，闪耀着渔火，岸边枫树虽然隐约可见，但整个的环境仍然是昏暗的。在这万籁俱寂的半夜里，只有相距一里之遥的寒山寺的钟声，一声声送到客船上来。这清冷的钟声，既打破了半夜的寂静，又更其显示了，增加了半夜的寂静，当然也就加深了终夜不眠的旅客的感触。

"江枫渔火"是终夜所对，"钟声"是半夜所闻，"月落乌啼霜满天"则是天色将晓时所见所闻所感，总之，是一夜"愁眠"所遇到的。全篇写客船夜泊之景，而以"愁眠"两字贯串之，则一切景物，都染上了诗人感情的色彩，写景亦即写情了。

按照顺序，应当是先因客愁而睡不着，只好躺着（即所谓愁眠），然后看到江枫渔火，然后听到夜半钟声，最后才接触到天快明时的落月、啼乌、霜气。然而为了突出一夜愁眠，诗人却将生活中所发生的事件的次序，从新作了安排，将最后发生的，放在最前面，从而获得了更好的效果，而读者并不认为它是不合理的。在这里，我们也可以看出，艺术创作有它本身的特殊规律，形象思维并不能也不应当受抽象思维的限制。

宋代欧阳修在其《六一诗话》中曾指责"夜半钟声到客船"一句，认为"三更不是打钟时"，所以这是"诗人贪求好句，而理有不通"的"语病"。但在唐朝，寺庙里确实是在半夜里打钟的。唐代诗人作品中涉及夜半钟声的，不在少数。如皇甫冉《秋夜宿严维宅》之"夜半隔山钟"，王建《宫词》之"未卧尝闻半夜钟"，于鹄《送宫人入道》之"定知别后宫中伴，遥听缑山半夜钟"，陈羽《梓州与温商夜别》之"隔水悠扬午夜钟"，皆是。此外，还见于司空曙、白居易、许浑、温庭筠等人的诗中。欧阳修虽然是一位大学者、大作家，但他这个意见，却是没有经过调查研究的，完全无损于此诗的价值。

与这首诗所写情景极为相近的是张祜的《金陵渡》：

金陵津渡小山楼，一宿行人自可愁。
潮落夜江斜月里，两三星火是瓜洲。

此诗金陵，并非今江苏省南京市，而是镇江市（王楙《野客丛书》："《张氏行役记》言甘露寺在金陵山上，赵璘《因话录》言李勉至金陵，屡赞招隐寺标致，盖时人称京口亦曰金陵。"京口即镇江。甘露、招隐两寺，都是镇江古迹名胜）。瓜洲是长江北岸的一座沙洲，在扬州市南四十里，正和南岸的镇江相对。津渡，疑指西津渡，在镇江西北九里。

首句点地，次句写人。可，犹言合或应。路过金陵，暂宿小楼，旅怀无欢，自然应生愁思。这两句是平叙。后两句转写夜景。这时，江潮已落，夜月西斜，小楼之中，人皆入睡，我独难眠，四顾沉寂，悄无人声，惟见对岸的瓜洲，还有几点星星似的火光，不时闪烁而已。

这首诗也很有风调，但和上面的那首一比，就觉得它不仅内容不及上作之丰富，而且结构也嫌平直，不及上作之曲折有致、摇曳生姿了。

清初的王士禛是一位擅长七言绝句的诗人。清世祖顺治十八年（1661），他才二十八岁，泊舟枫桥，写了两首题为《夜雨题寒山寺，寄西樵、礼吉》的诗。其一云：

日暮东塘正落潮，孤篷泊处雨潇潇。
疏钟夜火寒山寺，记过吴枫第几桥。

其二云：

枫叶萧条水驿空，离居千里怅难同。
十年旧约江南梦，独听寒山半夜钟。

西樵和礼吉是他两位哥哥的别号。在这两首旅途寄呈兄长的作品中，我们可以看出，一方面，他所承受《枫桥夜泊》一诗的影响是很清楚的，另一方面，他又就张继所使用过的题材生发，写了自己独具的生活和感情。

第一首写枫桥景物。由于是雨夕而非月夜，所以闻钟之外，又加听雨，虽有疏钟夜火，但无月落乌啼。而且它特别写到了停泊以前一段行程。暮潮将落，才由东塘驶近枫桥。在苏州这个著名的水乡，到处是枫，到处是桥，一路行来，也不知经过多少有枫有桥之处，才达到真正的目的地——枫桥。先写夜航，后写夜泊，这也就和原诗有同中之异了。

第二首着重写思兄。作者和他两位哥哥，非常友爱，尤其是西樵，他认为是“抚我则兄，诲我则师”。他们十年以前，就曾相约同游江南，而今不但不能同游，又离居千里，想起来就更难受了。张继只写一己的旅怀，而此诗则旅怀之外，还加上对于亲人的思忆，也和原诗不一样。

“江山代有才人出，各领风骚数百年。”（赵翼《论诗》）在文艺创作中，有许多题材和主题是相似的，甚至是完全一样的，但作者的生活经历、思想感情、艺术技巧，却是千变万化的。这两首诗虽然还是不及张继那一首，但也足以说明这一道理。在王士禛作了这两首之后六十年，有一位鲍鉁，也泊舟枫桥，想起王氏题诗之事，写了一首七绝：“路近寒山夜泊船，钟声渔火尚依然。好诗谁嗣唐张继，冷落春风六十年。”他和张王两人的感受，又自不同。这些事例，对我们是颇有启发的。

滁州西涧

韦应物

独怜幽草涧边行，上有黄鹂深树鸣。

春潮带雨晚来急，野渡无人舟自横。

韦应物于德宗建中二年（781）出任滁州（今安徽省滁县）刺史，此诗作于任内。西涧在州城之西，俗名上马河。

这是一首描绘春雨中景物的诗。前两句泛写暮春景物。花时已过，眼前只剩下一片绿阴幽草了。这种幽静的景色，反引起了别有会心的诗人的怜爱。所以说“独怜幽草”，与王安石《初夏即事》之“绿阴幽草胜花时”同意。由于独怜，所以闲行游赏。这时，虽然春光将逝，但还有黄鹂在深深的树阴中歌唱，愿春暂留。这两句是雨前见闻，而点出“涧边”，已为即将来到的春潮、春雨蓄势。

后两句特写傍晚雨中景物。薄暮时分，闲行雨中，而忽见西涧之中，春潮上涨。春潮来势本急，再加雨水，就更显得迅猛了。时已晚，潮又大，还加上下雨，原来就很荒僻的渡口，哪里还会有人经过呢？而在风吹雨打，潮水冲击之下，小小渡船既无人管，自然也就横在渡口了。这两句是雨中见闻。野渡雨景，历历在目。

全诗有动有静，有色有声，形象非常丰富而优美，说它是一幅风景画，其实绘画也难以完全将诗中情景表达出来。《六一诗话》引梅尧臣论诗，有“状难写之景，如在目前”的话，正可用来作为此诗的评语。

在七言绝句中，像这种精美的风景画，还不在少数。如宋苏舜钦的《淮中晚泊犊头》，就和韦诗有异曲同工之妙。

春阴垂野草青青，时有幽花一树明。
晚泊孤舟古祠下，满川风雨看潮生。

这首诗也是前写雨前，后写雨中，与上一首相同。但韦应物写步行所见，苏舜钦写舟中所望，故布局又自相异。

诗的前两句写行舟淮水之中所见原野景物。这时，虽是阴天，但还无雨。从船中平视两岸，广阔无边，仿佛天幕从四面下垂，一直落到地上。这“春阴垂野”的描写，很可能是从杜甫《旅夜书怀》中“星垂平野阔”一句得到启发。由于春阴垂野，光度不强，所以更衬出草色之青青一片。这春阴和青草，色调是有浅有深、有明有暗的，而在春阴之下，青草之上，却又时而出现一树幽花，点缀在无边无际的青绿的原野中，它的颜色就更其鲜明触目了。只这一个“明”字，就使画幅上着了一笔神奇的色彩，将整个比较单调的局面打破了。

后两句写风雨来时，春潮生处的景色。傍晚的时候，雨至潮生，临时将船停在一座古祠之前。这里既非码头，又非渡口，所以并无其他船只。诗人所乘，就成为孤舟了。所以他也只能在满川风雨之中，独看潮涨而已。

又如李华的《春行寄兴》：

宜阳城下草萋萋，涧水东流复向西。
芳树无人花自落，春山一路鸟空啼。

这是作者春日行经宜阳（今河南省福昌县附近）而写下的，写的是暮春晴野，与上两首之着重于春潮春雨不同，但同样是一幅吸引人的图画。

茂盛的春草，一直蔓生到涧边，涧水则萦纡曲折，时而东流，时而西去，而在涧水之旁，春山之畔，别无行人，一路经过，但见“花自落”、“鸟空啼”而已。“自”与“空”，着重点出郊野之宁静。但这宁静并非沉寂，水在流，花在落，鸟在啼，非常和谐地统一在这宁静的环境中，使人看来，富有生气。并且由于出现了声响和动态，反而更加衬托出其宁静幽渺来。南朝王籍《入若耶溪》云：“蝉噪林逾静，鸟鸣山更幽。”杜甫《题张氏隐居》云：“春山无伴独相求，伐木丁丁山更幽。”都是从动中见静，以音响显示宁谧，可以互证。

拿《枫桥夜泊》等四首和《滁州西涧》等三首对照，可以看出，描写景物的诗篇，固然必须生动地逼真地重现景物，但更主要的，还要能够同样地刻画诗人在具体环境中的内心活动，不但使读者如见其景，也如见其人。前四首诗透过写景，写了诗人的旅愁，后三首则从景物描写中显示出诗人心境的闲适和愉悦。文艺作品总是写人类的社会生活的，即使在作品中没有出现人物形象，或者人物形象在描写中不占主要地位，但作者的形象或他的精神面貌，依旧会通过他所写的内容而反映出来。

寒食

韩翃

春城无处不飞花，寒食东风御柳斜。
日暮汉宫传蜡烛，轻烟散入五侯家。

这是一首讽刺诗，也是借汉事以喻唐事的。据《西京杂记》所载，在汉代，寒食那一天，虽然全国都禁火，但皇帝却赏赐封侯的贵族们以蜡烛，特许照明，以示恩宠。此诗即借古喻今，以见皇家恩泽，只及上层。即使是生活中的小事，他们也是拥有特权的。

前两句写京城春色。春色可写者多，但这里只突出御柳飞花，作为代表，从个别见一般。一上来以“春城”二字点明时令和地点。“飞花”之上，又冠以“无处不”三字，则御柳夭斜（在古代，凡是属于皇帝的东西，都加一“御”字，以示尊敬，如皇帝的衣称为御衣，宫苑的沟称为御沟。御柳即宫苑中的柳树），随风飘拂，而枝头白絮，遍地漫天，都被描绘了出来，而寒食之时，春光浓丽，无所不在，也就非常清晰地在人目前了。

起句首先就点明春天。下面的“御柳”、“飞花”、“寒食”、“东风”，都从“春”字生出。而“飞花”与“柳斜”则由“东风”贯串起来。“御柳”引出“汉宫”，“寒食”又是“传蜡烛”的根据。从这些地方，可以看出诗人的苦心经营，细针密线。

后两句写当时情事。寒食禁火，所以夜间也不许点灯。但在傍晚时分，宫廷却已派人将蜡烛颁赐到五侯的家中了。从这样一件小事中，诗人写出了贵族们所享受的特权以及皇帝对他们的宠爱。

挨家挨户地颁赐，所以说“传”，“传”字与下“五侯”相应。蜡烛质量愈高，烟子愈少，所以说“轻烟”。五侯本是汉朝典故。西汉成帝时，外戚王谭等五人同日封侯，世称五侯。东汉顺帝时，外戚梁冀的儿子和叔父五人封侯，世称梁氏五侯。桓帝时，宦官单超等五人封侯，也称为五侯。总之，不是指外戚，就是指宦官。韩翃于玄宗天宝十三载（754）进士及第，在德宗时以驾部郎中知制诰。这首诗的写作年代不可考。如果是天宝年间的作品，则应是讽刺杨国忠兄妹的，如果是安史之乱以后所写，则很可能是讽刺肃宗、代宗以来专擅朝政的宦官的了。

这首诗的特点是用意深刻而表现含蓄。从表面上看，它只是描写了寒食的景色，记载了当时在这个传统节日中皇家的一件例行故事，甚至于可以将它看成是一篇对皇帝的颂歌，颂扬他对臣下施加恩泽。在诗人晚年家居的时候，德宗因为欣赏这首诗，还起用他知制诰，起草诏书。可见这位最高统治者是将诗中的讽刺误会为歌颂了。

这种似歌颂而实讽刺、明扬暗抑的手法，在唐人七绝中颇有名篇，试再举数例。

王昌龄《春宫曲》：

昨夜风开露井桃，未央前殿月轮高。
平阳歌舞新承宠，帘外春寒赐锦袍。

这首诗也是以汉喻唐，它通过描写宫中行乐情景，以讽刺统治者的荒淫无耻。卫子夫本来是平阳公主家中的歌女，被汉武帝爱上了，收入宫中，生了儿子以后，立为皇后。这里写的，就是她新进宫廷，受到恩宠的情况。

诗通篇都是追叙昨夜之词。首句写露井（没有井亭覆盖的井）旁边的桃花，正被东风吹开了。这本是写春景，触物起兴，引发下文，但同时，又以这一自然现象暗喻歌女承宠，有如桃花沾沐雨露之恩因而开放，这就是所谓兴而兼比。次句写在未央宫的前殿，一轮明月，高挂遥空。这是点明时地，为下句写彻夜歌舞张本。第三、四句写这位姑娘的由来和她的受宠。露井桃开，可见春暖，而犹恐春寒，特赐锦袍，见出皇帝对她的过分关心。通过这一细节描写，则“新承宠”可想而知，更无须多费笔墨了。有幕前的“新承宠”，自然就有幕后的旧失宠。举此三字，则弃旧怜新之情事也自然在内。所以前人评论此诗，多认为是诗人代失宠的旧人抒发妒忌、怨恨之情的。沈德潜《唐诗别裁》云：“只说他人之承宠，而己之失宠悠然可会，此《国风》之体也。”王尧衢《古唐诗合解》云：“不寒而寒，赐非所赐，失宠者思得宠者之荣，而愈加愁恨，故有此词也。”这些说法，不为无见，但此诗的含义却远远不止于此。它从侧面揭露了这位皇帝所关心的只是他个人的享乐，他所喜爱的是娇歌艳舞，他惯于弃旧怜新，玩弄女性，他挥霍民脂民膏，毫不爱惜，他白天没有玩够，还通夜地玩，而一些贵族又多方搜罗美女，来填充他的欲壑。所以，其讽刺是深刻而广泛的。但泛泛看来，这也只是描写一段宫廷中的日常生活，甚至可以理解为连对歌女都很怜惜和关怀，足见皇恩浩荡，值得称羡。

张祜《集灵台》：

虢国夫人承主恩，平明骑马入宫门。
却嫌脂粉污颜色，淡扫蛾眉朝至尊。

距长安不远，位于今陕西省临潼县境内的骊山，有一座温泉。玄宗筑华清宫于山上，每年冬天都去避寒。宫中有长生殿，殿傍有集灵台，都是皇帝祭神求仙的地方（灵，指仙人。集灵就是聚仙）。《集灵台》诗共两首，描写杨贵妃及其姐姐虢国夫人在某个清晨来到集灵台朝见玄宗的情景。清晨本是皇帝临朝接见大臣、处理国政的时候，他不见大臣而见宠妾、情妇；集灵台本是庄严肃穆的祭祀神仙的地方，他不在内寝而在这里接见她们，这就活画出了一位荒淫无道的皇帝的形象。这是咏虢国夫人入朝的一首。

前两句叙事。平明不是贵戚朝见的时刻，可是，虢国夫人却一大清早就自由自在地骑着马进入华清宫，不是倚仗着特殊的关系，岂能做到？只拈出这一点，则“承主恩”就跃然纸上了。后两句极写虢国之美艳，以及她矜宠自炫的神情。古代妇女打扮，虽有浓妆淡妆之别，但总是要搽胭脂花粉的。朝见皇帝，更须注意妆扮，而她却反其道而行之，不施脂粉，只轻描淡写地画了一下眉毛，就去朝见了（至尊，即至高无上，用作皇帝的代称）。写其不施脂粉，而用“却嫌”、用“污”来反衬，写其画眉止于“淡扫”，不但刻画了她漂亮的姿容，而且更重要的，是曲曲传出了她恃宠而骄的精神状态。而玄宗之好色和对她之特别爱怜，也无须更加描绘，自可意会。唐汝询《删订〈唐诗解〉》云：“此直赋其事，讽刺自见。”此评甚是，然如不细加玩味，则只是一首描写这位贵妇自矜美艳、素面朝天的诗，一幅生动的美人图而已。

杜甫《赠花卿》：

> 锦城丝管日纷纷，半入江风半入云。
> 此曲只应天上有，人间能得几回闻。

花敬定是当时四川一位出名的将军，曾于肃宗上元二年（761）讨平叛乱的梓州刺史段子璋的战役中立有大功。杜甫在成都时，曾和他有交往。古人朋友之间，可以互称为卿，故题曰《赠花卿》。这首诗表面上称赞花家歌舞，世间少有，而暗中则讽刺其居功骄恣，生活奢侈。

前两句写花家歌舞之盛。“锦城”点地，接出“丝管”，着题。“纷纷”形容其盛，而“纷纷”之上复冠以“日”字，则见丝管纷纷，并非偶然如此，乃是日日皆然。而这每日演出的豪竹哀丝，繁弦急管，或随着江风，或进入云霄，远则播于四面，高则直冲九天。其响亮动听，可以想见。将丝管之声，分为两半，一半入风，一半入云，事实上无此可能，故两个“半入”，不可呆看，只是极言其无所不在而已，而风云又作为下文“天上”的伏线。

后两句议论，为全诗主旨。“天”也可以用来指皇帝、京城、朝廷或宫禁。如刘禹锡《与歌者何戡》：“二十馀年别帝京，重闻天乐不胜情。”天乐即指京城宫廷乐曲。这里说，像这种乐曲只应该天上才有，人间哪能听到几次呢？也就是暗示这位将军的享受，简直和帝王差不多。这在等级制度很森严的封建社会里，既是非法的，又是非礼的。诗人对此加以讽刺，而这讽刺之意，却以赞叹之词出之。《古唐诗合解》云：“人间不惟不敢作，而且不能闻。其得闻者，有几回乎？若锦城丝管，惟日纷纷，则得闻天上曲者，殆无数回矣。所以深讽花卿之僭妄也。”此说能得诗意。

《毛诗序》云：“上以风化下，下以风刺上，主文而谲谏，言之者无罪，闻之者足以戒，故曰《风》。”上面的这些诗，正是这一理论的实践。它是在封建统治阶级内部斗争中发展起来的，而长远地影响了以后的文学。

逢病军人

卢纶

行多有病住无粮，万里还乡未到乡。
蓬鬓哀吟古城下，不堪秋气入金疮。

在古代封建社会里，战争是经常发生的。统治者往往穷兵黩武，发动侵略；或者昏聩腐败，招致侵略。这些战争，不论其为国际的或国内的，一旦发生，就必须动员大批人力，投入战斗；又不论其性质是正义的或非正义的，如果胜利，大张旗鼓，凯旋回朝，情况还可能稍为强些，如果失败，则各自逃生，七零八落，无可避免地陷入了极其悲惨的命运。对于曾经为国效劳或曾经为统治者卖命的普通士兵乃至于将领，在事过境迁以后，毫不顾惜，听其自生自灭这种刻薄寡恩、惨无人道的情形，乃是那个社会里带有普遍性的现象。在本篇以及下面附录的几首诗里，诗人们从不同的角度，以不同的手法揭露了封建统治阶级这一方面的罪恶。

卢纶这首诗以朴素的笔触为我们绘制了一幅流落他乡、既伤且病的普通士兵的图像。由于受了战伤，他掉队了，只好自个儿走回家去。路程是非常遥远的。多赶点路吧，又有病在身，走不动；暂时在中途住下，等病好了再走吧，又没有粮食维持生活。真是去住两难，进退维谷。于是，这位被残酷地遗弃了的军人，就只能躺在一座古城的旁边，痛苦地呻吟起来了。而这时，气候已经转冷，秋天的寒气不断地钻入了他的伤口（金疮，指金属武器所致的创伤），更使他忍受不住了。军人本该是仪容整洁、雄壮威武的，诗中以蓬鬓（头发乱得像茅草）哀吟略一点染，其馀叙述的部分也就随之而生动鲜明起来，所谓牵一发而动全身，这是此诗在艺术手法上值得注意的一点。

另外如元稹的《智度师》二首，其一云：

四十年前马上飞，功名藏尽拥禅衣。
石榴园下擒生处，独自闲行独自归。

其二云：

三陷思明三突围，铁衣抛尽衲禅衣。
天津桥上无人识，闲凭栏干望落晖。

两诗也是写退伍士兵的，这位智度禅师原来是一位非常勇敢的战士，在平定安史叛乱的战争中立过功劳，但后来没有得到应有的报酬，便出了家。

第一首写禅师对过去生活的回忆，以及他由今昔对比而发生的感慨。他回想四十年前在战场上的英勇，骑在马上厮杀，简直像飞的一样。但后来将功名全部掩藏起来，穿上僧衣，当了和尚。石榴园本是自己过去捉生的地方（擒生，即捉生，近于现代说的抓舌头），可是现在，却成为自己一个人散步的地方了。此诗第三句应第一句，第四句应第二句。一、三两句极写昔日之生气勃勃，英武有为；二、四两句极写今日之凄凉孤独，消极无聊，对照强烈。

第二首首句写昔，次句由昔转今，第三、四句写今，用意与上首同，而结构有别。这位曾经是勇士的人，过去的战场生活当然是不平凡的，上一首已经以“马上飞”三字概括地写了他的武艺和英勇，这一首进而写出一件典型事例来。在反击史思明的战斗中，他曾经三次陷入了叛军的包围圈，但是三次都突围冲出来了。举此一事，则当时战斗的激烈，他的勇敢，他的功劳，都在其中，不用多说了。可是，这一切，并没有得到朝廷的论功行赏，以军功得官爵，却反而将昔日在战争中所穿的铁甲全部丢掉，来缝补出家人穿的禅衣。这变化是非常巨大的，而且也不是他始料所及的。现在他站在天津桥上（天津桥，在洛阳西南洛水上），有谁认识，更有谁知道这个老和尚就是“四十年前马上飞”，“三陷思明三突围”的勇士呢？只有闲靠着桥栏，目送夕阳西下罢了（清黄景仁《癸巳除夕偶成》绝句后两句云：“悄立市桥人不识，一星如月看多时。”被人推为名句，即从此诗化出）。感慨非常深至。

与元诗相近的，如张乔的《河湟旧卒》：

少年随将讨河湟，头白时清返故乡。
十万汉军零落尽，独吹边曲向残阳。

此诗与古诗《十五从军征》同旨，着重在久戍幸存。这位旧卒比那位病军人略为幸运一点，但也好不了多少。那篇古诗写一位军人，十五岁从军出征，回来已经八十岁，到了家乡，亲人都死光了，结果还是无家可归。这首绝句写少年出征，白头还乡，战友们差不多都死了，所剩下的只是自己还记得的几支边庭乐曲，只好对着落日吹奏它们，以遣无聊而已。十万人的伤亡才换得的

“时清”，这是真的时清还是粉饰太平呢？让读者自己去回答吧。这首诗和《十五从军征》一样，反映了战争的残酷，也反映了人民被统治者奴役的痛苦。但古诗是乐府体，铺叙得很丰富详尽，容易看出它的用意和好处，这篇诗却以含蓄的手法抒情，从淡语中见深旨，须细加寻绎，才知道它似乎只是为这位幸存的旧卒庆幸，其实更多的是为那十万零落者悲哀。

封建统治者不但对于普通的士兵刻薄寡恩，就是对于本阶级的成员也往往如此。任人惟亲，赏罚不公，谗人高张，贤才被斥，在历史上也是常见的。李商隐的《旧将军》，反映的就是这种情况。

云台高议正纷纷，谁定当时荡寇勋？
日暮灞陵原上猎，李将军是旧将军。

这首诗通过两个汉朝的典故来咏叹唐代的时事。云台，是东汉京城洛阳南宫中的一座建筑物。明帝时，追念前世功臣，曾将邓禹等的像画在台上，以作纪念，已见前王维《少年行》释。灞陵，是西汉文帝的陵墓，后设灞陵县，在西汉都城长安东边。名将李广因与匈奴作战失败，免职闲居，在灞陵附近打猎，夜里出来和人喝酒，回去的时候，被县尉拦住，不许通行。李广的随从告诉他：“这位是从前的李将军。”这个县尉说：“现在的将军夜间都不许通行，何况是从前的呢？”这位失了势的将军，无可奈何，只好在驿亭中过了一夜。诗意是说，当权的大臣们正在那座纪念功臣的著名云台上高谈阔论，发表意见，评定当时一些曾经扫荡了敌寇的将军们的功勋，可是真正为国家出过汗、流过血、立过功的人，却被弃置不用，成为“旧将军”，不仅有功未赏，而且轻罪重罚，被排斥于现役之外了。李广终身和匈奴作战，屡建奇功，但始终未能封侯，在古典作品中乃是一个抱屈的英雄形象，此诗也是就这一点来发挥的。次句不用顺叙而以反问出之，则高议纷纷，乃是讽刺而非赞语自然可见。李广反击匈奴的侵扰，事在西汉，和东汉相隔已远，所以云台所议定寇之勋，与李广无关。这是活用古典，不可呆看，否则，就会把博学的李商隐看成一个连起码的历史常识都没有的人了。

有的注家认为此诗是为李德裕而发。李德裕在武宗时担任宰相，抵抗回鹘的骚扰，平定军阀的叛乱，很有功劳，后来却被贬崖州（故治在今广东省海南岛琼山县东南）。李商隐对他的同情，也见于其他作品，所以这种猜想，不是毫无根据的，虽然并不能绝对肯定就是如此。

夜上受降城闻笛

李益

回乐烽前沙似雪，受降城外月如霜。
不知何处吹芦管，一夜征人尽望乡。

这首诗是写戍边将士听到芦笛而引起了思乡之情的。前两句写景，先写大漠的荒寒，次写月色的凄冷。回乐烽（烽，有的本子作峰，误。烽即烽火台，古时的远距离警报装置）、受降城（唐时受降城有东、中、西三座。这是指位于回乐烽附近的西受降城），点明所在之地，一是“沙似雪”，一是“月如霜”。上句是仰观，下句是俯视，俯仰之间，上下交映，但觉白光一片，寒气侵人。边地之寥廓和寒苦便完全表达了出来，从而为下文写望乡作张本。

后两句写情。在这种环境里，本来就很寂寞，加以忽然听到了不知从何而来的芦笛声，怎么能够不引起出征军人对于家乡的怀念呢？于是，一夜之间，大家的乡情都被触动了。说“不知何处”，是刻画乍闻笛声，立刻引起乡思，也无暇去查究其来自何处，何人所吹。说“一夜”，说“尽望”，则见所有征人，人同此心，心同此感。

此诗风格自然流畅，形象确切鲜明，完全写出了征人眼前之景，心中之事。作者另一首《从军北征》，和此诗极为相近，我们无妨拿来作一比较。诗云：

天山雪后海风寒，横笛偏吹行路难。

碛里征人三十万，一时回首月中看。

一上来点地、写景，从而暗示征途的艰辛。天山地本高寒，何况又在雪后，加以湖泊上吹来的冷风，真是岑参在《走马川行》中所写的“风头如刀面如割”了。在这种地区和季节里行军，而且还是夜间行军，该是多么困难呢！而正是在此时此地，横笛又偏偏吹起《行路难》这支曲子来了，岂不更使人触耳惊心，触景生情吗？这个“偏”字下得好，它显示出对于正在极其艰苦条件下行军的征人来说，横笛之撩动了他们的心弦，正如火上加油，因而下文迸发出来的思乡之情就合情合理了。由于横笛以音乐的语言表达了征人们所共同具有的行路难的想法，也撩动了他们的乡思，所以这么多的人，便一时都在月光之下，回头东望了。月光照着眼前寒冷的沙漠，也同样照着心中温暖的故乡，怎么能不回头一看呢？

两诗都是写征人因听乐而思乡，也同样兼写情景，因景及情，写出了在特定环境中将士们的普遍情绪，但在表现方法上，却各有妙处。前一首前两句写景，后两句写情；后一首则是首句写景，馀三句写情；前一首用一联工整的对句写地点、景物、气候，着意刻画，加倍渲染，而不嫌其多；后一首虽然也同样写了地点、景物、气候，却用一句包罗。“天山”、“海”，相当于“回乐烽”、“受降城”，“雪后”、“风寒”相当于“沙似雪”、“月如霜”，而不觉其少。“横笛”句，即是“不知”句，“碛里”两句，则又等于“一夜”句。“一夜”句言简意赅，已将要表达的东西说全了；可是“碛里”两句，却以“三十万”加强征人的共同感觉，“回首月中看”突出当时的景色和由之而产生的心情，也并不使人感到多馀或松泛。诗人在这些地方所表现的高度技巧，是值得重视的。

边思

李益

腰垂锦带佩吴钩，走马曾防玉塞秋。
莫笑关西将家子，只将诗思入凉州。

这是诗人的一幅自画像。他在抄录自己的从军诗送给友人卢景亮时写道：“从事十八载，五在兵间，故为文多军旅之思，或因军中酒酣，或时塞上兵寝，投剑秉笔，散怀于斯文，率皆出乎慷慨意气。”《唐才子传》也说他从军十年，“往往鞍马间为文，横槊赋诗，故多抑扬激厉悲离之作”，与高适、岑参相近。从这首诗中，我们可以看出，这些评述是很切合实际的。

首句写装束，垂锦带以见华贵，佩吴钩（吴钩，宝刀名）以示英武飒爽的风姿。次句写行动，走马边塞，防秋玉门（玉塞，即玉门关。汉时，匈奴每当秋高马肥，就入塞侵扰，所以秋季就要加强防卫，称为防秋），是豪迈的气概。他虽然身佩宝刀，参加战斗，是个战士，但同时也是一位诗人，在军中仍然不废吟咏，因此后两句便说：别笑我这个关西将门之后（《后汉书·虞翻传》：“关西出将，关东出相。”关，指位于今河南省灵宝县南的函谷关。李益是姑臧即今甘肃省武威县人，在函谷关以西，所以自称“关西将家子”），只把诗情带到了凉州，而别的却什么也没有吧。寥寥几笔，便突出了一位从军诗人精神风貌的特征。在部队生活中，作战是普遍的，而吟诗，则是特殊的，要画出一幅从军诗人的肖像，就必须将个别与一般统一起来，体现普遍中的特殊，此诗正成功地做到了这一点。

南宋陆游也给自己画过一幅像，可以和李益的自画像合看。其《剑门道中遇微雨》云：

衣上征尘杂酒痕，远游无处不消魂。
此身合是诗人未？细雨骑驴入剑门。

这首诗是宋孝宗乾道八年（1172）作者从汉中（今陕西省汉中市）调到成都任职时，途中经过剑门山所写的。他在当时是宋、金两国对峙的前线汉中住了一个时期，由于自己积极反抗侵略、恢复失地的政治主张未被采纳，心情很是抑郁。诗中所写旅途情景，凄凉意味，可能与此有关。

首句写长年久客，生活潦倒，衣上既有旅途中蒙上的尘土，又有喝酒时沾上的痕迹，可是懒得换洗。次句承上，点明远游。陆游是山阴（今浙江省绍兴市）人，来到陕西、四川做官，可算得远了，而且又多次调动工作，就更使人感到消魂了（"消魂"这个词，在古代汉语中，含义很复杂丰富，难以准确地译成现代汉语，大体上是精神上非常激动或感触很深的意思）。这两句是泛写近年生活。后两句接写当前情景。现在，又在细雨中骑着一匹驴子经过剑门山进入四川了，那么我该不该算是一个诗人呢？这一问，显示了诗人复杂迷惘的心情。在唐、宋时代，诗人多半骑驴寻诗，所以骑驴已成为诗人的一种标志。他本来是一位已经很有名的诗人，又正细雨骑驴，那不是多此一问吗？但我们如果注意到他曾经多次表示过，他毕生最大的志愿还是要做一位为国家报仇雪耻的战士，而不是一位诗人，那就可以体会这一问乃是一种深感遗憾的表现了。

许多读者，对于此诗，往往只注意到其词意的潇洒，却忽略了这个问题提得突兀，对于诗中微旨，便难以领会了。在我们看来，这首诗画的并不是一位虽然跋涉长途，仍悠然自得的诗人的形象，而是一位心情抑郁的、并不甘心只做个诗人的战士的形象。

这两幅像都画得好，因为它们画出了典型环境中的典型性格。

上汝州郡楼

李益

黄昏鼓角似边州，三十年前上此楼。
今日山川对垂泪，伤心不独为悲秋。

李益生于玄宗天宝七载（748），约死于文宗大和三年（829）。他的一生基本上是在战祸频繁、社会动乱的局势中度过的。这首诗写下了他登临一个旧游之地的深刻感慨。

汝州即今河南临汝县。在安史叛乱中，以洛阳为重点的河南地区，乃是官军与叛军反复较量的地方。汝州也是战场，而且还遭受过由唐朝借来帮助收复洛阳的回纥部队的洗劫。在安史之乱平定以后，河南的部分地区又被藩镇割据，其中势力强大的淮西镇（即彰义镇）辖区，全在河南境内，而魏博、宣武两镇辖区则有一部分在河南境内。德宗贞元十二年（796），宣武镇发生内讧，朝廷趁机收回了权力。宪宗元和十二年（817），平定了淮西吴元济。十四年（819），魏博节度使田弘正也将权力交还朝廷。河南才不再存在军事对抗的局面。

这首诗的写作年代虽然无可稽考，但必然作于天宝十四载（755）安史之乱以后，因为在这年，诗人才七岁，而且汝州“鼓角似边州”的情况还没有发生；也必然作于元和十四年（819）以前，因为在这年之后，汝州“鼓角似边州”的情况又已基本消失了。

弄清楚这些史实，对于理解此诗是必要的。这些史实告诉读者，这首诗和一般的用对比手法写今昔盛衰之感的作品不同，它不是描写今与昔异，以昔日之盛与今日之衰对比，如我们在前述《江南逢李龟年》、《听旧宫人穆氏唱歌》、《赠弹筝人》诸篇中所看到的，而是描写今与昔同，昔日已是如此，今日仍然如此，以见局势之可悲。

首句写今，登楼时所闻所感。黄昏时候，军中的鼓角之声不断地传到高高的城楼上来，可见局势紧张，戒备森严。这哪里像一座腹地的城市呢？简直和随时都有被敌人侵扰的可能的边州一样。次句由今思昔。回想起来，三十年前也登过这座楼，也听过这种鼓角之声，谁会料到隔了这么久，情形却毫无改变？后两句写今日所感。山川固相同，鼓角也无异，所以更其使人伤心，而不禁对之垂泪了。结句写伤心的原因，但不从正面而从反面提出，只说不是吐露一番个人生活中伤春悲秋一类的感情，而其着意在于国家的安危和人民的苦乐自然可知。

以今昔对比的手法来写的作品不少，但都是为了要显示今与昔异，这首诗却别具匠心，为了要显出今与昔同，这是它值得重视之处。

观祈雨

李约

桑条无叶土生烟，箫管迎龙水庙前。
朱门几处耽歌舞，犹恐春阴咽管弦。

这是作者在发生旱灾时看到不同阶级对于同一气候的不同希冀，发生感慨，而写下的一首诗。起句写久旱。桑树已经没有叶子，只剩空条，这一年蚕丝的收成当然要落空了。地面尘土飞扬，无法播种，这一年谷物的收成当然也要落空了。只这七个字，就将广大农民的生活已经濒临绝境的严酷现实极其深刻地写了出来。

在古代，人们用自然科学来了解自然、克服自然和改造自然的能力很有限，他们有时不得不乞灵于自己所幻想和臆造出来的神祇，来拯救自己。因此，如次句所写，就用隆重的仪式到水庙（即龙王庙）去迎接这位据说是具有兴云布雨的神通的龙王爷，抬着他出来游行，以期他大发慈悲了。可以想象得到，这箫管之声，是多么热闹，同时，又是多么辛酸。这一句写出了千千万万在饥饿线上挣扎的人民，是如何迫切地希望得到雨水，让桑上长出叶子，田中插上秧苗。

但是，这只是现实生活的一个方面；而另一方面，那些富贵人家，住在红色大门里的高楼大厦之中，不愁吃，不愁穿，还照旧地听歌看舞。他们也关心气候的变化，不过，并不是希望下雨，而是恰恰反过来，生怕天气转阴，空气中的湿度增加。因为这样，无论是管乐器还是弦乐器，发音都不响亮了。在久旱的情况之下，人民不但希望下雨，而且希望下得大些、多些；而朱门中人，却仅仅因为贪图享乐，惟恐下雨，不但不希望下雨，连阴天都不愿意。一面渴望下雨，一面却惟恐天阴，这就更其深刻地、尖锐地揭示了农民和地主两个对立阶级之间的不可调和的矛盾；同时，农民们的勤劳淳朴，统治者的残暴荒淫，也对照得非常鲜明。这也正如杜甫在《自京赴奉先县咏怀五百字》中所写的“朱门酒肉臭，路有冻死骨。荣枯咫尺异，惆怅难再述”。着墨不多，爱憎分明。

这种诗，在唐人七绝中比较少见，因而是非常可贵的。但少见并非仅见，下面，我们可以再读几首。

杜荀鹤《蚕妇》：

粉色全无饥色加，岂知人世有荣华？
年年道我蚕辛苦，底事浑身着苎麻？

在元代以前，棉花的种植还没有从南方普及全国，衣服主要是以丝和麻作原料。在唐代，国家向农民征收实物地租，丝织物及丝棉也是其中的一部分。但因丝贵麻贱，所以养蚕织绸的农村妇女，到头来反而穿不上丝绸。在这首诗里，诗人指控了这一事实。

前两句写这位蚕妇的处境。妇女是爱美的，有时总要搽点胭脂花粉，农村妇女何尝例外？但她脸上全无粉色，那就是说，贫穷和忙碌，将她的生活兴趣完全剥夺掉了。她不但面无粉痕，呈现出来的却是由于饥饿而日益增加的憔悴，以“粉色”和“饥色”对举，“无”和“加”对举，更其尖锐地说明了问题。像她这样，终日无休无止地劳动，还要忍饥挨饿，哪里还知道人世间有富贵荣华呢？都是人，相差得多么远啊！

后两句用这位蚕妇的口气写，代她打抱不平。我年年养蚕，人人都说我很辛苦（诗中“蚕辛苦”，“蚕”字作动词用），为什么我浑身上下却不见一寸丝绸呢？劳动人民享受不到自己的劳动成果，自己辛辛苦苦，却无衣无食，统治阶级不劳而获，却安享荣华，这多么不合理啊！然而又被统治者及其辩护士们说成是天经地义，作者作为统治阶级的一员，敢于指出这一普遍存在的丑恶现实，就很值得赞赏了。宋张俞同题的五言绝句云：“昨日入城市，归来泪满巾。遍身罗绮者，不是养蚕人！”正好作为这首诗的补充，说明了一个问题的两个方面。

来鹄《蚕妇》：

晓夕采桑多苦辛，好花时节不闲身。
若教解爱繁华事，冻杀黄金屋里人。

这首诗也是咏养蚕妇女的辛苦，为她们用劳动成果供养了统治阶级鸣不平。首句写她们工作的劳累，次句说她们有劳无逸，爱美心情、游赏机会，全被剥夺了，与上一首“粉色全无”用意相同。后两句明确地回答了在封建社会中，究竟是地主养活了农民，还是农民养活了地主这样一个大是大非的问题。蚕妇若是和住在金屋中的人一样爱玩，那些寄生虫就只有被冻死了。此诗在不平之中含有对不劳而获的统治阶级的轻蔑和嘲笑。愤慨而以笑骂出之，与上一首一样内容，两般手法。

刘禹锡《浪淘沙词》：

日照澄洲江雾开，淘金女伴满江隈。
美人首饰侯王印，尽是沙中浪底来！

这首诗前两句叙述，后两句议论。江隈，江水弯曲的地方。江中金沙，夹杂在泥沙之中，在水曲流缓之处，容易沉积，所以在朝雾初开、阳光照射在清澈的洲渚之上的时候，淘金的妇女便挤满在那些地方了。沙里淘金，是一项很繁重、很艰苦的工作，有时甚至劳动一天，毫无所得。这两句只作客观叙述，而广大农村妇女依靠耕桑已不足以养活自己，只好勉强干着本来是应当由男人来干的事的情况，都反映出来了。这是一个方面。另外一个方面是，经过极其困难而采集来的黄金，却做了美人头上的钗环和侯王腰间的印玺。但他们又有谁理会他们所享用的、所用来表示自己的富艳和权势的物件，是来自沙中浪底呢？不着议论而议论自见。

自来写民生疾苦的诗篇，写农民的多，写工人的少，写男子的多，写妇女的少。这篇诗写女工的困苦生活，在题材上是罕见的。

孟宾于《公子行》：

锦衣红夺彩霞明，侵晓春游向野庭。
不识农夫辛苦力，骄骢踏烂麦青青。

一个骄纵不法的贵公子，在作者笔下活了起来。他穿着一件比天边的彩霞还要鲜明的红锦袍，天一亮就到郊野去春游。这种公子哥儿，只顾纵马而行，哪里还管地里种的麦子。结果，农民辛勤的劳动就付之东流了。聂夷中的《公子家》写道："种花满西园，花发青楼道。花下一禾生，去之为恶草。"所写贵公子的骄横无知，与此诗略同。它们都是借生活中常见的事，揭露阶级矛盾，讽刺之意显然。

白居易《代卖薪女赠诸妓》：

乱蓬为鬓布为巾，晚踏寒山自负薪。
一种钱塘江上女，着红骑马是何人？

穆宗长庆二年至四年（822—824），诗人任杭州刺史，这首诗当作于此时。他在钱塘江边，看到了两类妇女，一是很贫困的卖柴人，一是很优裕的妓女，对于她们生活上的悬殊，很觉不平，因此，用卖薪女的口吻写下了这首诗。

首句写卖柴女人自诉贫穷，头发像一团茅草，胡乱地扎上用布做的头巾。次句写她自诉辛苦，直到晚上，才打完柴，从荒冷的山上背了回来。后两句写卖薪女的发问。一种，犹如"同样"，是当时的口语。既然同样都是钱塘江上的妇女，你们这些穿着红衣骑在马上的又是些什么人呢？意思是说：既然都是同样的人，为什么我该这么贫穷辛苦，你该过得那么优裕逸乐呢？

一个封建社会中的官僚，能够同情卖柴的妇女，代她发出不平之鸣，自然还是可贵的。但由于诗人的阶级出身和当时的社会风气等原因，却使他对这一问题的看法带有表面性和片面性。他只看到这两类妇女在物质生活上的差别，却看不到，就问题的本质来说，她们同样是被压迫、被损害的人。

和上面几首一样，这首诗也企图用对比的手法表现出两类社会地位不同的人在生活上的差异，从而指控其不合理。它尤其和杜荀鹤的《蚕妇》相似，而且还更富于形象性，更有情致。但以上各诗，都是从对照中揭示了两个对立的阶级的矛盾，作者同情被剥削、被压迫的人民，斥责剥削和压迫人民的统治者，对照是鲜明的，爱憎是分明的。而白居易此诗，却由于认识停滞在表面现象上，将两类同是受压迫的妇女对立起来，从而冲淡了甚至于模糊了真正的阶级矛盾。因此，这首诗尽管有其同情劳动妇女的一面，而且在艺术表现上也相当成功，但由于存在着这种认识上的错误，也就不能给读者以完全正确的观念，从而降低了它的思想价值。

宫词（一百首录四）

王建

射生宫女宿红妆，把得新弓各自张。
临上马时齐赐酒，男儿跪拜谢君王。

在本书的《引言》中，我们曾经简略地介绍了王建《宫词》的内容和它在艺术形式上的积极意义，以及在它的影响之下产生的另一些用七绝写成的大型组诗。现在，试将这些作品各举数例，以见一斑。

王建在大历十年（775）进士及第以后，任渭南（今陕西省渭南县）尉，和当时权势很大的宦官王守澄认了本家，来往很密。从王守澄口中，他听到了许多外面所不知道的宫廷生活情况，以此为原料，写了一百首《宫词》。由于他掌握了接近第一手的材料，而又具有正义感，所以能够在某种程度上看出宫廷生活的黑暗面。当然，他写了，甚至于用赞赏的口吻写了宫中庄严、富贵、繁华的生活，但又情不自禁地写出了庄严后面的淫佚，富贵后面的苦恼，繁华后面的凄凉。这种矛盾现象，说明了这组作品的复杂性，需要一分为二，具体分析。有人认为：《宫词》“乃是一时游戏的文章，虽然描绘生动，表现了诗人熟练的技巧，但它是没有任何重大意义可言的”。这种片面的看法，恐怕难以被多数读者所接受。

这一首诗写宫女出猎之前的情况。她们知道要伴随皇帝出宫去射生，头天晚上就打扮得漂亮整齐（射生，用箭射动物，即打猎。宿，这里指昨夜）。发给新的弓箭以后，又将弓拉开，试试它的硬度。上马以前，接受了赏赐的酒，当然要拜谢。可是，她们跪拜时，却没有采用女儿的方式，而改用男儿的方式了。

这幅画的确很生动。这些天真活泼的少女，在入宫以前，即使生在富贵人家，也多少还是有其自由生活的。一旦被送进了如《红楼梦》中贾元春所说的“那见不得人的去处”，就好比鸟儿关进笼中，虽然物质享受可能还不坏，但人身自由就完全被剥夺了。《宫词》中另外几首就曾写道：“闷来无处可思量，旋下金阶旋忆床。”“御厨不食索时新，每见花开即苦春。”“宫人早起笑相呼，不识阶前扫地夫。乞与金钱争借问，外头还似此间无？”反映的就是这种情况和心绪。那么，一旦听到要出宫打猎，可以到外面的广天阔地之中游玩一下，即使是非常匆忙而短促的，又怎么能不高兴呢？女孩儿们并不一定喜欢打猎，她们渴望的是自由。通过打猎而能获得这短暂的自由，当然是值得珍视的。诗人把握了她们这种内心活动，从而塑造出她们活跃的形象，事实上，也就控诉了将这些少女送进“那见不得人的去处”的罪恶制度。

欲迎天子看花去，下得金阶却悔行。
恐见失恩人旧院，回来忆着五弦声。

这首诗写某一位妃子为了保持恩宠，费尽心机。她想讨好皇帝，特地上殿，奏请赏花。可是，当她办完这事，走下金殿的台阶，却后悔多此一举了。为什么呢？因为要去看花，就必须经过另外一位妃子从前住过的地方。那位妃子，曾以善弹五弦琴而博得过皇帝的恩爱，现在虽然已失宠了，但如果皇帝走过她的旧院，回来以后，想起她弹奏五弦琴的声音，那可怎么好呢？对于那些宫妃彼此之间由于争妍取怜而勾心斗角、防微杜渐的心理，真是刻画入微。而她们，无论是失恩人还是受宠人，都不过是被侮辱、被损害者，不但肉体供人蹂躏，而且精神也被人长期压抑，变成了畸形的种种可悲的情况，都在诗中微妙地透露出来了。

私缝黄帔舍钗梳，欲得金仙观内居。
近被君王知识字，收来案上检文书。

这首诗写一位宫女企图出家去做女道士，可是没有去成。黄帔是黄色披肩，女道士的服装。金仙观，是睿宗特为他的女儿西宁公主出家当女道士而建造的一座道观。唐代自认是老子之后，而老子又被认为是道教的创始人，所以道教很流行。许多宫廷及贵族妇女有去当女道士的。这位宫人私下缝好黄帔，舍弃钗梳，准备要求出家了。可是近来又被皇帝发现她有些文化知识，派她收检书案上的文件，所以没有去成。她为什么要出家，诗中没有交代，大概是从未得宠，无可奈何地将当女道士这种并不能算是前途的事硬当作一种前途吧。她认为道观生活胜过宫廷，也就暗示了宫廷生活的牢狱性质。

未承恩泽一家愁，乍到宫中忆外头。
新学管弦声尚涩，侧商调里唱伊州。

这首诗写一位初入宫廷的少女的心情和生活。为了向上爬，一家子都希望她能选入宫中。在没有得到确信的时候，全都发愁。好不容易将她送进了“那见不得人的去处”，一家人不免欢天喜地，可是她自己却从此失去了自由，失去了温暖的家庭，失去了一切，怎么能不回忆外头的旧生活呢？她被派学习管乐、弦乐、声乐，但都非常生疏。吹弹的声音，滞涩而不和谐，只能用侧商调唱《伊州》歌曲。她将来能不能如家里所希望的，真正“承恩泽”呢？或者是在这个大囚牢里默默地关一辈子，最后又默默地死去呢？这就不知道了。

从上面这四首诗中，我们不难看出，王建的《宫词》有一部分是以严肃的态度创作出来的，其中发射着人道主义的光辉。他同情那些女奴隶，确切地表达了她们的生活和心情。这，决不是什么“一时游戏的文章”，也不能说它们“没有任何重大意义”。当然，《宫词》中另外许多以歌颂的口吻去描写统治阶级的腐朽生活的篇章，是应当批判的。但我们既不能将精华和糟粕并为一谈，也不能以这一面掩盖那一面，因为这都不是实事求是的态度。

与王建同时的王涯，也写过三十首《宫词》，虽然涉及范围没有王建的作品那么宽广，但其中也有一些写得很成功。今举两首如下：

内人宜着紫衣裳，冠子梳头双眼长。
新睡起来思旧梦，见人忘却道胜常。

这首诗写的是一位内人（宫女）睡醒以后一个短暂时间内的精神活动。她起床以后，穿上可体的紫色衣裳，梳好头发，戴上冠子。一双长长的眼睛，显得十分俊气。但这位打扮得很齐整的姑娘，却有些精神恍惚，遇到人的时候，连向人问好这种日常的礼节都忘记了（胜常，唐人见面时问好的话，犹如现在说您好）。因为她的思维活动，还沉溺在方才的梦境之中。她梦见了什么呢？诗人没有说，也无须说，反正是她现实生活中所缺少而又极其值得回忆和留恋的情事吧。只轻轻一点，就将深宫怨女的苦闷心情、凄凉岁月揭示了出来。手法极简练，内容极丰富。

永巷重门渐半开，宫官着锁隔门回。
谁知曾笑他人处，今日将身自入来。

这首诗写一位失宠宫女被打入冷宫的情况（永巷是汉代禁闭有罪宫女的地方，也就是冷宫）。前两句写宫官领着这位倒运的姑娘来到永巷，将门打开一半，把她推了进去，再锁上门，就转回去了。后两句是她自己的话：从前笑别人关进这里，现在却轮到自己来受罪了。只作她本人的悔恨之词，而皇帝之喜新厌旧，宫女之荣辱无常，就清晰地呈现在读者面前。

大凡宫词中揭露帝王私生活阴暗面的篇章，都采用了“直陈其事，而得失自见”的客观描写手法，这一方面是因为在封建社会中，皇帝是天然尊长，诗人在其世界观和伦理观的制约之下，总不免“为尊者讳”，而另一方面，也因为这样写，艺术效果更强。另外，还应当指出，宫词中的这一部分，在实质上，也就是宫怨诗。诗人们在所写宫词中包括这一部分，就使得其所反映的宫廷生活更为全面。一位现实主义的诗人，当他以宫廷生活为题材而进行创作的时候，宫怨不可能被排斥在他的视野之外。

晚唐时代的曹唐《小游仙诗》、罗虬《比红儿诗》和胡曾《咏史诗》也是以七绝写成的大型组诗。它们显然是在王建《宫词》的影响之下产生的。

曹唐曾做过道士，他用七言律诗写了《大游仙诗》，又用七言绝句写了《小游仙诗》。这些诗，就其实质来说，都是道教的宣传品。道教体现了统治阶级贪婪的生活欲望。封建统治者不但希望有非常丰富美好的物质生活和精神生活，而且希望这种生活可以永存。道教则捏造出一个神仙世界，并且认为通过某种特殊的饮食男女的享乐手段就可以成仙，而成仙之后，又可以永远保有包括饮食男女在内的一切享乐，成为所谓快活神仙。《小游仙诗》中所描写的，就是这些虚构的快活神仙的日常生活。它事实上是人间生活的翻版，而敷上了一层神秘色彩。例如：

玉诏新除沈侍郎，便分茅土镇东方。
不知今夕游何处，侍从皆骑白凤凰。

玉诏是皇帝诏书的美称。除是任命。根据古代五行学说，青色代表东方，赤色代表南方，白色代表西方，黑色代表北方，黄色代表中央。天子用五色土筑社坛，分封诸侯时，看他的国土在哪方，就在社坛上取那种颜色的土，放在白茅上赐给他。通过这种仪式，诸侯就拥有所分封的国家的权力。诗的前两句写这位姓沈的仙官，新除侍郎，即分茅土，可见玉皇之宠信。后两句写其夜游侍从之盛，说“不知今夕游何处”，可见夜夜出游，人所共知，但今晚到什么地方则不能确定而已。又如：

昨夜相邀宴杏坛，等闲乘醉走青鸾。
红云塞路东风紧，吹破芙蓉碧玉冠。

这首诗写夜饮醉归，路遇大风，与前诗之高官得宠，连夜出游，都是人间生活中所固有，但所骑的是白凤、青鸾，并且想象到高空之中，红云塞路，大风破冠，就将人间生活带到仙境中去了。这种幻景奇情，也就引起读者一种新异之感。

《比红儿诗》自序云："《比红》者，为雕阴（故城在今陕西省富县北）官妓杜红儿作也。美貌年少，机智慧悟，不与群辈妓女等。余知红者，乃择古之美色灼然于史传三数十辈，优劣于章句间。遂题《比红诗》。"据说，红儿是在罗虬一怒之下被他杀了的。他后来深为悔恨，因此写了这一百篇为她传名。如诗序所说，这些诗中的多数都是以前代某一美女来和红儿对比的方法来写的。如云：

薄罗轻剪越溪纹，鸦翅低从两鬓分。
料得相如偷见面，不应琴里挑文君。

又云：

金粟妆成扼臂环，舞腰轻转瑞云间。
红儿生在开元末，羞杀新丰谢阿蛮。

前一首起句赞红儿的服装，次句赞红儿的头发。后两句以汉代著名的美人卓文君为比，说如果司马相如偷看了她一面，就不会费心去弹琴挑逗卓文君了（“挑”字在这里念上声）。后一首起句赞红儿臂环之华贵，次句赞红儿舞技之高超。后两句以杨贵妃宠爱的舞女谢阿蛮作比，说如果她俩生在同时，阿蛮可要羞死了。由于写法多数相同，不免给人以叠床架屋的感觉，但其中有一部分还是很有情致。王士禛在《唐人万首绝句选》的例言中，表示很看不起孙元晏的《六朝咏史》、胡曾的《咏史诗》和曹唐的《小游仙诗》，但却选了《比红儿诗》十二首，可见在这位长于绝句的诗人看来，在晚唐大型的七绝组诗中，罗虬的作品还是比较可取的。

古人咏史，大多是借对史事的咏叹以抒发自己的怀抱，胡曾的《咏史》则更近于游览怀古之作，在每首下面，都标出一个地名，所咏即该地所曾经发生过的著名史事。如《姑苏台》云：

吴王恃霸弃雄才，贪向姑苏醉绿醅。
不觉钱塘江上月，一宵西送越兵来。

《灞岸》云：

长安城外白云秋，萧索悲风灞水流。
因想汉朝离乱日，仲宣从此向荆州。

前一首写吴王夫差在公元前494年打败越王勾践以后，自恃强盛，不听伍子胥的话，反而逼他自杀，从而放松警惕，贪图享乐，没想到二十年后，越王勾践前来复仇，就把吴国灭掉了。后一首写汉末著名诗人王粲（字仲宣）离开长安到荆州去依靠刘表的事。

献帝初平三年（192），李傕、郭汜等人，在长安作乱，王粲即于次年离开长安前往荆州，他曾写《七哀诗》三首，第一首写离开长安时所见乱中景象，有“南登灞陵岸，回首望长安”的句子，为后世所传诵。诗题为灞岸，即由于此。

总的说来，晚唐出现的这些大型组诗，无论就思想性或艺术性来说，成就都是不高的，但作为唐代七言绝句在王建《宫词》的影响之下所产生的一种延续现象来看，却应当予以注意。这些作品的出现，说明古代诗人已经尝试以短诗的形式，发挥长诗的作用。这些绝句，每首可以各自独立存在，而若干首合起来，仍然是一个整体，这就大大地扩大了它的容量，可以用来更广阔更深刻地反映社会生活。如龚自珍在清宣宗道光十九年（1839），即鸦片战争前一年所写的《己亥杂诗》三百十五首，就不仅多方面描绘了他个人的形象，而且这个濒于风雨飘摇的封建帝国的政治社会面貌，都在这位敏感的诗人笔下透漏了出来。这位诗人将那么丰富复杂的内容写以七绝，编在一起，不可否认，是受了唐人的大型七绝组诗的影响。

秋思

张籍

洛阳城里见秋风，欲作家书意万重。
复恐匆匆说不尽，行人临发又开封。

这首诗写的是一位他乡作客的人，也就是诗人自己的一个生活片段——托人带一封家信回乡。在二十八个字中，他极自然而又生动地描绘了事情的经过以及自己内心活动的全部过程。

首句写作客洛阳，见到秋风已起，一年又快完了。后三句写因此就行人的方便，托带一封家书。可是在写信时，却觉得乡思亲情，万重千种，写不尽，说不完。虽然尽量地写了，封了，交给了那位行人，而在行人要出发的时候，忽然又想到，还有很多没有写的，应当添加进去，于是，将信又取回打开信封，再添写一些。

这首诗首句点明地点和时间，以下三句纯属心理描写，一气贯下，明白如话，极朴素，极真实。它将生活于通讯设备很简陋、消息传达很困难的封建社会中而在异地长期作客的人的思想感情曲曲传出。由于这种事件和心情，在当时是一般客游者所经常遇到的，所以人们读到这首诗，就感到非常亲切有味，所谓人同此心，心同此理。《唐诗别裁》认为此诗“亦复人人胸臆语，与‘马上相逢无纸笔’一首同妙”。潘德舆《养一斋诗话》则更加推崇，甚至认为它是“七绝之绝境，盛唐巨手到此者亦罕”。由此可看出这篇诗的价值。

这类语浅情深的小诗，在中唐时代，元稹和白居易也很擅长，我们在后面还会读到他们这样的一些作品。在这里，可以先举白居易《禁中夜作书与元九》为例。

心绪万端书两纸，欲封重读意迟迟。
五声宫漏初明后，一点窗灯欲灭时。

白居易和元稹这两位杰出诗人的深挚友谊，是祖国文学史上的佳话。他们的友谊植根于早年共同的政治立场和文学观点。在相聚的时候，常常同游，相别的时候，常常相念，这类的诗篇，在两人集中都不少。

这首诗是白居易在元和五年（810）任翰林学士，在宫禁中值夜时写的。诗的前两句写给元稹写信时的心情。写的时候，心事很多，写好要封，临封又读，迟迟地不立刻封好，生怕还有什么要加上去，用意层层深入。事实上，就是上一诗二至四句之意，但只用两句写尽，而挪出后两句来描写写信时的景色，以作陪衬。这时候，宫漏已报五更，天刚发白，而窗下的灯也正因油已用完，快要灭了。这两句只写景，不写情，而人之由于“心绪万端”，以至通夜未睡，自然可见。前两句展示了心理活动；而后两句则展示了当时环境。这两句不独描写了他对于好友在正义斗争中连遭打击的惋惜以至于失眠（元和四年春，元稹奉命到东川按狱，因弹劾节度使违法加税，又平反冤案多起，被当权派所忌，召还，分司东都。他在洛阳，仍旧不避贵要，劾奏他们的违法行为，终于在五年春贬官江陵府士曹参军），而且也同时描写了他本人与好友分离之后的凄黯心情。以景结情，而情自在景内。

这首诗写得词浅意深，是诗人的一贯风格，但与张籍前诗相比，还不及其自然，所以不及张诗更为人们所喜爱和传诵。

我们再来读《唐诗别裁》举出来与《秋思》并论的岑参《逢入京使》：

故园东望路漫漫，双袖龙钟泪不干。
马上相逢无纸笔，凭君传语报平安。

天宝八载（749），诗人充任安西节度使高仙芝幕府的书记。安西都护府在今新疆维吾尔自治区吐鲁番县西。此诗当作于赴安西途中。

前两句写西征思家之情。愈往西走，则离东面的故园愈远了，所以说“东望路漫漫”。龙钟，在这里指眼泪乱流的样子。思家而流泪，泪流而袖湿，极形容离情，为后两句作势。自己正是满腹离情，由东而西，恰好遇到一位去长安的使者，由西而东，这岂不是一个绝好的带信的机会吗？可是，马上相逢，并无纸笔。信写不成，机会又不可放弃，结果就只有托那位使者带个平安口信了。这的确也是“人人胸臆语”，朴素自然，不假雕琢，极平凡而极亲切感人。这种语言风格，用传统的文学批评的术语来说，叫做本色。本色是创作中很难达到的一种境界。

王昭君

白居易

汉使却回凭寄语，黄金何日赎蛾眉？
君王若问妾颜色，莫道不如宫里时！

和亲，即将贵族女子嫁给少数民族的君长，利用婚姻作为纽带，以加强民族之间的关系，主要是政治关系，乃是汉、唐时代汉族统治阶级常用的手段。派去和亲的，绝大多数是皇室成员，这是当然的。因为这些所谓“金枝玉叶”，更容易引起对方的重视。西汉元帝时，王昭君以“后宫良家子”即一位普通宫女的身份嫁给南匈奴的呼韩邪单于，可算是一个罕见的例外。但这位普通宫女的命运，却激动了两千年来许多人的心。昭君出塞是我国最流行的民间故事之一，被以各种文艺样式描写着，传播着。从晋代到清代，这个人物不仅多次出现在诗歌、讲唱文学和戏曲里，也广泛出现在音乐、绘画、雕塑里。经过人民和历代文学艺术家的发挥创造，王昭君逐渐成为一个丰富复杂的艺术形象。

昭君出塞是真人真事，最早见于《汉书》的《元帝纪》和两《汉书》的《匈奴传》。竟宁元年（前33），呼韩邪单于来朝，愿意当汉朝的女婿，元帝就把王昭君嫁给了他。单于立她为阏氏（皇后），生了一个儿子。后来呼韩邪死了，昭君上书成帝，请求归国。成帝命令她按照匈奴的风俗，再嫁给了呼韩邪单于的儿子复株累若鞮单于，又生了两个女儿。如此而已。但到后来，“踵事增华”的结果，故事逐渐完整起来，而且愈来愈具有悲剧性质。综合后来的传说，这个昭君出塞的故事大体如下：

王嫱，字昭君（晋朝为了避司马昭的讳，改称她明君，唐人因为她嫁给了单于，算是妃子，又称明妃），归州（今湖北省兴山县南）人，长得极美，被选入宫。当时，元帝因为宫女太多，就要画工毛延寿画像进呈，选择美貌的召幸。许多宫女都贿赂毛延寿，希图得宠，只有昭君不肯。毛延寿就陷害她，将她画得极丑，所以一直没有接近皇帝的机会。后来呼韩邪求婚，昭君就自己请求去和亲，元帝也答应了，等到辞行的时候，才发现她是后宫中第一美人，大为后悔，但已答应匈奴，无法改口，只好让她去了，后来查究原因，将毛延寿处死。昭君到了匈奴以后，怀念祖国，非常忧伤，经常弹奏琵琶，抒发哀怨。呼韩邪死了，他的儿子又要娶她，她就自杀了。胡地都长白草，而她的坟墓（位于今呼和浩特市南）上独长青草，因此称为青冢，被后人长期凭吊。

从这个故事看来，在人们的心目中，王昭君是一个怀才不遇的人，是一个由于具有正直的品德而被陷害的人，是一个具有反抗性格的人，是一个热爱祖国又为她作出了贡献的人，是一个为广大人民所同情和怀念的人。

和亲，如果不是在被威胁和压迫的前提之下进行的，对于促进一个多民族国家国内各民族的友好，加强彼此之间的政治、经济、文化各方面的交流与联系，肯定是一件好事。唐代文成公主嫁给吐蕃国王松赞干布，对汉、藏两族的团结友好，起了很大的作用，为人们所熟知。对于昭君出塞一事，古代作家由于认识水平所限，并没有都能正确地加以描述，有些作品甚至宣扬了封建奴才道德和大汉族主义思想。当然，大多数作品是同情昭君远嫁异乡、眷恋祖国的，或斥责统治阶级昏聩糊涂或腐朽无能的。对此应当加以具体分析，适当肯定，不能一概抹杀。

白居易这首诗是以王昭君为题材的有名篇章之一。它突出地然而委婉地写出了王昭君对于祖国的殷切依恋，渴望回到祖国怀抱的心情；并且从侧面揭露了统治者的无情和好色。

首句从昭君遇到的一个难得的机会写起。汉朝派有使者到匈奴来，办完公事，要回去了。试想：她这样一个弱女子，远嫁匈奴，生活在语言、风俗、习惯都完全不同的环境中，一旦看到来自祖国的人，该是感到多么亲切、欣慰呢！而在极不容易和祖国通消息的情况下，当使者就要启程回国的时候，怎么能不利用这个机会，郑重地托他带个口信，表示自己迫切的希望呢！

次句写口信的内容，也是她唯一的希望。她虽已长期远嫁，但还是希望朝廷能够用黄金将她赎买回去。这在当时，是一个可行的办法（如在东汉末年，曹操就曾经将友人蔡邕的女儿、著名诗人蔡文姬从南匈奴赎回）。她存着这个心愿已经很久了，并且渴望这一天的到来。“何日”两字，正非常精确地写出了她迫切的愿望，传达出她每一天、每一年都祈求回到祖国的心情。

王昭君是位民间姑娘，又在汉宫里住过一个时期，凭着阶级本能和生活经验，她深切地理解统治者的心思。她知道，如果她能被赎回，那决不会是由于皇帝的慈悲，而是由于自己的美色还可以供他玩乐。因此，诗的后两句就写她在托这位使者带口信的时候，不得不叮嘱他：倘使皇帝问起自己的容貌，可千万不要说已远不如当年在宫里那么动人了。皇帝如果知道她颜色已衰，怎么还会费钱费事赎她回去呢？这两句表现出她对这件事情有清楚的认识和细心的考虑，写出了她的沉痛心情，也写出了她的悲惨命运。

当然，这是诗人的虚构，然而这种虚构不正显示了诗人对人物的内心世界开掘得多么深，理解得多么透吗？

王昭君在匈奴是怎么过日子的，诗人们也作过许多描写。我们在这里选读几首。杨凌《明妃怨》云：

汉国明妃去不还，马驮弦管向阴山。
匣中纵有菱花镜，羞向单于照旧颜。

储光羲《明妃曲》云：

日暮惊沙乱雪飞，傍人相劝易罗衣。
强来前帐看歌舞，共待单于夜猎归。

这两首都是通过描写昭君在匈奴的生活，来显示她永离祖国的哀怨的。第一首写孤身远嫁，一去不还，纵有美丽的容颜，珍贵的镜奁，也羞于为异族的君王而梳妆打扮了。第二首写其不习惯于北方的气候，游猎的生活，却又不能不强颜为欢，勉强适应。这都是写其无可奈何的处境，孤寂不堪的心情，只举梳头、换衣、听歌、看舞以及等候单于这样一些琐事，而多少难言的悲哀痛苦都在其内。

再如王涣的《惆怅诗》：

梦里分明入汉宫，觉来灯背锦屏空。
紫台月落关山晓，肠断君恩信画工。

则又是一种写法，它通过对于昭君做梦的描写表达了她的故国之思。梦入汉宫，室有锦屏，一觉醒来，仍在毡帐。紫台月落，关山天晓，时间虽同，地域全异，相隔万里，无计重归，这岂不是由于皇帝完全相信画师的图像而赐与的结果吗？想到这里，真不能不使人肠断了。诗中并没有指斥皇帝，而皇帝的昏庸自见（紫台，即紫宫，指汉宫。江淹《别赋》：“明妃去时，仰天太息。紫台稍远，关山无极。”诗即用赋语）。

以上是一些以咏叹为主的作品。此外，也还有人以议论为主，写了许多关于王昭君的诗。如清人赵翼《古来咏明妃、杨妃者多失其平，戏作二绝》之一云：

远嫁呼韩岂素期，请行似怨不逢时。
出宫始觉君恩重，临去犹为斩画师。

这首诗和他另外一首咏杨贵妃的，都是翻案文章。他认为昭君的远嫁，虽系主动请求，其实并非自愿，不过是因为以绝色而不见宠幸，有所怨恨，认为生不逢时而已，所以等到她出宫之后，才发觉君恩之重，否则，为什么当她临走的时候，元帝还把陷她于不幸的画师毛延寿斩了呢？

翻案文章不是不可以做，但必须是旧日的案定错了，才能够翻，才应当翻。前人的诗，多半斥责元帝的昏庸，哀怜昭君的不幸，是符合民间传说中所塑造的这两个历史人物的形象的。而此诗一方面否定了昭君的反抗性格，另一方面，又为元帝斩画师的行为开脱，认为他不是出于好色而后悔，反把这一行为解释为是对昭君施恩，这就恰好暴露了作者自己奴才式的封建道德观念。

同样是属于议论的作品，清初刘献庭的《王昭君》两首，就比较能够正确地评价这一传说。其一是托为王昭君的口吻写的，诗云：

六奇已出陈平计，五饵曾闻贾谊言。
敢惜妾身归异国，汉家长策在和番。

这首诗写汉朝的君臣没有正当的方法和足够的力量去对付敌人，而只知道用美人计。在西汉高祖时代，陈平曾六出奇计，使汉朝转危为安。其中之一是高祖在平城被匈奴围困，陈平派人去游说阏氏，得以解围。据桓谭《新论》的揣测，陈平可能是说汉朝准备向单于进献美女，阏氏恐怕美女来后，夺了她的宠爱，就立即请求单于撤兵。又文帝时代，贾谊曾经建议，要用五种诱饵来控制单于，其中第三饵就是“赐之音乐妇人，以坏其耳”。由此可见，以美人计来缓和外侮，乃是汉家朝廷的祖传秘方、好计策，那么，我岂敢爱惜我自己一身之远嫁异国呢？

这首诗征引古事，联系自身，委婉但又辛辣地嘲笑了统治阶级的无能。戎昱《咏史》云：“汉家青史上，计拙是和亲。社稷因明主，安危托妇人。岂能将玉貌，便欲静胡尘。地下千年骨，谁为辅佐臣？”两诗一反说，一正说，正可互相证释。

其二云：

汉主曾闻杀画师，画师何足定妍媸。
宫中多少如花女，不嫁单于君不知。

这一首就画师立论。历来歌咏此事，往往是恨画师的贪贿作弊，颠倒黑白，欺蒙皇帝，陷害昭君；也怪皇帝不明，信任宵小，以致绝代佳人，冤死异域。这也就是将对昭君的怜悯和惋惜变为对汉元帝与毛延寿的责备。另外，也有因为不便指斥皇帝，就将罪恶集中到画师身上，而仅慨叹皇帝之误信的，如王涣之作。甚至还有利用杀画师一事来为皇帝遮掩过失，认为这也算是对昭君的恩典，因为给她报了仇的，如赵翼之作。但此诗却开门见山，认为画师不足深论，主要是皇帝昏聩糊涂，指出这并非偶然的失察，也非昭君一人的遭遇。后宫有多少花朵样的美人啊，但由于并没远嫁匈奴，皇帝就根本不知道罢了。

咏王昭君的诗，撇开她远适异国、思念故土的悲哀，而集中火力来批判和讽刺最高统治者，是少见的。尽管历史上的昭君和亲也算是件好事，但在另外一些朝代，确实也存在过利用和亲乃至于用美人计以求免于强敌的侵扰这种事实。而由于封建制度本身的缺陷，怀才不遇乃是一种普遍存在的现象。在古典文学中，男子之怀才不见用，以女子之有色不见宠为比，又是一种传统的表现方法。因而王昭君在某种意义上，就也是一个怀才不遇的形象。这后一首讽刺统治者之昏聩，无妨认为是包含有这种感情在内的。

对于一个历史题材，可以从各种不同的角度去写，这不但表现了作家们多种多样的艺术技巧，也反映了其不同的立场、观点。以上各诗大体上可以证明。

在以王昭君为题材的古典作品中，杜甫《咏怀古迹》五首中的第三首、王安石的《明妃曲》两首、欧阳修的《明妃曲和王介甫作》两首以及元马致远的《汉宫秋》杂剧，都是杰出的，可以参读。

燕子楼（三首）

张仲素

楼上残灯伴晓霜，独眠人起合欢床。
相思一夜情多少，地角天涯未是长。

我们在这里选读的是张仲素和白居易两位诗人唱和的两组诗（“和”字念去声），各三首。燕子楼的故事及两人作诗的缘由，见于白居易诗的小序。其文云：

“徐州故张尚书有爱妓曰盼盼，善歌舞，雅多风态。予为校书郎时，游徐、泗间（泗，泗州，已沉入洪泽湖）。张尚书宴予，酒酣，出盼盼以佐欢，欢甚。予因赠诗云：‘醉娇胜不得，风袅牡丹花。’一欢而去，尔后绝不相闻，迨兹仅一纪矣。昨日，司勋员外郎张仲素缋之访予，因吟新诗，有《燕子楼》三首，词甚婉丽，诘其由，为盼盼作也。缋之从事武宁军（唐代地方军区之一，治徐州）有年，颇知盼盼始末，云：‘尚书既殁，归葬东洛，而彭城（即徐州）有张氏旧第，第中有小楼名燕子。盼盼念旧爱而不嫁，居是楼十馀年，幽独块然，于今尚在。’予爱缋之新咏，感彭城旧游，因同其题，作三绝句。”

张尚书名愔，是名臣张建封之子。有的记载误以尚书为建封。但白居易做校书郎是在贞元十九年到元和元年（803—806），张建封则已于贞元十六年（800）逝世；而且张愔曾任武宁军节度使、检校工部尚书，最后又征为兵部尚书，没有到任就死了，也与诗序合。再则张仲素原唱三篇，都是托为盼盼的口吻写的，有的记载又因而误认为是盼盼所作。这都是应当首先加以辩正的。

古人作诗，有这样一种情况，即：某人先作了，他人也依照同一题目去作。不但题材主题相同，用的诗体也相同。如张仲素用七绝三首咏燕子楼故事，白居易也照样作三首，张作为唱，白作为和。这种诗，合在一起，就称为唱和诗。和诗用韵不一定要与唱诗同一韵部，如用同一韵部，就称为和韵；即使和韵，和诗所用押韵各字的先后次序也不一定要与唱诗相同，如相同，就称为次韵。像这两组诗，就是和韵而又次韵的。原唱第一首用阳韵“霜”、“床”、“长”三字，第二首用先韵“烟”、“然”、“年”三字，第三首用灰韵“回”、“来”、“灰”三字，和作也完全相同。唱和之作，最主要的是在内容上要彼此相应，至于是否用同一体裁、韵部，那都是次要的。这两组诗虽然遵循了最严格的唱和方式，但我们首先要注意的，仍然是在诗意的对应方面。

张仲素的原唱，是代盼盼抒发她“念旧爱而不嫁”，“幽独块然”在燕子楼住了十多年的生活和感情的。白居易的继和则是抒发了他对于盼盼这种生活和感情的同情和爱重以及对于今昔盛衰的感叹。一唱一和，处理得非常恰当。张仲素作诗时，当然并不知道白居易要和他。所以，从唱和这个角度来看，白居易在艺术上的难度更高。

张仲素这第一首诗写盼盼在十多年中经历过的无数不眠之夜中间的一夜。起句是拂晓时分燕子楼内外的景色。灯点了一整夜，油快干了，所以说是“残灯”。天亮时气温最低，霜花更重，所以特指“晓霜”。用一“伴”字，将楼外之寒冷与楼内之孤寂联系起来，是为人的出场作安排。次句正面写盼盼。这很难着笔。写她躺在床上哭吗？写她唉声叹气吗？都不好。因为已整整过了一夜，哭也该哭过了，叹也该叹过了。这时，她该起床了，于是，就写起床。用起床的动作，来表达人物的心情，如元稹在《会真记》中写的“自从消瘦减容光，万转千回懒下床”，就很动人。但张仲素在这里并不多写她本人的动作，而另出一奇，以人和床作的极其强烈对比，深刻地发掘了她的内心世界。合欢是古代一种象征爱情的花纹图案，凡是以这种花纹装饰的东西，都可称为合欢，如合欢襦、合欢被等。一面是与残灯、晓霜相伴的不眠人，一面是这位不眠人曾经在上面历尽悲欢并且至今还留下了花纹图案作为历史见证的合欢床。在寒冷孤寂之中，这位不眠人在煎熬了一整夜之后，仍然只好从这张合欢床上起来，心里是一种什么滋味，还用得着多费笔墨吗？

后两句是补笔，写盼盼的彻夜失眠，也就是《诗经》第一篇《关雎》所说的：“悠哉悠哉，辗转反侧。”“地角天涯”，道路可算得长了，然而比起自己的相思之情，又算得什么呢？一夜之情的长度，已非天涯地角的距离所能比拟，何况是这么地过了十多年而且还要这么地过下去呢？

先写早起，再写失眠；不写梦中会见情人，而写相思之极，根本无法入梦，都将这位“念旧爱”的女子的精神活动描绘得更为突出。用笔深曲，摆脱常情。

白居易继和云：

满床明月满帘霜，被冷灯残拂卧床。
燕子楼中霜月夜，秋来只为一人长。

凡是和诗，总比原唱较难。因为别人已经这么写了，在主题、题材甚至于风格各方面，总得彼此大体上一致。如果大唱反调，怎么能叫“和”呢？但如果和原唱一步一趋，成为其复制品或摹拟物，毫无新意，岂非屋下架屋，床上施床，多此一举？所以必须同中见异，若即若离，于原作既有发展，又无抵触。白居易和张仲素这三首，正是如此。

这首诗的前两句也是写盼盼晓起情景。天冷了，当然要放下帘子御寒，霜花就结在帘上，满帘皆霜，足见寒气之重。帘虽可防霜，却不能遮月，于是月光依旧透过帘隙而洒满了这张合欢床。天寒则“被冷”，夜久则“灯残”，被冷灯残，愁人无奈，于是只好起来收拾卧床了。收拾卧床，在古代原是侍妾的职责，所以常以“拂枕席”或“侍枕席”这类用语表明她们的身份。这里写盼盼“拂卧床”，既暗示了她的身份，也反映了她生活上的变化，因为过去她是为张愔拂床，而今则不过是为自己了。原唱不写月与被，而将楼内残灯与楼外晓霜合写，独眠人与合欢床对照。和作则以满床月与满帘霜合写，被冷与灯残合写，又增添了她拂床的动作，这就与原唱既相衔接，又不雷同。

后两句也是写盼盼的失眠，却从这位独眠人与住在这座“张氏旧第”中的其他人对比着想。在寒冷的有月有霜的秋夜里，别人都按时入睡了。沉沉地睡了一夜，醒来之后，谁会觉得夜长呢？《古诗》云：“愁多知夜长。”只有因愁苦相思而不能成眠的人，才会深刻地体会到时间多么难熬。所以，在燕子楼中虽然还有其他人住着，但感到霜月之夜如此之漫长的，只是盼盼一人而已。原唱作为盼盼的自白，感叹天涯地角，都不及自己此情之长。和诗则是感叹这凄凉秋夜竟似为了她一人而过去得特别缓慢，这就是同中见异。

北邙松柏锁愁烟，燕子楼中思悄然。
自埋剑履歌尘散，红袖香销已十年。

这是原唱第二首，写盼盼抚今追昔，怀念张愔，哀怜自己。起句是张愔墓前景色。北邙山是汉、唐时代洛阳著名的坟场，张愔“归葬东洛”，墓也就在那里。松柏则是植在墓前的树木。北邙松柏，为惨雾愁烟重重封锁，乃是盼盼想象中的情形，而非事实。所以次句接写盼盼在燕子楼中沉寂地思念情人的情形。“思悄然”，也就是她心里的“锁愁烟”。情绪不好，无往而非凄凉黯淡。所以出现在她幻想之中的墓地，也就不可能是为丽日和风所煦拂，只能是被惨雾愁烟所笼罩了。

古代谚语说：“女为悦己者容。”《诗经》中的《伯兮》曾描写一位妻子在丈夫出征以后，就懒得打扮：“自伯之东，首如飞蓬。岂无膏沐，谁适为容？”崔国辅的《怨词》写道：“妾有罗衣裳，秦王在时作。为舞春风多，秋来不堪着。”都与本诗后两句同意。古时朝见皇帝，上殿要取下剑，保证皇帝安全；脱下履，表示对皇帝尊敬。皇帝对大臣表示宠信，也可以特许剑履上殿，所以剑履就成为大臣的代词。又传说有些杰出的歌唱家唱歌时，音调高亢，声波强烈，可以阻遏天空的行云，冲动梁上的灰尘，所以也称歌声为歌云或歌尘。红袖指舞衣，舞衣要熏香，所以杨贵妃《赠张云容舞》云：“罗袖动香香不已，红蕖袅袅秋烟里。”这是说：自从张愔死后，她再也没有心肠歌舞，歌声飘散，舞袖香销，已经转眼十年了。白居易说她“善歌舞，雅多风态”，比之为“风袅牡丹花”，可见她在当时的声价，如果愿意去伺候其他的贵人，是不愁没有出路的。但她却不愿意再把自己的容貌和技艺奉献给别人，以换取较优裕的生活，可见得是忠于自己的爱情的，无怪当时的张仲素、白居易乃至后代的苏轼等都对她很同情而写诗加以歌咏了（〔永遇乐〕《彭城夜宿燕子楼，梦盼盼，因作此词》是苏词中名篇之一）。

对于第二首诗，白居易是这样和的：

钿晕罗衫色似烟，几回欲著即潸然。
自从不舞霓裳曲，叠在空箱十一年。

张仲素的原唱写盼盼在张愔死后，不愿意再出现在舞榭歌台，和诗也就这一点生发，着重写她怎样对待歌舞时穿着的首饰衣裳。

年轻貌美的女子谁个不爱打扮呢？何况盼盼又拥有可以把自己打扮得更漂亮的许多衣饰。可是，发射着光彩的金花，绮罗制成的衣衫，颜色都变得暗淡了。这是因为她几回想穿戴起来，但每当这种想头刚出现，又被另外一种想头压了下去，即：打扮了给谁看呢？想到这里，就只有流泪的份儿了。所以，尽管金花褪去了光彩，罗衫改变了颜色，也只有随它们去吧。“自从不舞霓裳曲”，谁还管得了这些。《霓裳羽衣》，是唐玄宗时代最著名的舞曲，这里特别点出，也是暗示她艺术之高妙。空箱的“空”字，是形容精神上的空虚，如妇女独居的房称空房、空闺，独睡的床称空床、空帷。在这些地方，不可以词害意。张诗说“已十年”，张愔死于元和元年（806），据以推算，其诗当作于元和十年。白诗说“十一年”，当是“一十年”之误倒。元和十年秋季以前，两人同在长安，诗当作于此时。其年秋，白居易就被贬出京，十一年，他在江州，无缘与张仲素唱和了（《唐诗纪事》张建封妓条以张仲素诗归之盼盼，作“一十年”，而白和诗则作“二十年”，这个“二”是“已”之坏缺字。总之，两诗应一作“已十年”，一作“一十年”，其作“十一年”或“二十年”，都是错误的）。

在这首诗里，没有涉及张愔。但他并非消失了，而是存在于盼盼的形象中。诗中展现的盼盼的精神活动，乃是以张愔在她心里所占有的巨大位置为依据的。

适看鸿雁洛阳回，又睹玄禽逼社来。
瑶瑟玉箫无意绪，任从蛛网任从灰。

这是原唱第三首，写盼盼感节候之变迁，叹青春之消逝。第一首写秋之夜，这一首则写春之日。

起句是去年的事。鸿雁每年秋天由北飞南。徐州在洛阳之东，经过徐州的南飞鸿雁，不能来自洛阳。但因张愔墓在洛阳，而盼盼则住在徐州，所以诗人缘情构想，认为在盼盼的心目中，这些相传能够给人传书的候鸟，一定是从洛阳来的，可是人已长眠，不能写信，也就更加感物思人了。

次句是当前的事。玄禽即燕子。社日是春分前后的戊日，古代祭祀土神、祈祷丰收的日子。燕子每年春天，由南而北。逼近社日，它们就来了。燕子雌雄成对地生活，双宿双飞，一向用来比喻恩爱夫妻。盼盼现在是合欢床上的独眠人，看到双宿双飞的燕子，怎么能不发生人不如鸟的感叹呢？

人在感情的折磨中过日子，有时觉得时间的流逝很慢，所以前诗说："相思一夜情多少，地角天涯未是长。"而有时又变得麻木，觉得时间流逝很快，所以本诗说："适看鸿雁洛阳回，又睹玄禽逼社来。"这两句只作客观描写，但从另外两个角度再次发掘和显示了盼盼的深情。

后两句写盼盼哀叹自己青春随爱情生活的消逝而消逝，而从无心玩弄乐器见意。蒋防的《霍小玉传》写小玉临死时控诉李十郎的负心，以致她"韶颜稚齿，饮恨而终"，有"绮罗弦管，从此永休"之语。这两句也正是此意。在封建社会中的妓女，一般觉悟不高，认为穿着绮罗，奏着弦管，虽然是供人享受，同时也就是自己的享受了。周邦彦〔解连环〕云："燕子楼空，暗尘锁、一床弦索。"即从这两句化出，又可以反过来解释这两句。瑟以瑶饰，箫以玉制，可见贵重，而让它们蒙上蛛网灰尘，这不正因为忆鸿雁之无法传书，看燕子之双飞双宿而使自己发生"绮罗弦管，从此永休"之叹吗？前两句景，后两句情，似断实连，章法极妙。

白居易和此首云：

今春有客洛阳回，曾到尚书墓上来。
见说白杨堪作柱，争教红粉不成灰？

这是和诗的最后一首，着重在"感彭城旧游"，但又不直接描写对旧游之回忆，而是通过张仲素所告诉他的情况，以抒所感。

当年春天，张仲素从洛阳回来与白居易相见，提到他曾到张愔墓上去过。张仲素当然也还说了许多别的，但使白居易感到惊心动魄的，乃是坟边种的白杨树都已经长得又粗又长，可以作柱子了，那么，怎么能使盼盼的花容月貌最后不会变成灰土呢？（争教即怎使。）彭城旧游，何可再得？虽只是感今，而怀旧之意自在其内。

这两组诗如两军对垒，工力悉敌，胜负难分。题材的意义虽不重大，但体现了两位诗人严肃的创作态度和精湛的艺术技巧。通过这些诗，我们也大致上可以了解古人唱和诗的一般情况。

金陵五题

刘禹锡

石头城

山围故国周遭在，潮打空城寂寞回。
淮水东边旧时月，夜深还过女墙来。

《金陵五题》是刘禹锡杰出的组诗之一，它以联章的方式歌咏原在今江苏省南京市境内的五处古迹。我国古典诗歌中有所谓览古或怀古的作品，就其题目而论，虽属地理范围，但既是古迹，必然具有历史意义，所以它们在实质上是一种咏史诗。咏史诗的写法是多种多样的，大体说来，或者借史事以抒发自己的怀抱，借过去人物的活动以表示自己的行藏；或者对史事进行评价，借以阐明自己的政治、社会观点，所谓借古喻今，鉴往知来。这组诗属于后者。

南京从三国时代孙吴建都，历东晋、宋、齐、梁、陈五代，都是历史上南北分裂时期南朝的京城，合称六朝。在那段历史时期内，它是南方的政治、文化中心，许多著名的人物和家族都曾经活跃在这座舞台上，留下了非常丰富的古迹。诗人在这组诗里，选择了五处，各写一诗，以表现自己对某些历史上的人物和事件的看法，并抒发他的今昔盛衰之感。

这组诗在当时就获得了很高的评价，见于作者的小序：

“余少为江南客，而未游秣陵（也是南京的异名），尝有遗恨。后为历阳（今安徽省和县）守，跂而望之。适有客以《金陵五题》相示者，逌尔生思，欻然有得。他日，友人白乐天掉头苦吟，叹赏良久，且曰：‘《石头》诗云：“潮打空城寂寞回”，吾知后之诗人不复措辞矣。’馀四咏虽不及此，亦不孤乐天之言耳。”

白居易的叹赏是一位大诗人对另外一位大诗人的作品所作出的内行评价。这一评价得到了其后千馀年读者的同意。

这五首诗，每首有它自己的独立意义和艺术结构上的特色，而合成一个整体，又有其总的意义和结构，都很值得注意。

这第一首咏石头城。石头城是依位于今南京市西边的石头山而建筑的。汉献帝建安十七年（212），孙权修筑此城，贮藏财宝军器，置兵戍守。六朝统治者，建都南京，都将它视为重地，因此后人又以石头城为南京的代称。这组诗咏金陵六朝遗迹，而石头城（南京）则象征着这一历史时期统治者的权势，是当时政治社会的神经中枢，所以首先加以描写。它是全部组诗的起点，其形象和情调笼罩着其馀各篇。

这首诗以一联对句起头。起句点明“故国”，见今昔之殊；次句续出“空城”，增盛衰之感。故国也就是空城，都是指石头城而言。它依山建筑，故云“山围”，北临长江，故可“潮打”。围绕着故国的青山，依然无恙，而被潮汐冲激着的城堡，却已荒芜。六代豪华，久已烟消云散了。两句总写江山如旧，人事全非，气势莽苍，情调悲壮，所以特别得到白居易以下历代读者的激赏。

后两句仍就不变的自然现象与不断变更的社会现象对照。这个从秦淮河东升又从空城的女墙（城上的矮墙，即城垛）西落的明月，在六朝以前，已经开始它亘古如斯的旅程，现在仍旧这样。它看过六代的豪华，而在今天，似乎还很多情，在夜深的时候，仍旧越过城垛，同样地注视着这空城的寂寞。以有情的旧月衬出无常的人事，也就是以今日之衰与昔日之盛对照。

此诗的写法，与李白的《苏台览古》同，而与其《越中览古》异，可以参照。

乌衣巷

朱雀桥边野草花，乌衣巷口夕阳斜。
旧时王谢堂前燕，飞入寻常百姓家。

这第二首是写贵族的盛衰的。它也是以对句起，但首句押韵，而且句法结构完全不同。再就意境而言，前诗阔大，此诗深细，也不一样。在这些地方，我们可以看出诗人写联章组诗时在艺术的错综变化方面所付出的辛劳。

乌衣巷在今流经南京市区的秦淮河南。这地方原是孙吴时代戍守石头城的军营，军士都穿黑衣，故名为乌衣巷。东晋初年，王导定居于此，后来谢家也住在这里。王谢两家是东晋最大的豪门贵族，名臣王导和谢安，都是身系这个王朝安危的重要人物。而且这两家在其后建立的几个王朝中，还很有势力。朱雀桥是当时秦淮河上的一座浮桥，离乌衣巷很近。诗的头两句以巷、桥对举，是说明在当时，这一地区是极其煊赫的所在，冠盖往来，车马盈门，而现在却只剩下桥边长满的野草自在地开着花（诗中“花”字作动词用，即开花），黯淡的夕阳照射着这荒凉残破的巷子了。当朱雀桥边人往人来、熙熙攘攘的时候，道路上是不会长满野草的，只是行人稀少，才致野草丛生。而夕阳则是衰败的象征。所以这两句是通过“野草花”与“夕阳斜”这些自然现象，来暗示这一前朝贵族住宅区中的人事变化。

后两句是刘禹锡传诵人口的名句。但如何理解有两说。自来认为这是说：从前在王谢的广厦华堂之中筑巢的燕子，现在因为那些第宅已经荡然无存，只好飞到普通老百姓家中去筑巢，以见变化之大，波及燕子。燕子且被波及，则人事之变化更不待言。另外施补华《岘佣说诗》则说："若作燕子他去，便呆。盖燕子仍入此堂，王谢零落，已化作寻常百姓矣。如此则感慨无穷，用笔极曲。"这"王谢堂"与"寻常百姓家"是二还是一，问题并不太大。施说的好处在于较为深曲，毛病也在深曲。在文学作品中出现的客观形象，每每大于作者的主观思想，所以也无妨留供参考。总之，这两句诗是承接前两句所暗示的盛衰变化，更其具体地以燕子寻巢这样一件生活中所常见到的小事，来坐实富贵荣华，都难常保，以见在封建社会中每隔一个时期便必然要发生的权力再分配，从这样一件小事中也反映了出来。这种即小见大的手法也是古典诗歌表现方法的特点之一和优点之一。

台城

台城六代竞豪华，结绮临春事最奢。
万户千门成野草，只缘一曲后庭花。

这第三首写陈后主。他是南朝最后一个亡国之君。隋师平陈，统一全国，就无所谓南、北朝了。他曾被人称为"全无心肝"，是六朝昏君中最有代表性的人物。写了他，也就概括了其他因荒淫无道而失国的皇帝。

当时称禁省（皇帝居住和办事的地方，就是宫廷）为台，故称禁城为台城。结绮、临春和望仙，是陈后主及张、孔两宠妃所住的三座阁，合称三阁，“高数十丈，饰以金玉，间以珠翠”。六代皇帝，无不豪华，而且一代胜似一代，就好像竞赛一般。陈后主是南北朝最后的皇帝，结绮、临春等阁则是最奢侈的建筑。六代台城中的统治，至此结束，只是空留古迹，供后人凭吊罢了。诗咏陈后主而题为台城，意在于此。

诗的前两句是夹叙夹议，后两句则以具体形象作出强烈对比。昔时宫殿，富丽雄伟，万户千门，而今天却一片荒芜，长满野草了。高踞豪华顶点的结绮、临春又在哪里呢？“万户千门”承上“结绮临春”来。结句点明亡国之因，在于荒淫酒色。这位皇帝，不理国政，终日游宴，使他的妃妾与朝臣共赋新诗，并将其中特别艳丽的作品，谱成乐曲，以供歌唱。《玉树后庭花》就是其中之一。所以诗人说，一曲《后庭花》就断送了金陵最后一个王朝。当然这不只是指这支曲子本身，而是指这支曲子所代表的陈后主的整个逸乐沉沦的生活。

这首诗是五题中艺术水平较低的一首，因为它抽象的议论较多，议论又很一般，不够深刻。选家往往不取，是有道理的。但在整个组诗的结构之中，又有其地位与作用，少它不得。我们知道，任何艺术创作，都存在着多样与统一的对立这个规律，特别是较为宏大和复杂的作品，更是如此。音乐声调的快慢、高低，绘画色泽的浓淡、明暗，书法线条的曲直、粗细，诗歌结构的张弛、奇正，都必须交替交织，相间相重，调剂搭配，才能呈现多彩多姿的形象，充分地表达主题。任何一首诗，哪怕它是个很伟大的作品，也不能有张无弛，句句紧张，有奇无正，处处出奇。如果真是这样，我们又从何处见出它的精彩来呢？一篇诗如此，一组诗何独不然？将这一首较平凡的安排在五首之中，也就使人更明显地看出了其馀四首的精警夺目，这就在全组五题中起了一种不可代替的作用。因此，将《金陵五题》作为一个整体来看，它是不可少的，而若将每首诗作为一个独立的作品来评比，它就往往被选家割弃了。

生公讲堂

生公说法鬼神听，身后空堂夜不扃。
高座寂寥尘漠漠，一方明月可中庭。

这第四首咏一处佛教古迹——生公讲堂，即东晋和尚竺道生说法的地方；抒发对于一位生前虽然能够颠倒众生，而身后萧条冷落的高僧的感叹。

六朝时代，佛教盛行。统治阶级利用它毒害人民和麻醉自己。高僧讲经说法，不但为贵族士大夫所欢迎信奉，而且一般老百姓也受其蒙蔽，踊跃地、虔诚地前来听讲。竺道生是一位精通佛学，有所创造发明，被人评为“孤明先发”的宗教哲学家。传说他初到苏州，无人听讲，他就对石头讲了起来，结果石头都点头赞许，因此产生了“生公说法，顽石点头”的谚语。现在苏州城外的名胜虎丘，还有一块大石头，名叫千人石，据说就是他当日讲经的遗址。

起句赞美生公，说他讲经说法，连鬼神都要来听的。那么，当时听讲人数的众多、心情的热烈，对于生公的钦佩，对于佛法的信仰，都可以想见了。不直接地说人听，而间接地说鬼神听，深入一层，反衬有力。这一句是追溯，是虚写。

次句一转，写生公身后的萧条。这个人物，生前是那么煊赫；这个地方，当时是那么热闹，但在今天，当时挤满了虔诚听众的庄严肃穆的讲堂已经变成空堂。它空到一无所有，再也无人过问，甚至连夜间都不用关门下锁了（从外面关门叫做扃）。三、四两句承接次句，一气直下，说当时这位佛教大师说法时所坐的高座，那个代表着他的德行、尊严的高座，虽然还侥幸地被保存了下来，但也冷漠地铺满了灰尘，而伴随着这空堂和高座的，则只有当时曾经照见过这位高僧的一方明月，对着中庭而已（可，唐宋人口语，即当、对）。这三句是现状，是实写。

这首诗和李白的《越中览古》的写法恰恰相反。那首诗前三句写盛，后一句写衰，这首诗则前一句写盛，后三句写衰。

道教希望长生不死，佛教希望不生不灭，无论他们的主观愿望如何，有生即有死的自然规律是不以人们的意志为转移的。即使是“孤明先发”的高僧，到头来也还是得受这个规律的支配。这首诗写这位高僧不但不能够闯过生死的关头，也不能逃避盛衰的命运。不管刘禹锡的创作意图怎样，在客观上，这首诗已经起了对宗教迷信的批判作用了。

江令宅

南朝词臣北朝客，归来惟见秦淮碧。
池台竹树三亩馀，至今人道江家宅。

这第五首江令宅是凭吊江总遗留下来的住宅，感叹其身世。五题的前四首都用律化了的绝句体——小律诗来写。而这一首则用古体绝句来写，前四首用平韵，这一首用仄韵，也是为了于整齐中见变化。

起句写其身世。江总是南朝后期文士，在梁朝已很著名。陈后主时，任仆射中书令，故世称江令。他是当时日夕陪侍后主游宴的臣子之一，与孔范等人同属所谓狎客。陈亡入隋，仕至上开府，后来南归，死在江都（今江苏省扬州市）。在南北朝时代，汉族建立的南朝政权与其他少数民族建立的北朝政权对峙。南朝文化水平较高，所以派到北朝的使臣，往往因为富有文才，被留不遣，强迫出仕，如徐陵、庾信，都是如此。江总也是南人，陈亡以后，入隋作客，居然能够老死南方，这在当时是稀有的。七字将这位历仕三朝的文士的生平，作了简要的概括。次句写他历尽兴亡，垂暮之年，重返金陵故居的时候，过去的繁华富贵，都已消逝无存，只有秦淮河中的碧波，依旧荡漾而已。王涣《惆怅词》十二首之九云："陈宫兴废事难期，三阁空馀绿草基。狎客沦亡丽华死（丽华，张贵妃名），他年江令独来时。"可以移释这两句。

前两句是根据史实加以想象，虚写过去。后两句则是根据他人告知的情况，实写现在。池台竹树，占地三亩，历时二百馀年，依旧保存，人们都还知道是江总的旧宅。这两句一方面写出文士风流已不可见，与贵族、帝王、高僧同归于尽；另一方面，则又写出贵族华居、帝王宫殿、高僧讲堂或则付之斜阳野草，或则荒凉残破，布满尘埃，独此文人旧宅还池台依然，竹树无恙，又自不同。同中见异，也极参差错落之致。

总观五题以《石头城》开始，通过这座古城的存废，见出南朝的兴亡；以下四题，分写活跃在这一历史时期的有代表性的贵族、帝王、高僧、文士。艺术构思和表现手法既有统一的一面，又有变化的一面。非常明显，这一组诗和杜甫的《咏怀古迹》七律五首有着某些类似之点。或者说，它们之间存在着某种传承关系，刘禹锡是受了杜甫的启发的；但刘禹锡却并没有沿袭而是发展了他的伟大前辈的业绩。所以他们各自以其所创造的不可重复的艺术形象屹立于祖国诗坛。我们研究文学历史上的传承关系，当然应当首先注意重大问题，如作家的世界观、思想方法、创作方法等等，但也不能忽视对一些具体的问题进行具体的研究，看后人对于前人如何推陈出新。如《金陵五题》的分咏部分，是和杜甫相同的，而用《石头城》一首作总冒，定基调，则出自刘禹锡自己的创造。杜甫创造性地以七律联章，刘禹锡则易以自己最擅长的七绝。诸如此类，都须认真分析，才能对杜甫在《偶题》中所说的"后贤兼旧制，历代各清规"的道理，有所领悟。

这组诗还有一个必须指出的特点，就是它并非作者身历其境而写出的。刘禹锡于穆宗长庆四年（824）八月任和州刺史，次年去职。诗作于和州任内，是看了他人同题之作，而"逌尔（愉快自得之貌）生思，欻然（忽然）有得"的，小序所言甚明。我们知道，生活是文艺的唯一源泉，既然他并没有游历金陵，观览这些古迹，又如何能够写出这么好的诗来呢？鲁迅是这么回答这个问题的："作者写出创作来，对于其中的事情，虽然不必亲历过，最好是经历过。诘难者问：那么，写杀人最好是自己杀过人，写妓女还得去卖淫么？答曰：不然。我所谓经历，是所遇，所见，所闻，并不一定是所作，但所作自然也可包含在里面。"（《叶紫作〈丰收〉序》）诗人具有丰富的历史知识，听到过他人游历金陵的见闻，这也就是亲历了，加上精湛的艺术技巧，就产生了这组杰作。元稹写了著名的长诗《连昌宫词》，但他自己并没有到过连昌宫，也是一例。如果不将生活实践像鲁迅先生这样理解得较为广泛一些，那么，一切以历史为题材的作品的产生，将是不可能的。

王士禛二十八岁时写了十四首《秦淮杂诗》，所受《金陵五题》的影响是明显的，现在选读几篇，以资比较：

年来肠断秣陵舟，梦绕秦淮水上楼。
十日雨丝风片里，浓春烟景似残秋。

这是组诗的第一首，它写诗人来到南京的心情和光景。前两句形容自己对这座历史古城的向往，为下文分咏历代古迹名人预留地步。因盼望系船秣陵，游览秦淮，而肠为之断，梦为之绕，可见一往情深。水上楼，指秦淮河两岸临水的河房（吴敬梓的《儒林外史》中对于这种建筑，有详细的描写，可参看）。后两句描绘到达以后的当地当时的气候。斜风细雨，春景如秋，既然难以出游，发思古之幽情，写诗以资排遣，就成为很自然的事了。“雨丝风片”四字，先见于汤显祖的《牡丹亭》，《惊梦》〔皂罗袍〕云：“朝飞暮卷，云霞翠轩。雨丝风片，烟波画船，锦屏人忒看的这韶光贱。”作者在诗中用南曲的语言，曾被人指摘。这种指摘是有道理的。在古典文学中，不同的文学样式所使用的语言以及由这种语言所形成的风格，有共同之处，也有不同之处，要仔细加以区别。这是风格学中一个很重要的课题。例如这四个字，用在诗里，就过于尖新了，虽然还不算太大的毛病。

这首诗在全组中是一支序曲，就其作为全部的起点来说，与《金陵五题》中的《石头城》一首相同；但是，它并不以其形象和情调笼罩其馀各篇，而只是就自己写诗时的环境和心情引发下文，则又相异。

潮落秦淮春复秋，莫愁好作石城游。
年来愁与春潮满，不信湖名尚莫愁。

在古代文学作品中，有两位名叫莫愁的姑娘，都生在南朝。一位是洛阳（今河南省洛阳市）人，嫁给了姓卢的，称为卢莫愁。还有一位是石城（在今湖北省钟祥县境内）人，是位著名的歌手。但在后来的传说中，这两个人却合成了一个，并且在南京定居下来了。钟祥的石城与南京的石头城弄混了，而且石城姑娘又姓了卢。据说，她就住在莫愁湖上，而其身份则是一位妓女。此诗所咏，当然是南京的事。

前两句是怀古。南朝乐府民歌中西曲歌词《莫愁乐》云："莫愁在何处，莫愁石城西。艇子打两桨，催送莫愁来。"诗意即本西曲。它写当时这位天真的姑娘，爱好游览石城（石头城），不管潮汐涨落，春秋更代，总是无忧无虑。也就是白居易《琵琶行》中"今年欢笑复明年，秋月春风等闲度"的意思。后两句是伤今。公元1644年清兵攻入北京，次年又陷南京，至公元1661年，南明灭亡。这一组诗即作于南明灭亡那年，上距南京被攻占十七年，正当民族斗争的大屠杀、大破坏之后。王士禛虽然并不是一位反对清朝政权而是愿意与之合作的人，但其眼中所接触到的、心中所感受的这座古城的荒凉残破的景象，是抹不掉的。所以说，近年人们的愁绪已经涨满得和春潮一样了，可是这湖还是以莫愁为名，谁还能够相信呢？这并非故国之思，而是伤乱之感。它通过“莫愁”两字见意，关合得非常自然。前后对照是强烈的，但处理得又很含蓄。这样写，须要有技巧。看懂它，也得有点眼光。

青溪水木最清华，王谢乌衣六代夸。
不奈更寻江总宅，寒烟已失段侯家。

这首诗可以看作是刘禹锡《乌衣巷》和《江令宅》两首的续篇。青溪是斜贯南京城内的一条小河，由东北宣泄玄武湖水，南入秦淮河，乌衣巷和江家宅都在其附近，现已干涸。江总宅北宋时还在，但成了王安石的朋友段约之的家产。王安石在诗中一再提到这件事，如云：“往时江总宅，近在青溪曲。井灭非故桐，台倾尚馀竹。……故人晚得此，心事付草木。”又云：“昔时江令宅，今日段侯家。”

此诗的表现方式比较特殊，第一句写青溪一带风景之优美，第二句写王谢乌衣，六朝称盛，第三、四句却突然宕开，说现在不要说无法找到江总的住宅（不奈，犹言无法，无计），在寒冷的烟雾之中，段约之的屋子也早消失了。“水木清华”与“寒烟”对衬。不说在刘禹锡时代都已仅馀野草斜阳的乌衣第宅到了北宋更无踪迹可寻，只说在王安石时代还曾经被段约之住过的江总宅也同样如此，则变化之大，自可想见。它将南朝、中唐、北宋到清初这一漫长的历史时代中发生的变化，用位于青溪之侧的乌衣巷、江总宅的兴废作为线索，贯串起来，表现出来。对乌衣巷则只说其盛，不说其衰；对江总宅则只说其衰，不说其盛。互文见义，词断意连，好像绘画中的云山，但见诸峰微露于云层之中，形象不同，似乎各不相涉，其实都是一座山脉。

新歌细字写冰纨，小部君王带笑看。
千载秦淮呜咽水，不应仍恨孔都官。

这一首是讽刺南明的昏君和奸臣的。明思宗朱由检的北京政权被以李自成为首的农民起义军摧毁后，福王朱由崧在南京即位。这时，满洲贵族也已入关攻占北京，并随即挥兵南下。而这位昏君毫不在意，仍忙于选色征歌，以供自己的淫乐。奸臣阮大铖迎合皇帝，献上自己创作的剧本《燕子笺》，它由另一奸臣王铎楷书抄写，十分精美。同时，阮大铖又搜访妓女入宫，演唱此剧（这些情况，可参看孔尚任《桃花扇》中《骂筵》、《选优》等出）。诗的前两句写的就是这些事。首句写阮大铖进呈王铎所抄的《燕子笺》。冰纨，指洁白如冰的细绢。细绢代纸，小楷精抄，如此华贵，如此郑重，而所抄却并非什么文韬武略，经国文章，只是“新歌”——《燕子笺》。只这一句，便将南明君臣的脸谱勾出。次句接写朱由崧观看《燕子笺》的演出。唐玄宗时，有梨园小部音声三十馀人。这里借以指阮大铖搜访入宫的妓女组成的小戏班。外面强敌压境，内廷荒淫无耻，欲其不亡，怎么可能？果然，只有一年，南明的南京政权又垮台了。

后两句以古事近事相提并论。前有陈后主，后就有南明福王。陈后主有孔范等一班狎客（孔范仕陈为都官尚书，故称为孔都官），同样，南明福王也有阮大铖等一群帮闲，可谓无独有偶。孔范与后主，同恶相济，陈朝因之灭亡，所以长久以来，秦淮河中的水，一直悲悲切切地流着，好像在怨恨他似的；但千载之后，又有阮大铖与朱由崧重蹈他们的覆辙，那么，秦淮河水的呜咽悲声，就不应当仍然仅是为孔范而发了。两句托意于无知之水，化无知为有情，感慨极为深至，从而也加重了前两句讽刺的分量。

这十四首《秦淮杂诗》所涉及的时代较长，题材也较广，在艺术表现的手法上，也力求推陈出新，虽然成就不如《金陵五题》，但出于一位青年诗人之手，毕竟是值得肯定的。

竹枝词（二首录一）

刘禹锡

杨柳青青江水平，闻郎江上唱歌声。
东边日出西边雨，道是无晴还有晴。

竹枝词是巴、渝（今四川省东部重庆市一带）民歌中的一种。唱时，以笛、鼓伴奏，同时起舞。声调宛转动人。刘禹锡任夔州刺史时，依调填词，写了十来篇（一说，《竹枝词》作于朗州［今湖南省常德市］司马任内。从诗的内容来看，不可信），这是其中一首摹拟民间情歌的作品。它写的是一位沉浸在初恋中的少女的心情。她爱着一个人，可还没有确实知道对方的态度，因此既抱有希望，又含有疑虑；既欢喜，又担忧。诗人用她自己的口吻，将这种微妙复杂的心理成功地予以表达。

第一句写景，是她眼前所见。江边杨柳，垂拂青条；江中流水，平如镜面。这是很美好的环境。第二句写她耳中所闻。在这样动人情思的环境中，她忽然听到了江边传来的歌声。那是多么熟悉的声音啊！一飘到耳里，就知道是谁唱的了。第三、四句接写她听到这熟悉的歌声之后的心理活动。姑娘虽然早在心里爱上了这个小伙子，但对方还没有什么表示哩。今天，他从江边走了过来，而且边走边唱，似乎是对自己多少有些意思。这，给了她很大的安慰和鼓舞，因此她就想到：这个人啊，倒是有点像黄梅时节晴雨不定的天气，说它是晴天吧，西边还下着雨，说它是雨天吧，东边又还出着太阳，可真有点捉摸不定了。这里晴雨的“晴”，是用来暗指感情的“情”，“道是无晴还有晴”，也就是“道是无情还有情”。通过这两句极其形象又极其朴素的诗，她的迷惘，她的眷恋，她的忐忑不安，她的希望和等待便都刻画出来了。

这种根据汉语语音的特点而形成的表现方式，是历代民间情歌中所习见的。它们是谐声的双关语，同时是基于活跃联想的生动比喻。它们往往取材于眼前习见的景物，明确地但又含蓄地表达了微妙的感情。

在唐代以前，南朝的吴声歌曲中就有一些使用了这种谐声双关语来表达恋情。如《子夜歌》云：“怜欢好情怀，移居作乡里。桐树生门前，出入见梧子。”（欢是当时女子对情人的爱称。梧子双关吾子，即我的人。）又：“我念欢的的，子行由豫情。雾露隐芙蓉，见莲不分明。”（的的，明朗貌。由豫，迟疑貌。芙蓉也就是莲花。见莲，双关见怜。）《七日夜女歌》：“婉娈不终夕，一别周年期。桑蚕不作茧，昼夜长悬丝。”（因为会少离多，所以朝思暮想。悬丝是悬思的双关。）

在唐代以后，明朝的民歌也是如此。如《干思》：“井面开花井底下红，篾丝篮吊水一场空。梭子里无丝空来往，有针无线枉相缝。”（无丝双关无思，相缝双关相逢。）《别》：“滔滔风急浪潮天，情哥郎扳桩要开船。挟绢做裙郎无幅，屋檐头种菜姐无园。”（无幅双关无福，无园双关无缘。）《旧人》：“情郎一去两三春，昨日书来约道今日上我个门。将刀劈破陈桃核，霎时间要见旧时仁。”（旧时仁双关旧时人。）

这类用谐声双关语来表情达意的民间情歌，是源远流长的，自来为人民群众所喜爱。作家偶尔加以摹仿，便显得新颖可喜，引人注意。刘禹锡这首诗为广大读者所爱好，这也是原因之一。

稍后于刘的温庭筠，也写过这种民歌体的小诗，如《新添声杨柳枝》云：

井底点灯深烛伊，共郎长行莫围棋。
玲珑骰子安红豆，入骨相思知不知。

此诗也是以谐声双关语描写离别相思之情的。起句写对于情郎的殷勤嘱咐。烛是嘱的谐音，“井底点灯”隐喻“深嘱”。次句是“深嘱”的内容，即希望他远行以后，在约定的日子里回来，不要失信。长行是一种赌博方式，这里用这种博戏的名称来双关长途旅行，又用围棋来双关违误期限。就是说，我可以同你玩长行，但不同你下围棋，暗喻可以让你长行，但你可不能违期。后两句从长行和围棋这两种博戏引出。骰子是一种博具，以小块的骨或木制成，正方形，六面分别挖出从一到六不同数目的圆点。其中四数着红色，一、二、三、五、六各数都着黑色。因是圆点，所以可以在四数那一面嵌入红豆以代替应着的红色。红豆又名相思子（王维《相思》：“红豆生南国，春来发几枝，劝君多采撷，此物最相思。”）。因此用嵌入骰子的红豆来隐喻入骨的相思，从而非常形象地表达了深挚的情意。

这首诗虽然也采用了民歌的手法，摹仿了民歌的风格，但其所达到的水平却与刘禹锡的那一首有距离。我们细加比较，就不难看出，温庭筠将谐声双关这种表现方法强调得过分了。他似乎沉溺于这种手法本身，而忽略了这种手法，也和任何其他表现手段一样，是必须为主题服务的。离开了这一明确的目的性，艺术技巧再高明也没有多大的意义。由于产生了这种偏向，这首诗就没有能给读者一个完整谐调的意象。如第一句的“井底点灯”四字，完全是为暗喻“深嘱”而设，对于全诗的意境是外加的，而且也不合于当时情景。第三、四句虽然可以说是从长行、围棋引出骰子，但它们之间，也无必然的联系。因此，所用谐声双关之处虽多，用得也很巧妙，但就整体来说，仍然显得支离，不够完美。用古典文学批评的术语来说，刘诗是为情而造文，温诗则不免为文而造情了。我们强调艺术必须具有完美的、富有创造性的表现形式，但反对任何一种形式主义，其道理就在这里。

元和十年自朗州至京，戏赠看花诸君子

刘禹锡

紫陌红尘拂面来，无人不道看花回。
玄都观里桃千树，尽是刘郎去后栽。

关于刘禹锡参加王伾、王叔文主持的政治革新的情况，我们在谈到他的《听旧宫人穆氏唱歌》等诗时，已作了简单的介绍。这一首诗（还有下面两首）也是和这场政治斗争有关的。它通过人们在长安一座道士庙——玄都观中看花这样一件生活琐事，讽刺了当时的朝廷新贵。

永贞元年（即贞元二十一年，805），政治革新失败，诗人被贬为朗州司马，到了元和十年（815），朝廷有人想起用他以及和他同时被贬的柳宗元等人。这首诗，就是他从朗州回到长安时所写的，由于刺痛了当权派，他和柳宗元等再度被派为远州刺史。官是升了，政治环境却无改善。

这首诗表面上是描写人们去玄都观看桃花的情景，骨子里却是讽刺当时权贵的。从表面上看，前两句是写看花的盛况，人物众多，来往繁忙，而为了要突出这些现象，就先从描绘京城的道路着笔。陌本是田间小路，这里借用为道路之意。紫陌之紫，指草木，红尘之红，指灰土。一路上草木葱茏，尘土飞扬，衬托出了大道上人马喧阗、川流不息的盛况。写看花，又不写去而只写回，并以“无人不道”四字来形容人们看花以后归途中的满足心情和愉快神态，则桃花之繁荣美好，不用直接赞以一词了。它不写花本身之动人，而只写看花的人为花所动，真是又巧妙又简炼。后两句由物及人，关合到自己的境遇。玄都观里这些如此吸引人的、如此众多的桃花，自己十年前在长安的时候，根本还没有。去国十年，后栽的桃树都长大了，并且开花了，因此，回到京城，看到的又是另外一番春色，真是“树犹如此，人何以堪”了。

再就此诗骨子里面的，即其所寄托的意思来看，则千树桃花，也就是十年以来由于投机取巧，而在政治上愈来愈得意的新贵，而看花的人，则是那些趋炎附势、攀高结贵之徒。他们为了富贵利禄，奔走权门，就如同在紫陌红尘之中，赶着热闹去看桃花一样。结句指出：这些似乎了不起的新贵们，也不过是我被排挤出外以后被提拔起来的罢了。他这种轻蔑和讽刺是有力量的，辛辣的，使他的政敌感到非常难受。所以此诗一出，作者及其战友们便立即受到打击报复了。

与这首诗用意似乎相反而实则相成的是同一作者写的《与歌者米嘉荣》：

唱得凉州意外声，旧人惟数米嘉荣。
近来时世轻先辈，好染髭须事后生。

前两句写这位老歌人精湛的声乐艺术。意外声，形容其歌唱超群脱俗，不同凡响。后两句转出正意。尽管你身怀绝技，但是现在的社会风气，都是重少轻老，你如果要生活下去，过得好一点，就得将白了的胡子染染黑，这样，才好伺候那些年轻人啊！这里是用劝慰他人的话来表示自己对这种现象的抗议。和上面一首一样，这里说的，实质上也并非什么年老年少的问题，而是一个政治上的是非问题。正如身怀绝技的老歌人由于长了白胡子就被屏弃一样，有安民治国之才的政治家也由于政见不同而被斥逐或投闲置散。如果要“事后生”，就得“染髭须”，如果要争取进用就得放弃自己正确的政见。这不是同样的可悲吗?

上一首从正面着笔，讥讽那些新贵，这一首从反面着笔，以劝人妥协来表示抗议，所谓正言若反，命意并无不同。两诗都可谓精于用比。

再游玄都观

刘禹锡

百亩庭中半是苔，桃花净尽菜花开。
种桃道士归何处？前度刘郎今又来。

这首诗是上一首的续篇。诗前有作者一篇小序。其文云：

“余贞元二十一年为屯田员外郎，时此观未有花。是岁出牧连州（今广东省连县），寻贬朗州司马。居十年，召至京师。人人皆言，有道士手植仙桃满观，如红霞，遂有前篇，以志一时之事。旋又出牧。今十有四年，复为主客郎中，重游玄都观，荡然无复一树，惟兔葵、燕麦动摇于春风耳。因再题二十八字，以俟后游。时大和二年三月。”

序文说得很清楚，诗人因写了看花诗讽刺权贵，再度被贬，一直过了十四年，才又被召回长安任职。在这十四年中，皇帝由宪宗、穆宗、敬宗而文宗，换了四个，人事变迁很大，但政治斗争仍在继续。作者写这首诗，是有意重提旧事，向打击他的权贵挑战，表示决不因为屡遭报复就屈服妥协。

和上一首一样，此诗仍用比体。从表面上看，它只是写玄都观中桃花之盛衰存亡。道观中非常宽阔的广场已经一半长满了青苔。经常有人迹的地方，青苔是长不起来的。百亩广场，半是青苔，说明其地已无人来游赏了。“如红霞”的满观桃花，“荡然无复一树”，而代替了它的，乃是不足以供观览的菜花。这两句写出一片荒凉的景色，并且是经过繁盛以后的荒凉。与前首之“玄都观里桃千树”，“无人不道看花回”，形成强烈的对照。

下两句由花事之变迁，关合到自己之升沉进退，因此连着想到：不仅桃花无存，游人绝迹，就是那一位辛勤种桃的道士也不知所终，可是，上次看花题诗，因而被贬的刘禹锡现在倒又回到长安，并且重游旧地了。这一切，哪能料得定呢？言下有无穷的感慨。

再就其所寄托的意思看，则以桃花比新贵，与前诗相同。种桃道士则指打击当时革新运动的当权派。这些人，经过二十多年，有的死了，有的失势了，因而被他们提拔起来的新贵也就跟着改变了他们原有的煊赫声势，而让位于另外一些人，正如“桃花净尽菜花开”一样。而桃花之所以净尽，则正是“种桃道士归何处”的结果。这，也就是俗话说的“树倒猢狲散”。而这时，我这个被排挤的人，却又回来了，难道是那些人所能预料到的吗？对于扼杀那次政治革新的政敌，诗人在这里投以轻蔑的嘲笑，从而显示了自己的不屈和乐观，显示了他将继续战斗下去。

这种用比拟来进行讽刺的手法，诗人们是常用的，但有些作品，由于本事不传，难以指实。现在举一个本事清楚的例子，与刘禹锡这几篇合读，以加深对于这种艺术手法的认识。

章碣《东都望幸》：

懒修珠翠上高台，眉月连娟恨不开。
纵使东巡也无益，君王自领美人来。

从表面上看，这是一首宫怨诗。唐以洛阳为东都。诗咏在洛阳的宫女盼望皇帝巡幸洛阳，以期承恩受宠，但终于落空的懊恼心情。前两句写这位宫女的怨恨。她已经懒于将自己打扮得翠绕珠围，登上高台去盼望君王车驾的来临了，像新月弯弯一般美丽的双眉含颦深蹙，难得展开，为什么呢？因为身在东都，不比在长安的宫女，可以有较多的机会和皇帝接近。后两句翻进一层，她又想到，即使皇帝东巡，对自己也不会有什么益处，因为他会把在长安所爱的美人也带了来，那么，自己又有什么可能获得恩宠呢？这真是绝望了。

但据《唐摭言》所载，这首诗是作者写来讽刺高湘的。高湘从南方回长安，路过连江。邵安石将自己写的诗文呈献给他，很受赏识。他就将邵带到长安。后来他以礼部侍郎主持进士考试，邵就及第了。进士科是唐代读书人最好的出路，及第以后，在政治上有远大的前程。当时考卷，都不糊名，在考试之前，应考的人可以将作品送呈政界要人和文坛名宿，请其向主考推荐，称为行卷。邵安石就是通过行卷而得到高湘赏识的。诗以望幸的宫女比包括自己在内的不第举子，以君王比高湘，美人比邵安石，一目了然。

这首诗和刘禹锡玄都观两诗，同样是以比拟的方法对当时的人物和事件加以讽刺，同样是除了寄托的意思之外，仍然体现了一个独立而完整的意象。但此诗不如刘诗之为人重视，这是因为它的讽刺的出发点是个人的功名得失，而刘诗则以政治上的腐朽势力作为对象加以讥嘲，体现了不屈不挠的反抗精神。这样，其价值自然就有了高下。

题都城南庄

崔护

去年今日此门中，人面桃花相映红。
人面只今何处去，桃花依旧笑春风。

劳动创造了世界，创造了人类本身，同时，从文艺的角度来说，还创造了人类各阶级所独具的美感。对于一切美好的人、物和事件，人们不但喜爱，而且往往长期地保留在记忆之中，永远难以忘怀。这种生活经验，是大家所共有的。为人所熟知的“人面桃花”的故事，也很有力地说明了这一点。

《唐诗纪事》载此诗本事云：“护举进士不第，清明独游都城南，得村居，花木丛萃。叩门久，有女子自门隙问之。对曰：‘寻春独行，酒渴求饮。’女子启关，以盂水至。独倚小桃柯伫立，而意属殊厚。崔辞起，送至门，如不胜情而入。后绝不复至。及来岁清明，径往寻之，门庭如故，而户扃锁矣。因题‘去年今日此门中’之诗于其左扉。”

诗写今昔之感。这今昔之感，是由于对于一位乍见旋离的貌美情多的姑娘的回忆而引起的。它本是由今思昔，却用追叙，先写去年。“今日”、“此门”，点明时间、地点，非常肯定，毫不含糊，可见印象的深刻，记忆的确切。当时，这座庭院里，正是春风煦拂，桃花盛开，那位姑娘的脸面，正和桃花互相映照，红得非常好看。诗人既不直接描摹桃花的娇艳，也不直接形容姑娘的美丽，只用“相映红”三字一点，则人面花光，既相辉映，相陪衬，又在争妍斗胜，不问可知。以花比喻美女，沿用既久，已成俗滥，而此诗所写，则是眼前实景，所谓本地风光。将景色和人物融化在一起，可见当时诗人已经眼花撩乱，不辨是花是人。今日回忆起来，也还有这种印象。这前两句写过去。

后两句才写现在。同是今日，同是此门。门从外面锁着，可见人已经迁走了，屋子空了。那张与桃花相映红的美丽的面庞已经消失，而无数朵与那张美丽面庞相映红的桃花却依旧在春风中欢笑，这该使重访旧游之地的诗人感到多么失望和惆怅啊！

诗的前两句从今到昔，后两句从昔到今，两两相形，情绪上的转变很剧烈，但文气一贯直下，转折无痕。它的本事既很动人，语言又极真率自然，明白流畅，因而一直传诵人口，成为常用的典故。

沈括《梦溪笔谈》说，此诗第三句原作“人面不知何处去”，后来作者认为“其意未工，语未全”，就改“不知”为“只今”，“虽有两‘今’字不恤”，因为作诗要以“语意为主”。沈是北宋人，这一记载可能是有根据的。现在看来，“只今”的确比“不知”好，因为这样一改，使得今昔之感变得更突出，更鲜明了。

赵嘏的《江楼感旧》可以和崔诗比观：

独上江楼思渺然，月光如水水如天。
同来玩月人何处，风景依稀似去年。

此诗也是对于一件美好的事、一位亲密的人的回忆。至于其人是男是女，是好友还是情人，诗人既未明言，读者也无须深究。

前两句写今夜登江楼，望明月。而起句冠以“独上”，接以

“思渺然”，就伏下了以下怀人感旧的情事。次句写江天月色，月光明净如水，而水光又澄清如天，事实上也就是王勃《滕王阁诗序》中所说的“秋水共长天一色”，虽然我们并不能断其为春为秋。月、水、天，三者交相辉映，构成了一幅极其空灵明丽的图景。李商隐诗云“水精如意玉连环”（《赠歌妓》），温庭筠词云“水精帘里玻璃枕”（〔菩萨蛮〕），都是形容想象中最明洁的境界。此句仿佛似之，但属实有，而非虚拟。这样幽美的风物，为什么会引起登临者的渺然之思呢？这里只用“独上”二字暗点，引起下文。

后两句由今思昔，着重写出物是人非。一样的江楼，一样的明月，一样的流水，一样的遥空，只是同来玩赏的人，已经不知所往了。“人何处”，应上“独上”。不说风景和去年全然相同，而只说其与去年依稀相似，这就敷上了一层感情的色彩，暗示出景物尽管如前，由于人事之变迁，在重游之人的心目中，就不能毫无差别。这种心理描绘是极为细致的，很容易被忽略过去。

这首诗也是以前后各两句对照，表现对物思人。但崔诗是从昔到今，一上来就写出去年情事，是从回忆中追叙往事。此诗则是从今到昔，先写今日，而以往事作结。直抒胸臆，彼此虽同，而章法安排，却又相异。

我们再来读一首刘禹锡的《杨柳枝词》：

春江一曲柳千条，二十年前旧板桥。
曾与美人桥上别，恨无消息到今朝。

诗人在这里，首先为我们展出了一幅春江送别图。在江边一个湾子里，岸旁长着杨柳，万缕千条，临风拂水。出一“春”字，不仅点明季节，而且为画面添上许多春色，许多风光。不写江边其他花树而独写杨柳，则又为下文的别情作张本。在江岸上，杨柳边，还有一座板桥。当然这只是一座极其普通的木桥，不是什么“朱桥”、“赤阑桥”之类。正是在这座板桥上，诗人分别了他所热爱的一位姑娘。于是，这座毫不起眼的板桥，也和美丽的春江，袅娜的垂柳，同样在诗人心中保留着永远新鲜的记忆了。今日重来旧地，一瞬之间，已过了二十年。春江、垂柳、板桥，都还如旧，而那位使这一切都在诗人心中获得了永久的生命的人呢？什么消息也没有。晏殊〔踏莎行〕云：“当时轻别意中人，山长水远知何处？”〔清平乐〕云：“人面不知何处，绿波依旧东流。”正是此意。所以到头来惟有一“恨”而已。这个“恨”字下得沉重，含义丰富。它可以是恨自己之轻别，也可以恨美人之无情或薄命；也可以是恨音信之间隔，关山之迢递，而其总的根子则在于直到今朝，毫无消息，举此一端，可见其馀。

这首诗命意与上两首相同，也属于感旧怀人之作。其章法则是由今及昔，与赵诗相同，但以前三句写昔，一句结今，又有同中之异。

以上三首诗都是写对于自己生活中出现过、存在过但现在已经消失了的美好事物的回忆留恋之情，而且同样具有感情真挚、语言流利、一气呵成的特色。大体说来，和上面读过的张籍的《秋思》、岑参的《逢入京使》很接近。但岑、张两诗纯系写情，此三首则兼具景物，因情敷彩，融景入情，也不完全一致。这几篇诗，都可以算得上情文并茂、妙造自然的上乘之作，虽然赵嘏一篇格调稍弱。

酬曹侍御过象县见寄

柳宗元

破额山前碧玉流，骚人遥驻木兰舟。
春风无限潇湘意，欲采蘋花不自由。

柳宗元于永贞元年参与王叔文等领导的政治革新失败之后，被贬为永州（今湖南省零陵县）司马。这篇诗是在永州贬所写的。关于曹侍御的生平，他经过象县（今广西壮族自治区象县）的原由及他赠送柳宗元那一首诗的内容，今天都已无可考。从这一首回答他的诗中，我们可以看出，柳宗元对他很是友好，愿意向他吐露自己的心情。这位侍御史至少是诗人不幸命运的同情者，也可能是其政治主张的支持者。

前两句扣题曹侍御过象县。破额山当是象县附近柳江旁边的一座山，今已无从指实其地（今湖北省黄梅县西北有破额山，与此无涉。因为黄梅远在永州之北，而象县则在其南。象县与黄梅的破额山，地理上相距过远，似不容关合在一起）。碧玉，春水绿波的代语。骚人，本以指屈原、宋玉等《离骚》体（即楚辞体）诗的作者，后来用作“志洁行芳”的文人的美称，这里是指曹侍御。木兰是一种香木，以木兰为舟，也是取其芳洁，这里只是用来作为对骚人形象的一种补充描写，并非侍御所乘之舟真是以木兰为原料制成。这是诗人想象中曹某经过象县的情景。破额山前，像碧玉一般的江水滔滔地流着。这时，一位芳洁的人，乘着芳洁的船，在这里暂时停下了。永州离象县还很遥远，从永州想象其停泊的情况，所以谓之“遥驻”。于景色，则仅言碧玉流，于人物，则仅言骚人、兰舟，而景之明秀清幽，人之高尚闲雅，皆在其内。一般赠诗，都有赞美对方的话，答诗作为回敬，也是如此。曹的原诗虽不可见，但答诗在写曹经过象县之事，即寓赞美之意于其中，乃是题中应有之义。

后两句扣题酬见寄。潇湘本是二水，湘水到了永州之西，就与潇水合流，称为潇湘。蘋是一种多年生水草，春天开白花。柳宗元这时贬居永州，所以说，承你远道以诗相寄，但我即使非常想就近在潇湘水上，春风之中，采些蘋花寄给你，作为报答，可是也没有这个自由啊！从《永州八记》等文章看来，柳宗元在当地可以寻幽访胜，不受限制，不至于连采蘋花都没有自由，所以这“无限”之“意”，应当另求解释。《古诗》云：“涉江采芙蓉，兰泽多芳草。采之欲遗谁？所思在远道。还顾望旧乡，长路漫浩浩。同心而离居，忧伤以终老。”用意与此两句极近。然而《古诗》所指相同之心，离居之悲，乃是为故乡的一位亲人——很可能是诗人的妻子或情人——而发，而柳诗则明属在象县的曹侍御。这时作者正由于政争失败，远谪南方，那么“无限”意自是涉及政治感情，“不自由”也是属于政治范畴，即《始得西山宴游记》中所谓“自余为僇人，居是州，恒惴栗”的那种境况了。曹某原诗，很可能有安慰诗人，劝其安分俟时的话，所以他用这两句作答，以倾诉其抑郁不平的心情。

古代文学理论自来认为，作诗有赋、比、兴三种方法。大体说来，赋是“铺陈”，即“直书其事”，“体物写志”。比是“以彼物比此物”，“或喻于声，或方于貌，或拟于心，或譬于事”。兴是“托事于物”，“先言他物以引起所咏之辞”，“婉而成章，称名也小，取类也大”，故常常“文已尽而意有馀”。

这三种方法自来为诗人们所交替使用，其中略同于现代心理学中所谓“联想”的兴，显然比单纯的类比（比）或铺陈（赋），表现得更复杂，更难于为读者所捉摸。而略同于“联想”的兴与略同于“类比”的比，在科学范畴中虽然可以清楚地加以区别，但体现在文学创作中，往往不容易截然分开。所以注家解释《诗经》，常有“兴而比也”的说法，而后人论诗，也常以比兴连称。柳宗元这首诗，显然是以采蘋起兴，寄托自己的政治感情，他描写的是一件小事情，而反映的是一个大问题，又写得微婉曲折，沉厚深刻，不露锋芒，和他当时具体的身份、环境恰相符合，可以说是纯用兴体。

在唐人七绝中，也和在整个古典诗歌中一样，以赋、比二体写成的作品较多，兴而比或全属兴体的较少。杜牧的《将赴吴兴登乐游原一绝》，也称得上是一首“言在此而意在彼”，“言已尽而意有馀”的名篇。

清时有味是无能，闲爱孤云静爱僧。
欲把一麾江海去，乐游原上望昭陵。

这首诗是作者于宣宗大中四年（850）将离长安到湖州（即吴兴，今浙江省湖州市）任刺史时所作。乐游原在长安城南，地势高敞，可以眺望，是当时的游览胜地。

杜牧不但长于文学，而且具有政治、军事才能，渴望为国家作出贡献。当时他在京城里任吏部员外郎，投闲置散，无法展其抱负，因此请求出守外郡。对于这种被迫无所作为的环境，他当然是很不满意的。诗从安于现实写起，反言见意。武宗、宣宗时期，牛李党争正烈，宦官擅权，中央和藩镇及少数民族政权之间都有战斗，何尝算得上“清时”？诗的起句不但称其时为清时，而且进一步指出，既然如此，没有才能的自己，倒反而可以借此藏拙，真是很富于生活情趣了。次句承上，点明“闲”与“静”就是上句所指之“味”。而以爱孤云之闲见自己之闲，爱和尚之静见自己之静，这就把闲静之味这样一种抽象的感情形象地显示了出来。

第三句一转。汉代制度，郡太守一车两幡。幡即旌麾之类。唐时刺史略等于汉之太守。这句是说，由于在京城抑郁无聊，所以想手持旌麾，远去江海（湖州北面是太湖和长江，东南是东海，故到湖州可云去江海）。第四句再转。昭陵是唐太宗的陵墓，在长安西边醴泉县的九嵕山。古人离开京城，每每多所眷恋，如曹植诗：“顾瞻恋城阙，引领情内伤。”（《赠白马王彪》）杜甫诗：“无才日衰老，驻马望千门。”（《至德二载，自京金光门出，乾元初，有悲往事》）都是传诵人口之句。但此诗写登乐游原不望皇宫、城阙，也不望其他已故皇帝的陵墓，而独望昭陵，则是别有深意的。唐太宗是唐代、也是我国封建社会中杰出的皇帝。他建立了大唐帝国，文治武功，都很煊赫；而知人善任，惟贤是举，则是他获得成功的重要因素之一。诗人登高纵目，西望昭陵，就不能不想起当前国家衰败的局势、自己闲静的处境来，而深感生不逢时之可悲可叹了。诗句虽然只是以登乐游原起兴，说到望昭陵，便戛然而止，不再多写一字，但其对祖国的热爱，对盛世的追怀，对自己无所施展的悲愤，无不包括在内。写得既深刻，又简炼，既沉郁，又含蓄，真所谓“称名也小，取类也大”。与柳诗同读，使人不能不感到菊芳兰秀，各擅胜场。

闻乐天授江州司马

元稹

残灯无焰影幢幢，此夕闻君谪九江。

垂死病中惊坐起，暗风吹雨入寒窗。

前面谈到白居易《禁中夜作书与元九》一诗的时候，我们已经大略介绍了元、白两位诗人的友谊及其在创作中的反映。他们有关这方面的诗篇，都具有感情诚挚、语言朴素的特点。词浅意真，非常出色，不事雕琢，特别富于魅力。我们现在再选读几首。

此诗是元和十年（815）写的。这年三月，元稹贬通州（今四川省达县）司马，八月，白居易又贬江州（今江西省九江市）司马。两人同受权贵打击，被迫离开长安，左迁外郡，心境都很悲凉。元稹在通州染上疟疾，生了很久的病，在病中他听到好友也和自己一样，遭到不幸，就写下了这首诗。白居易看到以后，给元稹写信说："此句他人尚不可闻，况仆心哉！"足见其深受感动。

首句描绘当时景色，就已经形成了一种悲剧气氛。灯已残了，可见夜深。深夜孤灯，客居不寐，已是凄凉黯淡，何况此灯又因久燃油尽，已无焰光，只剩下一片昏沉沉的影子呢？（幢幢，昏暗貌。）次句叙所闻。首以"此夕"点明时间，联系上句所写景色，下句所写心情，郑重出之。"君"，点明人，"谪九江"，点明事。第三句写在如此凄凉黯淡的景物中，忽然听到如此惊心动魄的消息，已经使人难以忍受了，何况自己这时又正生着病，而且病得要死呢？“惊坐起”三字，安放在“垂死病中”四字之下，极有分量。垂死之病，当然难以坐起，而居然坐起，则此消息之惊人，闻者之震动，都被强烈地表达了出来，而作者所受刺激之深刻及心情之悲痛也自然同样强烈地被表达出来了。末句以景结情，回应首句。此时此地，此种心情，而目之所见，耳之所闻，惟有风雨扑窗而已。风而曰“暗”，应“残灯”；窗而曰“寒”，应“长夜”，都与诗人当时的心情一致，非常协调。

此诗用悲剧气氛来衬托人物的环境和心情，极其出色。它使我们今天读后，也似乎置身其中，感受到诗人当时所感受的一切。这不只是由于作者高超的技巧，更主要的是由于他真挚深厚的感情。

以下两首元诗，也是约略同时之作。《得乐天书》云：

远信入门先有泪，妻惊女哭问何如。
寻常不省曾如此，应是江州司马书。

前两句写自己看到远方来了一位传书的信使（送信的使者，古人称为信，信则称为书），就立刻流下眼泪来。这种特殊的表现，震动了一家人，妻子吃了一惊，而女儿则看到爸爸哭，也就跟着哭了。后两句是妻子的忖度。在寻常的日子，记不起丈夫有过这种情况，恐怕这位信使送来的是白居易的书信，才使得他如此地激动吧。此诗起得突兀，一上来就敲响了读者的心弦，而收笔却又以扫为生，留下了非常丰富而耐人寻味的、要读者自己去寻味的情事。因为，从字句表面看，妻子的忖度是对的，这就完结了。但如果不是夫妻之间经常谈及这位沦落江州的好友，她何能这般敏感，一下子就发现了丈夫感情上的秘密？而在这之后，彼此又该有多少关于这封书信中所写内容的谈论，这不都是前前后后所必然有的情景，应当浮现在我们的想象之中吗？

又如《酬乐天频梦微之》云：

山水万重书断绝，念君怜我梦相闻。
我今因病魂颠倒，惟梦闲人不梦君。

志同道合、交谊深厚的朋友，总希望经常见面，如果分开了，就希望经常通信，而如果山长水远，连通信都不方便，那便只有梦中相见，以慰离怀了。白居易屡次梦见元稹，作诗相告，正表现了这种生活常情，如此诗前两句所写的。但元稹收到白居易这首诉说衷肠的诗篇的时候，正在病中。由于生病，精神就颠倒了。经常想念的好友不曾出现于梦中，而一向没有想到过的“闲人”却屡次在梦中出现，这就更使自己感到离群索居的悲痛了。以梦中相见代替实际相见，已令人感到惆怅，何况梦中也不曾相见呢？这是深入一层的写法。前两句属白，后两句属己，以白之频频梦己，与己之因病未尝梦白对照，事异情同。写入梦以见相思之切，人之所同；写不入梦而仍见相思之切，则是己之所独。这是此诗别开生面之处。

这两首诗纯用白描，几乎没有设色布景，而人物形象非常生动，情调也非常感人。

我们再来读两首白居易被贬江州后，由长安赴江州途中寄给元稹的诗。《蓝桥驿见元九诗》云：

蓝桥春雪君归日，秦岭秋风我去时。
每到驿亭先下马，循墙绕柱觅君诗。

这首诗是作者经过蓝桥驿时所作。驿在今陕西省蓝田县东南，是当时由长安通往河南、湖北路上的一个中途站。元和十年正月，元稹从唐州返回长安，写了《西归绝句》十二首（我们在前面已读过其中的“五年江上”一首），其中写蓝桥驿的一首道：“云覆蓝桥雪满溪，须臾便与碧云齐。”因为他归时正逢春雪。其年三月，元稹再贬通州，而白居易则在八月由太子左赞善大夫贬江州。秦岭本是横亘陕西、甘肃的一条山脉，但在这里，则是作为位于秦岭之麓的长安的代称。前两句对起，上言元在春季之满心欢畅地回到京城，下句言己在秋日之满怀抑郁地被斥远郡。说元，只及其正月重返而不及其三月再贬；说己，只及其现在谪外而不言其原来留京。这都是互文见义，举一端而他端自见。这年春天，两位好友，久别重逢，曾和樊宗师、李建等人同游城南名胜。两位诗人曾在马上“戏诵新艳小律”，生活非常愉快；而好景不常，元既再贬，白又继之，真所谓祸不单行了。情况使人如此难堪，但出语很平淡。只有深入地理解了他们的处境，才能体会诗人要对自己的感情进行多么强劲的控制，才能够使之更其深化，而用这种貌似平淡、实极沉哀的语言表达出来。

后半点题。古代诗人旅行或游览时有一个习惯：常常将自己随时写的作品题在旅店或名胜地点建筑物的墙壁上或屋柱上，供人欣赏。许多著名的作品，就是通过这种方式流传下来的（如旧传为李白作的〔菩萨蛮〕词，就是一个很有名的例子）。本诗写来到驿亭，下马之后，不干别的，先去寻觅元稹的题诗。这固然表示了对好友的踪迹之关切、作品之爱好，但着一“每”字，则贯通前后，显示了在这之前，已经如此，在这之后，还会如此。《西归绝句》中的蓝桥驿题句，白居易当然早已看到，虽然早已看到，甚至于背熟了，但到了好友数月之前，心情舒畅的题诗之处，还是不能不想到首先要将他题在壁柱之上的手迹欣赏一番，则数月中人事之变迁，行踪之离合，心境之悲欢等等，在诗人情绪上的剧烈波动，都不必明说了。

此诗寓沉痛于平淡之中，玩之若浅近，索之愈深远。在白居易的七绝中别具一格。

再看《舟中读元九诗》：

把君诗卷灯前读，诗尽灯残天未明。
眼痛灭灯犹暗坐，逆风吹浪打船声。

这首诗也作于赴江州道中，在前篇之后。这时，作者已由陆行改为水行了。前半叙事。长夜孤舟，好友的作品无疑地是最好的、足以破岑寂的伴侣。正如宋人陈师道在《绝句》一诗中所写的：“书当快意读易尽。”白居易沉浸在艺术享受之中，反复玩味，在心弦上不断地与好友共鸣，终于将诗读完了。这时，灯已残，夜已半，眼已痛，但天还没有发白。由于心潮澎湃，却怎么也无法入睡了，只好将残灯灭掉，坐待黎明。这时，逆风吹起白浪，叩击船舷，正和汹涌的心潮，互相应和，此起彼伏，物我难分。末句点明舟中，虽然也是以景结情，与王昌龄《从军行》之“高高秋月下长城”及元稹《西归绝句》之“小桃花树满商山”诸句相同，而兼有比兴，构思尤其神妙。

欧阳修论诗，有“穷者而后工”之说，常为后人所称引。所谓穷，如他在《梅圣俞诗集序》中所解释的：“凡士之蕴其所有，而不得施于世者，多喜自放于山颠水涯之外；见虫鱼、草木、风云、鸟兽之状类，往往探其奇怪，内有忧思感愤之郁积，其兴于怨刺，以道羁臣、寡妇之所叹，而写人情之难言。盖愈穷则愈工。然则非诗之能穷人，殆穷者而后工也。”元稹和白居易早岁有意从事政治革新，并曾通过文学活动推动这种革新，但收效不大。元和十年，两人又都是由于反对当时权贵在政治上不利于人民和国家的举措而贬官，这就是欧阳修所谓穷了，因此，他们之间互相怀念、安慰和支持而写出的一些作品，自然也就工了起来。

南园（十三首录二）

李贺

寻章摘句老雕虫，晓月当帘挂玉弓。
不见年年辽海上，文章何处哭秋风。

南园是李贺在家乡福昌县（今河南省宜阳县）昌谷的读书之处。他就园中所欣赏的景物、所触发的心情，写了十三首诗，包括七言绝句十二首，五言律诗一首，即以作诗的地点命题。

这一首写对自己目前生活方式的观感。西汉末年的扬雄，少年时代很爱作赋，后来觉得从事文学没有什么了不起，不过像孩子们雕刻什么玩意儿，成年人是不干的（“童子雕虫篆刻，……壮夫不为也”）。起句就是用的这个典故，说自己搜寻篇章，摘录字句，老是干着这种雕虫小技。次句进而描写攻读的辛勤。寻章摘句，孜孜不息，白昼如此，夜间亦然。通宵苦读，不觉之间，天又亮了。一弯弦月，像玉弓一样，悬挂天边，从帘隙中透了进来。第三四句转到另外一面。辽海，辽河流域滨海地区，这里泛指边疆征战之地。宋玉作《九辩》，极写秋景之可悲，所以后人通以悲秋代表文人的感伤情绪。这是说，难道没有看见辽海地区常有征战？悲秋（哭秋风）的文章到了那里，又有什么地位（价值）呢？

长卿牢落悲空舍，曼倩诙谐取自容。
见买若耶溪水剑，明朝归去事猿公。

这首诗前半写西汉时代两个著名人物的遭遇。长卿，司马相如字。他是当时最杰出的赋家，早年失意（牢落），生活贫困，家里什么也没有，所以说“悲空舍”。曼倩，东方朔字。他在汉武帝宫廷中，以滑稽小丑身份出现，其实是一个很有正义感的人，常常利用开玩笑（诙谐）的方式进行讽谏，但避免直接触犯皇帝，所以说“取自容”。司马相如早年，有文才而不为皇帝所知。东方朔虽然进入宫廷，但又必须以诙谐的方式出现，才能够呆下去。在李贺看来，都是不值得羡慕的。所以后半也同上一首诗一样，转到另外一个方面。见买，犹言将买。若耶溪在今浙江省绍兴县境内，相传春秋时代著名的制剑工艺家欧冶子曾以溪中的铜铸成利剑。猿公相传是春秋时代一位精于剑术的仙猿，曾化作老人，与另一位精于剑术的处女比过剑。这是说，既然如此，我就干脆走另外一条路吧。我将买把好剑，投师学艺，就武弃文。

这两首诗内容大致相同。它们表现的事实上是一种怀才不遇的牢骚，但以慨叹文人无用的方式来表达。学文没有得到满意的出路，就想转而习武，考进士不第，就想投奔藩镇或赴边疆从军。这在当时，是一种带有普遍性的社会风气和想法。诗篇也正表明了这种想法。

李贺是唐代乃至整个古代诗坛上最具有艺术特色的作家之一。他那种极其丰富而又奇特的想象，音响颜色变化无穷的语言，都是罕见的。而他对于生活的洞察力，则是这些艺术上独特成就的根源。这些特色，主要的是表现于其古体诗中。他的律诗、绝句，相形之下不免逊色。这种事实告诉我们，任何一个作家，并不可能如元稹在其所撰的杜甫墓志中所说的那样：“尽得古今之体势，而兼人人之所独专。”这连杜甫也没有能做到，何况李贺？理解这一点，对于我们实事求是地评价一个作家，不是没有用处的。因为这可以使我们知道每个作家，各有长短，应当舍短取长，而不应求全责备，更不应以短为长，任情抑扬。

下面两诗，所写内容不同，主题思想却和上面所选《南园》二首接近。

温庭筠《蔡中郎坟》云：

古坟零落野花春，闻说中郎有后身。
今日爱才非昔日，莫抛心力作词人！

蔡邕是东汉末年的著名文士，曾官左中郎将。他的坟墓在毘陵（今江苏省常州市）境内。古人迷信，认为人死之后，还可以转世投胎。据殷芸《小说》所载，另一著名文士张衡死的那一天，蔡邕的妈妈恰好怀孕。张、蔡两人，才貌近似，所以人们都说蔡是张的后身。诗人经过蔡邕的坟，想起这个传说，不由地发生了一种感慨。

首句点题。蔡邕在当年虽然名气很大，但年岁久远，古坟虽存，却已零落，惟有野花逢春，仍在坟头开放。正由于野花之开放，才更见古坟之凄凉，与“朱雀桥边野草花”之句，用意正同。次句过脉。传说只载张衡的后身是蔡邕，但诗句却不写成“闻说张衡有后身”而写成“闻说中郎有后身”，是因诗人认为，既然张衡可以转世变为蔡邕，那么，蔡邕当然也会有他的后身的。这样，就由吊古而过渡到伤今了。后两句转出正意。张衡、蔡邕之所以名垂后世，不但是由于他们有才，更主要的是当时还有爱才的人，能够发现他们，提拔他们。因此，他们劳心费力，去从事文学工作，还是有报偿的。可是在今天，即使“中郎有后身”，又有什么出路呢？据史，温庭筠“苦心砚席，尤长于诗赋，……然士行尘杂，不修边幅，……由是累年不第”。可见他是一个不合于当时统治者道德规范的“词人”，所以虽有文才，却不被赏识，终于感到自己只是“枉抛心力”，白白地将精力浪费在这上面而已。

这种牢骚，其实也就是李贺在《南园》中所反映的。温庭筠别有《过陈琳墓》云：“曾于青史见遗文，今日飘蓬过此坟。词客有灵应识我，霸才无主始怜君。石麟埋没藏春草，铜雀荒凉对暮云。莫怪临风倍惆怅，欲将书剑学从军。”如果认为《南园》两首与《蔡中郎坟》一首之间的相通之处，还不容易看清楚，我们读了这一篇七律，就可以豁然贯通了。

李、温所咏，只及文人，而陈羽的《将归旧山留别》则将视野扩大到了隐士。

相共游梁今独还，故乡摇落忆青山。
信陵死后无公子，徒向夷门学抱关。

陈羽是江东人，贞元八年（792）进士及第。这首诗是他及第以前的作品。唐代举子在没有及第之前，常常离开家乡，在一些名都大邑行卷，寻求有学问有地位的著名人物的赏识和帮助。梁即大梁，今河南省开封市。它是战国时代魏国的都城，也是西汉时代梁孝王的苑囿——梁园所在地。陈羽游梁，希图进取，可是并无所得，废然返回故乡，临行之际，写了这篇诗留别同游的朋友。

首句写将归，是叙事，然而又非单纯的叙事。梁孝王爱好文学，招致了许多文士，住在梁园之中。当时游梁成为风气，著名作家如枚乘、邹阳、严忌、司马相如等，都是梁园上客。然而随着时间的消逝，今天文士重游其地，已经没有那样的贤主人了。所以这句诗既是写自己倦游将归，也是抒发“今日爱才非昔日，莫抛心力作词人”之感。次句写思乡，是上句的根源，同时点明时令。宋玉在《九辩》中写道：“悲哉！秋之为气也，草木摇落而变衰。”所以杜甫在《咏怀古迹》中也特别指出“摇落深知宋玉悲”。旅游无成，又逢秋日，回想故乡青山，自己深有摇落之感。这摇落，既是指物，也以喻人，也就是“文章何处哭秋风”之意。

后两句即景生情，转到一个带有本地风光的著名历史故事。战国时代，各国贵族有一种养士的风气，即将各种各样有一技之长的人罗致在门下。由于他们礼贤下士，所以上至有文韬武略的人，下至鸡鸣狗盗之徒，都愿意来做客人。到了紧要关头，也能得到这些客人的死力帮助。在许多养士的贵族之中，魏国的信陵君、赵国的平原君、齐国的孟尝君、楚国的春申君，尤其有名，称为四公子，门下各有食客三千人。而信陵君由于对门客最为诚敬谦虚，所以声望也最高。当时有一位老谋深算的策略家，名叫侯嬴，因为不为人知，所以就在大梁城的夷门（城的东门）抱关（看守城门）。后来信陵君发现了他，尊为上客。侯嬴多次考验信陵君的诚意，他的态度始终如一，因此这位老人深为感激。平原君是信陵君的姐夫。秦兵攻赵，形势危急，魏王害怕秦国，不敢出兵救赵。这时，侯嬴就为信陵君制定了一整套夺取兵权援救赵国的方案，结果，完全按照这位老策略家的计划实现了。当信陵君出发到前线去的时候，侯嬴因为衰老，不能同行，就自杀以激励信陵君必胜的信念。这是古代一个典型的礼贤下士和士为知己者死的故事。诗人在这里发生慨叹，认为若是没有像历史上的信陵君这样的贤公子，那么，就是有侯嬴这样满腹奇谋的人，也学他抱关夷门，做个隐士，又能被谁发现呢？不过是空有本领而已。这也就是韩愈在《杂说》中所说的“世有伯乐，然后有千里马。千里马常有，而伯乐不常有”的意思。

陈羽所咏，虽属隐士，但他本人是个文人，所以也还是和李、温两人一样，是对文人怀才不遇的不平之鸣。怀才不遇，是旧社会里一种基于社会制度而产生的带有根本性质的缺陷。在旧社会没有被推翻以前，人尽其才，只能是一种美妙的幻想。而就诗人、作家们来说，则还有另外的具体情况。因为人类的社会生活是文艺的唯一源泉。任何人，如果要在文学创作上有所成就，他就必须观察、体验、研究、分析生活。在旧社会中，人剥削人，人压迫人，则是最基本的社会生活形态。尽管当时的文人绝大多数出身地主阶级，看问题必然地带有阶级偏见，他们的世界观是唯心主义的，思想方法是形而上学的，但也无法完全阻拦这种巨大而普遍的客观存在闯入他们的视野和心灵，无法拒绝在自己的作品中给这种存在以一定程度的反映。这种反映，不用说，是不利于统治阶级的，不为其所欢迎的，所以他们即使怀才，也就往往不遇了。作为地主阶级的成员，在那种社会条件下他们无从完全背叛本阶级，也根本没有想到要背叛本阶级，但在受到广大人民的苦难生活的教育之后，又必然地要在自己的作品中反映出某些方面的生活真实来，因而受到统治者的冷遇或排斥。这是古典作家不可避免的命运，也是存在于他们身上的悲剧性的矛盾。

咏内人

张祜

禁门宫树月痕过，媚眼惟看宿燕窠。
斜拔玉钗灯影畔，剔开红焰救飞蛾。

古人称皇宫为大内，内人即宫女。本篇通过极其精妙的艺术构思，深刻地展现了一位宫女的内心世界。

起句写时间，而由这位宫女眼中所见月光的移动来显示。月亮的影子先是投射到宫门上，然后越过了宫门；再投射到宫内的树上，又越过了宫树；终于投射到这位宫女的住室之内了。这时，当然已经夜深。次句写人物。夜色沉沉，万籁俱寂，别人或已入梦，她却无法成眠。在月痕灯影里，一双娇媚的眼睛不看别处，惟独盯着梁上已经睡了的燕子的窝巢。从这一双媚眼里，我们难道看不出，她是深感于自己的孤独，远不及双宿双飞的燕子吗？后半将对人物的描写由静态转为动态。这时，她忽然看到一只飞蛾，扑向灯焰，眼见得这无知的小生命由于追寻虚幻的光明即将把自己断送了，于是她迅速地拔下斜插在头上的玉钗，将已被火舌卷住的飞蛾救了出来。这只飞蛾的经历，难道不也就是她自己的经历吗？她入宫之时，可能认为那是升入天堂，前途无限光明；而入宫以后，才知道已经陷入地狱，前途是无边的黑暗。但飞蛾还有她来救，而她又有谁来救呢？诗篇只作客观描写，然而这位女奴隶悲惨的命运和痛苦的灵魂，却已从她凝视燕窠和救飞蛾这两个具体动作中极其生动而又准确地被展现了出来。它体现了作者高贵的人道主义精神，同时也体现了作者精湛的艺术技巧。

张祜写这位内人对扑火飞蛾的同情，实质上是写他对千千万万类似飞蛾的宫女的同情。在雍陶的《和孙明府怀旧山》诗中，我们也可以看到同样的写法。

五柳先生本在山，偶然为客落人间。
秋来见月多归思，自起开笼放白鹇。

明府是县令的美称。作者的一位姓孙而官居县令的友人，在职期间，怀念故乡，写了一首诗，他便和了一首。在这首和诗中，他描写了孙明府自己深感身受官职的拘束，不得自由自在，因此有还乡之思，而由人及物，想到自己所养白鹇，关在笼中，也必然有同感，因此打开笼子，将它放了。

前两句以著名的隐士和诗人陶渊明比拟孙明府。陶渊明住宅前面有五棵柳树，因此自己取了一个别号，叫做五柳先生。他曾经一度出任彭泽县令，因为不习惯于遵守官场礼节，很快就辞官归隐了。这两句是说孙某之出任明府，也不过是偶然的事，终究还是会如陶渊明一样，弃官归隐的。第三句写其见月思归。月挂中天，千里可共，故对月而思异地或家乡的月下亲友，乃是人情之常。在古典文学中，已成为一个传统的意象。在前面读过的许多诗中，已经屡见，所以这一句乃是平淡无奇的常语，但接以末句，由于自己思乡，起而开笼放鸟，构思出人意外。这就连平淡的上句也显得非如此写不可了。这里写孙某对白鹇的同情，为它设身处地着想，事实上也是写孙某同情他自己和作者也同情孙某。

《红楼梦》第三十六回写贾蔷买了一个会串戏的雀儿给龄官解闷，问她：“好不好？”龄官反而生了气，她说：“你们家把好好儿的人弄了来，关在这牢坑里学这个，还不算，你这会子又弄个雀儿来，也干这个浪事！你分明弄了来打趣形容我们，还问‘好不好’！”从这支极小的插曲中可以看出，曹雪芹对于人，不同阶级的人的心理理解得多么透彻。不用说，这支插曲对于我们理解诗人们“救飞蛾”和“放白鹇”的描写大有启发。

闺意献张水部

朱庆馀

洞房昨夜停红烛，待晓堂前拜舅姑。
妆罢低声问夫婿：画眉深浅入时无？

以夫妻或男女爱情关系比拟君臣以及朋友、师生等其他社会关系，乃是祖国古典诗歌中从《楚辞》就开始出现并在其后得到发展的一种传统表现手法。此诗也是用这种手法写的。

这首诗又题为《近试上张水部》。这另一个标题可以帮助读者明白诗的作意。在谈《东都望幸》一诗时，我们已简略地介绍了唐代应进士科举的士子行卷于当代有名人物，以希求其称扬和介绍于主持考试的长官——礼部侍郎这样一种风气。朱庆馀此诗投赠的对象，就是这样一位名人。张籍，曾官水部郎中，他以擅长文学而又乐于提拔后进与韩愈齐名，合称韩、张。朱庆馀平日向他行卷，已经得到他的赏识，临到要考试了，还怕自己的作品不一定符合主考的要求，因此以新妇自比，以新郎比张，以公婆比主考，写下了这首诗，征求张籍的意见。

古代风俗，头一天晚上结婚，第二天清早新妇才拜见公婆。此诗描写的重点，乃是她去拜见之前的心理状态。首句写成婚。洞房，这里指新房。停，停留。停红烛，即让红烛点着，通夜不灭。次句写拜见。由于拜见是一件大事（杜甫在《新婚别》中写一位刚结婚的姑娘，由于第二天一大早丈夫就出发参军去了，来不及由他引着去拜见公婆，因而产生“妾身未分明”的顾虑，可证），所以她一绝早就起了床，在红烛光照中妆扮，等待天亮，好去堂前行礼。这时，她心里不免有点嘀咕，自己的打扮是不是很时髦呢？也就是，能不能讨公婆的喜欢呢？因此，后半便接写她基于这种心情而产生的言行。在用心梳好妆，画好眉之后，还是觉得没有把握，只好问一问身边丈夫的意见了。由于是新娘子，当然带点羞涩，而且，这种想法也不好大声说出，让旁人听到，于是这低声一问，便成为极其合情合理的了。这种写法真是精雕细琢，刻画入微。

仅仅作为“闺意”，这首诗已经是非常完整、优美动人的了，然而作者的本意，在于表达自己作为一名应试举子，在面临关系到自己政治前途的一场考试时所特有的不安和期待。应进士科举，对于当时的知识分子来说，乃是和女孩儿出嫁一样的终身大事。如果考取了，就有非常广阔的前途，反之，就可能蹭蹬一辈子。这也正如一个女子嫁到人家，如果得到丈夫和公婆的喜爱，她的地位就稳定了，处境就顺当了，否则，日子就很不好过。诗人的比拟来源于现实的社会生活，在当时的历史条件之下，很有典型性。即使今天看来，我们也不能不对他这种一箭双雕的技巧感到惊叹。

朱庆馀呈献的这首诗获得了张籍明确的回答。在《酬朱庆馀》中，他写道：

越女新妆出镜心，自知明艳更沉吟。
齐纨未足时人贵，一曲菱歌敌万金。

由于朱的来诗用比体写成，所以张的答诗也是如此。在这首诗中，他将朱庆馀比作一位采菱姑娘，相貌既美，歌喉又好，因此，必然受到人们的赞赏，暗示他不必为这次考试担心。

首句写这位姑娘的身份和容貌。她是越州的一位采菱姑娘。这时，她刚刚打扮好，出现在镜湖的湖心，边采菱边唱着歌。次句写她的心情。她当然知道自己长得美艳，光彩照人。但因为爱好的心情过分了，却又沉吟起来（沉吟，本是沉思吟味之意，引申为暗自忖度、思谋）。朱庆馀是越州（今浙江省绍兴市）人，越州多出美女，镜湖则是其地的名胜（杜甫《壮游》："越女天下白，鉴湖五月凉。"鉴湖就是镜湖）。所以张籍将他比为越女，而且出现于镜心。这两句是回答朱诗中的后两句，"新妆"与"画眉"相对，"更沉吟"与"入时无"相对。后半进一步肯定她的才艺出众，说：虽然有许多其他姑娘，身上穿的是齐地（今山东省）出产的贵重丝绸制成的衣服，可是那并不值得人们的看重，反之，这位采菱姑娘的一串珠喉，才真抵得上一万金哩。这是进一步打消朱庆馀"入时无"的顾虑，所以特别以"时人"与之相对。

这是两首赠答诗，朱赠而张答。诗中赠答，又称献酬，由来已久。远在《诗经》中已有萌芽，建安以还，风气更盛。它与唱和诗不同，唱诗的内容广泛自由，并非针对某人来表达其情志，也并不一定预期有人和它，所以在无人继和的情况之下，就是一般的诗篇了。和诗内容必须与唱诗相关联，立意与原作相同、相近间或相反，但拘束很少。赠诗则针对某一人或数人而发，或怀念，或赞赏，或乞求，或询问，甚至于规劝、讽刺；答诗则要针对赠诗之意表示态度。赠答之诗，一般出自两人之手，甲赠而乙答，丙献而丁酬，但其后也有许多变化，超出这种限制。在下面读到李商隐的作品时，我们将谈到那些复杂的情况。

赤壁

杜牧

折戟沉沙铁未销，自将磨洗认前朝。
东风不与周郎便，铜雀春深锁二乔。

这首诗是作者经过赤壁（即今湖北省武昌县西南赤矶山）这个著名的古战场，有感于三国时代的英雄成败而写下的。诗以地名为题，实则是怀古咏史之作。

发生于汉献帝建安十三年（208）十月的赤壁之战，是对三国鼎立的历史形势起着决定性作用的一次重大战役。其结果是孙、刘联军击败了曹军，而三十四岁的孙吴军统帅周瑜，乃是这次战役中的头号风云人物。

诗篇开头借一件古物来兴起对前朝人物和事迹的慨叹。在那一次大战中遗留下来的一支折断了的铁戟，沉没在水底沙中，经过了六百多年，还没有被时光销蚀掉，现在被人发现了。经过自己一番磨洗，鉴定了它的确是赤壁战役的遗物，不禁引起了“怀古之幽情”。由这件小小的东西，诗人想到了汉末那个分裂动乱的时代，想到那次有重大意义的战役，想到那一次生死搏斗中的主要人物。这前两句是写其兴感之由。

后两句是议论。在赤壁战役中，周瑜主要是用火攻战胜了数量上远远超过己方的敌人，而其能用火攻则是因为在决战的时刻，恰好刮起了强劲的东风，所以诗人评论这次战争成败的原因，只选择当时的胜利者——周郎和他倚以致胜的因素——东风来写，而且因为这次胜利的关键，最后不能不归到东风，所以又将东风放在更主要的地位上。但他并不从正面来描摹东风如何帮助周郎取得了胜利，却从反面落笔：假使这次东风不给周郎以方便，那么，胜败双方就要易位，历史形势将会完全改观。因此，接着就写出假想中曹军胜利，孙、刘失败之后的局面。但又不直接铺叙政治军事情势的变迁，而只间接地描绘两个东吴著名美女将要担承的命运。如果曹操成了胜利者，那么，大乔和小乔就必然要被抢去，关在铜雀台上，以供他的享受了（铜雀台在邺县，邺是曹操封魏王时魏国的都城，故地在今河北省临漳县西）。

后来的诗论家对于杜牧在这首诗中所发表的议论，也有一番议论。宋人许顗《彦周诗话》云："杜牧之作《赤壁》诗，……意谓赤壁不能纵火，为曹公夺二乔置之铜雀台上也。孙氏霸业，系此一战。社稷存亡，生灵涂炭都不问，只恐被捉了二乔，可见措大不识好恶。"这一既浅薄而又粗暴的批评，曾经引起许多人的抗议。如《四库提要》云："（许顗）讥杜牧《赤壁》诗为不说社稷存亡，惟说二乔，不知大乔乃孙策妇，小乔为周瑜妇，二人入魏，即吴亡可知。此诗人不欲质言，故变其词耳。"这话说得很对。正因为这两位女子，并不是平常的人物，而是属于东吴统治阶级中最高阶层的贵妇人。大乔是东吴前国主孙策的夫人，当时国主孙权的亲嫂，小乔则是正在带领东吴全部水陆兵马和曹操决一死战的军事统帅周瑜的夫人。她们虽与这次战役并无关系，但她们的身份和地位，代表着东吴作为一个独立政治实体的尊严。东吴不亡，她们决不可能归于曹操。连她们都受到凌辱，则东吴的社稷（政权）和生灵（人民）的遭遇也就可想而知了。所以诗人用"铜雀春深锁二乔"这样一句诗来描写在"东风不与周郎便"的情况之下，曹操胜利后的骄恣和东吴失败后的屈辱，正是极其有力的反跌，不独以美人衬托英雄，与上句周郎互相辉映，显得更有情致而已。

诗的创作必须用形象思维，而形象性的语言则是形象思维的直接现实。如果按照许颉那种意见，我们也可以将“铜雀春深锁二乔”改写成“国破人亡在此朝”，平仄、韵脚虽然无一不合，但一点诗味也没有了。用形象思维观察生活，别出心裁地反映生活，乃是诗的生命。杜牧在此诗里，通过“铜雀春深”这一富于形象性的诗句，即小见大，这正是他在艺术处理上独特的成功之处。

另外，有的诗论家也注意到了此诗过分强调东风的作用，又不从正面歌颂周瑜的胜利，却从反面假想其失败，如何文焕《历代诗话考索》云：“牧之之意，正谓幸而成功，几乎家国不保。”王尧衢《古唐诗合解》也说：“杜牧精于兵法，此诗似有不足周郎处。”这些看法，都是值得加以考虑的。杜牧有经邦济世之才，通晓政治军事，对当时中央与藩镇、汉族与吐蕃的斗争形势，有相当清楚的理解，并曾经向朝廷提出过一些有益的建议。如果说，孟轲在战国时代就已经知道“天时不如地利，地利不如人和”的原则，而杜牧却还把周瑜在赤壁战役中的巨大胜利，完全归之于偶然的东风，这是很难想象的。他之所以这样地写，恐怕用意还在于自负知兵，借史事以吐其胸中抑郁不平之气。其中也暗含有阮籍登广武战场时所发出的“时无英雄，使竖子成名”那种慨叹在内，不过出语非常隐约，不容易看出来罢了。

可以和《赤壁》比较的，有钱珝的《春恨》：

负罪将军在北朝，秦淮芳草绿迢迢。
高台爱妾魂销尽，凭仗丘迟为一招。

这首诗也是即小见大，以和政治斗争毫不相干的女子来揭示一件具有政治意义的事情。

陈伯之本是南北朝时代梁国的一位将军，梁武帝天监元年（502），担任江州刺史。他是一个文盲，又爱任用私人，因而把事情办得一团糟，后来朝廷对他加以告戒，又派人前往整顿吏治，他害怕了，就举兵叛变，失败以后，逃往北朝魏国，被封为平南将军。天监五年，梁魏交战。梁临川王萧宏是梁方统帅，命令著名文士丘迟写信给他，劝他弃北归南。这封信晓以大义，戒以利害，动以感情，指出梁国对他非常宽大，在他叛变以后，对他的祖宗坟墓、亲戚家人、私人财产，都一律加以保护，毫未触动（“松柏不剪，亲戚安居，高台未倾，爱妾尚在”），又指出江南风光美丽，令人怀念，如果他回想自己值得珍重和留恋的过去，一定感到难受（“暮春三月，江南草长，杂花生树，群莺乱飞。念故国之旗鼓，感平生于畴昔，抚弦登陴，岂不怆悢”），希望他早日回来。这封信写得合理合情，扣人心弦，连这位不识字的将军也深受感动，因此就回到了梁国。它就是梁昭明太子萧统收入《文选》中的《与陈伯之书》，是一篇一直传诵人口的优秀作品。

这首诗就是歌咏这件历史事实的。首句叙事，写陈伯之奔魏。由于他叛变投敌，是有罪的，所以称为负罪将军。次句写南都春色，是《与陈伯之书》中“暮春三月”诸句的改写，同时暗用《楚辞》淮南小山《招隐士》“王孙游兮不归，春草生兮萋萋”及王维《送别》“春草年年绿，王孙归不归”，隐含陈伯之思归之意。这一句所写景物，是陈伯之眼中所望，心中所想。一位生在南方、长在南方的人，一旦犯罪，逃往北方，到了春天，想到故国南京秦淮河畔非常熟悉、非常亲切的芳草又呈现了一片碧绿，而自己却千里迢迢，远在魏国，怎么能够不动思归之情呢？这就为事件的结局和下面的文章安排了伏线。第三句以《与陈伯之书》中“高台未倾，爱妾尚在”两句为素材，而发挥诗人的想象力。在陈伯之旧居的高台之上，他的爱妾们该是日日登临，凝眸北望，盼望他的归来，以至于连心魂都为之销耗殆尽了吧。第四句写陈的归来，而兼致对于丘迟的赞美。

这首诗写陈伯之悔罪南归，不从民族、国家的大义立言，也不从政治、军事的形势发论，而以与这些重大事物无关的妇女作为中心来写，从表面上看，似乎也是小中见大，与杜牧《赤壁》相同，不过细加分析，就可以看出，《赤壁》虽然只说二乔，但由于她们的命运能够反映出东吴的存亡，故其意义仍在显示战争的胜败关系到国家的荣辱，而《春恨》完全抛开了民族、国家、政治、军事等重大方面，而只就私人生活，而且是私人生活中很小的一个方面发挥，好像陈伯之的南归，其意义就只限于免于高台爱妾之销魂，立言就非常不得体了。丘迟原信，写得很全面，谈到陈伯之家庭之受到保护，也不过梁国宽大政策之一端，而钱珝却恰恰发挥了原书中并非重要的这一点，虽然也有情致，但是并无眼光。故此诗从艺术标准看，容有可取之处，而从思想内容方面看，就比《赤壁》差得远了。借用刘知幾《史通·模拟篇》的一句话来说，二诗可谓“貌同心异”。

过华清宫绝句（三首录一）

杜牧

长安回望绣成堆，山顶千门次第开。
一骑红尘妃子笑，无人知是荔枝来。

华清宫是杜牧爱写的题材，在他的诗集中，有五言排律《华清宫三十韵》一首，又七言绝句《过华清宫绝句》三首、《华清宫》一首。这是其中最出色的一篇。

此诗的主题思想是揭露荒淫无道的唐玄宗及其宠妃杨玉环的奢侈生活所加于人民的苦难，与杜甫《解闷》中“侧生两岸”一首同意，但写法完全不同。前诗侧重于以“翠眉”与“布衣”对比，以见玄宗之轻才重色，劳人害马，是以议论为主。此诗则主要的是揣摹杨贵妃看到进贡的荔枝来到时的满意心情，画龙点睛，而统治阶级之作威作福，人民之被压迫被剥削，都可想见，是以描写为主。杜牧是非常敬佩杜甫这位伟大前辈的，但他自己也是一个有出息的诗人。而任何一个有出息的文艺家，除了应当谦逊地向前辈学习之外，还应当勇敢地向前辈挑战，并且在自己的创作中显示出或多或少的前所未有的实绩，发出一些新的光彩来。否则，文学艺术就不可能向前发展，为人民提供新的精神食粮了。我们以老杜与小杜的这两诗相比较，不能不承认，后者是青胜于蓝，冰寒于水。

诗从临潼到长安的途中着笔。已过骊山的华清宫，快到长安了，而犹回头眺望，足见感触之深。绣成堆，是形容骊山风物之美。《雍大记》云：“东绣岭在骊山右，西绣岭在骊山左。唐玄宗时植林木花卉如锦绣，故名。”故此三字也就是后来小说中常说的花团锦簇。长安离临潼已远，事实上是望不见的，所以这头一句也和以下三句一样，无非是回忆想象之词。次句山顶千门，是写宫殿的宏伟深邃，用张衡《西京赋》“门千户万，重闺幽闼，转相逾延”之意。为了迎接进贡荔枝的使者，而宫殿门户，一重重地依着次序打开，说明使者之被重视，也正是说明唐玄宗、杨贵妃对私人生活享受之重视。这一句是后面的主要场面即第三句的前奏。第三句正写。这时，在远处大路之上，尘土飞扬，一位使者，鞭马急驰而来，正向骊山顶上的华清宫前进。因为千门万户，都已打开，深居宫中的妃子也就看得见她即时可以到口的家乡爱物了，于是，不禁嫣然一笑。结句不但点明一骑红尘是为了进贡荔枝，而且说出无人知道。这也就是说，这班寄生虫的奢侈生活，不是一般人所能想象的。人们看到这位使者拼命地奔驰，还有可能认为是呈递什么有关国家大事的紧急情报哩。上一句写得极热，这一句却写得极冷，相形之下，这些最高统治阶级的丑恶形象就更加清晰了。洪昇在剧本《长生殿》的《进果》一出中，也写了这个场面。他利用了戏剧那种样式的特长，对此作了更广阔的描绘和更细致的刻画，值得参看。

这篇名作中也存在一个虽然在艺术创作中可以原谅，甚至可以容许的错误，应当指出。原来，华清宫是位于今陕西省临潼县南骊山上的一座离宫，山有温泉，气候和暖，因而每年十月，以玄宗为首的大贵族们才迁到那里避寒，春暖之时，再回长安。但荔枝成熟是在夏天。所以在华清宫看到进贡荔枝，是不可能的。白居易在《长恨歌》中，有“七月七日长生殿，夜半无人私语时”之句，长生殿即在华清宫中。天气还很热的七夕，玄宗、贵妃也不会住在那里。《长恨歌》中还有“峨嵋山下少人行，旌旗无光日色薄”之句。玄宗一行从陕西进入四川，到了成都，就停止南进，而峨嵋在成都之南又几百里，玄宗等根本没有走过此山。像这些地方，或是由于诗人创作时不曾细考，随情涉笔，以致出现错误，然而它们并无损于整个作品的思想性和艺术性，所以说，这是可以原谅的。另外，这也有可能是作者想将作品的人物和环境典型化，使作品中呈现的艺术真实更高于生活真实，因而把某些最有代表性事物集中起来，写在一起，以加强艺术的感染力，而不管其在实际上是否可能出现。如玄宗、贵妃冬天要洗温泉，夏天要吃荔枝，诗人将场面写为在华清宫收到荔枝，便将他们无论冬夏都要享受，集中体现出来了，这就更加突出了其生活的腐朽性，从而加强了作品的思想性与艺术性。所以说，这是可以容许的。

唐人绝句中以华清宫为题材的好诗还不少，我们再选读两家，比较一下诗人们对于同一题材的不同处理，这对于欣赏和创作，都是不无益处的。

吴融《华清宫》云：

四郊飞雪暗云端，惟此宫中落旋干。
绿树碧帘相掩映，无人知道外边寒。

这首诗的主题思想与表现手法都与杜牧前诗相同，即借一件生活中的小事来揭露阶级矛盾，但形象则完全不一样。

起句写大雪，一“飞”字写出风的威势。北风驱使着雪花，到处飞舞，遍野漫天，望上去，连天空的层云都显得阴暗了；而在这座离宫范围内，却落下不久就干（旋，随即），连树叶也不枯黄，常年青绿。一面是地有温泉，温度较高，另一面则是宫殿建筑坚实，设备完善。所以在这样的严寒季节里，住在宫中的人，所看到的，仍然只是垂下的碧帘与宫外的绿树互相掩映而已。冬天的大地换上了妆饰，他们都看不见，又怎么会知道外边的寒冷是怎么一回事呢？当然不会知道了。连这都不知道，又怎么能体察国家兴衰和人民苦乐呢？就在这糊里糊涂之中，安禄山就打进来了。

全诗以宫内宫外对比，以起句和结句写宫外之情，中间两句写宫内之景，与一般绝句诗两两相对的写法不同，显得用意更为融合贯通，手法更为灵活自然，结构更为错综变化，虽然就语言来说，它的魅力较差。

以上两首是写华清盛时。崔橹也写过三首《华清宫》，现在选其中写华清衰时的两首来作对照。其一云：

草遮回磴绝鸣鸾，云树深深碧殿寒。
明月自来还自去，更无人倚玉阑干。

又一云：

门横金锁悄无人，落日秋声渭水滨。
红叶下山寒寂寂，湿云如梦雨如尘。

两诗都极写天宝之乱以后华清宫的荒凉景色，而其作意则在于缅怀唐帝国先朝的隆盛，感叹现在的衰败，有很浓重的感伤情绪，与杜、吴两诗之以讽刺为主的不同。

前一首起句写骊山磴道。用石头修得非常工致整齐的回环磴道，也就是当日皇帝来时乘坐御辇经过的地方。御辇既不重来，辇上鸾铃的鸣声也就绝响了。鸣鸾既经绝响，磴道自然也就荒草丛生。次句写山中宫殿。皇帝不来，宫殿当然空着。树木长得更高了，高入云端，故称“云树”，更茂密了，故曰“深深”。被这深深云树包围起来的皇宫，虽然在花卉林木掩映之下，依然呈现一片碧绿，也许还更碧绿了，但由于空着，就充满了寒冷的气氛。只这一“寒”字，就把宫中富贵繁华、珠歌翠舞、锦衣玉食一扫而空。后半转入夜景，写人事更变之后，多情明月，虽然依旧出没其间，但空山寒殿，已经无人玩赏。传说唐玄宗和杨贵妃在天宝十载（751）七月七日夜半在骊山盟誓，“愿世世为夫妇”。诗人想象他们一定也曾如同元稹在《连昌宫词》中所写的“上皇（玄宗）正在望仙楼，太真（杨妃）同凭阑干立”一样，在月光之下，共倚玉石阑干，但现在却只馀明月，自去自来，而先帝贵妃，俱归寂寞，玉阑纵存，却更无人倚了。

后一首起句点明空山宫殿，门户闭锁，悄然无人（这当然不是连看守房子的人也没有，而只是说没有享受它的“正经主子”而已。在这些地方，不可呆看。以词害意，就说不通），以下三句，都就此生发，写离宫荒凉寥落的景色。宫在渭水之滨，由于宫中悄然无人，故诗人经过，所见惟有落日，所闻惟有秋声（秋声，指被秋风吹动的一切东西所发生的音响）。而山头红叶，也由于气候的变冷，飘落到了山下，带来了寂静的寒意。“红”与上“落日”配色，“叶”与上“秋声”和声。而夕阳西沉之后，却又下起雨来。含雨的云浮游天际，像梦一般迷离，而云端飘落的雨丝，却又像灰尘一般四处随风飘散。绘声绘色，极为逼真。

《文心雕龙·隐秀篇》云："情在词外曰'隐'，状溢目前曰'秀'。"崔橹这两首诗，纯属描写，而能"状溢目前"，不着议论，自然"情在词外"，可以算得上隐秀之作。

杜牧别有《过勤政楼》一首，其表现方法之即小见大，与"长安回望"及"四郊飞雪"两首相同，而所反映情调之低沉伤感，又和"草遮回磴"及"门横金锁"两首相近，今录如下：

千秋佳节名空在，承露丝囊世已无。
惟有紫苔偏称意，年年因雨上金铺。

据史，玄宗在兴庆宫西南建楼，西面题曰"花萼相辉之楼"，南面题曰"勤政务本之楼"。这位皇帝常常和他的兄弟们在楼头欢宴游玩。可见勤政楼即花萼楼，虽有二名，楼实一座。

诗的前半由今思昔。八月五日是玄宗生日，开元十七年（729），由宰相奏请，定为千秋节，布告天下。"群臣以是日进万寿酒，王公戚里进金镜绶带，士庶以结丝承露囊更相问遗。"（《唐会要》）成为一个上下同欢的佳节。但由于玄宗晚年非常昏聩，口头上说要"勤政务本"，事实上却反其道而行之，安禄山一反，连皇帝也当不成了。从那时以后，唐帝国就一直走着下坡路，情形愈来愈不妙。连社会风俗，也有了许多变迁。千秋节虽然还有一个空名，可是人们早已不在这一天用承露囊互相赠送，连承露囊这种东西也没有了。就在这一百年左右，变化该是多么大啊！后半感昔伤今。现在，诗人经过这座还侥幸保存下来的古建筑，回想当日帝国极盛时代，玄宗在这座楼上做生日，楼前杂陈百戏，举国欢腾，而今天则只见一片荒凉，连宫门上的金铺都长满青紫色的莓苔了（金铺，铜制门饰，用以衔环，上作兽头或其他形状）。不说游人在雨中经过其地，看到凄凉衰败的前朝宫殿而伤情，却说惟有莓苔因雨到处滋长，竟然由地面长到了宫门的铜铺之上，好像称心如意的样子，则不但空存佳节之名，不见丝囊之赠，而且宫门深闭，从不打开，也不待言了。诗从民间露囊与宫门紫苔见意，以见废兴，与“长安回望”一首中之从荔枝见意，“四郊飞雪”一首中之从雪花见意，笔墨相同，而情调有异。

不同的作家，对于相同的或近似的题材作出不同的乃至全然相反的处理，这是容易理解的。但我们还应当注意到另外一种现象，即同一作家，对于相同的或近似的题材也一样可以作出不同的乃至全然相反的处理来。这是由社会生活的复杂性和作家思想感情的复杂性这样两种客观和主观条件所规定的。在不同的条件之下，作家的主观感受对同一客观事物也可能有所不同，而任何客观事物本身原来也就具有使人产生各种主观感受的许多侧面。因此，呈现于作品的思想、感情也就不可避免地会变得十分复杂了。就杜牧《过华清宫》与《过勤政楼》来说，前者以辛辣的讽刺揭露玄宗的荒淫，后者以感伤的情调咏叹唐朝的衰落，这对于他本人来说，并不是一个矛盾。但我们今天读时，显然认为前者是更可取的，虽然后者也并非全无可取。以吴融与崔橹之作相较，也是如此。

江南春绝句

杜牧

千里莺啼绿映红，水村山郭酒旗风。
南朝四百八十寺，多少楼台烟雨中。

前人评画，对于具很大的容量的小品，常常誉之为“尺幅千里”。我们读了这首诗，也有这种感觉。这寥寥二十八字，在我们面前展现了一幅江南春景的长卷，情调愉快，笔触生动，色彩鲜明，使我们如置身于无边春色之中。

全诗四句，都是写景：处处柳绿花红，莺歌燕舞。临水有村庄，依山有城郭。而在郭边村上临风招展的，则是酒店用来招徕顾客的旗帜。在这怡红快绿之中，水秀山明之处，还有南朝遗留下来的数以百计的壮丽宏伟的佛寺。它们既是统治阶级剥削和愚弄广大人民的见证，又是建筑工人和艺术家的智慧、才能和辛勤的见证。这些寺庙中的崇楼杰阁，若隐若现地峙立在朦胧烟雨之中，更增添了无限风光。

在这二十八个字中，诗人描绘的景物，既有当时的时代特色，又不具体于一地，而是形象化地概括了整个江南地区。因此题曰《江南春绝句》，而以“千里”两字开头。

但是，如此好诗，也曾经遇到过糊涂的读者。明朝有个杨慎，在他的《升庵诗话》中曾认为千里的“千”字，应改为“十”，理由是：“千里莺啼，谁人听得？千里绿映红，谁人见得？若作十里，则莺啼绿红之景，村郭、楼台、僧寺、酒旗，皆在其中矣。”杨慎虽然也算得上是一位博学能文的人，但对于这首诗所具有的美学意义，却完全没有理解。他既不懂得艺术形象可以而且应当从个别中见一般，一般即存在于个别之中，同时，又将想象排斥于创作手段之外，认为凡属诗中所写，必须目见耳闻。这当然不能不引起异义。所以何文焕《历代诗话考索》反驳他说："即作十里，亦未必尽听得着，看得见。题云《江南春》，江南方广千里，千里之中，莺啼而绿映焉，水村山郭无处无酒旗，四百八十寺楼台多在烟雨中也。此诗之意既广，不得专指一处，故总而命曰《江南春》，诗家善立题者也。"这个论述虽然没有能够提升到理论的高度来解决问题，但还是善于体会诗旨的。

赠别（二首录一）

杜牧

多情却似总无情，惟觉尊前笑不成。
蜡烛有心还惜别，替人垂泪到天明。

这是作者在扬州和一位妓女分别时赠送给她的诗。在古代社会中，婚姻的基础不是两位当事者的爱情，而是双方家庭的社会地位。也就是说，爱情不是婚姻的基础，而是婚姻的附加物；或不是先恋爱，后结婚，而是先结婚，后恋爱。所以恩格斯在《家庭、私有制和国家的起源》中指出："现代所说的爱情关系，在古代仅在官方社会以外才有。"在说明什么是"官方社会以外的妇女"时，恩格斯首先指出的是艺妓，即歌女舞女之类。

杜牧立朝刚正，很有气节，论政谈兵，也有见解，但在私生活上，却是一个不拘小节的人。他在扬州任淮南节度使府掌书记时，经常流连妓院，也为其中某些人写过诗，其中有许多写得很出色，很有感情，因为他确是真诚地爱她们。

《赠别》一共两首。第一首赞美那位年轻姑娘娇艳出众，其他的扬州妓女都比不上她。这第二首则写别夜离筵的惆怅情怀。前半赋情。回想过去欢聚，感觉非常多情，不是多情，怎么会常在一起呢？而今不能不分别，却又似乎无情，不是无情，怎么会终于离开呢？究竟是多情，还是无情，想来想去，真使人迷惘了。然而在酒杯前面，想如同以前那样，纵情欢笑，但怎么也笑不出来，可见多情是真，无情是假。虽然多情，仍要离别，可见万不得已，无可奈何。这样一衬托，一腾挪，就显示出彼此都难舍难分，有多少委婉曲折的心思在内。后半赋物，即以比情。蜡烛有心（芯），烛心燃烧，则蜡泪下流。蜡烛通夜不灭，则蜡泪也就流到天亮了。不说这一对就要分开的情侣，珍惜良宵，流着眼泪，绵绵话别，彻夜无眠，而说蜡烛因为有心，所以也知道惜别，因而替人垂泪，直到天明。烛本无知，就算有心，也不过是旁观者，犹且如此，则这一对情侣本人又该如何难受呢？简直无法形容了。前半以无情衬托多情，深情幽怨，全从侧面显示；后半以烛为喻，语意极其新鲜而又巧妙，所以一直为人传诵。与这后两句可以匹敌的，有李商隐在《无题》中所写的“春蚕到死丝方尽，蜡炬成灰泪始干”一联。它们都同样富于创造性。

这种使无知之物人格化，以衬托人的感情的方法，古典诗歌中常见，前面我们已经读过几篇。这里，再举温庭筠《过分水岭》一首，它也写别情，有与杜诗相似之处，正可合读。

溪水无情似有情，入山三日得同行。
岭头便是分头处，惜别潺湲一夜声。

分水岭在今陕西省略阳县东南八十里，岭下水分东西流，故名。首句点出溪水本属无情之物，但又似乎有情，说明想法，总挈全篇，以下都由此生发。次句写以溪水为有情之由。山中独行，踽踽无伴，要不是这条溪水相随同行，那就更孤独了。分明是人缘溪走，却说溪随人行，分明是人对溪有情，却说溪对人有情，实质上都是为了描摹旅途中内心的寂寞。后两句是次句的发展。到了岭头，便要和溪水分头而行了。在分头的前夜，却听到它潺湲的声音，通夜不停，这不正是它在表示惜别吗？静夜深山，难以入睡，所以整晚都听到溪声，更引起了旅人独行无侣、念远思乡之情，但不说自己心中的感触，而只说溪水有情，溪水惜别，这实质上又是对内心寂寞的进一步描摹，即由于非常寂寞，就连同行了三天的临时伴侣也觉得很可留恋。但不从自己方面来写，而从对面无知无情的溪水来写，就显得格外有情致了。

夜雨寄北

李商隐

君问归期未有期，巴山夜雨涨秋池。

何当共剪西窗烛，却话巴山夜雨时。

宣宗大中二年（848），李商隐曾在四川东部住过。其时，他的妻子王氏留在长安。这首诗就是他收到王氏来信后回答她的。夜雨，点明作诗的时间。北，指位于巴山之北的长安。寄北，即寄给住在北方的人，以北作为住在北方的人的代词。

起句从妻子来信说起，信中当然还说了许多其他的事，但重点却在于“问归期”。这就突出了妻子对于丈夫的怀念（从作者写的其他怀念王氏的诗篇，特别是王氏死后悼念她的诗篇看来，他们夫妻的感情是很好的）。而现在要告诉她的，当然也有许多其他的事，但重点却在于“归期未有期”。诗人这时正离开了桂林郑亚的幕府，留滞东川，一时没有适当工作，如何能够就回去呢？所以这“未有期”三字，包含了多少宦途失意，羁旅穷愁，有家归不得的抑郁难堪之情在内，然而写得很平淡。这当然是为了减轻妻子精神上的负担。次句忽然宕开，完全描写作诗时当前景色。巴山之畔，旅舍独居，已到摇落的秋天，又遭连绵的夜雨。秋雨不停，秋池已涨。遥夜难眠，孤灯听雨，客怀离绪，不问可知。所以这一句虽是写景，而实质上是借写萧瑟之景以抒离索之情，与上句是连非断。

但光是不提自己的客况和离情，还是不足以安慰“问归期”的妻子的，所以后半就由今天的离别和悲哀，写到盼望他日的会合和欢乐。何当，即何时，什么时候能和你在家中的西窗之下，剪烛夜谈，拿我现在的处境作话题呢？那就好了。在这里，诗人写出了自己的盼望，也代妻子写出了她共有的盼望。生活经验告诉我们，凡是已经摆脱了使自己感到寂寞、苦恼或抑郁的环境以及由之产生的这些心情之后，事过境迁，回忆起来，往往既是悲哀又是愉快的，或者说，是一种掺和着悲哀的愉快。一方面，在回忆中，不能不想起过去那些不愉快的一切，而另一方面，则那些终究是属于过去的了，现在的愉快才是主要的。李商隐的这首诗，正是极其深刻地体会了、表现了这种情景。

这首诗的艺术构思极富特色。任何文学作品，不可能不涉及时间和空间。精确而形象地描摹生活中的空间与时间及其相关变化，则是作家们所必须拥有的手段。但在七绝诗中，由于篇幅的限制，往往是就一时而写空间之殊异，就一地而写时间之变迁，来塑造主人公的形象，刻画他的心情。至于将空间与时间的变化交织起来，以更其复杂错综的地点时间来布局的，却很少见。此诗先写今夜分居巴山之自己与长安之妻子，写自己念长安、妻子念巴山；后写想象中他日两人同在长安，共话巴山夜雨时自己的生活，既写出了空间之殊异，又写出了时间之变迁；更重要的和主要的，还从空间时间的相关变化中写出了人的悲欢离合。这就别开生面，更其丰富地展示了今日彼此相思之意。

用这种别开生面的、富有特色的构思写的七绝并不多见。就我们所读过的来说，则后于李商隐的王安石，也曾经使用这种结构方式写出过成功的作品。

王安石《州桥》：

州桥踏月想山椒，回首哀湍未觉遥。
今夜重闻旧呜咽，却看山月话州桥。

这是作者晚年退居金陵回念开封（又称汴京，今河南省开封市）旧游而作。前两句写昔日在开封赏月，忆及金陵。州桥是开封城中汴河上的一座桥。山椒，山顶，这里指距作者在金陵住宅不远的钟山（今名紫金山）。过去在州桥之上，踏着月光散步的时候，想到披上了一层银白月光的钟山，想到在山畔发出凄切的声音急速地流过的溪声（湍，急流），似乎近在耳际目前，并不遥远。后两句写今日在金陵赏月，忆及开封。过去那如在耳际的凄切而急速的溪声，今晚又听到了，并且是真实的而非想象的。同时，也在玩赏明月，然而却不是想山椒，而是话州桥，即身在金陵而将开封生活当作话题了。只言时地之不同，而人事变迁，不言而喻。

这首诗也是以空间与时间交织布局。但李商隐一首是由现在的巴山想到将来的长安，这一首则是由现在的金陵想到过去的开封；这是同中之异。

离亭赋得折杨柳（二首）

李商隐

暂凭尊酒送无憀，莫损愁眉与细腰。
人世死前惟有别，春风争拟惜长条？

含烟惹雾每依依，万绪千条拂落晖。
为报行人休尽折，半留相送半迎归。

在读到《闺意献张水部》及《酬朱庆馀》时，我们曾以两诗为例，说明赠答之体。那是赠答体的最基本的也是其最原始的形式。此外，诗人们还在那个基础上，花样翻新，创造了一些引人入胜的表现方式。现在，分别举例加以说明。

这两诗与杜牧《赠别》主题相同，即和心爱的姑娘分别时的伤离之作，但写法各别。离亭，指分别时所在之地，亭即驿站。赋得某某，是古人诗题中的习惯用语，即为某物或某事而作诗之意。诗人在即将分离的驿站之中，写诗来咏叹折柳送别这一由来已久但仍然吸引人的风俗，以申其惜别之情。

第一首起句写双方当时的心绪。无憀，即无聊。彼此相爱，却活生生地拆散了，当然感到无聊，但又势在必别，无可奈何，所以只好暂时凭借杯酒，以驱遣离愁别绪。次句写行者对居者的劝慰。既然事已至此，不能挽回，那又有什么办法呢？所希望于你的，就是好好保重身体。你本来已是眉愁腰细的了，哪里还再经得起损伤？这句先作一反跌，使得情绪松弛一下，正是为了下半首把它更紧地绷起来。第三句是一句惊心动魄的话。除了死亡，还有什么比分别更令人痛苦的呢？这句话是判断，是议论，然而又是多么沉痛的感情！第四句紧承第三句，针对第二句。既然如此，即使春风有情，又怎么能因为爱惜长长的柳条，而不让那些满怀着“人世死前惟有别”的痛苦的人们去尽量攀折呢？这一句的“惜”字，与第二句的“损”字互相呼应。因为愁眉细腰，既是正面形容这位姑娘，又与杨柳双关，以柳叶比美女之眉，柳身比美女之腰，乃是古典诗歌中的传统譬喻。莫损，也有莫折之意在内。

第二首四句一气直下，又与前首写法不同。前半描写杨柳风姿可爱，无论在烟雾之中，还是在夕阳之下，都是千枝万缕，依依有情。而杨柳既然如此多情，难道它就只管送去行人，而不管迎来归客？送行诚为可悲，而迎归岂不可喜？因此，就又回到上一首的“莫损愁眉与细腰”那一句双关语上去了。就人来说，去了，还是可能来的，何必过于伤感以至于损了愁眉与细腰呢？就柳来说，既然管送人，也就得管迎人，又何必将它一齐折光呢？折掉一半，送人离去；留下一半，迎人归来，岂不更好！

第一首先是用暗喻的方式教人莫折，然后转到明明白白地说出非折不可，把话说得斩钉截铁，充满悲观情调。但第二首又再来一个大翻腾，认为要折也只能折一半，把话说得宛转缠绵，富有乐观气息。于文为针锋相对，于情为绝处逢生。情之曲折深刻，文之腾挪变化，真使人惊叹。而这种两首诗用意一正一反、一悲一乐互相针对的写法，实从赠答体演化而来。它是赠答体最灵活的应用，最不着痕迹的发展，因此也可以说是其最高形式。李集中还有《北齐》二首，作法也与此略同。

赠答体常见的一种变体是诗人代甲赠乙，又代乙答甲，以所揣摩到的甲乙双方的情意为内容，以所体察到的当时当地的状况为背景，当然也加上一些艺术创作中所容许的想象和虚构。这种诗，在实质上，还是诗人自己的思想感情的反映，不过通过他人说了出来罢了。试仍举李商隐诗为例。

《代魏宫私赠》云：

来时西馆阻佳期，去后漳河隔梦思。
知有宓妃无限意，春松秋菊可同时。

又《代元城吴令暗为答》云：

背阙归藩路欲分，水边风日半西曛。
荆王枕上原无梦，莫枉阳台一片云。

曹操的儿子、曹丕的弟弟曹植，是汉、魏之际最有成就的诗人之一。他写过一篇《洛神赋》，是以宋玉的《高唐赋》、《神女赋》为模式，写他遇见洛水女神的情事的。但后人却对这篇赋捏造了一个荒唐的传说，说这是曹植为了他和他的嫂嫂，即曹丕的妻子甄后相爱不能遂心而作。无论就历史事实或当时情势而论，这都是绝不可信的。李商隐这两首诗，就是写这件事。但在他笔下，却是甄后有情，曹植无意，也与传说不符。这可能是诗人借这一传说来记述他自己曾经拒绝过某一位女性施舍给他的爱情的事。年代久远，史料缺乏，已经无可考证了。现在，我们只就诗论诗，以说明代为赠答这种方式。

第一首是代甄后的宫人私下写来送给鄄城（今山东省鄄城县

附近）王曹植的。据史，曹植于魏文帝黄初四年（223）到洛阳来朝见，文帝最初却对这位弟弟加以斥责，将他安排在西馆居住，拒绝接受他的敬意。起句即由此事生发，说曹植来到京城，由于被阻隔在西馆，以致无法与甄后相会（佳期，犹言好时光，古人用来偏指互爱的男女相会的日子或婚期），次句承起句。曹丕在没有代汉为帝之前，袭封魏王。魏都在邺，为漳河所经。由于来京未能相会，所以离开魏都以后，加上漳河之阻隔，连梦中怀想都很难了。这两句极写甄后对曹植的爱慕相思之情。《洛神赋》云："河洛之神，名曰宓妃。"又形容宓妃的体态仪容说："荣曜秋日，华茂春松。"后两句即取自赋语，但只用其词，不用其意。这句的意思只是说如果曹植能够体会到甄后对他多么钟情，那么，本来不可能同时出现的秋菊春松也是可能同时出现的。这就是说，爱情是可以创造奇迹的，就看你是否有勇气去接受它。

第二首是代曹植的朋友元城县（今河北省大名县）令吴质暗中回答甄后的宫人的。《洛神赋》起头几句是："余从京城，言归东藩，背伊阙（山名，即龙门，在洛阳南），越轘辕（坂名，在河南省巩县西南），……日既西倾，车殆马烦。"就是在这样的情况之下，曹植自述见到了洛神，和她欢会之后，又匆匆分别的。前两句也是就赋语改写。后两句反用《高唐赋》、《神女赋》意。赋述楚怀王在高唐梦见一位神女前来和他欢会，临别时，这位神女自我介绍说："妾在巫山之阳，高丘之阻，旦为朝云，暮为行雨，朝朝暮暮，阳台之下。"而诗却说：荆王（即楚王）本来就不曾做梦，高唐神女也就不必枉费心思，朝云暮雨地来引诱他了。上首言"隔梦思"，故下首言"无梦"。这是对第一首后两句的回答。

我们细看李商隐这两首诗，就可以发现无论在立意、用典、措词各方面，都有许多与事实和传说矛盾的地方。关于甄后与曹植之间有暧昧关系的传说本来就纯属臆造。但诗人却又把这个传说加以改动，将男女双方互爱，变为女方单恋，这就与《洛神赋》的主题全然无关了，虽然诗中还是沿用了赋中一些语言和形象。同样，他也把《高唐赋》、《神女赋》中楚怀王与巫山神女故事说成是女方一厢情愿。其次，魏代汉后，魏都已由邺迁洛阳，甄后当然也住在洛阳，而诗却说“漳河隔梦思”，既与事实不符，也与上句“西馆阻佳期”对不上号。再如赋以春松秋菊形容洛神，意在说明她无时不美艳动人，而诗则侧重于两者之“可同时”。赋中伊阙，本是山名，而诗则同时用作宫阙、城阙之意。背阙，即曹植《赠白马王彪》中“顾瞻恋城阙”。这都只用其字面，而没有用其本意。凡此种种，都说明了这两首诗，并非如某些注家所说，是为了批驳那个荒诞的传说，而是借题发挥，来记录自己生活中一段不适宜于十分公开的经历。因此，诗人对于史实、传说、地理以及原作中的形象和语言都任意加以灵活运用，不甚顾到它们的真实性和准确性了。

诗本身上的矛盾既然如此，再看题目，也有同样情形。赠诗托为魏宫中的宫人，亦即甄后的贴身侍女，这还可以说得过去，因为她们是可能知道她的心事的。至于答诗托为吴质，就完全不可能了。曹植和吴质私交无论多么亲密，他也不至于将自己和亲嫂这种不名誉的事向他公开的（即令实有其事），怎么能谈得上吴质又主动向宫人暗中作答呢？但就代为赠答而用意又针锋相对来说，这两首诗是一个很恰当的例子。

李商隐很爱用这种方式写诗，在其集中，以五言写的《追代卢家人嘲堂内》及《代应》二首，《代越公房妓嘲徐公主》及《代贵公主》二首，又《百果嘲樱桃》及《樱桃答》二首，都可参看。

《百果嘲樱桃》、《樱桃答》已经由代人赠答发展到代物赠答。而其后又有人与物互相赠答的作品，也是一种新的发展。在王安石集中，有《嘲白发》及《代白发答》二首，又有《戏长安岭石》及《代答》二首，都是人赠而物答。今举后者为例。

《戏长安岭石》云：

附巘凭崖岂易跻，无心应合与云齐。
横身势欲填沧海，肯为行人惜马蹄！

《代答》云：

破车伤马亦天成，所托虽高岂自营？
四海不无容足地，行人何事此中行？

这两首诗虽似咏物之作，实质上则是政治抒情诗。

第一首写人和长安山岭上巨大的石头开玩笑。前两句形容岭石位置之高。大山上的小山叫做巘，山边高峻处叫做崖。跻是登上高处。这块巨石由于造山运动，上升到山上很高的地方，没想到简直到云端了。后两句写其横亘道中，妨碍交通。古代神话，炎帝有个女儿在东海里淹死了，她就化成精卫鸟，常常衔西山木石，投入东海，希望将海填平。在古典文学中，精卫是一个知其不可为而为之的、富有毅力的形象。巨石横在道中，已经使行人的马蹄感到不便，可是它那副架势还似乎想把沧海填满，哪里顾得上什么交通阻隔的问题呢?

此诗是作者代自己的政敌写来嘲弄自己的。王安石得到宋神宗的信任，推行新法，打击了大官僚地主特权阶级的利益，限制了他们对人民的剥削和对中小地主的兼并。所以诗中比之为一块在高山顶上妨碍交通的大石头，并且还担心它不仅现在阻隔山路，将来还会填平沧海，即对于他们有更大的不利。

第二首是石头对这种嘲弄的针对性的回答。起句写石质坚硬，出于自然，谁和它碰，都会吃亏。次句写它位于高山道上，乃是大自然的安排，也并非自己要求所得。以“高”与上首“与云齐”对应，又以“岂自营”与上首“无心”对应。后两句说，四海之内，可以放下一双脚的地方还多着呢，那么，行人们为什么一定要朝这条路上走呢?

此诗是这位政治家对其政敌的义正辞严的驳斥。他认为，要变法，要改革，那是我不可改变的主张，即使对于你们既“伤”且“破”，那也没有办法回避。至于担任宰相，主持新政，是神宗皇帝的信任和委托，并非出自自己的钻营。只能由你们改变自己的政治道路，由反对而拥护，或者至少不反对新政，至于我的主张，那是不可改变的。李壁注云：“此诗殆亦自况，可见公之自与素高，不恤浮言之意。”虽然说得很简略，却是对的。

总括以上所举各例，我们可以知道，赠答诗有几种形式。一是两个作者，一赠一答。这是最基本的形式，如朱庆馀《闺意献张水部》及张籍《酬朱庆馀》。二是一人代两人赠答，如李商隐《代魏宫私赠》及《代元城吴令暗为答》。三是代物赠答，如李商隐《百果嘲樱桃》及《樱桃答》。四是代人与物赠答，如王安石《戏长安岭石》及《代答》。五是暗用赠答体而不明言，如李商隐的《离亭赋得折杨柳》二首。至于《左传》中所载列国大夫在聘问的时候，互用古人旧作代抒自己的情志，即所谓“赋诗”，则另是一种情况，不在我们这里所说的赠答诗体之内。

嫦娥

李商隐

云母屏风烛影深，长河渐落晓星沉。

嫦娥应悔偷灵药，碧海青天夜夜心。

李商隐习惯于用比兴手法写诗，曲折隐微地表达自己内心的感情。因此，其作品的主题思想往往使读者难以捉摸。古代神话，后羿向西王母讨到了一些不死之药，他的妻子嫦娥偷来吃了，奔往月宫，就在那儿永远住下去了。诗人采用这个题材，写下这首诗。它究竟要表达什么，引起了后人的纷纷猜测。我们反复体味诗意，认为纪昀“此悼亡之诗，非咏嫦娥”的说法，是比较接近真实的。

在封建社会中，虽说夫妻之间的爱情只是婚姻的附加物，但爱情也是可以培养的。一对少男少女，在父母之命、媒妁之言的支配下，最初多少带有强制性地过着共同生活，但经过一段时间，也可以变得互相爱慕、怜惜和关切起来。一旦死别，也必然感到悲痛。在古典诗歌中，有所谓悼亡的作品，就是专指诗人为悼念自己亡故的配偶而写的。但古代妇女能诗者不多，所以悼亡之亡，又往往偏指女方，即作者的妻子（写诗悼念死去的妾、婢，不能称为悼亡）。

李商隐二十七岁和王茂元的女儿结婚，在他四十岁的时候，王氏就死了。从前面读过的《夜雨寄北》一诗中，我们看得出，他们夫妻感情很好。所以王氏死后，他写过许多悼亡的诗篇，《嫦娥》则是其中的一首。

此诗写作者的死别之恨，相思之情。前半从自己着笔，后半从王氏着笔。首句是室内景物，在云母石嵌镶的屏风之上，蜡烛投射的影子已经很深暗了。古人的屏风放在床前，而在天明以前的一段时间，则是夜色最深的时候，由于夜色之深，更见烛影之深。这就暗示了合欢床上的独眠人一夜无眠的情况。次句是室外景物。拂晓时分，长长的银河已经渐渐西斜，灿烂的繁星也已沉落，时间由深夜而黎明了。室内屏风上的烛影，用一“深”字形容，窗外银河的落下，用一“渐”字形容，都是诗人在失眠之夜的细微的体察。

后两句接写死别相思之情，也就是对为什么一夜无眠的解答。但不从生者如何思念死者，如何痛苦悲伤来写，却从死者如何牵挂生者，如何凄凉寂寞来写。古代迷信，认为好人死了，可以升天，而将美貌的女子比作神仙，又是古典诗歌中的一种传统。全诗的布局是由景及情，由实而虚。第二句写了长河晓星，是当夜的生活实际。而由星、河想到月，想到月里嫦娥，想到她的孤独，也极自然近情。所以便以嫦娥之奔月，比王氏之死亡。在这三、四两句诗中，作者放纵了自己的想象。他想到，嫦娥到了月宫以后，虽然长生不老，永驻青春，成为一个“万年年少女”（见曹唐《小游仙诗》），但月球每夜从碧海中升起，经历青天，又向碧海中沉落，上彻青天，下穷碧海，周而复始，永无休止，因而她所看到的，也就是无边空阔，一片苍茫。她唯一的伴侣，就是自己的影子。这是多么孤独，多么冷清。在这种环境和心情之下，她应该对于偷吃灵药，虽然变成了不死不老的仙人，却要以永恒地过着单身生活为代价这一行为，感到后悔吧。说“碧海青天”，见空间之无限，说“夜夜”，见时间之无穷。

这种无边无际的凄凉，无穷无尽的寂寞，本是生者即自己所感，却推而及于死者，这显然是受到杜甫《月夜》的启发。诗以妻子比为月里嫦娥，以“碧海青天夜夜心”写她的环境和心情，就有人间天上，永无见期之感，更增加了死别的伤痛。写一夜相思之情，而表现得如此曲折、深刻、丰富、新奇，这是李商隐的独特成就，也显示了诗到晚唐，有向更深更细的方向发展的一面。

作者在另一首题为《月夕》的诗中，也写到了嫦娥的孤独之感。

草下阴虫叶上霜，朱栏迢递压湖光。
兔寒蟾冷桂花白，此夜姮娥应断肠。

此诗大致和《嫦娥》相近。但前两句纯属写景，其中没有暗含深刻的感情，如前诗所表现的一夜无眠之境。虽然也写得不差，像“压湖光”的“压”字，就炼得很新颖，而且很有分量。后两句与前诗同意，然第三句虽以神话中的月中三物点染凄清之景，也还不及“碧海青天”之阔大概括，而“夜夜心”又比“此夜”的内容要丰富得多。更重要的差别，还在于后者缺少了“悔偷灵药”这一奇妙的设想来体现人物空虚的精神状态，就不免显得单薄了。

陆龟蒙的杂诗《自遣》二十二首，是他晚年退居家乡所作，其中也有几首悼亡诗，如下面一首，显然是有意学步《嫦娥》的：

古往天高事渺茫，争知灵媛不凄凉？
月娥如有相思泪，只待方诸寄两行。

灵媛，美丽的仙女，指嫦娥。方诸，一种类似铜镜的器具，古人用它在月下承取露水。此诗想象从方诸上取得的露水，乃是嫦娥的相思之泪，用意也很新奇。但灵媛凄凉，是沿袭而非创造；全诗结构也比较浅直，读后缺乏馀味，所以也不能与《嫦娥》比美。

真正使人读来能够感到荡气回肠如《嫦娥》一样的，以七言绝句写的悼亡诗，是元稹的《六年春遣怀》八首。他的《遣悲怀》七律三首，是古典诗歌中悼亡诗的名篇。这八首绝句也写得很好。和《嫦娥》等之出以比兴不同，《遣怀》全用赋体，用白描，而语浅情深，特别使人感动。其中一首写道：

检得旧书三四纸，高低阔狭粗成行。
自言并食寻常事，惟念山深驿路长。

又一首写道：

伴客销愁长日饮，偶然乘兴便醺醺。
怪来醒后傍人泣，醉里时时错问君。

诗题六年，指元和六年（811）。元稹的妻子韦丛是元和四年七月死去的。写诗时，已有一年半了。

这组诗所写，都是家庭中的一些琐事。从一些琐事的回忆及叙述中，诗人写出了从爱妻死后，生活中和心情中的一些深刻的变化，表达了他无法摆脱的痛苦心情。

前一首写他在清检东西时，发现了韦丛给他的几页信。她的文化程度不高，字写得不好，或高或低，或宽或窄，不过大体上能够写成一行一行罢了。信里面写了一些什么呢？关于她自己，是说日子过得非常艰难，并食（即并日而食，两天吃一天的粮）是很寻常的事了。但她又告诉他，这并没有什么，所挂念的，只是在深山之中，驿路之上，劳苦奔波的丈夫而已。她向丈夫陈述了自己的辛苦，可是更加挂念比自己更辛苦的丈夫。这样就极其简洁而又生动地画出了这位虽然出身高门，却能安于贫贱的贤淑女子的形象。这首诗纯粹是客观描写，但读者自然可以触及诗人十分激动的感情的脉搏。

后一首写他借酒浇愁，沉醉以后，倒也真把爱妻的死亡从记忆中抹去了，以至于竟然问起她来（比如说，问她上哪里去了），可是，这样一来，倒引起了家中旁人深沉的感伤，以至于在他酒醒以后，反而不明白这些人为什么在哭泣了。连旁人都无法抑制住由于这场悲剧而流出的眼泪，他又怎么能真正抹去对于她的不可磨灭的记忆呢？

同是悼亡诗，李商隐用比兴，元稹用赋体，都写得非常出色，可见比兴和赋，并无高下，唯人善用。钟嵘在《诗品》的序文中曾指出："若专用比兴，患在意深，意深则词踬。若但用赋体，患在意浮，意浮则文散。"又说明三者各有利弊，而兴利除弊，则看诗人本身的造诣。李、元这些诗篇，可算是用比兴而不深踬，用赋体而不浮散的佳作。

贾生

李商隐

宣室求贤访逐臣，贾生才调更无伦。
可怜夜半虚前席，不问苍生问鬼神。

将讽刺与议论融合成为一体，即借议论进行讽刺，或以讽刺发为议论这样一种艺术手段，在杜甫的七言绝句中已经出现，到了刘禹锡，在这方面又有所发展，而李商隐则比刘禹锡更加突出。他的一些咏史之作，就曾运用这种手法，借古喻今，对中晚唐时代统治阶级的昏庸腐败，奢侈荒淫，进行了一系列尖锐、辛辣的揭露和抨击。这些作品，既具有较高的思想性，艺术上也非常成功。施补华《岘佣说诗》曾指出，他的这些绝句，具有“以议论驱驾而神韵不乏”的风格特色。这一评价，我们是同意的。《贾生》正是其中名篇之一。

贾生，指贾谊。生，在这里是先生的省称，古人有将先生这样一个敬称拆开，简称为先或生的习惯。贾谊在汉文帝的朝廷中担任官职的时候，还很年轻，业已表现出对政治现实深邃的洞察力和处理具体问题的卓越见解，因此虽是一位洛阳少年，却被尊称为贾生。他对皇帝的许多建议无可避免地触犯了当时一些当权大臣如周勃、灌婴之流，因此被放逐出外。在长沙住了几年之后，他又被召回长安。文帝在宣室（未央宫的正殿）受釐（接受祭过神的祭肉，即接受神的福祐，是一种宗教仪式）之后，接见了他。因为刚祭过神，所以就问贾谊以鬼神的本源，贾谊说得头头是道，到了夜半，文帝前席（古人坐在铺地面的席子上，坐的方式是双膝跪下，以臀部安放在脚跟上。当谈话或听话很入神的时候，两膝不自觉地向前移动，以便靠得更近一些，叫做前席）。谈完以后，文帝说：“我很久没有见到贾先生，自以为懂得比他多了。现在看来，还是不如他。”这首诗所咏，就是《史记》及《汉书》贾传中所载之事。

此诗的主题显然是借史事以讽刺统治者不知用人。首句从反面说起，写汉文帝求贤的真诚和迫切，连已放逐远方的臣子都要加以访求，召他回朝，似乎这位皇帝真是励精图治、爱才如渴了。次句承上，正写贾谊。一面是文帝求才心切，另一面被召回的逐臣贾谊又确有无与伦比的才情，那么文帝必然虚心询问贾谊，而且其所询问的内容又必然是有关国计民生的大事，就不消说得了。这两句事实上是欲抑先扬，但在行文上，却很平顺，使读者看不出下面会突然出现一个大转折。第三句是由正面转到反面的过脉。“夜半前席”四字，是用《史记》原文，仍写君臣际遇，谈得投机，听得入神，直到夜半，不觉前席，但在这四字之前，却安上“可怜”（可惜）二字，同时，在“夜半”与“前席”之间，又安上“虚”（空）字，就陡然翻了一个边，化赞赏为慨叹，化歌颂为讽刺了。结句申明“可怜”和“虚”之理，在于不问苍生（人民）而问鬼神，结出正意。古代儒家哲学认为“天道远，人道迩”，“国将兴，听于民；将亡，听于神”。（《左传》）诗人反对“不问苍生问鬼神”，说明他是接受这种进步思想的。这两句主要是说明事实，而以“可怜”二字及“虚”字点出事实中存在的问题，并未多发议论，但它却给人以意外的辛辣之感，而在这辛辣之中，又还掺和着一点幽默，使人苦笑。

在这里，我们有必要研究一下这首诗的历史真实性问题。这可以分两个方面来谈。它所讽刺的统治阶级不关心人民和不知道如何任用贤才，它所惋惜的许多“才调更无伦”的人，在那个时代里不能充分发挥作用，为国家和人民做出一番事业，都是符合封建社会实际情况的。通过它，读者们可以看到许多不同时代的统治者可笑的面目和近于麻痹的精神状态。同样，这篇作品也感动了许多不同时代的怀才不遇的有志之士。因为诗人也正是借题发挥自己这种感情的。就这些情况说，它无疑地是真实地反映了封建社会中带有普遍性的某种真实情况，因而具有一个作品应当具有的真实性。

但另一方面，此诗所反映的内容却并不完全符合汉代当时历史的具体情况。贾谊少年出仕，很受文帝重视，不次升迁，一年之中，就做到大中大夫。文帝还准备将他提拔到三公九卿等更高级的职位。他的政治主张，也被文帝所接受，有的并已付诸实行。不过由于他的主张中某些部分触犯了豪强大族的利益，所以受到排挤，贬逐长沙，没有几年，仍由文帝召还。后来再次被排挤出京，不久就死了，只活了三十三岁。但在他死了以后，文帝还是继续采用他的主张，而到武帝时代，他所计划的许多措施就都付之实施了。这位短命的政治家、文学家，个人的遭遇带有悲剧性，然而他对汉帝国的贡献却是显著的，甚至可以说是辉煌的。所以，文帝和贾谊之间关系，并不是像李商隐所写的那样。就以问鬼神之道于宣室这件事而论，文帝刚刚虔诚地进行了祭祀，接着就接见贾谊，而鬼神之事，在古人的世界观中，是占有很重要的位置的，所以因此问及，也很自然。在宣室受釐之后问鬼神，绝不排斥在其他的地点时间问苍生，这是很容易理解的。

但写诗不是写历史，为了艺术的需要，甚至不妨对某些史实进行必要的改动或另作解释，这也是文艺学上的常识。所以，即使此诗有与史实不全然相符的一面，也并无损于它的价值。

完全依据汉代历史情况来咏叹贾谊，并借以发抒自己的君臣知遇之感的，则有王安石的同题之作：

一时谋议略施行，谁道君王薄贾生？
爵位自高言尽废，古来何啻万公卿！

司马迁作《史记》，以贾谊与屈原同传，用意在于显示两人都有忠君爱国之志，经邦济世之才，但生不逢时，无以展其抱负，具有共同之处。班固作《汉书·贾谊传》，后于《史记》一百多年。他对于贾谊的政治理论及具体建议在西汉历史上所发生的影响，看得更为分明，所以在《传赞》中指出："谊之所陈，略施行矣。"又说："谊亦天年早终，虽不至公卿，未为不遇也。"提出了与司马迁不同的看法。王安石这首诗，就是以班固的论点为依据而写的。

唐人在自己贬官作诗自慰，或朋友贬官作诗相慰时，往往以贾谊之贬长沙为比，而诗句之中，总不免提到汉文帝薄恩，贾谊不遇的意思。如刘长卿《长沙过贾谊宅》："汉文有道恩犹薄。"《自夏口至鹦鹉洲望岳阳寄阮中丞》："贾谊上书忧汉室，长沙谪去古今怜。"李白《巴陵赠贾舍人》："圣主恩深汉文帝，怜君不遣到长沙。"都是其例。但王安石此诗，却一方面接受了班固的论点，另一方面按照自己政治生涯中的实际遭遇，写出了翻案文章。

起句全用《汉书》原话，申明主旨。次句以驳诘的口吻反衬出正面的意思。后两句是《汉书》文字的改写。班固说贾谊虽然没有做到公卿，但政治主张已被施行，不能算是不遇，是就贾谊立论。此诗说自古以来，虽然许多人做到了公卿，可是他们获得的只是爵位，而其政治主张却被皇帝搁置一旁，并不付之实施，这才真是对臣子的薄恩，是就古人泛论。前人多以为由皇帝赐与臣子以很高的爵位，就是恩深，否则就是恩薄；而王安石则认为，皇帝对臣子施恩之厚薄，不在于所赐爵位之高低，而在于是否采纳他们有利于国家人民的政治主张。如果言听计从，就是恩深，否则，即使爵位再高，也只能算是恩薄。这种看法，反映了作者卓越的政治见识。

这首诗是王安石发自内心深处的政治抒情。他受到宋神宗的赏识、提拔和支持，在保守、顽固分子的围攻之中，坚决地推行新法，取得了显著的成绩。神宗对他付托之重，信任之专且久，在历史上是罕见的。这种君臣之间罕见的相知相得，使他对神宗充满感激，以这种知遇之恩和在改革中取得的实绩自豪，因而对汉文帝和贾谊这些历史人物的关系也有超出常人的深刻体会，能够对他们作出正确的、实事求是的评价。

以上两首诗同样是以贾谊这位历史人物为题材，但由于李商隐和王安石的时代、身世、见识、性格等方面的不同，两位诗人就在处理同一题材时，表现了完全不同的主题思想和艺术风格。李诗反映了封建社会中带有普遍性的历史情况，王诗则更深刻地发掘了古代君臣知遇的实质。李诗用笔曲折，出之咏叹，以韵味见长。王诗用笔奔放，纯是议论，以见解取胜。在这里，必须着重指出：议论，当它用得恰当的时候，决不排斥诗歌的形象性，反之，它还有助于形象性，使之更为丰富。当我们读到“爵位自高言尽废，古来何啻（何止）万公卿”这种充满激情而又非常深刻的议论的时候，难道从字里行间看不见王安石这位杰出的政治革新家的形象吗？难道这种议论不就是诗人形象的有机组成部分吗？逻辑思维与形象思维之间，并不曾隔着一座万里长城，要想在创作过程中将两者完全加以区别和隔离，事实上是做不到的。

吕温的《刘郎浦口号》也是一首值得一读的咏史诗。

吴蜀成婚此水浔，明珠步障幄黄金。
谁将一女轻天下？欲换刘郎鼎峙心？

在赤壁之战以后，刘备占据了荆州，又派兵攻占了位于今湖南省的武陵、长沙、桂阳、零陵四郡，势力逐渐大了起来，引起孙吴方面的畏忌。周瑜认为，刘备是枭雄，又有关羽、张飞等人作为羽翼，决不肯屈为人用，应当想办法将他迁居东吴，用豪华的宫殿、美丽的女子等等去引诱他，腐蚀他，消磨他的雄心壮志。孙权于是决定将自己的妹妹嫁给刘备，在今湖北省石首县沙步成亲。后人因名其地为刘郎浦。如我们在史书上所看到的，周瑜这条美人计并未成功，刘备终于还是在成都当上了皇帝，与曹魏、孙吴，鼎足而立，三分天下。

诗人经过刘郎浦，凭吊古迹，随口吟成了这首诗（口号，即随口吟诗之意）。起句叙事。浔，水边，这里是指长江边上。次句写东吴嫁奁之盛。步障（古代贵族出行时用来遮蔽风尘的幕布）缀以明珠，帷幄饰以黄金，极形容奢华富丽。也就是史籍上周瑜所说盛筑宫室，多其玩好之意。第三、四两句是议论：谁会为了一个女子而看轻了天下呢？（古人称做皇帝为得天下。这里“将一女轻天下”，就是清人陈子玉《题孔东塘〈桃花扇〉传奇》中“不爱江山爱美人”之意。）而周瑜居然想用来换取刘备鼎足三分的心愿，难道不是妄想吗？

在古代社会中，国家、民族以及其他社会集团之间的婚姻，都是基于某种政治目的而缔结的，是为政治服务的。当其与双方政治利益都符合时，这种婚姻是巩固的，起作用的，否则，它往往就变为女方个人的悲剧了。就是这位“明珠步障幄黄金”的贵妇人，到头来也没有得到一个好下场，由于政治条件的变化，后来她回到娘家，等于被遗弃了。诗人在这里，连用两个问句，来表明自己的看法，有顿挫之势，摇曳之姿，增加了诗篇的情致。

这首诗的风调近于李商隐，而识见同于王安石，与《贾生》两篇合读，自见异同。

瑶池

李商隐

瑶池阿母绮窗开，黄竹歌声动地哀。

八骏日行三万里，穆王何事不重来？

范文澜《中国通史简编》在叙述唐代宗教情况时，曾经指出：唐朝皇帝兴道教，不管在政治上企图如何，求长生吃药都是一样的。自宪宗起，许多皇帝是贪生怕死的愚夫，贪生便信奉道教，大吃长生药，……宪宗、穆宗、敬宗、武宗、宣宗都是吃长生药丧命的。武宗灭佛，以为可得老君的欢心。宣宗兴佛，不吃道士药，专吃太医李元伯所制长生药，以为太医非道也非佛，结果还是中毒死了。至于大臣名人因服长生药而死的为数更多。道教毒死了一批统治阶级中人，这就是统治阶级提倡道教的一点成绩。范氏这一记叙基本符合事实。显然，皇帝以及大臣名人们之所以求长生，是为了永久保持其尊荣富贵和饮食男女的享受，和他们贪婪无厌的剥削阶级本性分不开的。

李商隐生于宪宗时代，死于宣宗时代，他看到好几位皇帝为求长生反而短命，因此便写了不少讽刺求仙服药的诗。这些诗，都是借古讽今，揭露方术的妖妄，皇帝的昏庸，在当时很有现实意义。今选录三首。

据《穆天子传》等书的记载，周穆王爱好旅游，他有八匹骏马，每天能走三万里路，因此什么地方都能去。他曾到瑶池与仙人西王母相会。临别之时，西王母作歌相送，有“将（愿）子毋死，尚能复来”的话。穆王作歌相答，也表示三年之后，一定再来。还有一次，穆王经过黄竹，天气很冷，遇到很多受冻的人，他就作了三章《黄竹歌》，表示哀怜。这首诗即根据这些素材写成。

起句写住在瑶池的西王母敞开了雕刻着花纹的窗户，在等候周穆王的再度光临。次句宕开，写西王母在眺望之中，并没有看到马迹车尘，而只听到了远处传来的、震撼着大地的《黄竹歌》的哀音。这就暗示了，在大地上，受冻受苦的人还多得很，与统治阶级之求长生、贪享受是一个强烈的对比。第三、四句承起句而以疑问的口气指出，西王母希望周穆王不死，能够重来，可是这个希望终于落空了。西王母是求长生者所最向往的仙人，传说只要吃了她的一个桃子，就可以长生不老，但周穆王虽然会见过她，还吃过她送的万岁冰桃，可是仍然不免一死，何况那些根本还没有见过她的人呢？纪昀评此二句云："尽言尽意矣，而以诘问之词吞吐出之，故尽而不尽。"很能说明作者在艺术构思上的匠心。

《汉宫词》云：

青雀西飞竟未回，君王长在集灵台。
侍臣最有相如渴，不赐金茎露一杯？

在《山海经》、《汉武故事》等书中，青鸟是西王母的使者。据说，汉武帝有一年七月七日看见青鸟从西方来到他的宫廷，东方朔便告诉这位皇帝，西王母要来了，一会儿，她果然来了。汉武帝为了求仙，曾建造了集灵宫、集仙宫、存仙殿、望仙台等，又用铜铸成仙人像，安放在殿前高处，手捧铜盘，盘中放个玉杯，来承接云端的露水（这也就是诗中所说的金茎露），将这露水和玉屑吃下，以求长生。唐玄宗建集灵台，武宗也筑望仙台。李商隐这首诗以汉比唐，讽刺当时皇帝之求仙，用意很是明显。

宋人罗大经《鹤林玉露》说此诗："讥（汉）武帝求仙也。言青雀杳然不回，神仙无可致之理必矣。而君王未晤，犹徘徊台上，庶几见之。且胡不以一物验其真妄乎？金盘承露，和以玉屑，服之可以长生，此方士之说也。今侍臣相如正苦消渴（司马相如有消渴病，见《史记》本传。消渴就是现代医学上所谓糖尿病），何不以一杯赐之？若服之而愈，则方士之说，犹可信也。不然，则其妄明矣。二十八字之间，委婉曲折，含不尽之意。"分析得很透辟。宪宗吃了方士柳泌制的所谓金丹，反而生病，裴潾曾上疏劝谏，其中写道："臣愿所有金石炼药人及所荐之人，皆先服一年，以考其真伪。"可见这是当时有识之士的共同看法。

又《汉宫》云：

通灵夜醮达清晨，承露盘晞甲帐春。
王母不来方朔去，更须重见李夫人？

这首诗也是以汉武帝的故事为题材，极言求仙之荒谬的。

前两句写这位皇帝求仙之虔诚。为了要和仙人相见，他整夜都在祭祀，一直达到清晨。而由于到了清晨，太阳出来了，承露盘中玉杯里的露水都晒干了，同时，甲帐之中，因为一直在进行各种宗教仪式，却仍然温暖如春（武帝以各种最名贵的珍宝作成帷帐，称为甲帐，以较次的珍宝作成帷帐，称为乙帐。甲帐留给下凡的神仙居住，乙帐自己住）。后两句写求仙之无益，结出本意，又分两层说。第三句是说，西王母终于不来，传说是因为偷了王母的桃子而逃下凡尘的仙人东方朔也终于死了。第四句进一步说，那么，李夫人死后，难道还会真有鬼魂，须要和她相见吗？（这句诗中的“更”字，作“岂”字讲。）李夫人是武帝的爱妾，她死后，武帝很伤心，有一位方士名叫少翁的，说能够把她的魂魄召来。方士作法那天晚上，武帝在很远的地方望到一个美女，很像她，可是又不能靠近去看，因此更加相思悲感。这两句是揭露仙鬼之说，无非妄诞。

这后两首诗也都是以疑问的口气作结，让读者反复吟味，然后得出应有的结论。纪昀评《瑶池》的一段话，对于这两篇也同样适用。

咸阳值雨

温庭筠

咸阳桥上雨如悬，万点空濛隔钓船。
还似洞庭春水色，晓云将入岳阳天。

咸阳桥即中渭桥，位于今陕西省西安市及咸阳市之间的渭水上，是唐代由长安往西北地区的要道。诗人在咸阳的一座驿亭或酒楼上，遇到了一场雨。他赏玩雨景，写下了这篇优美的小诗。

首句是高处所见桥头雨景：雨多且急，前后相续，绵延不断，有如悬挂空中。次句是水上雨景：桥在渭水之上，万点如悬之雨，形成一片空阔迷濛的景色，钓船隔雨，若隐若现，似有似无。这两句虽然也写得很真实，但仍属人人眼中所见，意中所有。后半却十分出人意外地，以“还似”两字作钩勒，将远在天边的洞庭晓景与当前的咸阳雨景联系了起来。一北一南，则地点不同，一雨一晴，则气象不同，而诗独取拂晓时分，洞庭春水之色好像被云带着，朝东浮动，飘入岳阳上空，以与咸阳桥之空濛雨景类比，由今及昔，由此及彼，由实及虚，将两幅毫不相干的水天图画联系起来。通过诗人的描写，我们看到了当时咸阳桥畔的景色，通过诗人的联想，我们又看到了保留在他记忆中的洞庭湖的景色。这种奇妙的关联，乃是本诗在艺术上的特色。

此诗将两种似乎无关的景物，从空间上加以联系，而作者另一篇《宿城南亡友别墅》，则将完全相同的景物，就时间上加以区别，其用“还似”作钩勒则又相同，正可比观。

水流花落叹浮生，又伴游人宿杜城。
还似昔年残梦里，透帘斜月独闻莺。

杜城即下杜城，在今陕西省长安县南。此诗是作者重宿下杜亡友别墅，感念昔游之作。

诗的前半抚今，后半追昔。“水流花落”，当前所见；“叹浮生”，当前所感。由自然界之变化，觉人间世之无常。这句虽是作为起笔，而实则是个结论。旧地重游，物是人非，才有这种深沉的感慨，而首先说出，则如高屋建瓴，使气氛笼罩全篇。次句叙事，着重在一“又”字，它是今昔之感的关键。第三句由今转昔，友人已逝，残梦犹存。第四句写景，即今昔所同。昔年欢娱的残梦，也就是今日凄凉的现实。在当初，酒阑人散，客舍无眠，赏月听莺，如在目前，而现在，月色莺声，依然如旧，可是那位友人已不在了。曹植《箜篌引》云：“惊风飘白日，光景驰西流。盛时不可再，百年忽我遒。生存华屋处，零落归山丘。”正可移释此诗。前诗以咸阳桥与洞庭湖类比，是从空间发生联想，地异而景同。此诗以昔年与现在关联，是从时间见出差别，景同而情异。

通过活跃的联想而反映的奇情幻景，在唐诗中很多，这一般需要较大的篇幅来容纳，用古诗的形式比较合适，如我们在李白、杜甫、韩愈、李贺、李商隐等人的作品中所读到的。在七言绝句中，像温庭筠《咸阳值雨》之以空濛悬雨与春水晓云写在一起，就很少见。因此，我们对于一位不很有名的诗人唐温如所写的《题龙阳县青草湖》一诗，不禁发生兴趣了。

西风吹老洞庭波，一夜湘君白发多。

醉后不知天在水，满船清梦压星河。

龙阳县即今湖南省汉寿县。青草湖在洞庭湖的南边，两湖相通，故诗人题青草而咏洞庭。

诗的前半写湖边秋景。在前面，我们已经读过许多写景的诗。大抵就因季节的变迁而导致物色的变迁着笔，很少不涉及花木禽虫，但此诗把这一切都排斥在自己的考虑之外，从不因季节而发生变化的波浪设想。不说秋气已深，而说洞庭波老，而波之所以老，则是由于西风所吹，吹之不已的原故。有生命的人或物，都要经过一个由少壮而老死的过程。但是波浪怎样区别少和老呢？所以这只是一种无理而有情的幻想。但作者的幻想并不到此为止，进一步他又想到，当洞庭之波被秋风吹老的时候，即使女神湘君，也不能置身事外，她也要发愁，一夜之间，白发更多了。这也和李贺《浩歌》中所写的“王母桃花千遍红，彭祖巫咸几回死”，及《官街鼓》中所写的“几回天上葬神仙，漏声相将无断绝”一样，想到神仙也要老，也要死的。除了其所显示的哲学意义之外，单以文情而论，这种大胆的幻想，对于萧瑟的秋天的描绘，就已经另辟蹊径，十分难能可贵了。

后半写船中醉梦。在前面，我们也读过若干篇写梦的诗，写得入情入理，维妙维肖，而这首诗又别出一奇，与前作毫不相同。天空影子映到湖中，船则停在水面上，所以星星和银河看来反而似乎在船的下面。诗人醉后做梦，因此竟然觉得他的梦充塞船中，压在星河之上了。梦无形体，如何可以“满船”？梦无重量，如何可以“压”？但这却是梦中幻境所可能有的。诗人极其敏感地捕捉住了这一点，将它写了出来，就特别使人感到新奇可喜了。

白莲

陆龟蒙

素花多蒙别艳欺，此花真合在瑶池。
无情有恨何人见？月晓风清欲堕时。

这是一首咏物的诗。咏物的作品，贵在出以比兴，中含寄托，就所咏的对象，表达诗人对社会人生的看法。而就其所咏之物本身来说，又必须描摹状态，表现神情，使之具有鲜明生动的形象，让读者获得美的享受。既然是咏物，那么，通过语言来体现它的外形，即所谓形似，当然是需要的。但从艺术典型化的要求来说，形似是远远不够的，还要将它的神情也同时重现出来，即形似之外，还要神似，所谓形神兼备。更进一步，则在形与神的取舍之间，宁可不求形似，而求神似，即所谓遗貌取神。凡是成功的艺术品，没有不追求神似的，能够神似，则形似也在其中；如果一味追求形似，往往不能达到神似。苏轼《书鄢陵王主簿所画折枝》云："论画以形似，见与儿童邻。作诗必此诗，定知非诗人。"就是这个意思。石延年咏红梅云："认桃无绿叶，辨杏有青枝。"苏轼就嘲笑道："诗老不知梅格在，更看绿叶与青枝。"他自己通过"怕愁贪睡独开迟，自恐冰容不入时。故作小桃红杏色，尚馀孤瘦雪霜姿"等句，不但写出了红梅的外部特征，连它的"格"，即精神状态也写出来了。再如历代评论前人咏梅之作，也极推崇林逋的"疏影横斜水清浅，暗香浮动月黄昏"一联，苏轼的友人王君卿曾认为：这两句用来咏杏与桃、李"均可"。苏轼的回答很幽默，他说："可则可，只是杏、李、桃花不敢承当。”（见《王直方诗话》）这就是因为王君卿不知道林逋诗中所描写的花与其环境之间的联系，只有对于梅花说来才是有机的，林逋正是非常准确地、有特征地写出了梅花在典型环境之中的典型性格，而对于活跃在浓丽春光中的杏、李、桃花来说，就完全不是那么一回事了。

陆龟蒙的这首诗，就是遗貌取神的一个成功的例子。他咏的是白莲花，但几乎完全没有花费笔墨去刻画其外形，却集中力量去描写它的神态与性格。

在一般人看来，有色的花当然比白色的更鲜艳一些，因此也更引人注目一些，更被珍视一些，诗就从这儿着笔。但他不从人与花的关系来写，直说万紫千红更为人们所喜爱，而从花与花的关系来写，说素净的白花往往蒙受其他美艳有色的花的欺负。这是以一般情况衬托特殊情况，为下文同中有异留下地步，而又以曲折出之。在这些地方，可以见出作者文心之细。次句出白莲。虽然白花一般说来不及有色的花那么动人，但白莲却不是一般的白花。怎样不一般呢？诗人指出，它只应当生长在仙境中的瑶池里。那就是说，不是人间凡艳，而是天上仙花。此句仍是虚摹，第三、四句才转到正面描写。诗中无一字涉及白莲在颜色上、形体上、生活习性与环境上的特征，如许多咏花诗中所常写的，而是只描绘它在特定时间里的特定神情。长夜已过，尚馀晓月，犹有清风，在这个时候，莲花的颜色是最明润的，香气是最清冽的。而也正是在这个时候，盛开的花却快败了，要落了。由于它是“素花”（白花），不为人所珍视，所以即使无情，而从诗人看来，总不免有恨。可是，无情也罢，有恨也罢，它悄悄地自己开了，又默默地自己落了，又有谁人看见，谁人关心呢？这里，诗人写出了它与“别艳”不同的品格、风姿和遭遇，事实上，也就是为自己写照。从《笠泽丛书》及其他诗文中，我们可以看到，陆龟蒙不缺乏忧国忧民的心思，但却缺乏为国为民的机会，结果只好退隐故乡苏州，自号江湖散人。这首诗有所寄托，是很显然的。

裴潾（一作卢纶）的《裴给事宅白牡丹》与《白莲》很相近。

长安豪贵惜春残，争赏街西紫牡丹。
别有玉盘承露冷，无人起就月中看。

唐代富贵人家很喜欢牡丹花。李肇《唐国史补》云：“京城贵游尚牡丹三十馀年矣，每春暮，车马若狂，以不耽玩为耻。……一本有直数万者。”而牡丹之中，又以深色的即大红大紫的为贵，白色的则不受重视。所以白居易《秦中吟·买花》云：“一丛深色花，十户中人赋。”又《白牡丹》云：“白花冷淡无人爱，亦占芳名道牡丹。”这首诗就是为白牡丹发出的不平之鸣。

诗本是咏白牡丹，而前半却竭力描写紫牡丹之名贵。街，指长安城正中间由北到南的朱雀门大街。这条大街将长安城均等地分为东西两半，东部属万年县，西部属长安县。朱雀街西，有许多私人的名园。杜牧《街西长句》云：“碧池新涨浴娇鸦，分锁长安富贵家。游骑偶逢人斗酒，名园相倚杏交花。”可证。钱易《南部新书》云：“长安三月十五日，两街看牡丹，奔走车马。慈恩寺、元果院牡丹先于诸牡丹半月开，太真院牡丹后于诸牡丹半月开。”可见到三月底，牡丹也就快过去了。“惜春残”而

"争赏"，足见街西名园中紫牡丹的声价。后半才正面描写裴家的白牡丹。"玉盘承露"，"月中看"，从"金茎露"的传统形象化出，但易金为玉，以切白牡丹。深夜月明，盛开的白牡丹沾满冰凉的露水，就如玉盘承露，晶莹明洁，幽雅宜人，除了像裴给事等少数别有会心的人，又有谁欣赏呢？这两句刻画了白牡丹的形态与风姿，赞美了主人的高雅情怀和欣赏能力，同时还寄托诗人自己以及和自己一般洁身自好而不得志的士子们的身世之感，内容是很丰富的。

遗貌取神之法，不独可用以咏物，也可用来写人。如王士禛的《再过露筋祠》即其一例。

翠羽明珰尚俨然，湖云祠树碧于烟。
行人系缆月初堕，门外野风开白莲。

王象之《舆地纪胜》云："露筋祠去高邮（今江苏省高邮县）三十里。旧传有女子夜过此，天阴蚊盛，有耕夫田舍在焉。其嫂止宿。姑曰：'吾宁死不肯失节。'遂以蚊死，其筋见焉。"这是一个宣扬封建道德的故事。王士禛既重过其地，感而赋诗，一般说来，就应当对这位姑娘的行为正面表示赞赏。但他并不是一个道学家，而是一个精通创作的诗人，虽然他并不一定就否定这位姑娘在封建主义节烈观毒害之下牺牲了自己性命的愚蠢行为，但也没有以迂腐的议论来宣扬她的贞节。他只是巧妙地避开了这些，而从题外取神，着重于祠堂外边景色的描写，而以白莲暗喻这位姑娘的纯洁而已。这种手法，在作者是若有若无，在读者可见仁见智，但都情景交融，泯合无迹。

这位姑娘既然被人们神化了，建了祠堂，进行祭祀，当然也就有了塑像，重过露筋祠作诗，而不涉及神像，是不大可能的。但诗人在这里，也采用避实就虚的写法。翠羽是头饰，明珰是耳环。诗人不直接描摹神像塑造得如何，她的仪容怎样，而只用一些美丽的妆饰来衬托她的风姿，则神像之美自在意内。其写风姿，又用“尚俨然”三字，俨是端庄的意思。从故事上看，不用说，这位姑娘当然很端庄。生前端庄，死后成神，也还是端庄，只这一个“尚”字，就将神像塑造得很逼真，把这位姑娘生前的精神状态刻画了出来。于是，呈现在读者眼前的，就很自然地是一座既美丽又端庄的神像了。

以上起句点题，以下三句就全部宕开去写。祠在湖边，湖上的云，祠畔的树，四望一碧，如在雾中，景色幽美，情韵缥缈；而诗人经过这里，停船夜泊的时候，正值月落，祠门之外，平野的风徐徐地吹拂着；这时，白莲开放了。静夜残月，郊野微风，行人远来，白莲正放，这是多么美好的境界！

这首诗属于纪游之作，与陆诗为咏物者不同，但其手法显然相通。在《渔洋诗话》中，王士禛写道：“余谓陆鲁望（龟蒙字）‘无情有恨何人见，月白（当作晓）风清欲堕时’二语，恰是咏白莲，移用不得，而俗人议之，以为咏白牡丹、白芍药亦可。此真盲人道黑白。在广陵有题露筋祠绝句，……正拟其意。一后辈好雌黄，亦驳之云：‘安知此女非嫫母（古代著名的丑女），而辄云翠羽明珰耶？’余闻之，一笑而已。”这一段议论一方面说明陆之咏物，王之写人都重在遗貌取神，不拘泥于形似；另一方面也说明，即使这位人物原来长得很丑也罢，但考虑到艺术形象的完整性，也是完全没有必要去突出她生理上的缺点的。

这是一个极其陈腐的题材，但诗人没有扣住题目做，而是借题发挥，跳出题外，结果产生了这首风神绝代、情韵无穷的作品，真可算得化腐朽为神奇。当然，诗中以俨然貌其端庄，以白莲喻其贞洁，也就同时显示了作者在对这位姑娘的看法上，有其无可避免的历史的和阶级的烙印在。

淮上与友人别

郑谷

扬子江头杨柳春，杨花愁杀渡江人。
数声风笛离亭晚，君向潇湘我向秦。

郑谷是袁州宜春（今江西省宜春县）人，在淮水之滨与友人作别，乃是客中送客。淮水发源河南桐柏山，经过安徽，东注江苏洪泽湖。这两个朋友，一个准备经由河南去陕西（秦），一个准备经由江苏去湖南（潇湘），一西一东，背道而驰，愈去愈远，会合也更难了。

诗的前半是友人由淮上（可能是通过运河）南下的情景，是虚摹即将出现而尚未到来的事。扬子江，指扬州、镇江一带的长江。诗人想到，正在杨叶舒青、柳絮飞白的春天，他的这位朋友踽踽独行，渡江西上，必然对杨柳而更深离别之情，故于扬子江点地，春点时，杨柳点景之外，又突出"愁杀"二字来加强在其地、其时、其景中的渡江人的愁苦的形象。与前举王昌龄《送魏二》的"忆君遥在潇湘上，愁听清猿梦里长"等用笔相同。后半是与友人分别情景，是实写当时之事。离亭笛声，风中荡漾，亦即李白《春夜洛城闻笛》的"玉笛暗飞声"及"曲中闻折柳"之意。因上两句已说到杨柳，所以笛中所奏为伤离之《折杨柳》曲，其事甚明。着一"晚"字，则酒杯之频倾，笛曲之屡奏，彼此流连光景，直到日暮还不忍分手之情之状，都在其中。结句以一对矛盾组成，即友人南下而自己北上。这对矛盾是此诗之根，要是没有它，这篇诗就不可能产生了，而将它们组织在一句之中，加以对照，就使得读者的印象更为强烈。

将一对矛盾写在一句诗中，作出强烈的对照，来深化主题，强化效果，是七绝诗中习见的艺术手法之一。和郑谷此诗一样，如杜荀鹤的《闽中秋思》也采用了这种手法。

雨匀紫菊丛丛色，风弄红蕉叶叶声。
北畔是山南畔海，只堪图画不堪行。

此诗是客中思乡之作。用意与王粲《登楼赋》中“虽信美而非吾土兮，曾何足以少留”之语相同。

前两句写闽中（今福建省）秋景之美，而独举雨中紫菊和风里红蕉，这就点明了祖国东南沿海地区气温较高、雨量较多的特点，以及由于这种特点而使花木长得更为茂盛的情况。雨使紫菊之色浓淡均匀，风吹红蕉之声似若嬉弄，写来极为新鲜生动。第三句写闽中地势，北边是山，山路崎岖；南边是海，海波汹涌，无论走马行船，都不容易。旅途艰辛，又逢秋日，于是慨然有怀乡之感了。但这怀乡之感，并不直接说出，而是将一对矛盾放在一起，使读者自己体察出来，如结句所写的：这地方画出来可真不错，走起来，就为难了。

清人袁枚在其七绝诗中也爱用这种句法。有的写得很好。今举《西施》为例。

吴王亡国为倾城，越女如花受重名。
妾自承恩人报怨，捧心常觉不分明。

这是一首咏史诗。相传越王勾践被吴王夫差打败之后，决心报仇，曾用范蠡的计策，将美女西施进献吴王，使他荒于酒色，不理国事，后来吴果然被越所灭。诗意即就这一史事生发。倾城，见《诗经·瞻卬》及《汉书·外戚传》，本指女色为祸很烈，足以倾覆国家，后人因以倾城为美女的代称。捧心，见《庄子·天运》，据说西施心病发作的时候，用手按着心，皱着眉，仍然非常好看，有个丑女也学她这种样子，结果看到的人都给吓跑了。这里是借作问心之意。

古来咏西施的诗很多，诗人就其人其事，各抒情志，出现了不少名篇。但从被用来作政治手段——美人计的美人的内心活动着笔的，却极少见，这首诗别出心裁，填补了咏西施诗篇中的一个空白点。

前半叙事，说吴王因爱西施之色，以致亡国，而西施则因被认为执行美人计，有功于越，获得大名。后半抒情，托为西施的口气：我本来是承受着恩宠的，照理应当报恩，可是怎么我承受吴王的恩宠，到头来却变成了越王报怨的一种手段呢？扪心自问，实在感到怎么也搞不清楚了。

美人计是奴隶社会和封建社会中统治阶级为了达到其政治经济目的而常用的一种卑鄙手段，无论就人道主义或社会道德各方面来说，都是毫无可取的。袁枚的认识虽然不能达到我们今天的高度，但他以诗人的敏感，直觉地看出“妾自承恩”与“人报怨”的矛盾，从而揭示出西施不愿意充当美人计中的美人这种内心活动，也就难能可贵了。

新上头

韩偓

学梳蝉鬓试新裙，消息佳期在此春。
为爱好多心转惑，遍将宜称问旁人。

这首诗写古代一位少女爱好的心情，极其细腻生动，读来如见其人，如闻其声。

按照当时的社会习俗，女孩子长到十五岁，就算是成人了，可以结婚了。古人在成年之前，不论男女，都将头发束起，成为两角，叫做总角，状如丫字，所以又称丫头（后来丫头偏指童女，又转为偏指婢女）。男子到二十岁，女子到了十五岁，通过一定的仪式，改变发式，男子戴冠，女子加笄（簪），表示成年，加笄俗称上头。

诗写这位姑娘新近才上了头，而因为古代通行早婚，所以就在这个春天，又要做新娘子了。既然已有消息，佳期在即，所以更有必要习惯于这种成人的妆束，于是学着梳那种薄如蝉翼的鬓发，试着穿新制的衣裙。少女们总是爱好的，汤显祖的名剧《牡丹亭》中女主角杜丽娘在游园时，曾唱道："可知我常一生儿爱好是天然。"这真是古今中外所有少女的心声，韩偓诗中这位新上头的姑娘何能例外？正因初试新妆，爱好心切，自己看来看去，反而疑虑起来，这种妆扮，究竟对自己是否合宜、相称呢？实在把握不定，就只好去遍问旁人了。

起句之蝉鬓新裙，本是当时女子一般的妆扮，而蝉鬓之上加以"学梳"，新裙之上加以"试"，就极其准确地写出了刚刚成年少女的特定情况，画出了她感到新鲜而又生疏的心理状态，从而缴足了题面。次句忽然从远处着笔，写起姑娘的佳期来，表面上似乎与上句毫不相干，而实质上却是对上句所写试妆心情的加倍渲染。正因为这位少女刚成了年，不久又将出嫁，学梳头，试穿裙，就有了双重意义，这句诗也就更能从另外一个角度烘托出她试妆时兴奋激动的心情。这样，它就又一直贯穿到下面两句。因为如果只是成年而不出嫁，那么爱好也许不至如此之“多”，以至于心里都反而“惑”了。所以，从结构上探讨，次句虽似宕开，实则承上启下。第三、四句十四个字，实有六层意思。爱好，一也。爱好多，二也。因爱好多而心转惑，三也。所惑乃是否宜称，四也。由于不能定其是否宜称而问旁人，五也。一问不足，因而遍问，六也。由于层次之多，更见出诗人用笔之曲折，针线之细密，但另外一方面，语言却极其晓畅明白，使人感到真实、生动而且自然，毫无做作。

韩偓像一个高明的摄影师，他善于捕捉少女们生活中一些稍纵即逝的镜头，即时地将其形神兼备地拍摄下来，如其《偶见》一首，也是可以和《新上头》比美的。

秋千打罢解罗裙，指点醍醐索一尊。
见客入来和笑走，手搓梅子映中门。

诗人在这里，给我们精心地拍下了一位半大不小的姑娘日常生活中一个侧面镜头。

秋千是古代少女喜爱的娱乐运动。她们荡起秋千来，体态轻盈，姿势健美，好像仙女在空中飞舞，因此秋千被称为半仙之戏。这种运动相当激烈，何况这时又已在农历四五月间，梅已结子的时候？所以这位姑娘荡完秋千，又热又渴。一面脱掉裙子，一面要喝醍醐（精制乳酪）。事情也真凑巧，正在这时，却来了客人，这位又热又渴的姑娘不免有些狼狈了，她只好赶忙朝屋里走。可是，好奇心又吸引着她，于是就又躲在中门之后，向外窥探客人。她脱了裙子以后，随手在树上摘了一个梅子，这时，她就一面下意识地搓着手中的梅子，一面有意识地从门旁向外瞭望，其形象也就掩映于中门之间了。这正是一个半大不小的、还不太害羞却已经知道应当害羞的十三四岁的古代少女的行动和神情。如果是个更大些的姑娘，她就要更稳重一些，决不肯在中门之外就脱掉裙子，匆忙地指着乳酪要人给她。即使碰上客人，她也早走进中门去了。如果是个更小些的姑娘，她就要更天真一些，客人来了，她才不在乎，也许还会跑上去打招呼哩。注意到这些细致的区别，我们才能够体会到诗句所具有的惊人的准确性和真实性。

和《新上头》的主题、题材都非常相近的，则有在韩偓以前的权德舆所写五首《杂兴》中的一首。

巫山云雨洛川神，珠襻香腰稳称身。
惆怅妆成君不见，含情起立问旁人。

此诗前半写这位姑娘之美艳，后半写她的心情。

起句赞其容貌，连用两位女神来比她。巫山云雨，指宋玉《神女赋》中的山中女神；洛川神，指曹植《洛神赋》中的水中女神。宋玉形容那位巫山女神道：“茂矣美矣，诸好备矣。盛矣丽矣，难测究矣。上古既无，世所未见。瑰姿玮态，不可胜赞。其始来也，耀乎若白日初出照屋梁；其少进也，皎若明月舒其光。须臾之间，美貌横生，烨兮如华，温乎如莹，五色并驰，不可殚形，详而视之，夺人目精。”曹植形容那位洛水女神道：“翩若惊鸿，宛若游龙，荣曜秋菊，华茂春松。仿佛兮若轻云之蔽月，飘飖兮若流风之回雪。远而望之，皎若太阳升朝霞；迫而察之，灼若芙蓉出渌波。秾纤得衷，修短合度，肩若削成，腰如约素。延颈秀项，皓质呈露。芳泽无加，铅华弗御。云髻峨峨，修眉联娟，丹唇外朗，皓齿内鲜，明眸善睐，靥辅承权。瑰姿艳逸，仪静体闲，柔情绰态，媚于语言。”此句用典，就是告诉读者，这位姑娘之美艳，有如宋玉、曹植所描写的女神。大凡用典，意在使读者感受得更丰富，知道得更具体，而不是相反。而读者若对作者所用之典理解愈多，则体会也愈深。典故包括故事和成语两大类，它们不仅来自古代书本，也来自现实生活，我们欣赏文学，熟悉典故是需要的。

次句赞其妆束。这一句是杜甫《丽人行》中“珠压腰衱稳称身”句的改写。衱是裙腰。薰香的裙腰上面襻结着珍珠，极形容其华贵。古人形容女子体态之美，好言细腰，故《洛神赋》也说“腰如约素”（像束起来的丝织物），杜、权两诗形容腰饰之华贵，用意也同。

第三、四句写此女妆成之后的动作和心理状态。姿容美艳，妆饰合宜，妆成之后，自己也觉得不错，但同时又泛起了惆怅的心情。为什么呢？因为“女为悦己者容”，自己尽管打扮得如此之好，但那个应当看到而自己也希望他看到的人却反而没有看到。心中既然含着如此的心情，也就只好站起来问问旁人，聊胜于无了。杜丽娘在唱完“可知我常一生儿爱好是天然”这句之后，接着，又唱了一句“恰三春好处无人见”，也就是这个意思。不过这位姑娘心里已经有那么一个“君”，而杜丽娘却还没有梦见柳梦梅，所以她更加感到空虚和渴望而已。

再经胡城县

杜荀鹤

去岁曾经此县城，县民无口不冤声。
今来县宰加朱绂，便是生灵血染成。

现在，我们来读几篇政治讽刺诗。这些诗都写于唐王朝灭亡的前夕。从中可以看到，当时残暴昏庸的统治者已不可能有任何幸运在等待他们了。人民愤怒的浪潮正向他们汹涌而来，他们之终于被淹死，乃是历史发展的必然结果。

杜荀鹤这一首诗写他两年之中再经胡城县（故城在今安徽省阜阳县西北）的闻见及感慨。前三句叙事，结句抒感。他去年经过这个县城的时候，便听到了叫冤，不是少数人在叫，而是无口不叫，众口一词。那么，这位县宰（县令）的贪残害民，就不用说了。按理这种贪官酷吏必然会受朝廷的制裁，可是，出人意料之外，当作者这次再来的时候，听到的不是县令的降黜，而是他的升迁，不是一般的升迁，而是破格的提拔，这就不能不使诗人感到巨大的忿怒和深沉的叹息了。朱绂，即绯袍，红色的官服。按照唐朝的制度，五品官服浅绯，四品官服深绯。而县令之中，又只有在京城附近各县的才是五品官，一般的县令都是六品或七品。胡城既非京县，县令就根本不应“加朱绂”，但这个县令却以“县民无口不冤声”的“成绩”，获得了这种特殊的政治优待，于是诗人就得出这样一个合理的推论：这位县令穿的红袍，就是老百姓的鲜血染成的啊！清末刘鹗的长篇小说《老残游记》中写山东巡抚玉贤因害民升官，也有“血染顶珠红”的诗句，可见这正是封建社会黑暗政治的一条延续的黑线。

广明元年（880），黄巢率领农民起义军攻入长安，僖宗逃往成都。这个昏君在奔命的时候，居然还没有忘记要一位要猴的艺人带着一群猴儿一同逃走。而这位艺人要猴也确是有一套，他能把猴儿训练得和人一样，上朝站班。于是，龙心大悦，就赐给这位弄猴人以朱绂，他也就高升为四品或五品的朝官了。罗隐早年就有才名，但因为爱讥讽时弊，触犯忌讳，应考进士科十次，都没有录取。面对这些事实，他就写下了《感弄猴人赐朱绂》一诗。

十二三年就试期，五湖烟月奈相违。
何如学取孙供奉，一笑君王便着绯。

此诗前半自述，后半感弄猴人，以对比手法见出朝廷对臣下进退之无理，刑赏之不公，而与前首同样从朱绂的赏赐发议。

首句极言自己进士及第之艰难，应试花了十二三年，仍然没有考取。罗隐是余杭（今浙江省余杭县）人。五湖即太湖。余杭在太湖南面，就自然地理区划来说，属于太湖平原。唐代的进士考试，不在长安就在洛阳，所以次句接着说，为了功名，反而和太湖的风景离开了（烟月指风景。太湖是著名的风景区。违，背离），真是无可奈何。两句是离乡背井，久而无成的感慨。后半转入题面。怎样才能够学到像那位要猴艺人的本领呢？他是只要博得皇帝的一笑，红袍就穿上身了。猴子一名猢狲，也可以写成胡孙。供奉，以某种才艺在宫廷伺候皇帝的人的通称，如李白也曾称为李供奉。这位弄猴人以要胡孙给皇帝开心为其职务，所以诗人戏称之为孙供奉。两句写自己苦心文学，在皇帝眼里，倒不如一个要猴儿的艺人。这首诗既抒发了自己怀才不遇的愤慨，也揭露了朝廷政治的昏浊，皇帝生活的腐败与空虚。使人读来有啼笑皆非之感。

陆龟蒙的《新沙》用意在于揭露官府对人民无孔不入的剥削，而出之以辛辣的讽刺，则和前两首相同。

渤澥声中涨小堤，官家知后海鸥知。
蓬莱有路教人到，亦应年年税紫芝。

在唐末，土地兼并愈来愈剧烈，租税征收愈来愈繁重，广大农民既不愿意沦为佃户，又交不出租税，只好逃到偏远地区，开荒为活。在渤海中，新涨起一个沙洲，也有人甘冒风涛之险，把家搬到那里去了。哪里知道，基于贪婪的本性，一些民贼的嗅觉比猛兽还灵，即时追踪而来，对移住新沙的农民，照旧敲骨吸髓。此诗所写，就是当时劳动人民无所逃于天地之间的悲惨生活的实况。

起句说明新沙是由渤海波涛冲刷泥沙而成，风涛声中，新沙出现。堤，指新沙的岸。小堤也就是新沙。次句叙官府之来。小堤新涨，照说，最先知道这个地方由无人烟而变为有人烟的情况的，该是终日在海上飞翔的鸥鸟吧。可是，不。连海鸥还没有注意到这种变化的时候，吸血鬼们却已经先知道，并且立即追踪而至了。这句诗貌似平淡，仔细玩味起来，却非常冷峻，使人读来寒心。后两句别作一个设想。蓬莱是神话中的仙岛，仙人既然不食人间烟火，岛中当然也就没有庄稼，但仙人也还不免要种些吃了长生不老的仙药如紫芝（灵芝）之类。如果蓬莱不是“在虚无缥缈间”，如《长恨歌》中所描写的那样，而是也有路使凡人可以走到的话，那么，仙人种的紫芝也会年年要收税了。次句的讽刺，比较微婉，第三、四句的讽刺则非常尖锐，语气也由冷峻变为炽热。可以察觉到，诗人感情的温度也正在上升。

《诗大序》说：“乱世之音怨以怒，其政乖。”这些嬉笑怒骂的诗篇，正是当时统治阶级倒行逆施的忠实写照。这些诗所讽刺的具体对象，各不相同，但有一个共同的艺术特色，就是以活跃的联想形成对比，从对比中揭示出那些可鄙可恨可笑可悲的丑恶现实。

台城

韦庄

江雨霏霏江草齐，六朝如梦鸟空啼。
无情最是台城柳，依旧烟笼十里堤。

这首诗是怀古伤今之作。首句写景。长江之上，细雨霏霏，长江之滨，芳草萋萋，从古以来，就是如此。江山如画，万古常新，然而人事的变化，却非常之大。因此，次句接写古都金陵，风景虽然如旧，而六代豪华，却久已像梦境一样地幻灭了，消逝了，只剩下一片啼鸟之声，似乎在感叹这几百年来的成败兴亡。但往事“如梦”，鸟啼何益，所以也无非“空啼”而已。先写所见，次抒所怀，这两句由景及情，是对台城即当时南朝的政治中心变化的观感。

后半以物之无情，反衬人之多情。雨也好，草也好，甚至鸟也好，年年自落，自绿，自啼，丝毫不管朝代兴亡，人事盛衰，也都可算得无情的了。然而在诗人看来，那最繁盛、最活跃的杨柳，才是那些无情物中之最无情的。它一到春天，就发叶抽枝，含烟惹雾，长条踠地，飞絮漫天，依旧把十里长堤都占领了。这依旧的“旧”字，即指六朝而言。由于它“依旧烟笼十里堤”，所以使人感到似乎六朝以来，事事依旧，似乎无所变化，以此更见其无情，因而不得不以“最是”两字来形容它了。这两句仍是所见，而所怀即在其中。

诗人亲身经历了唐末的农民大革命，亲眼看到了唐帝国的灭亡，可以说是饱历沧桑。所以他对于这种题材有特别深切的感受。诗虽不明说伤今，而伤今之意自见。

这种将无知之物人格化，赋予它以生命，从而描写其无情或多情，同时，又以“最是”、“惟有”、“只有”等字钩勒，从许多相同或相似的事物中突出一种，加以夸张的手法，能够强化和深化所要表达的感情，因而为诗人们所乐于采用。以下再举两首。

刘禹锡《杨柳枝词》中的一首，用意与韦庄恰巧相反，而手法则完全相同。

城外春风吹酒旗，行人挥袂日西时。
长安陌上无穷树，唯有垂杨管别离。

此诗借写别情以咏杨柳，后者是主，前者是宾。一上来指出城外、酒旗，点明送别之地；春风，点明送别之时，而饯别惜别之情境，已暗暗包含在内。接写红日已经西斜，行者不得不去，虽然留恋不舍，也只好挥袂（衣袖）为别。这时，行者与送者，都觉离愁别绪充塞天地之间，然而无此遭遇的人，又有谁能体会呢？有情之人都不管，何况无知之树？然而依依杨柳，万缕千丝，却从不拒绝为赠别而供人攀折；那么，陌上纵有无穷之树，唯有垂杨独自多情，就显然可见了。长安城东灞水之上有灞桥，从长安出发东行的人，都要经过其地。江淹《别赋》：“黯然消魂者，惟别而已矣。”故灞桥又名消魂桥。诗中城外，即长安城外，陌上垂杨，即灞桥岸边的柳树。

这首诗化无情之柳为多情，从无穷树中突出柳树，翻进一层来写，意思更深，感情更厚。折柳赠别，本是当时风俗，不但人人知道，人人见过，而且人人做过，但诗人在这里推陈出新，借别情以赞杨柳，不赏其多姿，而赏其多情，这就显示了他在咏柳诗中的创造性。我们可以设想：李商隐的《离亭赋得折杨柳》，与此诗具有渊源。

另外如张泌的《寄人》云：

别梦依依到谢家，小廊回合曲阑斜。
多情只有春庭月，犹为离人照落花。

此诗是写别后相思之情，寄与所思之人的。从诗意看，对方是位女性。起句写相思成梦，依依有情。梦境不比现实，因此并无间阻，到了谢娘（即题中《寄人》的那个“人”）家中。次句写梦中所见，也就是现实中曾经到过的地方。四面回绕的小廊，一带曲折的阑干，环境多么熟悉，印象多么清晰，记忆多么深刻，所以即使在梦中出现，也这样历历分明。这句只写梦中所见，而此前旧游，往日欢情，别后相思，一切都在其中了。但梦中虽到其地，小廊依旧，曲阑如前，而独不见其人，则有梦也和无梦一样。

因为某种原因，在现实中不能相见，只好求之梦中，而梦中也没有见着，则一觉醒来，惆怅可知。因此后两句便接写醒后之情之境。心情既然倍添惆怅，自然难以继续成眠，只好闲步庭院。时当春暮，落花遍地，景色既美丽而又凄凉，触绪生愁，更感到自己的孤寂，感到人世之无情。而这时，却独有一轮明月，照着庭中满地的落花。落花辞枝，可以象征爱侣的别离，也可以象征爱情生活的不美满。因此，诗人就自然而然地感到，明月之照落花，乃是为了同情离人，从而感到此时此地，只有这一轮明月，才是多情的了。

如题所示，诗是寄人之作，故不论前半之写梦中，后半之写梦后，都极言相爱之深，相思之苦；而突出明月之为离人照落花为多情，则不仅只是向对方诉苦，同时也就在埋怨对方之无情。但这些情绪，并不直陈，只是就所见景物来加以描写，发出暗示。这，可能是在特定的环境和条件下，诗人精心选择的一种他认为是最有效的因而也是最合适的表达情意的方式。

附录一　旧释二十三首

巴陵夜别王八员外

贾至

柳絮飞时别洛阳，梅花发后在三湘。
世情已逐浮云散，离恨空随江水长。

前两句柳絮、梅花，点时；洛阳、三湘，点地，见人生离合之无常。第三句写世事之荣枯不定，有类浮云之聚散。第四句写别怀之缱绻难排，有类流水之悠长。虽王八员外之雅量高致，不以迁谪为意，而于真实之友谊，则彼此均珍视之，难以付之度外，故世情纵逐浮云，而离恨终不能不随江水也。着一“空”字，见出无可如何，徒呼负负。

春思（二首录一）

贾至

草色青青柳色黄，桃花历乱李花香。
东风不为吹愁去，春日偏能惹恨长。

此写春闺思妇之作。青黄，目所见之色；历乱，目所见之形；香，鼻所嗅之气。历乱与香，互文见义，非惟桃花历乱而李花独香也。写春日景色之绚烂，而从视觉、嗅觉、色彩、形状、气味各方面言之。用思虽极精细，遣辞却殊流丽。后半入题，转到春思。东风不能遣愁，春日但教添恨，则前半所咏春景之美，均成春恨之根。景愈佳，恨愈深矣。反跌极有力，而不甚着迹，此盛唐之妙。

山房春事（二首录一）

岑参

梁园日暮乱飞鸦，极目萧条三两家。
庭树不知人去尽，春来还发旧时花。

日暮乱鸦，本写萧条景色，接写春日发花，于萧条中见绚烂，乃益觉萧条矣。曰“不知”，曰“旧时”，见人事之变迁。春花如旧，人情非昔，对此将何以堪耶？明是人之多情，对景怀旧；偏说树之无知，当春发花。极含蓄，极感慨。

重送裴郎中贬吉州

刘长卿

猿啼客散暮江头，人自伤心水自流。
同作逐臣君更远，青山万里一孤舟。

首言此时此地，其情其景，皆足令人黯然魂销，故承之以“人自伤心”。然江水无情，仍自东流，盖以无情之水反衬有情之人也。彼此作逐臣同，故伤心亦同；而裴地更远，则伤心当更甚。收句补足“君更远”三字，为想象中凄苦之境。至此，盖不暇自哀而但为更远之逐臣哀矣。

登楼寄王卿

韦应物

踏阁攀林恨不同，楚云沧海思无穷。
数家砧杵秋山下，一郡荆榛寒雨中。

攀林指登山，踏阁即登楼，楼在山颠，乃先攀而后踏也。以调声，故倒文耳。登临多感，无与话言，故有不得同游之恨。楚云谓南，沧海谓北，相思相望，路远如何？思无穷，《古诗》所谓“同心而离居，忧伤以终老”也。后半写即目所见兵乱以后凄凉之景。秋山之下，砧杵惟馀数家，是人民多流亡矣。寒雨之中，一郡但有荆棘，是农桑皆荒废矣。此即集中《京师叛乱寄诸弟》诗“忧来上北楼”及《寄李儋元锡》诗“邑有流亡愧俸钱”之意，亦即其所感所思而欲语之王卿者也，则王之为人，盖亦与韦同道，素有泽民之志者，可知。

望中有怀

朱长文

龙向洞中衔雨出，鸟从花里带香飞。
白云断处见明月，黄叶落时闻捣衣。

《易》云："云从龙，风从虎。"首句盖状云之出岫，夹雨而来，是望中所见。谓雨为龙衔，乃从云联想所及，盖想象中之景物也。然如此写，乃见阔大。次句仍写望中之景，乃极幽细。首句表现壮美，次句表现优美，而以排偶出之，弥见对照强烈。三句景中见情，暗示有怀之意，盖对月怀远，乃人之所同，见之前作者，不可胜数。末句正写有怀，而从闻捣衣见意，亦以含蓄出之。前三句，望中所见，后一句，听中所闻。前半，动中之景；后半，静中之景，而融景入情。

杂兴（五首录一）

权德舆

琥珀尊开月映帘，调弦理曲指纤纤。
含羞敛态劝君住，更奏新声刮骨盐。

琥珀尊开，酒之美也。月映帘，景之美也。调弦理曲，声之美也。指纤纤，人之美也。含羞敛态，态之美也。劝君住，意之美也。合此众美，已不能不住矣，何况更奏新声如《刮骨盐》者乎？则君之住，当不待劝矣。

隋宫燕

李益

燕语如伤旧国春，宫花欲落旋成尘。
自从一闭风光后，几度飞来不见人。

此吊古之辞而托燕以寄慨也。宫花将落，旋已成尘；旧国芳春，如今安在？而从燕语如伤见之。风光一闭，禁苑无人，又自燕之飞来不见见之。燕犹如此，况于人乎？是更深一层写法。刘梦得《杨柳枝》云："炀帝行宫汴水滨，数株残柳不胜春。晚来风起花如雪，飞入宫墙不见人。"刘诗之柳，即李诗之燕，可参证也。

汴河曲

李益

汴水东流无限春，隋家宫阙已成尘。
行人莫上长堤望，风起杨花愁杀人。

汴水依旧东流，春色仍然无限，然当日筑堤开河之炀帝竟何在乎？宫阙且成尘土，何有于人？锦帆已远，堤柳犹存，轻薄杨花，漫天飞舞，似与兴亡无与，然堤上行人，抚今追昔，岂不觉其愁杀人耶？李峤《汾阴行》云："山川满目泪沾衣，富贵荣华能几时。不见只今汾水上，惟有年年秋雁飞。"唐玄宗暮年闻唱此辞，为之泣下，遽起曰："峤真才子也。"此诗与《汾阴》一作，有大小之殊，然其明人事之无常，富贵之不可常保，足以警世之争权夺利、趋炎附势者流，则同也。

魏宫词（二首录一）

刘禹锡

日晚长秋帘外报，望陵歌舞在明朝。
欲添炉火熏衣麝，忆得分时不忍烧。

魏武遗令曰："吾婢妾与伎人皆勤苦，使着铜雀台，善待之。于台堂上安六尺床，施穗帐，朝晡上脯糒之属。月旦十五日，自朝至午，辄向帐中作伎乐。汝等时时登铜雀台，望吾西陵墓田。馀香可分与诸夫人；不命祭，诸舍中无所为，可学作组履卖也。"曹公一世雄杰，而易箦之顷，乃尔许缠绵，分香卖履，叮咛反复，其情志诚有不易测者。诗就遗令起意。长秋宫中，日之夕矣，忽闻帘外传报，来日又将望陵歌舞，而当重熏舞衣之时，忽忆及此麝香犹是遗令所分，又何忍烧而熏之乎？情辞凄婉。崔国辅《怨词》云："妾有罗衣裳，秦王在时作。为舞春风多，秋来不堪着。"此诗用意，更进一层。然极写宫人之念旧爱，正所以极写曹公之为人，不特风云气溢，亦复儿女情深，不可被作者瞒过也。

竹枝词（九首录一）

刘禹锡

山桃红花满上头，蜀江春水拍山流。
花红易衰似郎意，水流无限似侬愁。

山桃红花，蜀江春水，目中所见。郎意易衰，侬愁无限，心中所感。因目中所见，适会心中所感，遂相拍合。心中本有此感，非由目中所见始引起。目中偶见此景，亦非因心中之感而故为比拟也。既非牵强附会，故能情景交融。

杨柳枝词（九首录一）

刘禹锡

花萼楼前初种时，美人楼上斗腰肢。
如今抛掷长街里，露叶如啼欲恨谁？

此诗咏柳而以美人关合之，以抒今昔盛衰之感。其形容柳之盛衰，而一则言“花萼楼前”，再则言“美人楼上”，皆文外曲致也。按《唐书·让皇帝传》：“先天之后，……玄宗于兴庆宫西南置楼，西面题曰花萼相辉之楼，南面题曰勤政务本之楼。玄宗时登楼，闻诸王音乐之声，咸召登楼，同榻宴谑。”《开元天宝遗事》：“天宝中，上元赐酺。上御花萼楼观灯。时陈鱼龙百戏，百姓聚观。楼下欢声如雷。”当时之盛若此。而其后乃如元稹《连昌宫词》所云“玄武楼成花萼废”，昔之楼前御柳，今则抛掷长街，其时事之变易为何如乎？“露叶如啼”，仍以御柳美人关合，亦柳亦人，不可辨，亦不必辨也。“欲恨谁”，极凄恻，仍极含蓄。

三月晦日赠刘评事

贾岛

三月正当三十日，风光别我苦吟身。
与君今夜不须睡，未到晓钟犹是春。

首言春日已尽。次言春光虽好，亦仅供我苦吟，况又别我而去耶？所言已到尽头，故后半一转，谓虽已至春尽之期，然最后一宵犹未过去，共君不睡，尚能消受之也。“犹是春”三字，可谓一刻千金，一字千金矣。流连光景，爱惜韶华，缠绵之情，而出以险仄之笔，包括多少执着痴顽在内。

重赠乐天

元稹

休遣玲珑唱我诗，我诗多是别君词。
明朝又向江头别，月落潮平是去时。

原注：乐人商玲珑能歌，歌予数十诗。

"我诗多是别君词"，可见别离之频数。往事已不堪回首，况明朝又别乎？曰"明朝"，时之促；曰"又"，别之频，皆令人益增愁思者也。收句是虚拟，盖凭已往经验，从想象中摹出。将别未别，已觉难堪，况当其时而临其境耶？是言外有更深之离绪在也。

听夜筝有感

白居易

江州去日听筝夜，白发新生不愿闻。
如今格是头成雪，弹到天明亦任君。

首二句言昔之悲老伤离，愁闻筝语，正面写愁。三四句言今之冥顽，无感于中，乃愈见其悲，是更深一层，反面写愁。凡可悲之情事，觉其可悲，尚可排遣，尚可慰解或抒写发泄，而至不觉其可悲，则其悲更深，无可解脱。故冥顽旷达，或纵情放志，皆深悲极苦之强自排解也。其悲苦亦愈深。姜白石词〔鹧鸪天〕之"人间别久不成悲"，及蒋竹山〔虞美人〕之"少年听雨歌楼上，红烛昏罗帐。壮年听雨客舟中，江阔云低断雁叫西风。而今听雨僧庐下，鬓已星星也。悲欢离合总无情，一任阶前点滴到天明"，皆此意也。

宫中词

朱庆馀

寂寂花时闭院门，美人相并立琼轩。
含情欲说宫中事，鹦鹉前头不敢言。

花时而言“寂寂”，而言“闭院门”，可见宫门深锁，韶华虚度。境既凄清，情亦惆怅。故美人偶值，并立琼轩，彼此含情欲诉，而鹦鹉在前，复不敢言。极低徊吞吐之能事，诵之使人抑郁难堪，而仍以含蓄之笔出之。此王龙标之遗响也。

望夫词（三首录一）

施肩吾

手爇寒灯向影频，回文机上暗生尘。
自家夫婿无消息，却恨桥头卖卜人。

空闺长夜，孤寂无聊，别久思深，归期不定，乃至求神问卜，而仍无消息。此非人情所堪，其有所怨，必矣。然不怨夫婿之无情，却恨卜人之不验，忠厚之至也。于鹄《江南意》云：“偶向江头采白蘋，还随女伴赛江神。众中不敢分明语，暗掷金钱卜远人。”恰是此诗题前之景，可以比观。

题禅院

杜牧

觥船一棹百分空，十载青春不负公。
今日鬓丝禅榻畔，茶烟轻飏落花风。

一、二两句写昔之风华，三、四两句写今之牢落，以两种极端不同之境界，作强烈之对照，更不着一感慨语，而感慨全从虚处见出。明是感叹现在之牢落，追念过去之风华，但于追念之中，不露惋惜，仍写得似若踌躇满志；感叹之中，不露酸辛，仍写得似若淡泊自甘。此其妙也。然合而观之，其意自明。牧之才调知兵，而投闲置散，无所施设，此感非独为一己之哀乐发也。

南陵道中

杜牧

南陵水面漫悠悠，风紧云轻欲变秋。
正是客心孤迥处，谁家红袖凭江楼？

前半写旅途所见，景色时令，皆在其中。后半言己心当孤迥之际，而有红袖之女，方凭江楼，闲赏风物，遂忽觉其恼人，觉其不情。东坡〔蝶恋花〕下阕云："墙里秋千墙外道。墙外行人，墙里佳人笑。笑渐不闻声渐悄，多情却被无情恼。"正可移释此诗。夫此红袖自凭江楼，固不知客心之孤迥；而客心之孤迥，亦本与此红袖无关。是二者固无交涉，客岂不知？然以彼美之悠闲与己之孤迥对照，乃不能不觉其无情而恼人矣。其事无理，其言有情。

杨柳枝（八首录一）

温庭筠

织锦机边莺语频，停梭垂泪忆征人。
塞门三月犹萧索，纵有垂杨未觉春。

“织锦机边”，用苏蕙事，点明思妇。“莺语频”，见春光之明媚。春色恼人，益增离恨矣。次句从“莺语频”生出，“停梭”应上“织锦”。闺中因感春而念远，固也；而彼征人所戍塞上苦寒之地，则三月风光，犹极萧索，虽有垂杨，而尚无新叶，又何从觉春到而遥知彼女之相思乎？写居者思行者，又恐行者不知居者之相思，用意深曲。

黄蜀葵

薛能

娇黄新嫩欲题诗，尽日含毫有所思。
记得玉人初病起，道家妆束厌禳时。

此诗虽因花而忆人，然其意中本有人在，遂触物而增思耳。

无时不思，无地不思，故本欲题葵，思忽及人。以葵色娇黄，乃联想及玉人之病后姿容及致祷时之道家妆束，故后半专就玉人说。盖所重本在人，不在葵也。与牛希济〔生查子〕“记得绿罗裙，处处怜芳草”二句同意。

寄蜀客

李商隐

君到临邛问酒垆，近来还有长卿无？
金徽却是无情物，不许文君忆故夫。

此因蜀客而及临邛之地，因临邛而及相如文君之事也。不言文君无情，不忆故夫，但言琴上金徽，乃相如挑文君之媒介，其物无情，不许文君更忆故夫，此诗人之忠厚也。王摩诘咏息夫人云：“莫以今时宠，难忘旧日恩。看花满眼泪，不共楚王言。”出语亦忠厚。若清人孙沚亭反王意云：“无言空有恨，儿女粲成行。”则以刻毒之辞，施之暴力劫持下之弱女，何足言诗，亦自暴其凉薄而已矣。

席上赠歌者

郑谷

花月楼台近九衢，清歌一曲倒金壶。

座中亦有江南客，莫向春风唱鹧鸪。

首写繁华之地，次写欢乐之时。此情此景，自宜尽欢。谁复念及座中尚有不堪听《鹧鸪词》之江南客乎？于繁华中见寂寞，于欢乐中觉凄苦，乃益感寂寞凄苦矣。然此心事，惟己自知。彼方于花月楼台听歌尽醉者，固漠然也。清歌已使人惆怅，而《鹧鸪》之词，又江南之曲，使江南之客闻之，必更断肠，故呼歌者而郑重告之以莫唱也。

附录二　七绝诗论

文学史专题之一

渊源第一

吾国诗歌大别为古、近二体，而近体之中又有律、绝之分。五言或七言四句之短诗，皆谓之绝句。兹所论者，为七言绝句之一体，五言绝句姑不述及。惟探求七绝之渊源间有涉及五言者，亦附论之。因绝句之体，五言先于七言，故七绝之渊源，亦有受五绝之影响者也。绝句之渊源，古今论者约有数说，兹先加骈列，然后综合讨论之。

（一）绝句起源于乐府说——此说可以赵翼为代表。《陔馀丛考》卷二十三云："杨伯谦名巍，明人。云'五言绝句，唐初变六朝子夜体也。七言绝句，初唐尚少，中唐渐甚，然梁简文《夜望单雁》一首已是七绝'云云。【眉批】《夜望单飞雁》："天霜河白夜星稀，一雁声嘶何处归。早知半路应相失，不如从来本独飞。"今按《南史》，宋晋熙王昶奔魏，在道慷慨为断句诗曰：'白云满鄣来，黄尘半天起。关山四面绝，故乡几千里。'（诗见《南史》卷十四）梁元帝降魏，在幽逼时制诗四绝，其一曰：'南风且绝唱，西陵最可悲。今日还蒿里，终非封禅时。'（诗见《南史》卷八）曰断句，曰绝句，则宋梁时已称绝句也。柳恽和梁武《景阳楼篇》云：'太液沧波起，长杨高树秋。翠华承汉远，雕辇逐风流。'陈文帝时陈宝应起兵，沙门慧标作诗送之曰：'送马犹临水，离旗稍引风。好看今夜月，当照紫薇宫。'（见《南史》卷［六］十九《虞寄传》）隋炀帝宫中侯夫人诗：'饮泣不成泪，悲来翻强歌。庭花方烂熳，无计奈春何。'萧子云《玉笥山》诗：‘千载云霞一径通，暖烟迟日锁溶溶。鸟啼[1]春尽桃花坼，独步溪头探碧茸。’虞世南《袁宝儿》诗：‘学画鸦儿半未成，垂肩大袖太憨生。缘憨却得君王宠，长把花枝傍辇行。’其时尚未有律诗，而音节和谐已若此，岂非五七绝之滥觞乎？”清田雯《古欢堂集》卷二“论七言绝句”云：“七言绝句起自古乐府，盛唐遂踞其颠。”明王世懋《艺圃撷馀》云：“绝句之源，出于乐府。”明高棅《唐诗品汇》云：“《挟瑟歌》、《乌栖曲》、《怨诗行》为绝句之祖。”（梁简文《乌栖曲》：“芙蓉作船丝作絙，北斗横天月将落。采莲渡头碍黄河，郎今欲渡畏风波。”魏收《挟瑟歌》：“春风宛转入曲房，兼送小苑[2]百花香。白马金鞍去未返，红妆玉箸下成行。”江总《怨诗》：“新梅嫩柳未障羞，情去思移那可留。团扇箧中言不分，纤腰掌上讵胜愁。”）【眉批】日人铃木虎雄《绝句溯源》云，五言诗长篇，魏晋时乐府所奏，其中以四句三韵或二韵为一解，合数解为一篇。此长篇中之一解，在形式上可谓为绝句之起源，如《白头吟》是。

（二）绝句起源于古诗说——胡应麟《诗薮》云：“五七言绝句，盖五言短古、七言短歌之变也。五言短古，杂见汉魏诗中，不可胜数，唐人绝体，实所从来。七言短歌，始于《垓下》，梁陈以降，作者坌然。第四句之中，二韵互叶，转换既迫，音调未舒。至唐诸子，一变而律吕铿锵，句格稳顺，语半于近体，而意味深长过之，节促于歌行，而咏叹悠永倍之，遂为百代不易之体。”【眉批】萧子显：“握中酒杯玛瑙钟，裾边杂佩琥珀

---

1 原作“马蹄”。
2 原作“院”。

龙。欲持寄君心不惜，共指三星今何夕。”梁简文帝：“青牛丹毂七香车，可怜今夜宿倡家。倡家高树乌欲栖，罗帏翠帐向君低。”梁元帝：“沙棠作船桂为楫，夜渡江南采莲叶。复值西施新浣纱，共向江干眺月华。”陈徐陵：“绣帐罗帷隐灯烛，一夜千年犹不足。惟憎无赖汝南鸡，天河未落犹[1]争啼。”王夫之《姜斋诗话》卷下云：“五言绝句自五言古诗来，七言绝句自歌行来。”清吴乔云：“七绝与七古，可相收放。如骆宾王《帝京篇》、李峤《汾阴行》、王泠然《河边枯柳》，本意在末四句，前文乃铺叙耳，只取末四句，便成七绝。”（《汾阴行》末四句：“山川满目泪沾衣，富贵荣华能几时。不见只今汾水上，惟有年年秋雁飞。”）

（三）绝句起源于律诗说——元范椁音烹。云：“绝句者，截句也。或前对，或后对，或前后皆对，或前后皆不对，总是截律之四句。”明徐师曾《文体明辨》云：“唐初，稳顺声势，定为绝句。绝之为言截也，即律诗而截之也。故凡后两句对者是截前四句，前二句对者是截后四句，全篇皆对者是截中四句；皆不对者，是截首尾四句。故唐人绝句皆称律诗。观唐李汉编《昌黎集》，绝句皆入律诗，盖可见矣。”清施补华[2]《岘佣说诗》云：“五言绝句，截五言律诗之半也。有截前四句者，如孟浩然‘移舟泊烟渚，日暮客愁新。野旷天低树，江清月近人’是也；有截后四句者，如杜甫‘功盖三分国，名成八阵图。江流石不转，遗恨失吞吴’是也；有截中四句者，如王之涣‘白日依山尽，黄河入海流。欲穷千里目，更上一层楼’是也；有截前后四句者，如王维

1 原作“独”。

2 原作“施辅华”，下同。

'山中相送罢，日暮掩柴扉。春草年年绿，王孙归不归'是也。七绝亦然。"又云："七绝固可将七律随意截，然截后半首，一二对，三四散，易出风韵；截前半首，一二散，三四对，易致板滞；截中二联，更板；截前后，通首不对，易虚。此在学者会心耳。"又云："学诗须从五律起，进之可为五古，充之可为七律，截之可为五绝，充而截之可为七绝。"

（四）绝句起源于《四时咏》说——杨慎云绝句者，一句一绝。起于《四时咏》顾恺之《神情诗》，载《陶渊明集》。"春水满四泽，夏云多奇峰。秋月扬明辉，冬岭秀孤松"是也。一章而四时皆备。又（梁）吴均诗云："山际见来烟，竹中窥落日。鸟上檐上飞，云从窗里出。"是一时而四景皆列。杜诗"迟日江山丽，春风花鸟香"似之。【眉批】王维："柳条拂地不忍折，松柏捎云从更长。藤花欲暗藏猱子，柏叶初齐养麝香。"杜甫："两个黄鹂鸣翠柳，一行白鹭上青天。窗含西岭千秋雪，门泊东吴万里船。"欧阳修："夜凉吹笛千山月，路暗迷人百种[花]。棋罢不知人换世，酒阑无奈客思家。"

（五）绝句起源于联句说——此为最近最新之说。【眉批】日人铃木虎雄《绝句溯源》云，联句，晋代有二句二韵，如《贾充与李夫人连句诗》三首。在宋，鲍照等有《月下登楼连句》，在齐，谢朓等有《阻雪连句》，并每人四句二韵，如各绝句之联作也。傅懋勉《从绝句的起源说到杜工部的绝句》[1]云："绝句之名，在萧梁之时，已经盛行，如梁简文帝之《夜望浮图上相轮绝句》、《咏灯笼绝句》、《绝句赠丽人》（一无绝句），王僧孺之《春思绝句》（一无绝

1　以下所引对该文稍有缩略。

句），沈炯之《和蔡黄门口字咏绝句》，庾信之《听歌一绝》、《和侃法师三绝》，都是在题目上标明绝句字样的。《玉台新咏》所收的诗亦有标绝句字样的，如《古绝句四首》。而《南史》亦提出绝句之名。如《简文帝纪》中有云：'有随伟入者，诵其《连珠》三首，诗四篇，绝句五篇，文并凄怆云。'又《元帝纪》亦云：'在幽闭求酒饮之，制诗四绝。'故绝句之起于萧梁之际，大致似无问题。但绝句何以起于萧梁之际呢？盖南朝文人多喜欢在诗题上或内容上出些新花样，就中尤以联句诗与绝句之关系，最为密切。刘宋以来，五言每人四句之联句，始渐渐加多，时至萧梁，真可谓盛极一时。如何逊《拟古联句》、庾肩吾《曲水联句》、刘溉《仪贤堂监策秀才联句》。此中尤以刘溉《监策秀才联句》，最足证明当时联句系四句一联，因试秀才是国家大典，考试时既系四句一联，其他联句亦可想见了。在收入各人集子时，有的把所有忝加联句的诗都收入，有的只把自己的诗收入。庾信集子里有《听歌一绝》，另外还有一首题作《集周公处联句》者。又如唐张曲江集子里，有《答太常靳博士见赠一绝》，同时又有一首题作《镜中白发联句》。此种题作某某联句者，与题作某某绝句者，作用实完全相同，大概绝句与联句在内容上结构上似无甚分别，所不同处，恐怕只有在用途上分了。因为联句是要别人再联下去的，绝句则系四句自成一章，就此绝断而不再续联耳。另外一方面则系对古诗而言，就是说绝句是古诗缩短到最小限度的诗。所以绝句的第一个意义是绝断的意思。绝句的第二个意义，是有小诗的意思。如李白《送倩公东归汉皋》序末云：'作小诗绝句，以写别意。'此所谓小诗云者，就是说绝句是一种小诗而不是什么歌，什么行，也不是什么吴歌西曲杂歌。总而言之，五言四句之短诗，虽然汉魏时即略具雏形，然当时尚未成体，至萧梁时体制才算渐臻完备，才算有了绝句之名，其与乐府分立之情形，亦益趋明显。盖绝句与乐府根本是两个系统，绝句是来自古诗，乐府短歌则来自民间歌曲，绝句形式所以能固定得住，也许多少受一点乐府的影响，其内容与方向则全不一致，乐府短歌所咏几全系艳情，绝句所咏则多半是一些小的事物，二者出处与应用既各不同，所以界限亦极明显。如萧梁之世，尽管有什么吴歌西曲，另外还有咏这咏那等诸般题目，这些诗题上，虽然有的已标明绝句字样，有的并没有标明绝句字样，但从其内容上观之，其为绝句抑为短歌，则固甚明显也。我们既知绝句为何如事，也就知道人们说工部不解绝句，是出于误会。其实工部于绝句，不仅非门外汉，且系当行，试一翻杜诗，则见标明绝句字样者，为数极夥，且多类古诗，如《三绝句》‘前年渝州杀刺史’三首、《绝句二首》‘迟日江山丽’、《绝句》‘江边踏青罢’。再看集中如李白所为之乐府者，亦非绝不可得。如《赠花卿》、《江南逢李龟年》，此种作品比之李太白、王昌龄之所为者，亦未多让，不过数量太少罢了。然杜集之少乐府，亦犹李集之少绝句耳。我想工部所以不肯作乐府，大概因为工部自视甚高，不愿多作伤于浮艳的调子，即偶一为之，亦多系有为而作，如《赠花卿》、《江南逢李龟年》二首，正以花、李二人都是乐工或伶人的原故，此与晚唐守旧诗人对温飞卿之采用民间杂曲为词表示不满之情形，初无二致，因此我更怀疑，工部之多为七言绝句者，未必不是故意表示与当时流行之乐府不同呢。此种绝句与乐府分立之情形，在工部时尚甚明显，中唐以后就渐渐模糊了。”李嘉言《绝句与联句》[1]云：“绝句最基本的形式是四句。绝句这名字始见于萧梁。而萧梁时候又有所谓联句，也都是每人四句。则绝句一名似乎就是针对着联句而说。联句是由两个以上的人合作的。如果只由一人作了四句，其馀的人不能连续下去，那第一个人所作的四句就叫做绝句。因为这次联句未得成功，从此便告断绝了。绝句在最初不独与律诗无涉，也和四句的乐府词不同。梁江革有《赠何记室联句不成》诗：‘龙鳞无复彩，凤翅于兹铩；畴昔似翩翩，今辰何乙乙。’何逊《答江革联句不成》：‘曰余乏文干，逢君善草札；工拙既不同，神气何由拔。’这两首诗明明是绝句的形式，他们却偏偏题作‘联句不成’，这不是明白告诉我们‘联句不成’就是‘绝句’么？梁人诗集里的四句诗所以有题作联句有题作绝句者，就因为联句与绝句的目的本来相同，所作的原是一件事情。这件事情结果成功了，就谓之联句；这件事情结果没成功，就谓之绝句。绝句之绝就是断绝的意思。《南史》卷七十二文学列传《檀超传》附《吴迈远传》说：‘又有吴迈远者，好为篇章，宋明帝闻而召之，及见，曰：“此人连绝之外，无所复有。”’可知刘宋的时［候］已经有了因联句而起的绝句这个名词。绝句在最初原称为‘断句’。《南史》卷十四《宋文帝诸子列传》说：‘晋熙王昶知事不捷，乃夜开门奔魏。弃母妻，唯携妾一人，作丈夫服，骑马自随。在道慷慨为断句曰：“白云满鄣来，黄尘半天起，关山四面绝，故乡几千里。”’晋熙王这首诗所以称为断句者，大概就是因为随着他的妾未能续之的缘故。联句与绝句的关键，可以

1　以下所引对该文稍有缩略。

说就在这‘能否续之’的一点上。《宋书》卷四十四《谢晦传》附《谢世基传》说：‘世基，绚之子也，有才气，临刑为连句诗曰：“伟哉横海鳞，壮矣垂天翼。一旦失风水，翻为蝼蚁食。”晦续之曰：“功遂侔昔人，保退无智力。既涉太行险，斯路信难陟。”’世基这首诗所以能称为连句，就全靠谢晦能够续之。谢晦如果不续，那就该和晋熙王那首诗一样的称为断句了。总括以上所述，我们可以得一个结论，就是在宋文帝时已经因‘联句不成’而产生了‘断句’这个名词，宋明帝时由‘断句’变为同义的‘绝句’也已正式出现；到萧梁了，绝句地位渐固，作品也渐多。”

总上五说论之，乐府之说乃自其音律言之。诗歌之合乐者，谓之乐府。《诗三百》皆可弦歌，汉魏六朝乐府亦皆被之管弦。其中所包，至为广泛，自庙堂雅曲至里巷风谣，凡入乐者，无不收集。或为长篇钜制，或为短歌小诗，合乐则一，体制各殊，泛言乐府，则嫌宽广。而《子夜》、《挟瑟》，实五七绝之滥觞。且唐人绝句，亦备声乐弦唱。沈香被诏之作，旗亭画壁之诗，柳枝之词，阳关之曲，无不可歌。李益篇什，乐工争求；元稹诗歌，玲珑能唱。故王士禛[1]《万首绝句选》序云：“开元、天宝以来，宫掖所传，梨园弟子所歌，旗亭所唱，边将所进，率当时名士所为绝句。故王之涣‘黄河远上’、王昌龄‘昭阳日景’之句，至今艳称之。而右丞‘渭城朝雨’流传大众，好事者至谱为《阳关三叠》。他如刘禹锡、张祜诸篇，尤难指数。由是言之，唐三百年以绝句擅场，即唐三百年之乐府也。”即自音律言之，

1　下文又写作“王士正”、“王士祯”。

亦相承乐府之一脉也。古诗之说，则自其形体言之。胡、王之谓五七绝自五言短古、七言歌行来，是已。惟古诗与乐府之分，仅在是否合乐。其别在音律，不在形体也。乐府不能外五言短古、七言歌行之形体，而杂见汉魏六朝诗中之五言短古及七言歌行，何者为合乐，何者为徒歌或吟咏，时至今日，已难严辨。即郭茂倩《乐府诗集》中，如《杂歌谣辞》已多徒歌，《新乐府辞》亦非合乐。《垓下》七言，虽属徒歌，仍为骚体；《挟瑟》、《乌栖》，无非乐府。且纯粹不合乐之古诗，其成立亦不能先于乐府。即令五七绝自古诗来，亦安能不受同时乐府诗之影响？故舍古诗之形体而言乐府，则音律亦无所附；屏合乐之诗歌而言古诗，则形体本无所别。知二者实乃一事，自音律言则为乐府，自形体言则为古诗。五七绝起源于合乐及徒歌之五言短古、七言歌行二说，似相反而实相成也。惟吴乔以七绝与七古相收放，本意在末四句，只取末四句便成七绝，则殊非是。诗篇之本意在结句，多有此例，何能于古诗中任割四句作为七绝？然吴说亦自有故。盖当时乐府所歌皆为绝句，乐工往往有在古诗中割裂四句，如绝句形式，以便合乐耳。律诗之说，最不足据，前人已是疑之。胡应麟《诗薮》云："绝句之义，迄无定说，谓截近体首尾或中二联者，恐不足凭[1]。"王夫之《姜斋诗话》云："五言绝句自五言古诗来，七言绝句自歌行来，此二体本在律诗之前，律诗从此出，演令充畅耳。有云绝句者，截取律诗一半，或绝前四句，或绝后四句，或绝首尾各二句，或绝中两联。审尔，断头刖足，为刑人而已。不知谁作此说，戕人生理。"《四库提要》

1 原作"信"。

云："汉人已有绝句，在律诗之前，非先有律诗，截为绝句。"盖绝句渊源于合乐或徒歌之古诗，已如上述。绝句名实之发生，亦远在律诗之前。隋无名氏之"杨柳青青"一首，已与唐人绝句初无二致。即以正式绝句而论，初唐作者已多，亦至少与律诗同时成熟，其非由截律诗而来明甚。惟绝句至唐，声律调协，格式繁多，完全相同于律诗之前半，或后半，或首尾，或中间四句者，则未始非受律诗之影响，而使其形式、声音益趋完美。胡应麟所谓"至唐诸子，一变而律吕铿锵，句格稳顺"，亦即此也。故唐人称绝句为小律诗，有由来矣。至如李汉编《昌黎集》，绝句皆入律诗；白氏、元氏《长庆集》，绝句俱归入律诗者，则以律对古而言，谓协于声律之近体而已，非谓绝句从律诗中来也。《四时咏》之说，以偏该全，亦不可从。此类诗如回文、离合，同为文字游戏之一体。虽杜甫、王维亦有类似此体者，后之欧阳修、黄庶父子、陈后山、陈简斋七绝多有合者，亦仅为绝句诗中极微细之一部门，不得谓为起源也。联句之说，洵为新颖而精确之发现，足以解释绝句名义之由来。知此，则"绝句者，截句也"、"绝句者，一句一绝"诸望文生义、附会牵强之说，自无从成立。惟亦仅足以说明绝句名称之从来，不足以包括绝句之范围与内容。傅氏之言，一则曰绝句有小诗之意。所谓小诗，乃谓非歌行及吴歌西曲杂歌也，而不知唐人绝句皆可合乐，有唐三百年之绝句，即乐府也。又则曰，绝句与乐府系出两源，绝句自古诗来，乐府短歌自民间歌来。绝句形式之固定或受乐府影响，而其内容与方向则非一致。乐府短歌所咏悉系艳情，绝句所咏则大抵为一般小事物。二者之界，极为明显。如萧梁之诗，无论其题标明绝句与否，自其内容观之，其为绝句，抑为短歌，固甚清晰也。则强分乐府、古诗为二源，又不以音律分，而以内容分。夫入乐者为乐府，不入乐者称古诗。除音律外，形体内容固无所别。且如古诗中之“枯鱼过河泣，何时悔复及。作书与鲂鲔，相教慎出入”属乐府杂曲歌辞，为合乐之诗，其内容又何尝系艳情？而傅氏同时又以《玉台新咏》中之《古绝句四首》为绝句所渊源，而谓为既非古乐府，亦非吴歌西曲，内容系艳情，而形式为绝句，则又自破其绝句内容非艳情之说。三则曰工部绝句多类古诗，为绝句正宗。如“前年渝州杀刺史”《三绝句》，而少作如李白所为之乐府。如《赠花卿》、《江南逢李龟年》之类，因其自视甚高，不愿多作伤于浮艳之辞，即偶一为之，如上述二首，亦正以花、李二人为乐工、伶人之故。信如其说，如“前年渝州杀刺史”一类绝句始得谓为上承萧梁咏小事物正宗绝句之一脉。李、王诸作及工部之《赠花卿》、《逢李龟年》等诗，皆是乐府词，而非绝句。则绝句一体，盛于李唐，作者纷纭，一代擅场，何以皆误以乐府词为绝句，真正作者仅工部一人？此其一。而工部既谨守绝句正宗一脉，保古意于勿坠，何以又有不愿作之浮艳乐府词？此其二。即系文各有体，相题立体，因体选调，依调制词，因赠乐工、伶人，故仅适用浮艳之乐府词，姑勿论花卿之是否伶人，及为乐工、伶人作诗必须用浮艳之词，但就诗论诗，则此二首虽情韵不匮，而思力沈著，感慨苍凉，寄托遥远，又何尝伤于浮艳？且傅氏谓绝句内容系咏小事物，而乐府词则系艳情，则此二诗又明明系咏事而非艳情，似又不得谓之内容艳情、格调浮艳之乐府词矣。此其三。工部之诗集古今之大成，为万世所宗仰。得其鳞爪，即足名家。残膏剩馥，沾溉后人。而除山谷外，无学其绝句一体者。何以学杜者如此之多，而独不学其正宗派之绝句，仍袭向来之误，习其不愿作之浮艳乐府词？而历来论杜诗者，反以绝句非工部所长，独称其《赠花卿》、《江南逢李龟年》为合作。施补华《岘佣说诗》云：“少陵七绝，槎枒粗硬，独《赠花卿》一首，最为婉而多讽。花卿僭用天子之乐，诗云：‘此曲只应天上有，人间能得几回闻。’何言之蕴藉也。《江南赠李龟年》诗，亦有韵。”管世铭《读雪山房唐诗钞》卷二十九七绝凡例云：“少陵绝句，《逢李龟年》一首而外，皆不能工。正不必曲为之说。”此其四。李杜并为诗宗，而李主复古，拘守旧法，一则曰“大雅久不作，吾衰竟谁陈”，再则曰“自从建安来，绮丽不足珍”。杜则变古，自成面目，一则曰“不薄今人爱古人”，再则曰“转益多师是汝师”。其诗变古人之法，集各家之长，开从来未有之境界，而谓其绝句独抱残守缺，拘拘旧法乎？其所以与古今诸家异者，正所以求变求新也。惟以绝句之体性所限，故变而未善。李重华《贞一斋诗说》云“杜老七绝，欲与诸家分道扬镳，故尔别开异径”，洵通论也。今欲以杜之变体为绝句正宗，而举有唐三百年名著万篇为非绝句，其何能安？此其五。总此五端，谓工部上承萧梁绝句之正宗，亦未能自圆其说。故以上述三项而论，傅氏以联句为绝句之起源，其名称之由来，是已。其论绝句之范围、内容及体性，则非也。李氏之说亦然。总上五说之得失，而后绝句之起源可得而言。绝句渊源于合乐或徒歌之五言短古及七言短歌。以音律言则称乐府，以形体言则为古诗。其名则起于与绝句相对之联句，二人连续者则称联句，一人不能连续者则称绝句。而唐人绝句之“律吕铿锵，句格稳顺”，则又受律诗之影响，而日趋完美。故绝句之起源，实由多方面之影响综合而成，萌芽蕴酿以至于成熟耳。近人又有主张绝句起源受民歌之影响者，则自合乐言，乐府短歌多自民间歌曲来，以徒歌言，则宋郭茂倩《乐府诗集》收入《杂歌谣辞》。其五七言者，以形体论，仍不外五言短古、七言短歌之格调。古诗原出于里巷风谣，乐府多采集秦赵讴歌，汉魏文人制作亦多仿摹乐府民歌者，其别未严，其源相混。后之编纂者，又往往忽其音律，类其风格，归入乐府。且民歌颇多杂言拗体者，其渐进于句法整齐、声调和协之五七言四句，亦非一日。至后世之以《竹枝》、《柳枝》原本民歌，则为中唐以后事。而其音节特异，不尽同于绝句，仅为绝句中之一体，不足以概其全也。故于绝句起源于民歌之说，分隶于乐府、古诗中，不另详论云。

家数第二

如上章所述，绝句之体，滥觞六朝，然其时体制未备，作者亦稀。既名篇之鲜见，无家数之可言。至唐诸子，律吕、句格俱臻完美，网罗万象，笼括百代，遂为不祧之宗，故其家数可得详言。宋时作者，拓境益广，取材益宏，变化于唐而出其所自得，平分诗域，殆未可偏废也。元明诗风，多因前代绝句，间有名篇，未能戛戛独造，故兹所论，姑从略焉。惟胜清一朝，文物远迈前代，诗词诸体亦复度越元明。其间或取法宋贤，或步武唐代，虽未能联镳并驾，而其高者亦时出新意，足资模楷，兹择其尤胜者附论焉。

初唐绝句，体性初成，作者渐多，然尚未有以此体名家者。而随情涉笔，风格自殊。管世铭云："初唐七绝，味在酸咸之外。'人情已厌南中苦，鸿雁那从北地来'、'独怜京国人南窜，不似湘江水北流'、'即今河畔冰开日，正是长安花落时'，读之初似常语，久而自知其妙。"洵为知言。其视王渔洋所谓"七言初唐风调未谐"，尤为精审。王勃五言，独为擅场。其七言如《蜀中九日》及杜审言之《渡湘江》、张敬忠之《边词》，其风格超妙，诚如管氏所论。杜之《赠苏绾书记》，贺知章之《咏柳》、《回乡偶书》，皆脍炙人口。张纮《闺怨》已开龙标之先声，而王翰之《凉州词》至被推为压卷（王世贞说）。知七绝之在初唐，虽风调未谐，而神味自妙。作者不多，而名篇迭见，固未可以筚路蓝缕而轻之也。

诗至盛唐，家抱隋珠，人怀和璧，有美皆臻，无体不备。绝句至此，遂亦独树一帜，而有专以此体名家者。少伯、太白，并辔坛坫。叶燮《原诗》云："七言绝句，古今推李白、王昌龄。李俊爽，王含蓄，两人辞、调、意俱不同，各有至处。"王世贞《艺苑卮言》云："七言绝句，王少伯与太白争胜毫厘，俱是神品。"卢世漼《紫房馀论》云："天生太白、少伯以主绝句之席，勿论有唐三百年，两人为政，亘古今来，无复有骖乘者矣。"高棅《唐诗品汇》云："七言绝句，太白高于诸人，王少伯次之。"沈德潜《说诗晬语》云："七言绝句，以语近情遥，含吐不露为主。只眼前景口头语，而有弦外音味外味，使人神远。太白有焉。"又云："王龙标绝句，深情幽怨，意旨微茫。"王夫之《姜斋诗话》云："七言绝句，唯王江宁能无疵颣。"施补华《岘佣说诗》云："太白七绝，天才超逸，而神韵随之。"王世懋《艺圃撷馀》云："绝句之源，出于乐府，贵有风人之致，其声可歌，其趣在有意无意之间，使人莫可捉着。盛唐惟青莲、龙标二家诣极，李更自然，故居王上。"宋荦《漫堂说诗》："大抵各体有初、盛、中、晚［之别］，而三唐七绝，并堪不朽。太白、龙标，绝伦逸群，龙标更有诗天子之号。杨升庵云：'龙标绝句无一篇不佳。'良然。"胡应麟《诗薮》云："七言绝以太白、江宁为主。"又云："太白诸绝句，信口而成，所谓无意于工而无不工者。少伯深厚有馀，优柔不迫，怨而不怒，丽而不淫。余尝谓古诗、乐府后，惟太白诸绝近之；《国风》、《离骚》后，惟少伯诸绝近之。"又云："李词气飞扬，不若王之自在，然照乘之珠，不以光芒杀直。王句格舒缓，不若李之自然，然连城之璧，不以追琢减称。"又云："太白七言绝，如'杨花落尽子规啼'、'朝辞白帝彩云间'、'谁家玉笛暗飞声’、‘天门中断楚江开’等作，读之真有挥斥八极、凌厉九霄意。贺监谓为谪仙，良不虚也。”又云：“江宁《长信词》、《西宫曲》、《青楼曲》、《闺怨》、《从军行》，皆优柔婉丽，意味无穷，风骨内含，精芒外隐，如清庙朱弦，一唱三叹。”又云：“太白《长门怨》：‘天回北斗挂西楼，金屋无人萤火流。月光欲到长门殿，别作深宫一段愁。’江宁《西宫曲》：‘西宫夜静百花香，欲卷珠帘春恨长。斜抱云和深见月，朦胧树色隐昭阳。’李则意尽语中，王则意在言外。然二诗各有至处，不可执泥一端。大概李写景入神，王言情造极。王宫词、乐府，李不能为；李览胜、纪行，王不能作。”诸家论绝句，皆于王、李二家极尽推崇，此外摩诘绝句，亦足媲美二家。如《少年行》之豪壮，《渭城曲》、《送沈子》之缠绵，又不独以悠闲淡远见长也。管世铭《读雪山房唐诗钞》七绝凡例云：“摩诘、少伯、太白三家，鼎足而立，美不胜收。”《师友诗传续录》王士正答刘大勤问曰：“摩诘诗如参曹洞禅，不犯正位，须参活句，然钝根人学渠不得。”王之涣以少胜多，岑参亦推高步。管氏云：“摩诘、少伯、太白三家，鼎足而立，美不胜收，王之涣独以‘黄河远上’一篇当之。彼不厌其多，此不愧其少，可谓拔戟自成一队。”又云：“王、李之外，岑嘉州独推高步。”沈德潜《唐诗别裁》亦云：“嘉州边塞诗尤为独步。”少陵为一代诗圣，而七绝一体则未能工。施补华《岘佣说诗》云：“少陵七绝，槎枒粗硬，独《赠花卿》一首，最为婉而多讽。花卿僭用天子之乐，诗云：‘此曲只应天上有，人间能得几回闻。’何言之蕴藉也。《江南赠李龟年》诗，亦有韵。”管世铭《读雪山房唐诗钞》七绝凡例云：“少陵绝句，《逢李龟年》一首而外，皆不能工。正不必曲为之说。然质重之中，时得《铙吹》、《竹枝》之遗意，则亦诸家所无也。”李东阳《麓堂诗话》云：“杜子美《漫兴》诸绝句，有古《竹枝》意，跌宕奇古，超出诗人蹊径。”叶燮《原诗》云：“杜七绝轮囷奇矫，不可名状，在杜集中，另是一格。”所论最得其平。至如黄子云《野鸿诗的》云：“绝句字无多，意纵佳，而读之易索。当从《三百篇》中化出，便有韵味。龙标、供奉，擅场一时，美则美矣，微嫌有窠臼。其馀亦互有甲乙。总之未能脱调，往往至第三句意欲取新，作一势喝起，末或顺流泻下，或回波倒卷。初诵时殊觉醒目，三遍后便同嚼蜡。浣花深悉此弊，一扫而新之。既不以句胜，并不以意胜，直以风韵动人，洋洋乎愈歌愈妙。如《寻花》也，有曰：‘诗酒尚堪驱使在，未须料理白头人。’又曰：‘桃花一簇开无主，可爱深红更浅红。’余童子时闻一二老宿尝云：‘少陵五律各体尽善，七绝独非所长。’及年二十，于少陵五律稍有得；越数年，从海外归，七古歌行亦有得；迨三十七八时，奔走岭外，五古、七律始窥堂户；明年于新安道上，方悟少陵七绝实从《三百篇》来，高驾王、李诸公多矣。”【眉批】《唐宋诗醇》曰：“老杜七言绝句在盛唐中独创一格，论者多所訾议，云非正派。当由其才力横绝，偶为短韵，不免有蟠屈之象，正如骐骥骅骝，一日千里，捕鼠则不如狸狌，不足为甫病也。然其间无意求工而别有风致，不特《花卿》、《龟年》数首久推绝唱，即此诸作（案：指《绝句漫兴》、《江畔独步寻花绝句》及《绝句》‘无数春笋满林生’一首而言）何尝不风调致佳乎？读者当别具只眼，不为耳食。”李重华《贞一斋诗说》：“杜老七绝，欲与诸家分道扬镳，故尔别开异径。独其情怀，最得诗人雅趣。”则不免曲为之说矣。

中晚唐以还，作者辈出，而七绝一体，论者或以为不减盛唐。如《师友诗传录》张笃庆历友答郎廷槐问云：“若以绝句言，则中晚正不减盛唐。”宋荦《漫堂说诗》云：“诗至唐人七言绝句，尽善尽美……大抵各体有初、盛、中、晚之别，而三唐七绝，并堪不朽。”或以为远逊盛唐，如胡应麟《诗薮》云：“盛唐绝句，兴象玲珑，句意深婉，无工可见，无迹可求。中唐遽减风神，晚唐大露筋骨，可并论乎！”又云：“乐天诗世谓浅近，以意与语合也。若语浅意深，语近意远，则最上一层，何得以此为嫌！《明妃曲》云：‘汉使却回凭寄语，黄金何日赎蛾眉？君王若问妾颜色，莫道不如宫里时。’《三百篇》、《十九首》不远过也。晚唐绝句‘东风不与周郎便，铜雀春深锁二乔’、‘可怜夜半虚前席，不问苍生问鬼神’，便开宋人议论之习。间有极工者，亦气韵衰飒，天壤开、宝。然书情，则怆［恻］而易动人；用事，则巧切而工悦俗。世希大雅，或以为过盛唐，具眼观之，不待其辞毕矣。”王世懋《艺圃撷馀》云：“晚唐诗萎薾无足言，独七言绝句脍炙人口，其妙至欲胜盛唐。愚谓绝句觉妙，正是晚唐未妙处；其胜盛唐，乃其所以不及盛唐也。绝句之源，出于乐府，贵有风人之致，其声可歌，其趣在有意无意之间，使人莫可捉着。盛唐惟青莲、龙标二家诣极，李更自然，故居王上。晚唐快心露骨，便非本色。议论高处，逗宋诗之径；声调卑处，开大石之门。”而叶燮《原诗》云：“王世贞曰：‘七言绝句，盛唐主气，气完而意不尽；中晚唐主意，意工而气不甚完，然各有至者。’斯言为能持平。”则真持平之论也。

中唐七绝，刘禹锡、李益最为大家。王夫之云：“七言绝句，初盛唐既饶有之，稍以郑重，故损其风神。至刘梦得，而后宏放出于天然，于以扬扢性情，馺娑景物，无不宛尔成章，诚小诗之圣证矣。”李重华云：“七绝乃唐人乐章，工者最多……李白、王昌龄后，当以刘梦得为最，缘落笔朦胧缥缈，其来无端，其去无际故也。”陆时雍《诗镜总论》评刘禹锡七言绝句云“深于哀怨”，又云“婉而多风”。吴可《藏海诗话》云：“刘禹锡、柳子厚小诗极妙。”李东阳《麓堂诗话》[1]云：“刘梦得七言绝、柳子厚五言古，俱深于哀怨，谓《骚》之馀派可。”管世铭云：“刘宾客无体不备，蔚为大家，绝句中之山海也。始以议论入诗，下开杜紫微一派。元都观前后看桃二作，本极浅直，转不足存。”又云：“大历以还，韩君平之婉丽，李君虞之悲慨，犹有两王遗韵，宜当时乐府传播为多。李庶子绝句，出手即有羽歌激楚之音，非古伤心人不能及此。”胡应麟云：“七绝，开元之下，便当以李益为第一。如《夜上西城》、《从军北征》、《受降》、《春夜闻笛》诸篇，皆可与太白、龙标竞爽，非中唐所得有也。”王世贞云：“绝句，李益为胜，韩翃次之。”王士祯《唐人万首绝句选》凡例云：“中唐之李益、刘禹锡，晚唐之杜牧、李商隐四家，亦不减盛唐作者云。”馀如韩君平之婉丽，管世铭、王世贞均论及如上。胡应麟《诗薮》云：“韩翃七言绝，如‘青楼不闭葳蕤锁，绿水回通宛转桥’《江南曲》（长乐花枝雨点消，江城日暮好相邀）、‘玉勒乍回初喷沫，金鞭欲下不成嘶’《看调马》（鸳鸯赭白齿新齐，晚日花间散碧蹄）、‘急管昼催平乐酒，春衣夜宿杜陵花’《赠张千牛》（蓬莱阙下是天家，上路新回白鼻䯄）、

1　当出自陆时雍《诗镜总论》。

‘晓月暂飞千树里，秋河隔在数峰西’《宿石邑山中》（浮云不共此山齐，山霭苍苍望转迷），皆全首高华明秀，而古意内含，非初非盛，直是梁陈妙语，行以唐调耳，人不易晓。若‘柴门流水依然在，一路寒山万木中’【眉批】《送齐山人归长白山》（旧事仙人白兔公，掉头归去又乘风）[1]、‘寒天暮雨秋风里，几处蛮家是主人’，则自是钱、刘格，虽众所共称，非其至也。”韦苏州亦树一帜，管世铭云：“韦苏州《和人求橘》一章，潇洒独绝，匪特世所称‘门对寒流’、‘春潮带雨’而已。”此外，张祜之咏天宝遗事、王建之《宫词》，亦均自成一家。管世铭云：“张祜喜咏天宝遗事，合者亦自婉约可思。”又云：“《竹枝》始于刘梦得，《宫词》始于王仲初，后人仿为之者，总无能掩出其上也。‘树头树底觅残红’，于百篇中宕开一首，尤非浅人所解。”仲初《宫词》为绝句中之联章大篇，后之罗虬《比红儿》、胡曾《咏史》实从此出，而凡陋远非其匹。管世铭云：“罗虬《比红儿》百首、胡曾咏古诸篇，轻佻浅陋［……］不识何以流传至今。”王士祯云：“七言如孙元晏、胡曾之《咏史》，曹唐之《小游仙》，读之辄作呕哕。”可概见矣。馀如张仲素、张籍亦有合作。管世铭云：“张仲素《塞下》、《秋闺》诸曲，升王江宁之堂；张籍《秋思》、《凉州》等篇，入岑嘉州之室。”是也。综观中唐绝句作者，宾客、庶子继美王、李，情韵不匮，张祜有温厚之旨，韦应物具幽远之致，皆足接武盛唐。胡应麟谓为“中唐遽减风神”，非确论也。

晚唐绝句，作者推温、李、杜三家，而李杜尤为深厚。叶燮

1　手稿此处诗题为眉批，引文为夹注。

《原诗》云："李商隐七绝，寄托深而措辞婉，实可空百代无其匹也。"施补华《岘佣说诗》云："义山七绝，以议论驱驾而神韵不乏，卓然有以自立，此体于咏史最宜。"沈德潜《唐诗别裁》评李商隐七言绝句云："长于讽喻，工于征引，唐人中另开一境。"管世铭《读雪山房唐诗钞》七绝凡例云："李义山用意深微，使事稳惬，直欲于前贤之外另辟一奇。绝句秘藏，至是尽泄，后人更无可以展拓处也。"又云："杜紫微天才横逸，有太白之风，而时出入于梦得。七言绝句一体，殆尤专长，观玉溪生'高楼风雨'云云，倾倒之者至矣。"曾季狸《艇斋诗话》云："绝句之妙，唐则杜牧之，本朝则荆公，此二人而已。"沈德潜评杜牧七言绝句云："远韵远神。"飞卿与义山诗格相近，温李并称，而深沈不及玉溪，健峭不如小杜，然清新婉丽，固晚唐作手，李杜以下，推为大家焉。其馀如冬郎之浓丽，亦承温李气息，而风骨不逮。陈仁先有句云："为爱冬郎绝妙词，平生不薄晚唐诗。"许浑绝句亦多可称者。范晞文《对床夜话》云："许浑绝句亦佳，但句法与律诗相似，是其所短耳。《学仙》云：'闻有三山不知处，茂陵松柏满西风。'《缑仙庙》云：'曲终飞去不知处，山下碧桃春自开。'《秋思》云：'高歌一曲掩明镜，昨日少年今白头。'皆无衰靡之气。若《旌儒庙》云：'庙前亦有商山路，不学老翁歌紫芝。'《四皓庙》云：'山酒一卮歌一曲，汉家天子忌功臣。'则雄拔藻丽之中有一段议论在，又与前作不侔矣。其《始皇墓》云：'一种青山秋草里，路人惟拜汉文陵。'曹邺亦有'行人上陵过，却拜扶苏墓'，扶苏非有德于人者，意亦不如许。"司空图、崔涂亦间有名篇。管世铭云："唐末惟七言绝句不少名篇。司空图《赠日本鉴禅师》、崔涂

《读庾信集》，骨色神韵，俱臻绝品，可以俯视众流矣。”而郑谷之“扬子江头”，沈德潜《说诗晬语》推为压卷之作。【眉批】《赠日东鉴禅师》：“故国无心度海潮，老禅方丈倚中条。夜深雨绝松堂静，一点飞萤照寂寥。”《读庾信集》：“四朝十帝尽风流，建业长安两醉游。惟有一篇杨柳曲，江南江北为君愁。”《淮上与友人别》：“扬子江头杨柳春，杨花愁杀渡江人。数声风笛离亭晚，君向潇湘我向秦。”至如杜荀鹤、罗隐等，多俚俗之作，王士禛谓为“当日如何下笔，后世如何竟传，殆不可晓”是也。

总论唐代七绝，初唐风调未谐而自然超妙，浑然不可分析，非于字句间求工也，管氏所谓“味在酸咸之外”，洵然。盛唐体制大备，神韵独绝，情辞两胜，登峰造极，敻乎不可尚已。中晚唐更拓馀地。中唐体制宏放，渐以议论入诗，晚唐刻意求工，大开议论之门。管氏论义山七绝，谓“绝句秘藏，至是尽泄，后人更无可以展拓处也”，允称巨识。大抵文体演进，以文学史上之通例衡之，往往由整个而分析，由自然而雕琢，由浑成而深细，各有至者，固不当以时代优劣也。

诗盛于三唐，已至无可展拓处。时至宋人，不得不另辟途径，一变唐人面目，亦“穷则变，变则通”之理也。唐宋优劣，论者不一。美之者，如曹学佺云：“取材广而命意新，不［剿］袭前人一字。”（吴之振《宋诗钞序》引）吴之振《宋诗钞序》云：“宋人之诗，变化于唐，而出其所自得，皮毛落尽，精神独存。”诋之者，如严羽《沧浪诗话》云：“盛唐诸人惟在兴趣，羚羊挂角，无迹可求。故其妙处，透彻玲珑，不可凑泊，如空中之音，相中之色，水中之月，镜中之象，言有尽而意无穷。近代诸公乃作奇特解会，遂以文字为诗，以才学为诗，以议论为诗。

夫岂不工，终非古人之诗也。盖于一唱三叹之音，有所歉焉。且其所作多务使事，不问兴致；用字必有来历，押韵必有出处，读之反覆终篇，不知着到何处。其末流甚者，叫噪[1]怒张，殊乖忠厚之风，殆以骂詈为诗。诗而至此，可谓一厄也。”范晞文《对床夜话》卷二引刘克庄云：“唐文人皆能诗，柳尤高，韩尚非本色。迨本朝则文人多，诗人少。三百年间，虽人各有集，集各有诗，诗各自为体，［或尚理致，］或负才力，或逞辨博，要皆文之有韵者尔，非古人之诗也。”吴乔《答万季野诗问》云：“唐人作诗，自述己意，不必求人人知之，亦不在人人说好。宋人皆欲人人知我意，明人必欲人人说好，故不相入。”虽皆泛论唐宋诗，而绝句亦不能例外。盖唐诗既已登峰造极，宋诗不得不另拓馀地，变化于唐，而出其所自得。故取材欲广，命意求新，遂至“以文字为诗，以才学为诗，以议论为诗”，说理谈禅，无所不可。材则广阔，境则博大，意则深刻，辞则新奇，以另求展拓地。因之横则求广，纵则求深，以求变化于唐。故好新奇，亦时势使然，自然之趋势也。严羽《沧浪诗话》云：“唐人与本朝诗，未论工拙，直是气象不同。”汪师韩《诗学纂闻》云：“宋、元后诗人有四美焉，曰博，曰新，曰巧，曰切。既美矣，失亦随之。”自是确论。盖动中形言，吟咏情性，唐人以之为诗，宋人移而为词，上承《风》、《骚》之一脉，宋诗则扩张领域，渗入散文之成份，其境阔矣，其质变矣。刘克庄所谓“皆文人之有韵者尔，非古人之诗也”，虽或过当，不为无见也。

宋代七绝作家，如荆公之工，东坡之博，山谷之奇，后山之

1　原作“嘈”。

谨严，皆为大家，最足代表宋诗面目。迨至南宋，简斋之精洁，亦继承黄陈之馀风焉。惟少游绝句，最为婉约，犹有唐人诗以言情之意，而格卑力弱，柔婉近词，所以来遗山“女郎诗”之讥也。南渡以还，放翁、诚斋，卓然大家。放翁少历兵间，晚栖农亩，歌咏田园，清新恬淡，惓怀君国，沈雄悲愤，抗衡老杜，追配东坡，为大宗焉。诚斋状物态，写人情，铺叙纤悉，曲尽其妙，尤具诙谐闲适之趣。白石尤工绝句，情韵独绝。宋末林、谢以遗民感怀故国，含思凄惋，辞多隐约，可为诗史。

荆公七绝，极为当时所推重。如杨万里《诚斋诗话》云：“五七字绝句最少而最难工，虽作者亦难得四句全好者。晚唐人与介甫最工于此。”曾季狸《艇斋诗话》云：“绝句之妙，唐则杜牧之，本朝则荆公，此二人而已。”张邦基《墨庄漫录》卷六云：“七言绝句，唐人之作往往皆妙。顷时王荆公多喜为之，极为清婉，无以加焉。”叶少蕴《石林诗话》云：“王荆公晚年诗律尤精严，造语用字，间不容发。然意与言会，言随意遣，浑然天成，殆不见有牵率排比处。如‘（南浦东冈二月时，物华撩我有新诗。）含风鸭绿粼粼起，弄日鹅黄袅袅垂’，读之初不觉有对偶。至‘（北山输绿涨横陂，直堑回塘滟滟时。）细数落花因坐久，缓寻芳草得归迟’，但见舒闲容与之态耳。而字字细考之，若经檃栝权衡者，其用意亦深刻矣。尝与叶致远诸人和头字韵诗，往反数四，其末篇有云：‘名誉子真矜谷口，事功新息困壶头。’以谷口对壶头，其精切如此。后数日，复取本追改云：‘岂爱京师传谷口，但知乡里胜壶头。’至今集中两本并存。”【眉批】《后汉书·马援传》：援为新息侯……曰：“吾从弟少游常哀吾慷慨多大志，曰：‘士生一世，但取衣食裁足……乡里称善人，斯可矣。’”

年六十二，征五溪，进营壶头，中病，遂困。又云：“王荆公少以意气自许，故诗语惟其所向，不复更为涵蓄。如‘（山腰石有千年润，海眼泉无一日干。）天下苍生待霖雨，不知龙向此中蟠’，又‘浓绿万枝红一点，动人春色不须多’、‘平治险秽非无力，润泽焦枯是有才’之类，皆直道其胸中事。后为群牧判官，从宋次道尽假唐人诗集，博观而约取，晚年始尽深婉不迫之趣。”皆称其辞意清婉，律格精严，信为的评。而此外荆公七绝于遣辞用意极求工巧深刻，叶少蕴云：“王荆公诗有：‘老景春可惜，无花可留得。（绕屋褚先生，萧萧何所直？）莫嫌柳浑青，终恨李太白。（多谢安石榴，向人红蕊拆。）’以古人姓名藏句中，盖以文为戏。”又云：“荆公诗用法甚严，尤精于对偶。尝云，用汉人语，止可以汉人语对，若参以异代语，便不相类。如‘一水护田围绿去，两山排闼送青来’（《书湖阴先生壁》：“茅檐长扫静无苔，花木成畦手自栽。一水护田将绿绕，两山排闼送青来。”）之类，皆汉人语也。此惟公用之不觉拘窘卑凡。如‘周颙宅在阿兰若，娄约身随窣堵坡’（《与道原过西庄遂游宝乘》：“周颙宅作阿兰若，娄约［身随］窣堵坡。今日隐侯孙亦老，偶寻陈迹到烟萝。”），皆以梵语对梵语，亦此意。尝有人向公称‘自喜田园安五柳，但嫌尸祝扰庚桑’之句，以为的对。公笑曰：‘伊但知柳对桑为的，然庚亦自是数。’盖以十干数之也。”皆从字句对偶求工巧也。如“一水护田将绿绕，两山排闼送青来”、“含风鸭绿粼粼起，弄日鹅黄袅袅垂”、“细数落花因坐久，缓寻芳草得归迟”、“晴日暖风生麦气，绿阴幽草胜花时”，则均于用意求深刻也。而《宋诗钞》云：“独是议论过多，亦是一病尔。”

诗至东坡，境界之阔大，题材之宽广，为从来所未有。铺叙议论，谈禅说理，无所不可，而诙谐风趣，尤具独特之风格。沈德潜《说诗晬语》云："苏子瞻胸有洪炉，金银铅锡，皆归镕铸。其笔之超旷，等于天马脱羁，飞仙游戏，穷极变幻，而适如意中所欲出，韩文公后，又开辟一境界也。元遗山云：'只知诗到苏黄尽，沧海横流却是谁。'嫌其有破坏唐体之意。然正不必以唐人律之。"又云："苏诗长于七言，短于五言，工于比喻，拙于庄语。"赵翼《瓯北诗话》云："以文为诗，始自昌黎，至东坡益大放厥词，别开生面［……］大概才思横溢，触处生春，胸中书卷繁富，又足以供其左旋右抽，无不如志。其尤不可及者，天生健笔一枝，爽如哀梨，快如并剪，有必达之隐，无难显之情，此所以继李杜后为一大家也。"《宋史》称其："尝自谓'作文如行云流水，初无定质，但常行于所当行，止于所不可不止'。虽嬉笑怒骂之辞，皆可书而诵之。"虽泛论苏诗，而七绝亦未能例外。田雯《古欢堂集》卷二评东坡七绝云："东坡包括唐人而自成其高唱，云涌泉沸，藻思奇才。"施补华《岘佣说诗》云："东坡七绝亦可爱，然趣多致多，而神韵却少。'（放生鱼鳖逐人来，无主荷花到处开。）水枕能令山俯仰，风船解与月徘徊'，致也。'（寂寂东坡一病翁，白头萧散满霜风。）小儿误喜朱颜在，一笑那知是酒红'，趣也。独'馀生欲老[1]海南村，帝遣巫阳招我魂。杳杳天低鹘没处，青山一发是中原'，则气韵两到，语带沈雄，不可及也。"均有见之言。王龟龄辑《集注分类东坡先生诗》，其分类之细，为从来所未有，亦足以觇东坡之诗

1　原作"没"。

随处触发，无所不包也。七绝中如上施补华所举者，极有风致。如《次韵参寥雪中游西湖》："朝来处处白毡铺，楼阁山川尽一如。总是烂银并白玉，不知奇货有谁居？"《儋耳四绝》之一："舶船不到米如珠，醉饱萧条半月无。明日东家知祭灶，只鸡斗酒定膰吾。"《吉祥寺赏牡丹》："人老簪花不自羞，花应羞上老人头。醉归扶路人应笑，十里珠帘尽上钩。"均极诙谐。又如《送东林总长老》："溪声便是广长舌，山色岂非清净身？夜来八万四千偈，他日如何举似人？"《宝山昼睡》："七尺顽躯走世尘，十围便腹贮天真。此中空洞浑无物，何止容君数百人。"或谈禅，或说理，无不以诙谐出之。至如《赠包安静先生》："野菜初出珍又珍，送与安静病酒人。便须起来和热吃，不消洗面裹头巾。"《被酒独行》："半醒半醉问诸黎，竹刺藤梢步步迷。但寻牛矢觅归路，家在牛栏西复西。"则尤纵笔所如，俗不伤雅。此外如写景之《惠崇春江晚景》："竹外桃花三两枝，春江水暖鸭先知。蒌蒿满地芦芽短，正是河豚欲上时。"《书李世南所画秋景》："野水参差落涨痕，疏林欹倒出霜根。扁舟一棹归何处，家在江南黄叶村。"言情之《海棠》："东风袅袅泛崇光，香雾霏霏月转廊。只恐夜深花睡去，更烧高烛照红妆。"《东阑梨花》："梨花淡白柳深青，柳絮飞时花满城。惆怅东阑一株雪，人生看得几清明？"皆写景如在目前，言情见于言外，神韵绵邈。苏诗之博大深厚，无所不可，概可见矣。

山谷之诗，论者毁誉不一，缘其好奇太过。其胜人处，即其失处也。推崇之者，如刘克庄《江西诗派小序》："国初诗人，如潘阆、魏野，规规晚唐格调，寸步不敢走作。杨、刘则又专为昆体，故优人有挦扯义山之诮。苏、梅二子，稍变以平淡豪俊，而和之者尚寡。至六一、坡公，巍然为大家数，学者宗焉。然二公亦各极其天才笔力之所至而已，非必锻炼勤苦而成也。豫章稍后出，荟萃百家句律[1]之长，究极历代体制之变，搜猎奇书，穿穴异闻，作为古律，自成一家，虽只字半句不轻出，遂为本朝诗家宗祖。”陈岩肖《庚溪诗话》卷下：“本朝诗人与唐世相亢，其所得各不同，而俱自有妙处，不必相蹈袭也。至山谷之诗，清新奇峭，颇造前人未尝道处，自为一家，此其妙也。至古体诗，不拘声律，间有歇后语，亦清新奇峭之极也。”东坡云：“黄鲁直诗如蝤蛑、江瑶柱，格韵高绝，盘餐尽废。然不可多食，多食则发风动气。”又云：“读鲁直诗如见鲁仲连、李太白，不敢复论鄙事，虽若不适用，然不为无补于世。”轻诋之者，如金王若虚《滹南诗话》卷二云：“鲁直欲为东坡之迈往而不能，于是高谈句律，旁出样度，务以自立而相抗，然不免居其下也。”又云：“王直方云：‘东坡言鲁直诗高出古人数等，独步天下。’予谓坡公决无是论。纵使有之，亦非诚意也。盖公尝跋鲁直诗云：‘每见鲁直诗，未尝不绝倒。然此卷语妙甚，能绝倒者，已是可人。’又云：‘读鲁直诗，如见鲁仲连、李太白，不敢复论鄙事。虽若不适用，然不为无补于世。’又云：‘如蝤蛑、江瑶柱，格韵高绝，盘餐尽废，然多食则动风发气。’其许［可］果何如哉？”又云：“山谷之诗，有奇而无妙，有斩绝而无横放，铺张学问以为富，点化陈腐以为新，而浑然天成、如肝肺中流出者不足也。”林艾轩云：“丈夫见客，大踏步便出去；若女子，即有许多妆裹。此坡、谷之别也。”王世贞《艺苑卮言》卷四

1　原作“律句”。

云："诗格变自苏黄，固也。黄意不满苏，直欲凌其上，然故不及苏也。何者？愈巧愈拙，愈新愈陈，愈近愈远。"又云："鲁直不足小乘，直是外道耳，已堕傍生趣中。"沈德潜《说诗晬语》云："黄鲁直太生，陈无己太直，皆学杜而未哜其炙者。"薛雪《一瓢诗话》云："山谷本以粗怪险僻为法门，故'林际春申君'以为佳也。而'马龁枯萁喧午梦'，尤觉骇人。"陈师道《后山诗话》云："诗欲其好，则不能好矣。王介甫以工，苏子瞻以新，黄鲁直以奇。而子美之诗，［奇］常、工易、新陈莫不好也。"张戒《岁寒堂诗话》卷上云："王介甫只知巧语之为诗，而不知拙语亦诗也。山谷只知奇语之为诗，而不知常语亦诗也。"又云："六朝颜、鲍、徐、庾，唐李义山，国朝黄鲁直，乃邪思之尤者。鲁直虽不多说妇人，然其韵度矜持，冶容太甚，读之足以荡人心魄，此正所谓邪思也。鲁直专学子美，然子美诗读之，使人凛然兴起，肃然生敬，《诗序》所谓'经夫妇，成孝敬，厚人伦，美教化，移风俗'者也，岂可与鲁直诗同年而语耶？"严羽《沧浪诗话》："国初之诗尚沿袭唐人……至东坡、山谷，始自出己意以为诗，唐人之风变矣。山谷用工尤为深刻，此后法席盛行，海内称为江西宗派。"魏泰《临汉隐居诗话》："黄庭坚［喜］作诗得名，好用南朝人语，专求古人未使[1]之事，又一二奇字，缀葺而成诗，自以为工，其实所见之僻也。故句虽新奇，而气乏浑厚。"综观诸家之论，山谷面目可见一斑。其绝句亦多生硬拗折者，大抵山谷喜出奇制胜，其佳处在不落窠臼，其失则在怪僻生硬也。其七绝如《雨中登岳阳楼望君山》、《病

1　原作"便"。

起荆江［亭］即事》、《奉答李和甫代简》、《题李伯时阳关图》、《寄王定国二首》之一、《寄贺方回》等，皆具神韵，步武唐人。而生拗者实居多数，学杜而尤甚者。然山谷之真面目，盖在此而不在彼也。

后山之诗，亦宗苏黄，世称“苏门六君子”（黄庭坚、秦观、张耒、晁补之、陈师道、李廌）之一，而实倾心山谷。其《赠鲁直》诗云：“陈诗传笔意，愿列弟子行。”《答秦觏书》云：“仆于诗初无诗法，然少好之，老而不厌［，数以千计］。及一见黄豫章，尽焚其稿而学焉。”可见其学所从出。然其诗虽师法山谷，而实远祖少陵，求山谷学杜之法，诗未尽与黄似。盖山谷学杜，脱颖而出；后山学杜，沉思而入。王原序《后山集》曰：“后山之于杜，神明于矩矱之中，折旋于虚无之际。较苏之驰骋跌宕，气似稍逊[1]，而格律精严过之。若黄之所有，无一不有；黄之所无，陈则精诣。其于少陵，以云具体，虽未敢知，然超黄匹苏，断断如也。”其诗格律精严，确于苏黄间别树一帜。其为人清介高洁，为诗则深思苦吟，逐出鸡犬，故其作用意深刻精微，有锻炼之工。类皆严劲奥诘，高者沈郁似老杜。《隐居通议》谓：“后山诗，或病其艰涩，然揫敛锻炼之工，自不可及。”是已。纪昀序陈后山诗，以其诗之各体比较，论其得失，而谓其“五七言绝则纯为少陵《遣兴》之体，合格者十不一二矣”，则未尽然。其七绝如《放歌行》“春风永巷”一首、《谢赵生惠芍药》“九十风光”一首，皆立意深刻，用思精微，情致缠绵，风神独绝。唐人绝句有此情韵，无此精思深意也。

---

1 原作“胜”。

少游诗格柔婉，绝句尤近于词，而犹传唐人诗以言情之一脉，不同于宋诗之面目，故其诗皆有唐人情韵。如《泗州东城晚望》“渺渺孤城白水环，舳舻人语夕霏间。林梢一抹青如画，应是淮流转处山”之情景交融、神韵悠远，不愧唐人；《秋日》“月团新碾瀹花瓷，饮罢呼儿课楚词。风定小轩无落叶，青虫相对吐秋丝”之写幽静之境，体会极细；《春日偶题呈钱尚书》“三年京国鬓如丝，又见新花发故枝。日典春衣非为酒，家贫食粥已多时”之含思凄婉、情味深长，皆其至者，不得以“女郎诗”讥之也。

南渡以还，陈简斋远祖老杜，近宗苏黄，而倾心于后山，可知其诗之所得力。吴澄序震翁诗曰：“简斋古体自东坡氏，近体自后山氏，而神化之妙，简斋自简斋。”《诗法萃编》：“简斋学杜，师意不师辞。古体清迥绝俗，而不及山谷之雄厚。律体则锐出锐入，游刃有馀，而专尚洗炼。”简斋诗大氐精苦高洁，七绝亦然，多洗炼之功，有精洁之思，具清远之致。如《秋夜》、《雨过》二绝之精洁，《和张矩臣水墨梅》之清远，皆洗伐净尽，所谓剥肤存液者也。

放翁为南渡一人，卓然大家，其源虽出江西派，而实自辟一宗，不袭黄陈之旧，一变生涩深奥为清新圆润，而其格局之大，方面之多，足以上追老杜，近配东坡。《艺苑卮言》云：“诗自正宗之外，如昔人所称‘广大教化主’者，于长庆得一人，曰白乐天；于元丰得一人焉，曰苏子瞻；于南渡后得一人，曰陆务观，为其情事景物之悉备也。”吴自牧《宋诗钞》云：“刘后村谓：‘近岁诗人，杂博者堆队仗，空疏者窘材料，出奇者费搜索，缚律者少变化。惟放翁记问足以贯通，力量足以驱使，才思足以发越，气魄足以陵暴，南渡而下，当为一大宗。’吾谓岂惟南渡，虽全宋不多得也。宋诗大半从少陵分支，故山谷云：‘天下几人学杜甫，谁得其皮与其骨。’若放翁者，不宁皮骨，盖得其心矣，所谓爱君忧国之诚，见乎辞者，每饭不忘，故其诗浩瀚崒嵂，自有神合。呜呼，此其所以为大宗也与！”放翁“六十年间万首诗”，绝句亦多。其包罗广博，如《花时遍游诸家园》：“翩翩马上帽檐斜，尽日寻春不到家。偏爱张园好风景，半天高柳卧溪花。”《江上散步寻梅偶得》：“小南门外野人家，短短疏篱缭白沙。红稻不须鹦鹉啄，清霜催放两三花。”则清新婉丽。如《小雨极凉舟中熟睡至夕》：“舟中一雨扫飞蝇，半脱纶巾卧翠藤。清梦初回窗日晚，数声柔橹下巴陵。”《剑门道中遇微雨》：“衣上征尘杂酒痕，远游无处不消魂。此身合是诗人未？细雨骑驴入剑门。”《岁暮》：“浅色染成官柳丝，水沈熏透野梅枝。客来莫怪逢迎懒，正伴曾孙竹马嬉。”《小园》：“小园烟草接邻家，桑柘阴阴一径斜。卧读陶诗未终卷，又乘微雨去锄瓜。”则恬淡闲适。如《夜归偶怀故人独孤景略》：“买醉村场半夜归，西山落月照柴扉。刘琨死后无奇士，独听荒鸡泪满衣。”《醉歌》：“百骑河滩猎盛秋，至今血渍短貂裘。谁知老卧江湖上，犹枕当年虎髑髅。”《排闷》：“四十从军渭水边，功名无命气犹全。白头烂醉东吴市，自拔长刀割彘肩。”“憔悴衡门一秃翁，回头无事不成空。可怜万里平戎志，尽付萧萧暮雨中。”《示儿》：“死去原知万事空，但悲不见九州同。王师北定中原日，家祭无忘告乃翁。”则雄壮悲愤。如《沈园》二绝：“城上斜阳画角哀，沈园无复旧池台。伤心桥下春波绿，曾是惊鸿照影来。”“梦断香销四十年，沈园柳老不飞绵。此身行作稽山土，犹吊遗踪一泫然。”则缠绵哀怨。如《梅花绝句》：“闻道梅花坼晓风，雪堆遍满四山中。何方可化身千亿，一树梅花一放翁。”《小舟游近村舍舟步归》：“斜阳古柳赵家庄，负鼓盲翁正作场。身后是非谁管得，满村听说蔡中郎。”《饮张功父园戏题扇上》：“寒食清明数日中，西园春事又匆匆。梅花自避新桃李，不为高楼一笛风。”则旷达诙谐。可见其博大精深，无所不能也。故诚斋嘉其敷腴，梁溪赏其俊逸，方虚谷许其富豪悲壮，吴之振称其浩瀚崒嵂，均其所长。朱竹垞谓其太熟太缛，《越缦堂诗话》谓其太平切近人，《说诗晬语》谓其古体近粗、今体近滑，则均指其短而言。盖放翁作品既多，瑕瑜互见，粗直熟滑，时亦不免。且亦由于黄陈过于生涩精刻之反动，至诚斋益平熟谐俗，穷变之理，时势使然也。

诚斋亦为南宋大家，其源亦出江西。诚斋自序其诗云：“始学江西诸君子，又学后山五字律，既又学半山老人七字绝句，晚乃学绝句于唐人。后官荆溪，忽若有悟，遂谢去唐人及王、陈、江西诸君子，而后欣然自得。时目为诚斋体。”周必大跋其诗曰：“诚斋大篇短章，七步而成，一字不改，皆扫千军、倒三峡、穿天心、出月胁之语。至于状物姿态，写人情意，则铺叙纤悉，曲尽其妙。”方回《瀛奎律髓》[1]云：“诚斋虽沿江西派之末流，不免有颓唐粗俚之处，而才思健拔，包孕万有，自是南宋一作手。”陈讦《宋诗选》曰：“杨诚斋矫矫拔俗，魄力又足以胜之，雄杰排奡，有笼挫万象之概，然未免过于摆脱，不但洗净铅华，且粗服乱头。”大抵才思健拔，包罗丰富，状物写情，曲

1　当出自《四库全书总目》卷一百六十《诚斋集》提要。

尽其妙，明白流畅，是其所长，而平易熟滑，粗豪俚俗，则其短也。此亦王、陈以来必然之反响也。其七绝，如《过百家渡四绝句》之一："园花落尽路花开，白白红红各自媒。莫问早行奇绝处，四方八面野[1]香来。"《蝶》："篱落疏疏一径深，树头先绿未成阴。儿童急走追黄蝶，飞入菜花无处寻。"《三月三日雨作遣闷绝句》之一："村落寻花捋地无，有［花］亦自只愁予。不如卧听春山雨，一阵繁声一阵疏。"《新柳》："柳条百尺拂银塘，且莫深青只浅黄。未必柳条能蘸水，水中柳影引他长。"皆浅近自然，而状物工细。如《夏夜追凉》："夜热依然午热同，开门小立月明中。竹深树密虫鸣处，时有微凉不是风。"《晚风》之一："晚风不许鉴清漪，却许重帘到地垂。平野无山遮落日，西窗红到月来时。"《晓过丹阳县》："风从船里出船前，涨起帘帏紫拂天。点检风来无处觅，破窗一隙小于钱。"状物姿态，刻划入微。如《都下无忧馆小楼春尽旅怀二首》之一："病眼逢书不敢开，春泥谢客亦无来。更无短计消长日，且绕阑干一百回。"《闲居初夏午睡起二绝句》之一："梅子留酸软齿牙，芭蕉分绿与窗纱。日长睡起无情思，闲看儿童捉柳花。"《竹阴小憩》[2]："不但先生倦不苏，仆夫也自要人扶。青松数了还重数，只是从前八九株。"极写闲适。而《初入淮河四绝句》："船离洪泽岸头沙，人到淮河意不佳。何必桑干方是远，中流以北即天涯。""刘岳张韩宣国威，赵张二将筑皇基。长淮咫尺分南北，泪湿秋风欲怨谁？""两岸舟船各背驰，波痕交涉

1 原作"有"。

2 通行本题作《松阴小憩》。

亦难为。只馀鸥鹭无拘管，北去南来自在飞。”“中原父老莫空谈，逢着王人诉不堪。却是归鸿不能语，一年一度到江南。”则悲愤苍凉，故国之悲情，见乎辞矣。至《题沈子寿旁观录》、《八月十三日望月》、《题钟家村石崖》、《送乡僧德璘监寺缘化结夏归天童山》，则均俚俗诙谐，亦诚斋诗之一特点也。

白石学诗于萧德藻，萧固江西派，白石自序亦谓“三薰三沐，学黄太史”，后乃屏去。自序曰：“居数年，［一语噤不敢吐。］始大悟，学即病，顾不若无所学之为得，虽黄诗亦偃然高阁矣。”其诗情韵颇高，尤长于七绝。《藏一话腴》曰：“姜尧章奇声逸响，［卒］多天然，自成一家，不随近体。”《越缦堂诗话》曰：“南渡中叶后，姜尧章最清峭绝俗。”《香石诗话》曰：“宋人七绝每少风韵，惟姜白石能以韵胜。”所论均得其实。其七绝如《除夜自石湖归苕溪》、《姑苏怀古》、《平甫见招不欲往》、《过垂虹》诸作，均情韵独绝，上追唐人，不落宋诗窠臼者也。

宋末诗人如谢翱、林景熙、汪元量，皆身经亡国之痛，多凄恻呜咽之作，所谓“亡国之音哀以思”也。其诗皆称小指大，辞隐义显，足为一代诗史。谢诗奇崛，林诗幽婉，汪诗放逸，作风各殊，而其黍离麦秀之感，凄恻哀怨之音，则相同也。七绝尤工。谢之《过杭州故宫二首》、《重过二首》，林之《山窗新糊有故朝封事稿阅之有感》、《梦中作四首》，汪之《醉歌》、《湖州歌》，均感慨悲凉，纪亡国之痛，洵诗史也。

七绝至唐，遂为百代不易之体。唐极其工，宋极其变，后之作者，无能超越两代者。清诗远胜元明，然作者或步武唐人，或取法宋贤，亦不出此范围。惟王渔洋以天赋之才，创神韵之说，其七绝之风神独绝，不但度越元明，擅胜一代，而上追唐人，别开境界，神韵缥缈，其情境有唐人所无者，亦可谓七绝诗中一大作手矣。其七绝如《秦淮杂诗》、《真州绝句》、《高邮雨泊》、《再过露筋祠》、《夜雨题寒山寺寄西樵礼吉二首》，皆以神韵胜，风神缥缈，情韵悠永，求之无迹，味之无穷，洵遵唐人之正轨，得绝句之神味矣。

特质第三

诗为最精粹之语言，盖以最少之文字，表现人类最丰富、最微妙之思想与情感也。准此而言，则绝句所表现者，尤为精粹中之精粹，可称为最精粹之诗。绝句乃以最经济之字句与手段，表现情景事之最精彩之一部分，此一部分即足以代表或包括全体者。故诗之体性，与散文、小说、戏剧不同；而绝句之体性，又与古诗、律诗不同。以此形成其特质，可分数方面言之。

（一）以文学手段言则为最经济的——以最少之文字，表现最丰富之情思。七绝仅七言四句二十八字，而须表现一完整之意义或情感，不若古律诗之有盘旋转折、委婉铺叙之馀地，故四句之中往往一意数转，或深进一层，或宕开一层，一首之中数层转折，或一句之中数层转折。一首之中不得有空句，一句之中不得有闲字，每字均须代表最精确、最深刻之意义。昔人谓："五言如四十个贤人，著一个屠沽不得。"（黄彻《砦溪诗话》卷五引刘昭禹语）《诗人玉屑》亦引之。七绝仅二十八字，尤一字不得乱用也，故须以最经济之文学手段表现之。

（二）以内容言则为最精采的——绝句既以最少之字句，表现最丰富之情思，字少意多，未能尽赅，故必须有所淘汰，有所选择。其所描写者，必为全部中最精采之一段，而可以代表其全部者也。

（三）以形式言为最基本的——绝句四句二韵，为中国诗之最基本形式。《诗三百》以四句一章为多，《离骚》多二韵一转，《天问》亦二韵一换。《读雪》七古凡例唐人七古亦多二韵一转，四句一段，联成长篇。律诗八句，自其声律言，则仍四句为节，平仄全同，亦四句为二周转也。故四句二韵实为中国诗最基本形式。绝句即四句二韵，故其形式为最基本的。

（四）以情感言为最紧张的——诗以言情为主，见《诗大序》、《文赋》、《诗品序》，即写景叙事，亦莫不景中有情，即事见情。情感最易变化，而尖端之情感尤甚，往往稍纵即逝，故宜用极短之文字把握当时之情感，长篇则使情感松懈矣。长篇非不能表现微妙之情感，但长篇须张弛相间，不能全篇紧张。盖给人刺激，不宜过久，久则神经麻木，全篇紧张是等于全篇不紧张也。短诗则不容有张弛之馀地，须单刀直入，一针见血。故用极短之文字，表现当时一刹那最尖端、最紧张之情感。绝句所表现之情感，为最紧张之情感也。

（五）以表现方法言则为最含蓄的——绝句既以最经济之文学手段，描写事物之最精采部分，表现最紧张之情感，字少意多，言简情深，则其表现方法不得不以含蓄出之。诗忌浅露而贵含蓄，绝句尤甚。盖不含蓄，则意尽于言，一览无馀，更无回味。且绝句字少，不含蓄即无从包括较多较深之情思也。如严羽《沧浪诗话》云："言有尽而意无穷。"司空图《诗品》云："不著一字，尽得风流。"王士祯云："诗如神龙，见其首不见其尾，或云中露一爪一鳞而已，安得全体？是雕塑绘画者耳。"（见赵执信《谈龙录》）皆论诗之含蓄。而沈德潜《说诗晬语》云："七言绝句，以语近情遥，含吐不露为主。只眼前景口头语，而有弦外音味外味，使人神远。"则专论七言绝句之更宜含蓄，亦必须含蓄也。故诗之表现方法，以含蓄为主，而七绝之表现方法则为最含蓄的。

故绝句之体性，除形式上与古诗、律诗不同，如：古诗之字句多寡不拘，绝句则一定四句二十八字；古诗平仄无一定，绝句则平仄有一定；古诗可以换韵，绝句则一韵到底；律诗则以对偶为主，绝句虽间有对偶或全首对者，亦不如律诗之必要及呆板也。王夫之《姜斋诗话》云："七言绝句有对偶，如'故乡今夜思千里，霜鬓明朝又一年'，亦流动不羁，终不可作'江间波浪兼天涌，塞上风云接地阴'平实语。足知绝律四句之说，牙行赚客语，皮下有血人不受他和哄。"徐增《而庵诗话》云："律与绝句不同。字有字法，句有句法，章有章法。"范晞文《对床夜话》云："许浑绝句亦佳，但句法与律诗相似，是其所短耳。"之外，综上所论之五点，实为绝句之特质，亦非古诗、律诗所同具也。王夫之云："七言绝句……此体一以才情为主。言简者最忌局促，局促则必有滞累，苟无滞累，又萧索无馀。非有红炉点雪之襟宇，则方欲驰骋，忽尔蹇踬，意在矜庄，只成疲苶。以此求之，知率笔口占之难，倍于按律合辙也……才与无才，情与无情，唯此体可以验之。不能作五言古诗，不足入风雅之室；不能作七言绝句，直是不当作诗。"则此体之有其特殊之性质，与其在诗歌中有特殊之地位，而能于诗坛独树一帜，有由来矣。

格律第四[1]

夫声律之始，本于人声。《文心雕龙·声律篇》云："夫音律所始，本于人声者也。声含宫商，肇自血气，先王因之以制乐歌。"《尚书·舜典》云："诗言志，歌永言，声依永，律和声。"伪孔传："声谓五声，宫、商、角、徵、羽。律谓六律、六吕，十二月之音气。言当依声，律以和乐。"孔疏："《周礼·太师》云：'文之以五声：宫、商、角、徵、羽。'言五声之清浊有五品，分之为五声也。又'太师掌六律、六吕，以合阴阳之声。阳声黄钟、太簇、姑洗、蕤宾、夷则、无射，阴声大吕、应钟、南吕、林钟、仲吕、夹钟'，是六律、六吕之名也。"是音律之始，本于人声，因制乐歌。《诗三百》皆被管弦，汉魏乐府悉可歌唱。唐人以绝句为乐府，旗亭画壁盛极一时，故声律初就乐律而言。文学发展既离音乐而独立，六朝以还，又于文字本身加以声律之研讨，于是四声八病，音韵对偶，日益缜密。除音乐之节奏外，文字上亦有其格律。今绝句唱法既已不传，泛声虚声，皆不可考。兹论格律，仅就文字之法式与声律，分三端言之。

（一）句法奇偶——自绝句句法言，亦可分为三类。

（甲）四句不对者。【眉批】即七律之一二七八句。

例如王昌龄《青楼曲》："白马金鞍从武皇，旌旗十万宿长

1　本章眉批、夹注或为程千帆手迹。

杨。楼头小妇鸣筝坐，遥见飞尘入建章。”

（乙）四句全对者。【眉批】即七律之三四五六句。

（A）四句对仗工整，如律诗之中四句平仄意思全对者。例如王涯《塞下曲》：“辛勤几出黄花戍，迢递初随细柳营。塞晚每愁残月苦，边愁更逐断蓬惊。”朱长文《望中有怀》：“龙向洞中衔雨出，鸟从花里带香飞。白云断处见明月，黄叶落时闻捣衣。”宋李之仪《与晋卿相别忽复春深得书见邀》：“留陶渊明把酒碗，送陆静修过虎溪。胸次九流清似镜，人间万事醉如泥。”

（B）四句全对，而首句叶韵者。例如柳中庸《征人怨》：“岁岁金河复玉关，朝朝马策与刀环。三春白雪归青冢，万里黄河绕黑山。”贾至《巴陵夜别王八员外》：“柳絮飞时别洛阳，梅花发后在三湘。世情已逐浮云散，离恨空随江水长。”

（C）四句全对，首句叶韵，而第一、二句平仄不全对者。例如王勃《蜀中九日》：“九月九日望乡台，他席他乡送客杯。人情已厌南中苦，鸿雁那从北地来。”

（D）四句全对，首句叶韵，第一、二句当句对者。例如韦应物《登楼寄王卿》：“踏阁攀林恨不同，楚云沧海思无穷。数家砧杵秋山下，一郡荆榛寒雨中。”“踏阁”与“攀林”，“楚云”与“沧海”，当句对。贾至《春思》：“草色青青柳色黄，桃花历乱李花香。东风不为吹愁去，春日偏能惹恨长。”以字数言，则第一句之“青青”对第二句之“历乱”，第一句之“黄”对第二句之“香”；以意义言，则“青青”与“黄”，“历乱”与“香”为当句对也。

（丙）前二句对者。【眉批】（此应列后）即七律之后四句。

（A）首句不叶韵者。例如韩愈《题楚昭王庙》："丘坟满目衣冠尽，城阙连云草树荒。犹有国人怀旧德，一间茅屋祭昭王。"白居易《蓝桥驿见元九诗》："蓝桥春雪君归日，秦岭秋风我去时。每到驿亭先下马，循墙绕柱[1]觅君诗。"又《对酒五首》之一："百岁无多时壮健，一春能几日晴明？相逢且莫推辞醉，听唱阳关第四声。"

（B）首句叶韵者。例如顾况《叶道士山房》："水边垂柳赤阑桥，洞里仙人碧玉箫。近得麻姑书信否？浔阳向上不通潮。"刘禹锡《乌衣巷》："朱雀桥边野草花，乌衣巷口夕阳斜。旧时王谢堂前燕，飞入寻常百姓家。"

（丁）后二句对者。【眉批】（此应列前）即七律之前四句。

例如李白《上皇西巡南京歌十首》之一："谁道君王行路难？六龙西幸万人欢。地转锦江成渭水，天回玉垒作长安。"张谓（一作戎昱）《早梅》："一树寒梅白玉条，迥临村路傍溪桥。不知近水花先发，疑是经冬雪未消。"

（二）押韵脚——绝句押韵亦有三种。

（甲）第一句押韵者。

例如李益《汴河曲》："汴水东流无限春，隋家宫阙已成尘。行人莫上长堤望，风起杨花愁杀人。"

（乙）第一句不押韵者。

例如张籍《哭孟寂》："曲江院里题名处，十九人中最少年。今日春光君不见，杏花零落寺门前。"元稹《酬乐天频梦微

1　原作"树"。

之》："山水万重书断绝，念君怜我梦相闻。我今因病魂颠倒，惟梦闲人不梦君。"

（丙）押仄韵者。亦有第一句不押韵一种。【眉批】此即未律化者。

例如岑参《春梦》："洞房昨夜春风起，遥忆美人湘江水。枕上片时春梦中，行尽江南数千里。"王建《宫人斜》："未央墙西青草路，宫人斜里红妆墓。一边载出一边来，更衣不减寻常数。"

（三）声调律——绝句声调大别为普通与拗体二种。【眉批】此应列平仄谱，此即完全律化者。

（甲）普通

（A）平起式首句入韵

例如刘禹锡《听旧宫人穆氏唱歌》："曾随织女度天河，记得云间第一歌。休唱贞元供奉曲，当时朝士已无多。"

（B）仄起式首句入韵式

例如王昌龄《采莲曲》："荷叶罗裙一色裁，芙蓉向脸两边开。乱入池中看不见，闻歌始觉有人来。"

（C）平起首句不入韵式

例如杜牧《沈下贤》："斯人清唱何人和，草径苔芜不可寻。一夕小敷山下梦，水如环珮月如襟。"陆龟蒙《闲吟》："闲吟料得三更尽，始把孤灯背竹窗。一夜西风高浪起，不教归梦过寒江。"

（D）仄起首句不入韵式

例如元稹《六年春遣怀八首》之一："检得旧书三四纸，高低阔狭但成行。自言并食寻常事，惟念山深驿路长。”张乔《九华楼晴望》：“一夜江潭风雨后，九华晴望倚天秋。重来此地知何日，欲别殷勤更上楼。”

（E）平起第三句用平接式拗体即第一、二句平仄与三、四句重复，而非为普通律化之一、二、三、四平仄皆不同。即二句为单位，而不以四句为单位，相间相重。【眉批】此下E、F二式应为拗体（即与律诗中新变体相类）。

（1）首句叶韵者

例如王乔《过故人宅》：“故人轩骑罢归来，旧宅园林闭不开。惟馀挟瑟高堂上，哭向平生歌舞台。”

（2）首句不叶韵者

例如杜牧《出宫人二首》之一：“闲吹玉殿昭华管，醉折梨园缥蒂花。十年一梦归人世，绛缕犹封系臂纱。”

（F）仄起第三句用仄接式

（1）首句叶韵者

例如岑参《碛中作》：“走马西来欲到天，辞家见月两回圆。今夜不知何处宿，平沙万里绝人烟。”

（2）首句不叶韵者

例如刘禹锡《伤愚溪三首》之一：“草圣数行留坏壁，木奴千树属邻家。惟见里门通德榜，残阳寂寞出樵车。”

（乙）拗体【眉批】此应为古体（即古歌谣之遗）。

（A）平韵拗体

①第一句押韵。例如李白《山中答俗人》：“问余何事栖碧山，笑而不答心自闲。桃花流水窅然去，别有天地非人间。”②第一句不押韵。杜甫《漫兴九首》之一：“熟知茅斋绝低小，江

上燕子故来频。衔泥点污琴书内，更接飞虫打著人。”

（B）仄韵拗体第一句押韵者

例如杜甫《绝句三首》之一：“前年渝州杀刺史，今年开州杀刺史。群盗相随剧虎狼，食人更肯留妻子？”高适《营州歌》：“营州少年厌原野，狐裘蒙茸猎城下。虏酒千钟不醉人，胡儿十岁能骑马。”

制作第五

张融《门律序》曰："文无常体，而以有体为常。"夫文有体制之异，本于其法式之不同。而法式之不同，则基于其心灵之各别。准斯而言，则亦可云"文无常法，而以有法为常"。诗者，文之一体，七绝又诗之一体，积字句而为篇章，其径初无不同。然其以短韵取远致，兴惊波于尺水，则亦自有其法，而非可同于古律者焉。昔贤论者，如宋尤袤《全唐诗话》载司空图云："盖绝句之作，本于诣极。此外千变万状，不知所以神而自神也。岂容易哉？"清黄子云《野鸿诗的》云："绝句字无多，意纵佳，而读之易索。当从《三百篇》中化出，便有韵味。"王士正《师友诗传续录》云："五言绝近于乐府，七言绝近于歌行。……要皆有一唱三叹之意，乃佳。"钱木庵《唐音审体》云："绝句之体，五言七言略同。唐人谓之小律诗。其作法则与四韵律诗迥别。四韵气局舒展，以整严为先。绝句气局单促，以警拔为上。唐人名作，家弦户诵者，绝句尤多。"邹弢《三借庐笔谈》云："七绝诗须要丰神奕奕，浑脱超妙。二十八字一气贯通，令人信口曼吟，低回不厌。"沈德潜《说诗晬语》云："绝句，唐乐府也。篇止四语，而倚声为歌，能使听者低徊不倦。"又云："七言绝句，以语近情遥，含吐不露为主。只眼前景口头语，而有弦外音味外味，使人神远。"李重华《贞一斋诗说》云："朱竹垞云七绝至境，须要诗中有魂，入神二字，未足形容其妙。"陈绎曾《诗谱》云："绝句体如古乐府，浑然有大篇气象。六朝诸人，语绝意不绝。"吴可《藏海诗话》云："子苍云，绝句如小家事，句中著大家事不得。若山谷蟹诗用与虎争及支解字[1]，此家事大，不当入诗中。”吴乔《答万季野诗问》云：“七绝，偏师也。或斗山上，或斗地下，非必堂堂之阵，正正之旗者也。”此皆通论七绝之体性、风格、神韵者也。其馀论篇章句法者，如吴乔《答万季野诗问》云：“唐人七言绝句，大抵由于起承转合之法。惟李杜不然，亦如古风浩然长往，不可捉摸。”杨载《诗法家数》云：“绝句之法，要婉曲回环，删芜就简，句绝而意不绝，多以第三句为主，而第四句发之，有实接，有虚接，承接之间，开与合相关，反与正相依，顺与逆相应，一呼一吸，宫商自谐。大抵起承二句固难，然不过平直叙起为佳，从容承之为是。至如宛转变化工夫，全在第三句，若于此转变得好，则第四句如顺流之舟矣。”谢榛《四溟诗话》引左舜齐云：“一句一意，意绝而气贯，此绝句之法。”田雯《古欢堂集》论七言绝句云：“转换之妙，全在第三句。若第三句用力，则末句易工。”施补华《岘佣说诗》云：“七绝用意，宜在第三句，第四句只作推宕，或作指点，则神韵自出。若用意在第四句，便易尽矣。”又云：“若一、二句用意，三、四句全作推宕作指点，又易空滑。故第三句是转柁处，求之古人，虽不尽合，然法莫善于此也。”谢榛《四溟诗话》引范德机云：“绝句则先得后两句。”此则论七绝章法之起承转合及著力在第三、四句者也。至如专论起结者，如谢榛《四溟诗话》云：“凡起句当如爆竹，骤响易彻。结句当如撞钟，清音有馀。郑谷《淮上别友》诗‘君向潇湘我向秦’，此结如爆竹而无馀音。予易为起句，足成一首曰

1　原作“事”。

‘君向潇湘我向秦，杨花愁杀渡江人，数声长笛离亭外，落日空江不见春’。”而王士祯《师友诗传续录》则谓：“四溟诗说，多学究气，愚所不喜。此段亦不谓然。”沈德潜《唐诗别裁》评此诗云：“落句不言离情，却从言外领取，与韦左司《闻雁》诗同一法也。谢茂秦尚不得其旨，而欲颠倒其文，安问悠悠流俗？”则均不以谢说为然也。张炎《词源》云：“词之难于令曲，如诗之难于绝句，不过十数句，一句一字闲不得。末句最当留意，有有馀不尽之意始佳。”比绝句于词中令曲，亦可见结句之当有馀不尽也。然但论句法，亦失之细。王夫之《姜斋诗话》云：“作诗但求好句，已落下乘，况绝句只此数语，拆开作一俊语，岂复成诗？‘百战方夷项，三章且易秦。功归萧相国，气尽戚夫人。’恰似一汉高帝谜子，掷开成四片，全不相关通。如此作诗，所谓佛出世也救不得也。”最为弘通之论。总上所述，或通论体制，或专论章句，虽不乏微言，而苦涉玄远，初学乍闻，每难辞达。盖风神韵味，可以意会，难以言传，苦学深思，庶几有得。今惟于篇章字句之转折句勒处，分为二十四格，各举名篇，作为楷式，以便初阶。若谓知此即能作七绝，或七绝作法已尽于斯，则非吾之所敢知也。

（一）今昔比较

刘禹锡《杨柳枝词三首》之一（《万》卷四，十二页。《绝》四，十一。）[1]

---

1 《万》似当指王士禛所辑《唐人万首绝句选》（上海涵芬楼仿古活字印本），《绝》似当指邵裴子所辑《唐绝句选》（商务印书馆，1936 年）。页码大致相符，仅有零星出入，均于脚注标出。个别引文与这两个版本略异，或另有所据，不一一注出。

花萼楼前初种时，美人楼上斗腰支。如今[1]抛掷长街里，露叶如啼欲恨谁。

白居易《听夜筝有感》（《绝》卷五，十一页。）

江州去日听筝夜，白发新生不愿闻。如今格是头成雪，弹到天明亦任君。

李益《上汝州郡楼》（《绝》卷三，六页。）

黄昏鼓角似边州，三十年前上此楼。今日山川对垂泪，伤心不独为悲秋。

杜牧《醉后题僧院》（《万》卷六，二页。《绝》七，三。）

觥船一棹百分空，十载青春不负公。今日鬓丝禅榻畔，茶烟轻飏落花风。

（二）旧时

岑参《山房春事》（《绝》卷二，四页。）

梁园日暮乱飞鸦，极目萧条三两家。庭树不知人去尽，春来还发旧时花。

刘禹锡《石头城》（《万》四，十。《绝》四，八。）

山围故国周遭在，潮打空城寂寞回。淮水东边旧时月，夜深

1　此类强调词语，原稿字旁多加圆圈，偶不加，现依从原稿而排。

还过女墙来。

刘得仁《悲老宫人》

白发宫娃不解悲，满头犹自插花枝。曾缘玉貌君王宠，准拟人看似旧时。

张祜《经旧游》（《绝》六，十三。）

去年来送行人处，依旧虫声古岸南。斜日照溪云影断，水荭花穗倒空潭。

（三）记忆

薛能《黄蜀葵》（《绝》八，四。）

娇黄新嫩欲题诗，尽日含毫有所思。记得玉人初病起，道家装束厌禳时。

刘禹锡《魏宫词二首》之一（《绝》四，九。）

日晚长秋帘外报，望陵歌舞在明朝。欲添炉火熏衣麝，忆得分时不忍烧。

白居易《同李十一醉忆元九》（《万》四，十三[1]。《绝》五，六。）

花时同醉破春愁，醉折花枝作酒筹。忽忆故人天际去，计程今日到梁州。

1 似当为“十二”。

林景熙《梦中作四首》之一

珠凫玉雁又成埃，斑竹临江首重回。犹忆年时寒食祭，天家一骑捧香来。

（四）自从

白居易《燕子楼三首》之一（《绝》五，八。）

钿晕罗衫色似烟，几回欲著即潸然[1]。自从不舞霓裳曲，叠在空箱十一年。

李益《隋宫燕》（《万首绝句选》卷四，一页。）

燕语如伤旧国春，宫花欲落旋成尘。自从一闭风光后，几度飞来不见人。

元稹《西明寺牡丹》（《万》四，十五。）

花向琉璃池上生，光风炫转紫云英。自从天女盘中见，直至今朝眼更明。

李商隐《有感》（《万》六，九。）

非关宋玉有微辞，却是襄王梦觉迟。一自高唐赋成后，楚天云雨尽堪疑。

【眉批】李益《写情》（《万》四，二。《绝》三，六。）

水纹珍簟思悠悠，千里佳期一夕休。从此无心爱良夜，任他明月下西楼。

1 《唐绝句选》作"潸然"，通行本多作"潸然"。

白居易《木兰花》

腻如玉指涂朱粉，光似金刀剪紫霞。从此时时春梦里，应添一树女郎花。

（《万》四，十四。《绝》五，十五。）

（五）正是

杜甫《江南逢李龟年》（《万》三，九。《绝》二，十。）

岐王宅里寻常见，崔九堂前几度闻。正是江南好风景，落花时节又逢君。

杜牧《南陵道中》（《万》六，三。《绝》七，六。）

南陵水面漫悠悠，风紧云寒欲变秋。正是客心孤迥处，谁家红袖凭江楼?

韩愈《井》（《绝》四，二。）

贾谊宅中今始见，葛洪山下昔曾窥。寒泉百尺空看影，正是行人渴死时。

罗邺《闻子规》（《绝》九，四。）

蜀魄千年尚怨谁，声声啼血向花枝。满山明月东风夜，正是愁人不寐时。

（六）惟有

王维《送沈子》（《万》三，七。《绝》一，三。）

杨柳渡头行客稀，罟师荡桨向临圻。惟有相思似春色，江南江北送君归。

刘禹锡《杨柳枝词三首》之一（《万》四，十二。《绝》四，十一。）

城外春风吹酒旗，行人挥袂日西时。长安陌上无穷树，惟有垂杨管别离。

杨巨源《和练秀才杨柳》（《绝》三，十七。）

水边杨柳曲尘丝，立马烦君折一枝。惟有春风最相惜，殷勤更向手中吹。

崔珏《席上赠琴客》（《万》六，十六。《绝》八，十二。）

七条弦上五音寒，此艺知音自古难。惟有开元房太尉，始终怜得董庭兰。

【眉批】李商隐《过楚宫》（《万》六，九。《绝》七，十三。）

巫峡迢迢旧楚宫，至今云雨暗丹枫。微生尽恋人间乐，只有襄王忆梦中。

（七）最是

韦庄《金陵图二首》之一（《万》七，十。）

江雨霏霏江草齐，六朝如梦鸟空啼。无情最是台城柳，依旧烟笼十里堤。

韩愈《早春呈水部张十八员外二首》之一（《绝》四，

五。）

天街小雨润如酥，草色遥看近却无。最是一年春好处，绝胜烟柳满皇都。

李商隐《汉宫词》（《万》六，六。《绝》七，九。）

青雀西飞竟未回，君王长在集灵台。侍臣最有相如渴，不赐金茎露一杯？

（八）似

刘禹锡《竹枝词十一首》之一（《万》四，十一。《绝》四，十。）

山桃红花满上头，蜀江春水拍山流。花红易衰似郎意，水流无限似侬愁。

鱼玄机《江陵愁望寄子安》（《绝》十，十二。）

枫叶千枝复万枝，江桥掩映暮帆迟。忆君心似西江水，日夜东流无歇时。

苏轼《席上代人赠别》

凄音怨乱不成歌，纵使重来奈老何。泪眼无穷似梅雨，一番匀了一番多。

王操《题水心寺壁》

分飞南渡春风晚，却返家林旧业空。无限离情似杨柳，万条垂向楚江东。

【眉批】薛涛《送友人》（《万》七，十四。《绝》十，二[1]。）

水国蒹葭夜有霜，月寒山色共苍苍。谁言千里自今夕，离梦杳如关塞长。

（九）不及

王昌龄《长信秋词三首》之一（《万》三，五。《绝》一，六。）

奉帚平明金殿开，且将团扇共徘徊。玉颜不及寒鸦色，犹带昭阳日影来。

王昌龄《西宫秋怨》（《万》三，五。《绝》一，六[2]。）

芙蓉不及美人妆，水殿风来珠翠香。却恨含情掩秋扇，空悬明月待君王。

李白《赠汪伦》（《唐诗选》六，十九。）

李白乘舟将欲行，忽闻岸上踏歌声。桃花潭水深千尺，不及汪伦送我情。

欧阳修《画眉鸟》

百啭千声随意移，山花红紫树高低。始知锁向金笼听，不及林间自在啼。

戎昱《云安阻雨》（《绝》三，一。）

---

1 似当为“十二”。

2 似当为“七”。

日长巴峡雨濛濛，又说归舟路未通。游人不及西江水，先得东流到渚宫。

【眉批】孟迟《长信宫》（《绝》八，三。）

君恩已尽欲何归？犹有残香在舞衣。自恨身轻不如燕，春来还绕御帘飞。

（十）犹

杜牧《金谷园》（《万》六，四。《绝》七，八。）

繁华事散逐香尘，流水无情草自春。日暮东风怨啼鸟，落花犹似坠楼人。

贾岛《三月晦日赠刘评事》（《绝》八，七。）

三月正当三十日，风光别我苦吟身。共君今夜不须睡，未到晓钟犹是春。

陈陶《陇西行》（《万》七，九。）

誓扫匈奴不顾身，五千貂锦丧胡尘。可怜无定河边骨，犹是春闺梦里人。

陈羽《戏题山居二首》之一（《绝》四，六。）

虽有柴门长不关，片云高木共身闲。犹嫌住久人知处，见欲移居更上山。

（十一）亦

郑谷《席上赠歌者》（《万》七，三。《绝》九，八。）

花月楼台近九衢，清歌一曲倒金壶。坐中亦有江南客，莫向春风唱鹧鸪。

白居易《伊州》（《万》四，十三。《绝》五，十三。）

老去将何散老愁，新教小玉唱伊州。亦应不得多年听，未教成时已白头。

王建《寒食忆归》

京中曹局无多事，寒食贫儿要在家。遮莫杏园胜别处，亦须归看傍村花。

戴叔伦《夜发袁江寄李颍川刘侍御》（《万》四，六。《绝》三，四。）

半夜回舟入楚乡，月明山水共苍苍。孤猿更叫秋风里，不是愁人亦断肠。

姚合《杨柳枝词五首》之一（《绝》六，十一。）

江上东西离别饶，旧条折尽折新条。亦知春色人将去，犹胜狂风取次飘。

韩愈《风折花枝》（《绝》四，三。）

浮艳侵天难就看，清香扑地可遥闻。春风也是多情思，故拣繁枝折赠君。

徐寅（夤）《初夏戏题》（《绝》十，四。）

长养薰风拂晓吹，渐开荷芰落蔷薇。青虫也学庄周梦，化作南园蛱蝶飞。

（十二）又

元稹《重赠乐天》（《万》四，十六。《绝》五，三。）

莫遣玲珑唱我诗，我诗多是别君辞。明朝又向江头别，月落潮平是去时。

汪遵《咏酒》（《绝》八，十三。）

万事销沈向一杯，竹门哑轧为风开。秋宵睡足芭蕉雨，又是江湖入梦来。

张籍《秋思》（《万》五，四。《绝》四，十五。）

洛阳城里见秋风，欲作家书意万重。复恐匆匆说不尽，行人临发又开封。

白居易《闺妇》（《绝》五，十一。）

斜凭绣床愁不动，红绡带缓绿鬟低。辽阳春尽无消息，夜合花前日又西。

（十三）欲

杜牧《将赴吴兴登乐游原》（《万》六，一。《绝》七，二。）

清时有味是无能，闲爱孤云静爱僧。欲把一麾江海去，乐游原上望昭陵。

朱庆馀《宫中词》（《万》五，十四。《绝》六，十五。）

寂寂花时闭院门，美人相并立琼轩。含情欲说宫中事，鹦鹉前头不敢言。

柳宗元《酬曹侍御》（《万》四，十。《绝》四，七。）

破额山前碧玉流，骚人遥驻木兰舟。春风无限潇湘意，欲采蘋花不自由。

窦巩《南游感兴》（《万》五，九。）

伤心欲问前朝事，惟见江流去不回。日暮东风春草绿，鹧鸪飞上越王台。

（十四）更

王昌龄《从军行五首》之一（《万》三，五。《绝》一，七。）

烽火城西百尺楼，昏黄独坐海风秋。更吹羌笛关山月，无那金闺万里愁。

韦庄《古离别二首》之一（《万》七，十。《绝》十，二。）

晴烟漠漠柳毵毵，不那离情酒半酣。更把玉鞭云外指，断肠春色在江南。

权德舆《杂兴五首》之一（《万》四，八。《绝》三，十六。）

琥珀尊开月映帘，调弦理曲指纤纤。含羞敛态劝君住，更奏新声《刮骨盐》。

刘长卿《重送裴郎中贬吉州》（《绝》一，十一。）

猿啼客散暮江头，人自伤心水自流。同作逐臣君更远，青山万里一孤舟。

（十五）纵

张旭《山中留客》（《万》三，十二。《绝》一，三。）

山光物态弄春晖，莫为轻阴便拟归。纵使晴明无雨色，入云深处亦沾衣。

司空曙《江村即事》（《绝》三，七。）

罢钓归来不系船，江村月落正堪眠。纵然一夜风吹去，只在芦花浅水边。

杨凌《明妃曲》（《万》五，十。）

汉国明妃去不还，马驮弦管向阴山。匣中纵有菱花镜，羞向单于照旧颜。

温庭筠《杨柳枝八首》之一（《绝》八，八。）

织锦机边莺语频，停梭垂泪忆征人。塞门三月犹萧索，纵有垂杨未觉春。

（十六）却

张祜《集灵台二首》之一（《万》五，十一。《绝》六，十二。）

虢国夫人承主恩，平明骑马入宫门。却嫌脂粉污颜色，淡扫蛾眉朝至尊。

李商隐《寄蜀客》（《万》六，九。《绝》七，十四。）

君到临邛问酒垆，近来还有长卿无？金徽却是无情物，不许文君忆故夫。

施肩吾《望夫词三首》之一（《绝》六，十。）

手爇寒灯向影频，回文机上暗生尘。自家夫婿无消息，却恨桥头卖卜人。

王驾《雨晴》（《绝》九，十四。）

雨前初见花间蕊，雨后兼无叶里花。蜂蝶飞来过墙去，却疑春色在邻家。

（十七）无端

李商隐《为有》（《万》六，七。《绝》七，十。）

为有云屏无限娇，凤城寒尽怕春宵。无端嫁得金龟婿，辜负香衾事早朝。

王表《成德乐》

赵女乘春上画楼，一声歌发满城秋。无端更唱阳关曲，不是征人亦泪流。

刘禹锡《浪淘沙词九首》之一（《绝》四，十一。）

洛水桥边春日斜，碧流清浅见琼沙。无端陌上狂风急，惊起鸳鸯出浪花。

陆游《落叶》

万瓦清霜伴月明，卧听残漏若为情。无端木叶萧萧下，更与愁人作雨声。

（十八）莫

李商隐《青陵台》（《绝》七，十一。）

青陵台畔日光斜，万古贞魂倚暮霞。莫许韩凭为蛱蝶，等闲飞上别枝花。

韩琮《暮春浐水送别》（《万》六，四。《绝》八，四。）

绿暗红稀出凤城，暮云宫阙古今情。行人莫听宫前水，流尽年光是此声。

白居易《王昭君二首》之一（《绝》五，七。）

汉使却回凭寄语，黄金何日赎娥眉？君王若问妾颜色，莫道不如宫里时！

温庭筠《蔡中郎坟》（《绝》八，九。）

古坟零落野花春，闻说中郎有后身。今日爱才非昔日，莫抛心力作词人。

李商隐《寄令狐郎中》（《万》六，六。《绝》七，九。）

嵩云秦树久离居，双鲤迢迢一纸书。休问梁园旧宾客，茂陵秋雨病相如。

王之涣《凉州词》（《万》三，八。《绝》二，十四。）

黄河远上白云间，一片孤城万仞山。羌笛何须怨杨柳？春风不度玉门关！

薛宜僚《别（青州）妓段东美》（《万》五，十六。《绝》八，一。）

阿母桃花方似锦，王孙芳草正如烟。不须更向沧溟望，惆怅欢情恰一年。

杜牧《题城楼》（《万》六，二。《绝》七，三。）

呜轧江楼角一声，微阳潋潋落寒汀。不用凭栏苦回首，故乡七十五长亭。

（十九）诘问

张旭《桃花矶》（《万》三，十二。《绝》一，二。）

隐隐飞桥隔野烟，石矶西畔问渔船。桃花尽日随流水，洞在青溪何处边？

李贺《酬答》（《万》五，一。）

雍州二月海池春，御水鵁鶄暖白蘋。试问酒旗歌板地，今朝谁是拗花人？

朱庆馀《近试上张水部》（《绝》六，十五。）

洞房昨夜停红烛，待晓堂前拜舅姑。妆罢低声问夫婿，画眉深浅入时无？

高适《塞上闻笛》（《万》三，十。）

雪净胡天牧马还，月明羌笛戍楼间。借问梅花何处落？风吹一夜满关山！

王昌龄《芙蓉楼送辛渐》（《万》三，四。）

寒雨连江夜入吴，平明送客楚山孤。洛阳亲友如相问，一片冰心在玉壶。

王维《寄段十六》（《万》三，七。《绝》一，三。）

与君相见即相亲，闻道君家在孟津。为见行舟试借问，客中时有洛阳人。

张籍《送陆畅》（《绝》四，十七。）

共踏长安街里尘，吴州独作未归身。胥门旧宅今谁住？君过西塘与问人。

吴融《楚事》（《万》七，三。《绝》九，十三。）

悲秋应亦抵伤春，屈宋当年并楚臣。何事从来好时节，只将惆怅付词人。

李商隐《岳阳楼》（《万》六，六。）

汉水方城带百蛮，四邻谁道乱周班。如何一梦高唐雨，自此无心入武关。

白居易《前有别柳枝诗梦得继和云春尽絮飞留不得随风好去落谁家又复戏答》（《绝》五，十七。）

柳老春深日又斜，任他飞向别人家。谁能更学孩童戏，寻逐春风捉柳花？

苏轼《八月十五日看潮》

江神河伯两醯鸡，海若东来气吐霓。安得夫差水犀手，三千强弩射潮低？

杜牧《初冬夜饮》（《万》六，二。《绝》七，三。）

淮阳[1]多病偶求欢，客袖侵霜举烛盘。砌下梨花一堆雪，明年谁此凭阑干？

1　原作“洛阳”。

许浑《寄桐江隐者》（《万》六，十二。）

潮去潮来洲[1]渚春，山花如绣草如茵。严陵台下桐江水，解钓鲈鱼有几人？

白居易《答张籍》（《绝》五，六。）

怜君瘦马衣裘薄，许到江东访鄙夫。今日正闲天又暖，可能扶病暂来无？

孟浩然《送杜十四之江南》（《万》三，九。《绝》一，十二。）

荆吴相接水为乡，君去春江正淼茫。日暮征帆泊何处？天涯一望断人肠。

白居易《魏王堤》（《万》四，十三。《绝》五，十四。）

花寒懒发鸟慵啼，信马闲行到日西。何处未春先有思？柳条无力魏王堤。

孟浩然《渡浙江问舟中人》（《绝》一，十一。）

潮落江平未有风，扁舟共济与君同。时时引领望天末，何处青山是越中？

王翰《春日思归》（《万》三，一。《绝》一，十一。）

杨柳青青杏发花，年光误客转思家。不知湖上菱歌女，几个

1　原作“舟”。

春舟在若邪？

李益《夜上受降城闻笛》（《万》四，一。《绝》三，五。）

回乐峰前沙似雪，受降城外月如霜。不知何处吹芦管，一夜征人尽望乡。

贺知章《咏柳》（《绝》一，二。）

碧玉装成一树高，万条垂下绿丝绦。不知细叶谁裁出，二月春风似剪刀。

王建《十五夜望月》（《万》五，五。《绝》三，十。）

中庭地白树栖鸦，冷露无声湿桂花。今夜月明人尽望，不知秋思在谁家？

刘长卿《春日宴魏万成湘水亭》

何年家住此江滨，几度门前北渚春。白发乱生相顾老，黄莺自语岂知人。

王安石《勘会贺兰溪主》

贺兰溪，京洛地名。陈绎买地筑居，于邮中问之。

贺兰溪上几株松，南北东西有几峰？买得住来今几日，寻常谁与坐从容？

（二十）不知

杜牧《泊秦淮》（《万》六，二。《绝》七，四。）

烟笼寒水月笼纱，夜泊秦淮近酒家。商女不知亡国恨，隔溪犹唱后庭花。

陆龟蒙《和袭美春夕酒醒》（《绝》八，十六。）

几年无事傍江湖，醉倒黄公旧酒垆。觉后不知明月上，满身花影倩人扶。

卢纶《古艳词》（《万》四，二。《绝》三，五。）

自拈裙带结同心，暖处偏知香气深。爱捉狂夫问闲事，不知歌舞用黄金。

李白《与贾舍人至泛洞庭二首》之一（《万》三，三。《绝》一，十五。）

洞庭湖西秋月辉，潇湘江北早鸿飞。醉客满船歌白苎，不知霜露入秋衣。

（二十一）重复呼应

贾岛《渡桑干》（《万》五，十。《绝》八，六。）

客舍并州已十霜，归心日夜忆咸阳。无端更渡桑干水，却望并州是故乡。

王安石《谢公墩》

我名公字偶相同，我屋公墩在眼中。公去我来墩属我，不应墩姓尚随公。

李遘《绝句》

人言落日是天涯，望极天涯不见家。已恨碧山相掩映，碧山还被暮云遮。

李商隐《梓潼望长卿山至巴西复怀谯秀》（《绝》七，十一。）

梓潼不见马相如，更欲南行问酒垆。行到巴西觅谯秀，巴西惟是有寒芜。

王播《题惠昭寺》（《万》四，十六。《绝》六，一。）

三十年前此院游，木兰花发院新修。如今再到经行处，树老无花僧白头。

（二十二）句中作对

李商隐《日射》（《绝》七，十。）

日射纱窗风撼扉，香罗拭手春事违。回廊四合掩寂寞，碧鹦鹉对红蔷薇。

韩偓《深院》（《万》七，八。《绝》九，十一。）

鹅儿唼啑栀黄觜，凤子轻盈腻粉腰。深院下帘人昼寝，红蔷薇映碧芭蕉。

陆龟蒙《邺宫词》（《万》七，一。）

花飞蝶骇不愁人，水殿云廊别置春。晓日靓装千骑女，白樱桃下紫纶巾。

陆游《水亭》

水亭不受俗尘侵，葛帐筠床弄素琴。一片风光谁画得，红蜻蜓点绿荷心。

（二十三）末句转折

李白《越中怀古》（《万》三，二。）

越王勾践破吴归，战士还家尽锦衣。宫女如花满春殿，只今惟有鹧鸪飞。

元稹《刘阮妻》

芙蓉脂肉绿云鬟，罨画楼台青黛山。千树桃花万年药，不知何事忆人间。

（二十四）一气直下

崔护《题都城南庄》（《绝》四，十四。）

去年今日此门中，人面桃花相映红。人面不知何处去，桃花依旧笑春风。

刘禹锡《杨柳枝》

清江一曲柳千条，二十年前旧板桥。曾与美人桥上别，恨无消息到今朝。

景云《画松》（《绝》十，十二。）

画松一似真松树，待我寻思记得无。曾在天台山上见，石桥南畔第三株。

后记[1]

这是亡妻沈祖棻的一部遗稿。

唐人七绝诗是她讲授过多次的一门专题课程，在金陵大学、华西大学和武汉大学都开设过。讲稿也曾几次修改。前几年，在朋友们的敦促之下，她决定将讲稿再加补充修订，写成一本题为《唐人七绝诗浅释》的小书，以供一般读者参考。但因年老多病，又受到“四人帮”的干扰，进行得很慢，未及全部完成，就不幸因车祸逝世了。

现在呈献在读者面前的这本书，就是以她的三种手稿作为底本整理出来的。已由她写成的定稿约占二分之一，初稿约占四分之一。还有四分之一，则是按照她生前拟定的全书大纲，将其平日批在各种诗集上的评语改写而成。故全书文笔，略有不完全一致之处。

旧释二十三首，也是她在各书上所加的评语。这些评语，除了已经改写为《浅释》的各篇之外，还有一些较为精审的。零璧碎金，弃之可惜，就又选抄了一部分，附录于后。原文是用文言

1　此为《唐人七绝诗浅释》于 1981 年 3 月在上海古籍出版社初版时的后记。

写的，但很浅显，就不再改译了。

祖棻是个热爱伟大的党和伟大的社会主义祖国的老知识分子。这些遗稿，如能对学习祖国古典文学的人提供一点哪怕是非常微末的帮助，她在九泉之下，也将感到安慰。可惜的是，她没有能够将她愿意而且可以贡献给人民的东西全部贡献出来。

程千帆

一九七八年六月二十七日，

祖棻逝世一周年，记于珞珈山。

后记

本次新编全集增加了手稿《七绝诗论》的录入本。

程千帆曾在《唐人七绝诗浅释》后记中说，这本书是以“三种手稿作为底本整理出来的”。《七绝诗论》即为其中一种。二〇一九年，这部手稿由中华书局翻印收入《沈祖棻诗学词学手稿二种》。这部未定稿的补入，勾勒出《唐人七绝诗浅释》成书的基本脉络，体现了东南诗学的渊源与传承。

《七绝诗论》手稿为线装，全文约三万字。除“特质第三”采用钢笔书写外,其馀皆为毛笔书写。手稿与胡小石《唐人七绝诗论》有师承关系，承继的同时又有创新。一九三四年，胡小石为金陵大学国学研究班开设“唐人七绝诗论”课程，沈祖棻七绝诗歌的学术渊源即肇始于此。一九四二年，沈祖棻应邀到成都金陵大学中文系任教，正式接续了七绝诗歌教学,《七绝诗论》手稿正是她在四川讲授七绝时的教案。

另外两种底本，一是二十世纪五六十年代执教武汉大学期间使用的《唐人七绝诗》讲义，撰写以优化教学为目标；二是《唐人七绝诗分析》练习簿本和《唐人七绝诗浅释》稿纸本，从课堂讲义转向以完整书写面向社会。

从《七绝诗论》到经典学术科普读物《唐人七绝诗浅释》，这是一个典型的动态案例，展示出学术如何得自传承，又经过个人研究所得将其反哺于全社会的过程，由此实现学术的社会价值，传递传统文化的烟火。

张春晓

于杭州之江浙大高研院

二〇二三年四月二十二日